Karl Schönweiler

Die Haarnadel des Engels

edition winterwork

Bibliografische Informationen der Deutschen Nationalbibliothek:
Die Deutsche Nationalbibliothek verzeichnet diese Publikation in der Deutschen Nationalbibliografie. Detaillierte bibliografische Daten im Internet über http://www.d-nb.de abrufbar.

Impressum

Karl Josef Schönweiler, »Die Haarnadel des Engels«
www.edition-winterwork.de

Satz: Karl Schönweiler
Umschlag: Karl Schönweiler
Druck und Bindung: winterwork Borsdorf

ISBN 978-3-96014-921-7

Karl Schönweiler

Die Haarnadel des Engels

Roman

edition winterwork

Was geschieht im Sterben, im Tod und nach dem Ableben des Menschen? Die Lehren der großen Religionen zeigen zu diesen Fragen unterschiedliche Positionen, die näher betrachtet doch nicht so weit auseinanderliegen.
Ob Madonnas Kreuzigungsauftritt, eine islamische Beerdigung, das Tarot-Spiel, ein persisches Amulett oder ein Totentanz – auf vielfältige Weise berührt das Thema Tod und Jenseits die Charaktere.
Der Bardo als Zustand zwischen Sterben und Wiedergeburt, wie ihn das Tibetanische Totenbuch beschreibt, wird in diesem merkwürdigen Parallel-Raum, der Schwelle zur Ewigkeit, als Allegorie reflektiert.
Roman zwischen Drama und Religionsphilosophie.

Der Autor
Karl Schönweiler, geboren 1954.
Seine schriftstellerische Tätigkeit umfasst Lyrik, Erzählungen, eine Betrachtung zum Sonnengesang des Heiligen Franziskus, sowie über die Auswirkungen der Reformation am Beispiel seines (lange gespaltenen) Dorfes.

Sein Leben langes Hinterfragen der Grundwerte der Religionen und der Philosophie findet in dem Roman „Die Haarnadel des Engels“ Antworten.
Karl Schönweiler wohnt mit seiner Familie in Ottenbach/Baden Württemberg.

O lass mich Nicht-sein, denn das Nichtsein ruft
mit Orgelton: Zu ihm kehr'n wir zurück.

Dschelaleddin Rumi 1207-1273
Sufi-Dichter

DER RAUM

Die Zeichen begannen unruhig zu tanzen, als wollten sie dem verharrenden Blick keine feste Größe bieten.

War dies ein Bühnenvorhang mit uralter Wandmalerei, der erahnen ließ, dass sich dahinter ein weiterer Raum auftut, und somit den Raum auf ein definiertes Maß reduzierte gegenüber einer unbekannten Größe? Ihn teilte in ein Davor und Dahinter? Ein purpurroter Brokatstoff, der Falte für Falte dem gefliesten Boden schmeichelte, oder war es etwa Illusion? Ein Trompe-l'œil?

In gleichmäßiger Anordnung reihten sich dort, hineingewoben, Symbole der Unendlichkeit. Liegende Ziffern Acht, Schleife über Schleife, Reihe neben Reihe, in der Art der traditionellen japanischen Nahtlosmuster. Als wäre diese Wand ein großes Drei-D-Bild, in dessen Tiefe sich eine weitere Dimension verbarg.

Angesichts der blassgoldenen, scheinbar vergilbten Achterschlingen, konnte nicht ausgeschlossen werden, dass sich hier ein jahrtausendaltes Bildmuster offenbarte. Wenn sich der Blick lange darin versenkte, begannen die Zeichen zu tanzen.

Der Boden wies unzweifelhaft auf ein hohes Alter hin. Die Bodenfliesen waren als Schachbrettmuster angelegt in Kupferbraun und Elfenbein. Die hohe Raumdecke, lebhaft blau mit kleinen weißen Wolken, die alle an denselben Rändern Schattierungen aufwiesen, als sei es der echte Himmel.

In der Mitte des Raumes, hingen aus zwei weißen Wolken Seile herab. Beide Enden tänzelten, als wären sie eben noch geschwungen worden, jeweils über einer Rose - einem sitzflächengroßen Fliesenmosaik aus Hell- und Dunkelrosa.

Der würfelförmige Raum selbst teilte sich merkwürdigerweise in gegliederte Farbschleierbahnen, denen eine feste Ordnung unterlag. Sechs blasse Lichtbahnen, gleich Korridoren führten parallel von der Rückseite nach vorne zur Brokatwand. Die linke Hälfte bestehend aus perlrubinrot, pastellorange und zur Mitte hin schwefelgelb. Die zweite Hälfte, zur rechten Seite, begann mit maigrün, an welches sich eine sanfte lichtblaue Zone anschloss. Die Außenseite war in purpurviolett getaucht.
Im Zentrum vor der Wand dominierte eine Lichtsäule aus reinem, sanftem Weiß. Der Bodenkreis dort bestand aus einem weißen Fliesenmosaik in welches mit schwarzen Mosaiksteinen ein Pentagramm eingelegt war. Den Kreis umrandeten ebenfalls schwarze Tesserae.

Im hintersten Bereich, der Brokatwand gegenüber, herrschte düsteres Licht. Dort zeichnete sich eine kleine Pforte ab, wobei nicht ersichtlich war, ob diese ebenfalls nur als illusionistische Wandmalerei existierte. Rechts und links davon, an der rückwärtigen Wand, stand jeweils eine Sitzbank ohne Lehne.

In die Stille des Raumes mit seinen bemessenen Lichtbahnen und dem gleichmäßigen Taktgeräusch einer Uhr drang ein Pochen. Erst zaghaft leise, dann ein etwas festeres Klopfen.

"Herkules, da ist jemand an der Pforte", rief Angeli gegen die Wand gerichtet.

Nach kurzer Pause ergänzte eine zweite weibliche Stimme:

"Es sind zwei. Mann und Frau."

Die blondgelockte Engelsgestalt namens Angeli stellte fest.

"Beide ziert ein kreisrundes Loch."

Ihr schwarzhaariges Pendant, Cherubina, präzisiert mit einem weiteren Detail: "Ein schönes rundes Löchlein – mitten im Herzen. Die Armen."

"*Lasciate ogni mundi, voi ch'entrate*". [*Ihr, die Ihr eintretet, lasst alle Welten fahren.*]

Angeli hatte spontan den berühmten Satz aus Dante Alighieris ‚Göttlicher Komödie' mit einer kleinen Abwandlung zur Begrüßungsformel erkoren. Cherubina sah sie kopfschüttelnd an. Angeli, die Dante-Kennerin zuckte mit den schmalen Schultern und grinste.

In der Brokatwand, neben der weißen Lichtsäule, erschien ein Kopf. Nein, keine Erscheinung, er ragte deutlich heraus. Weder Vorhang noch Wand hatten irgendeine Regung zu erkennen gegeben. Ein - ja eben ein klassischer, afrikanischer Männerkopf. Ebenholzfarbene Haut, kurzgeringeltes, schwarzes Haar. Augen groß, kastanienbraun mit einem etwas bekümmerten, fragenden Blick. Die Nase leicht abgeflacht, Nasenflügel groß und weit auseinandergehend. Seine Lippen leicht wulstig. Auffallend die enganliegenden, nach oben hin ungewöhnlich spitz endenden Ohren, mit einem golden schimmernden Knopf im linken Ohrläppchen.

Der eben beschriebene Kopf gehörte zu Herkules Kubabwe. Süd-Sudanese. Ehemals angehender katholischer Priesteramtskandidat – nach Vorstellungen seiner frommen Mutter. Doch zum Theologiestudium reichte es nicht, immerhin lernte er lesen und schreiben, was im südlichen Sudan schon als Privileg angesehen werden konnte. Seine Leidenschaft galt allerdings dem Boxen. Dafür ging er sogar in den Norden, nach Khartum und trainierte in einem Amateurboxclub. Er schaffte es in die engere Auswahl zu Olympia, doch dann begann der dritte Bürgerkrieg. Nach anfänglichem Abwarten obsiegte seine patriotische Gesinnung, die ihm aufdrängte, dass sein Platz an der Seite seiner Dinka-Stammesgenossen sei. So kehrte er zurück in seine Heimatstadt Bor. Wieder einmal führten in dieser Region die seit jeher verfeindeten Gruppen der Dinka und der Nuer einen blutigen Stammeskrieg, bei dem Herkules Kubabwe zu Tode gekommen war.

"Wie? Zwei! Mit Loch im Herzen", erklang es von der Wand. Kein Zweifel, die vollen Lippen hatten sich bewegt und gaben ein weiteres Merkmal preis: Ihm fehlte ein Schneidezahn. Die Stimme hatte etwas Gurgelndes, als käme sie tief aus einem Gully der Al-Iman Al-Mahdi Road, der Hauptstraße von Karthum zwischen drei und fünf Uhr morgens. Allerdings wurden die s- und z–Konsonanten von einem leisen Zischeln begleitet, wohl auf Grund des fehlenden Schneidezahnes. Die großen kastanienbraunen Augen sprangen im Sidestep von rechts nach links und von links nach rechts. Der Kopf verschwand ebenso plötzlich, wie er in Erscheinung getreten war, tauchte aber kurz darauf an derselben Stelle wieder auf.

"Unmöglich", gurgelte es. "Ich weiß nichts von denen. Die sind für heute nicht verzeichnet. Hier kann man nicht einfach kommen, als wolle man eben mal durch den Botanischen Garten von Khartum spazieren! Wozu hab ich dieses Verzeichnis mit allen Registrierungen - direkt von Urman überreicht bekommen?"

Das anschließende Gemurmel in seiner nilotischen Heimatsprache könnte so gedeutet werden: "Wir sind hier nicht in irgendeinem Rotlichtclub, sondern an der Himmelspforte."

Herkules arbeitete vor noch nicht allzu langer Zeit zur Finanzierung seiner Boxerkarriere in Khartum als Ordnungsbeauftragter in einem Nachtclub. Dieser Job bot finanzielles Auskommen. Und er fand unter dieser Berufsbezeichnung gerade noch Gnade bei Mama, die allerdings von der anderen Seite des Nachtclubs, dem Geschäft mit der Liebe nichts wusste. Nun, es war immerhin kein gewöhnliches Etablissement, sondern ein Nobelbordell.

Der Kopf verschwand erneut. Hinter der ominösen Wand erklang ein gedämpftes: Bei den Hörnern unserer wunderbaren Zeburinder! Zwei Unangemeldete! Das geht doch nicht. Dabei hat Urmans Verzeichnis bisher immer gepasst. Es folgte ein leises, unverständliches Kauderwelsch mit vielen O- und U-Lauten. Nach einigem Papierrascheln schließlich wieder ein klarer Satz:

"Wusste ich es doch - diese beiden sind für heute nicht angemeldet! Wo kommen wir da hin, wenn jeder hereinspaziert, wie es ihm gerade passt! Sollen sie doch unten bleiben, ich wäre auch lieber noch unten."

Herkules war ein einfacher, unkompliziert denkender Mensch. Cherubina zog ihre dichten, orientalischen Augenbrauen zusammen und sah ihre Gefährtin fragend an:

"Wusstest du, dass es in Khartum einen botanischen Garten gibt?"

Die grazile, quirlig wirkende Angeli, die an einem der herabhängenden Seile hin- und herschwang, kommentierte:

"O-oh, unser ehemaliger Rausschmeißer bekommt Stress."

Sie wandte den Kopf in Richtung zur Pforte: "Die Armen. Lassen wir sie eben noch etwas warten."

1

Dreizehn Tage zuvor - Donnerstag

Benjamin

Sechs Uhr zwölf, der Graf begann den Weckruf: Geboren um zu leben. Benjamin stand auf. Es folgte in der eingespielten Reihenfolge: Morgentoilette, Tee aufsetzen - er trank eine indische Teemischung aus dem Teeladen in der Stadt - Radionachrichten beim Tee trinken. Inzwischen setzte sich Antonia, noch im Schlafanzug, zu ihm. Die Große hatte derweil das Badezimmer in Beschlag genommen. Ben Seborn richtete einen kritischen Blick auf seine Frau:

„Begleitest du heute auch wieder Jemand?"

Sie kniff kurz die Lippen zusammen, nickte kaum merklich und antwortete mit einer etwas erzwungenen Ruhe:

„Ein Professor für Kulturanthropologie, zu einer Buddha-Ausstellung." Sie hielt seinem Blick stand, zuckte mit den Schultern.

„Wie lange soll das gut gehen?"

„Und du?" Sie sah ihn fragend an. Er billigte ihren Vorwurf.

Antonia hatte sich seit kurzem bei einem Begleitservice registrieren lassen, eine Idee ihrer Freundin Jule. Mit dieser für Ben anrüchigen Verdienstmöglichkeit war eine Kluft zwischen ihnen entstanden. Ein schwelender, heimlicher Abgrund, über dem hinweg sie seit einigen Wochen lebten. Doch er sprach dies meist nur unterschwellig an. Er war ja derjenige, der versagt hatte. Vielleicht aber lagen die Ursachen viel weiter zurück: Unterschiedliche Eigenheiten, Vorlieben, Abneigungen, welche sie im Laufe der gemeinsamen Jahre abgeschliffen zu haben glaubten und die sich ganz leise wieder in den Ehealltag einschlichen. Charakteristiken, die sie bereits beim Kennenlernen jeweils in die eigene Abstellkammer gesperrt hatten. Die sich nun, wie ein still sich entwickelndes Geschwür zu einer heimlich anbahnenden Ehekrise entwickelten.

„Wenn dich jemand von unseren Bekannten erkennt?"

„Das hatten wir doch schon. Ist kaum zu erwarten bei der Perücke und der Brille. Im Notfall kann ich immer noch sagen, dass ich nur einmalig für eine alte Bekannte aushelfe."

Benjamin Seborn war Informatiker. Im Gegensatz zu seiner lebensfreudigen, weltoffenen Frau Antonia war er eher zurückhaltend. Benjamin stammte aus einer Beamtenfamilie, in wohlhabenden Verhältnissen herangewachsen. Immer schon war er ein wenig der Einzelgänger Typ. Ein Einzelkind, ein wenig träumerisch veranlagt, einer der gerne in Geschichten oder in Gedichten versank. Geblieben war ihm davon die Lyrik von Rilke, aber auch Platons Werke über Sokrates.

Auf Anraten des Vaters begann er zunächst ein Jurastudium, das er jedoch bereits im zweiten Semester abgebrochen hatte, als er für sich erkannte, dass geschliffene und windige Juristen auch das Unrecht legitimieren konnten – und das bei ‚besonderer Bezahlung'.

Antonia arbeitete halbtags als Reiseverkehrskauffrau mit Fachgebiet Ostasien. Nach ihrer Ausbildung belegte sie ein Fernstudium das sie als ‚Geprüfte Tourismusfachwirtin' abschloss. Für ihr Leben hatte Antonia klare Vorstellungen. Sie war nicht auf die große Karriere aus, denn sie wollte eine Familie und Kinder. Ein, den gesellschaftlichen Verhältnissen angepasster Lebensstandart war das angestrebte Ziel. Sie lernte Benjamin Seborn beim Yoga kennen - der einzige Mann in diesem Kurs. Antonia war nur ihrer Freundin Jule zuliebe dorthin mitgegangen. Als Jule einmal nicht kam, spazierte Antonia mit dem schlanken, großgewachsenen Typ anschließend durch den Park. Er erzählte ihr, dass er für einige Zeit in Indien in einem Ashram gelebt hatte. Die Idee dazu hätte er längere Zeit mit sich herumgetragen. Ein Film über Gandhi sei letztlich der Auslöser gewesen.

Ob er nur dem ganz normalen, eingeengten Alltag entfliehen wollte? Oder ob ihn eine tiefere Intension geleitet habe? Das Leben in einem Ashram, so stellte sie sich vor, sei ja wohl kein Abenteuerurlaub.

Während des Studiums habe es einen Zeitpunkt gegeben, da er an diesem, in der westlichen Welt erstrebenswerten Lebensmodell zweifelte. Besonders am System der Gerechtigkeit. Eine Sinnkrise, die ihn nach etwas anderem zu suchen veranlasste. Zunächst sei da in ihm eine romantische Vorstellung vom sogenannten ‚Aussteigen' entstanden, Abenteuer, Flucht vor der eingegrenzten westlichen Zivilisation. Aber – er musste kurz lachen - um diesem getakteten Leben zu entfliehen wäre ein Ashram genau das verkehrte. Was er ‚zum Glück' vorher nicht ernst nahm.

„Man sollte schon vorher wissen, wie das Leben im Ashram abläuft. Da ist alles geregelt, von früh morgens fünf Uhr zwanzig bis abends zweiundzwanzig Uhr. Yoga, Meditation, Askese. Beschäftigung mit der hinduistischen Religion. Das extrem einfache Leben. Immer derselbe Tagesablauf. In einem Ashram zu sein, um dort Yoga zu praktizieren, ist etwas besonders Tiefes. Dort herrscht eine spirituelle Schwingung. Oft geht sie vom Guru aus - er hatte einen hinduistischen Guru, aber nicht nur. Es ist ein geistiger Kraft Ort, erfüllt von den spirituellen Praktiken der Menschen. Das hat nichts mit oberflächlichem ‚Mal-was-anderes-erleben' zu tun oder gar Partyvergnügen."

Er musste sich selbst bremsen in seinem Erzähleifer. Doch sie interessierte das Thema. Das Ziel sei mit niedrigen Ansprüchen ein erfülltes Leben zu erreichen. Manche seien schon nach drei Tagen wieder abgereist, andere nach zwei oder drei Wochen. Auch er musste seine romantische Vorstellung schnell begraben, war nahe dran, dieses Experiment ebenfalls nach einer Woche zu beenden. Doch dann hängte er noch eine Woche dran, und noch eine Woche. Schließlich war er angekommen.

Dieses einfache Leben dort habe ihn geprägt, doch leider erkrankte er und war gezwungen, nach vier Monaten zurück zu kehren. Das sei für ihn wie eine Rolle rückwärts gewesen, er habe ebenfalls vier Monate gebraucht, um wieder Fuß zu fassen, doch die erlernte Disziplin half ihm. Durch einen Bekannten kam er zum Studium Informatik über eine Berufsakademie. Nicht weil es ihn sonderlich interessierte, sondern eher, um eine gewisse Eigenständigkeit und damit auch Unabhängigkeit zu erreichen. Große berufliche Ambitionen hatte er nicht. Nach dem erfolgreichen staatlichen Abschluss als Informatiker bekam er einen gut bezahlten Job. ‚Fast zu viel' meinte er scherzend. Durch Teamgeist, aber auch fachliche Kompetenz avancierte der als zurückhaltend geltende ‚Guru', wie er genannt wurde, zum geschätzten Kollegen, was sich durch ein gesteigertes Selbstwertgefühl bemerkbar machte. Antonia fand ihn zwar ein wenig zu ernsthaft, manchmal auch grüblerisch, aber witzig und intelligent, mit einem Hauch von Abenteuerromantik.

Den Yoga-Kurs, in dem er Antonia kennenlernte, hatte er tatsächlich in der Hoffnung belegt, Gleichgesinnte anzutreffen. Durch einen Kollegen kam er kurz darauf zu einem geradezu gegensätzlichen sportlichen Hobby. Jener befreundete Kollege betätigte sich in seiner Freizeit als Sportschütze in einem Verein, wobei er auch an Wettkämpfen im Pistolenschießen teilnahm. Benjamins Trainingseifer war anfangs groß, die Kombination körperlicher Anspannung und Konzentration empfand er als optimal, so konnte er manchen Erfolg verbuchen. Auch die ungewohnte Kameradschaft tat ihm gut. Er wurde weltoffener, schien seine träumerisch-romantische Jugend samt Ashram-Epoche abgelegt zu haben. Ihre Beziehung nahm nun feste Formen an. Sie unternahmen viel: Floßfahrt in Schweden, Skiurlaub in den Alpenregionen. Die Welt lag offen vor ihnen. Ziel ihrer ersten großen Reise war Tibet. Lhasa und eine Wanderreise zum Kloster Rongpu auf 4980 Metern im Himalaya. Auch wenn ihm dabei nicht immer wohl war, besonders die Flugreisen standen seinen Anliegen wie Umwelt- und Klimaschutz entgegen, genoss er das Zusammensein und die gemeinsamen Unternehmungen.

In vielen Bereichen lagen sie auf derselben Wellenlänge was sich in ihrer Freizeit, wie auch bei den Urlaubsreisen zeigte. Sie vom Reisefach legte ihm außergewöhnliche, doch nicht zu teure Ziele und Urlaubsaktivitäten zur Auswahl vor. Neben Tibet war es besonders Vietnam, das ihn faszinierte. Die zweiwöchige Tour durch Vietnam war für sie beide ein unvergessliches Highlight. Sie war sich sicher, dass er der Mann fürs Leben sein würde. Das erste Kind war nicht geplant, doch wurde es von beiden freudig angenommen und sie heirateten.

Nach der Geburt von Lena ließ Benjamins Interesse am Verein und dem Schießen nach. Antonia versuchte immer wieder, ihn zu ermutigen, nach dem Motto: „Auch ein verheirateter Mann braucht einen Ausgleich, ein Hobby und Kameradschaft.“ Sie begleitete ihn auf Wettkämpfe, zeigte sich stolz über Erfolge, trug mit ihm die kleinen Niederlagen.

Nach der Geburt des zweiten Kindes, Linus, ging er nicht mehr zum Training, er wolle sich nun hauptsächlich dem Beruf und der Familie widmen. Im Kreise der Bekannten gab er den zurückhaltenden Erfolgsmenschen in Bezug auf den Beruf, seine schöne Frau, die Kinder, den Wohlstand und sein Allgemeinwissen. Doch seine vordergründige Selbstsicherheit bekam schnell Risse, sobald er sich in Diskussionen bedrängt fühlte, oder wenn Antonia mit ihrer pragmatischen Art zwischenmenschliche oder politische Zusammenhänge schneller erkannte und klarer formulierte als er.

Nach zwei Jahren Mütterzeit war seine Frau halbtags bei einem Reisebüro eingestiegen, alles schien perfekt.

Als er im Flur in die dunkelblaue Fleece-Futter-Winterjacke schlüpfte, kam er nochmals auf sein Unbehagen bezüglich ihres Zusatzverdienstes zu sprechen:

„Ist das denn unbedingt notwendig, Antonia, diese ‚Begleiterinnen-Dienste'?"

Er betonte das letzte Wort auf eine etwas abfällige Weise, so als wäre dies etwas Unanständiges.

„Es ist doch nur vorübergehend. Bis du wieder etwas gefunden hast. Besser es entsteht erst gar keine finanzielle Lücke. Oder willst du den Kindern sagen, dass es dieses Jahr keinen Urlaubsflug gibt, weil der Vater arbeitslos ist? Die Buchung stornieren?"

„Fängst du schon wieder damit an. Ich muss nicht in Urlaub fliegen und für Ferien hierzulande würde sich schon was finden."

„Wir haben es geplant und auch den Kindern schon gesagt, außerdem freue ich mich auf diesen Urlaub, mit Kinderbetreuung und allem was da geboten wird."

Antonia hatte für die Familie in den Osterferien zehn Tage in einer Familienhotelanlage auf Teneriffa gebucht. Sie versuchte abzulenken:

„Was ist denn mit deinen Bewerbungen?"

Sie hörten die Badezimmertür auf- und zugehen.

„Guten Morgen Papa."

„Guten Morgen Große, ich muss los." Wangenkuss für Antonia. Er klemmte sich die braune, etwas altmodisch wirkende Ledertasche unter den Arm, schob noch ein lautes Tschüss hinterher.

Das Amulett

Ohne große Mühe bückte sich der alte Herr. Nahe am Parkweg hatte er etwas blinken sehen. Ein Halsschmuck, an einer silbernen Kette. Ein Adler oder Falke mit weit ausgestreckten Flügeln. Anstelle des Vogelkopfes war jedoch ein Mann mit Bart und orientalischer Kopfbedeckung im Seitenprofil abgebildet. In seiner Hand erkannte der Parkgänger, dass es sich um ein wohl billiges Imitat handelte. Die silberne Oberfläche verriet deutliche Abnutzungsspuren. Er legte das Amulett auf die Bank, um es dort zu lassen, falls der Besitzer oder die Besitzerin das verlorene Stück suchen würde.

„Hallo Opa Gori, wieder auf deiner Lieblingsbank?"

Ein junger Mann stand vor ihm, Anfang dreißig. Sein Großneffe Johannes Berger.

„Wie geht's?"

„Nun ja, danke gut, soweit man das in meinem Alter sagen kann. Was macht das Studium?"

„Soweit abgeschlossen. Geht Richtung Dissertation."

„Oho! Doktorarbeit. Welches Thema?"

„Noch nicht ganz festgelegt. Religionsgeschichte eben. Aber sag, das ist doch nicht dein Anhänger?" Berger hatte den Anhänger ebenfalls in die Hand genommen und interessiert betrachtet.

„Gott bewahre, mein Anhänger ist ein christliches Kreuz. Was das hier sein soll, davon hab ich keine Ahnung. Vermutlich billiger Modeschmuck, oder ein Amulett."

„Nun ja, es gibt auch billige christliche Kreuze. Das jedoch ist ebenfalls ein religiöses Zeichen, es wird Faravahar genannt und stammt aus Persien, also dem Iran. Nach der Lehre von Zarathustra ist das Faravahar ein Symbol des menschlichen Geistes. Jener menschliche Geist, der bereits vor der Geburt existierte und auch nach dem Tod eines Menschen weiterexistiert. So jedenfalls lehrte Zarathustra."

„Zarathustra? Der Zarathustra von Nietzsche – Gott ist tot? Von diesem Jahrmarktsphilosophen mit seinen pathetischen Sprüchen und seinem Götzen ‚Übermensch'?"

Der junge Religionswissenschaftler sah den Großonkel überrascht an. Er musste lächeln. „Äh. Also der historische Zarathustra gilt als Gründer einer Weltreligion ab zirka 1500 vor Christus. Bis ins 7. Jahrhundert nach Christus gab es Millionen von Menschen, die an seine Lehre glaubten. Diese wurde aber allmählich durch den Islam verdrängt."

Opa Gori kannte seinen Neffen, man kam bei ihm fast nie um eine religionsphilosophische Diskussion herum. So entgegnete er mit einem Schmunzeln, er finde wohl zu allem, was ihm über den Weg läuft, eine religiöse Deutung.

„Sicher nicht zu allem, aber dazu" - Berger hielt den Anhänger in die Höhe – „schon einiges. Im persischen wird dieses Symbol auch geflügelte Seele genannt. Die drei Reihen Flügel des Falken stehen im Zoroastrismus, also der Lehre Zarathustras, für Gutes Denken, Gutes Sprechen, Gutes Handeln. Die drei Reihen Schwanzfedern symbolisieren die gegensätzlich wirkenden Kräfte, also schlechtes denken, reden und tun."

„Interessant. Ob der, welcher es verloren oder auch weggeworfen hat, oder diejenige, das wohl wusste? Ich bleibe jedenfalls beim christlichen Kreuz, da bin ich gut aufgehoben."

„Weiß ich Opa Gori. Freu dich und sei froh, dass dir ein solcher Glaube geschenkt wurde. Aber übertreib es nicht mit deinem Missionseifer. Wenn du noch was zu dem Faravahar wissen möchtest – ein anderes Mal, denn jetzt muss ich in die Unibibliothek. Mach's gut. Bis bald."

Antonia

Benjamin Seborn war seit zehn Wochen freigestellt. Seine Stelle würde nicht mehr benötigt, hieß es plötzlich – oder hatte er diese Entwicklung nicht bemerkt? Der IT-Bereich wurde an eine externe Firma vergeben.

Wenige Jahre zuvor hatten sie sich den Traum vom eigenen Häuschen im Grünen erfüllen können. Sie wohnten in einem Teilort mit guter Anbindung ans Stadtzentrum wie auch zu einem der Industriegebiete. Bisherige berufliche Angebote hatte er wegen der sehr großen Entfernung zu Familie und Heim ausgeschlagen. Er baute darauf, dass sich auch in seiner Nähe bald etwas finden ließe. Von Woche zu Woche schwanden jedoch seine Hoffnung und sein Selbstvertrauen.

Auf längere Sicht gesehen beunruhigte daher Antonia ein zu erwartender finanzieller Engpass, da inzwischen das Leben der Familie auf das bisherige Einkommen abgestimmt war. Ein kurzfristiger Nebenverdienst könnte ihr ganz gelegen kommen, meinte sie einmal Jule gegenüber, obwohl die Familie noch längere Zeit mit dieser Situation klar käme. Jule handelte sofort. Ehe Antonia sich versah, vermittelte die Freundin für sie den Kontakt zu einer Agentur für Begleitservice. Ausdrücklich nur als seriöse Begleiterin von Herren in besonderen Positionen. Businessleute, die für ein Geschäftsessen, für eine Vernissage, für Sponsoring-Veranstaltungen und ähnliches eine attraktive und gebildete Frau an ihrer Seite benötigten.

„Okay “, gab sie der Freundin zu verstehen. „Aber wehe, das geht schief – ich lass mich nicht anmachen!“

Trotz Ehefrau und Mutter sah Antonia darin keinen Konflikt zu ihrem Eheleben, das allerdings seit Wochen nicht in ihrem Sinne stattfand. Benjamin hatte schon vor einiger Zeit begonnen sich etwas zurückzuziehen. Zunächst dachte sie, dass ihr

Kurztrip damals mit Jule vor zwei Jahren zu einem Madonna-Konzert nach Barcelona in ihm etwas verändert hatte. Etwas, das schon Jahre zuvor entstanden war. Die Freundinnen waren beide große Madonna-Fans. Ihre Tochter Lena war gerade fünf Monate alt, als sie - vor nun zwölf Jahren - spontan mit Jule zu dem umstrittenen Madonna-Konzert nach Rom geflogen war. Ihr Mann zeigte sich einverstanden, verbarg seinen Unmut darüber. Er wollte diese für ihn unverständliche Euphorie nicht trüben.

Vor dem Konzert hatte sich die total auf Madonna stehende Jule ihre platinblonden Haare in Henna-Rot gefärbt. Darüber hinaus ließ sie sich, nach dem neuesten Trend, Mehndi-Tattoos auf die Handoberflächen malen.

„Ausgerechnet Madonna!"

In Sachen Madonna unterschied sich ihr Musikgeschmack von dem ihres Mannes grundlegend. Beide hörten gerne internationale und deutsche Popmusik und gemäßigten Rock. Rockballaden von Bryan Adams zählten dazu. Benjamin liebte auch Lieder von jener deutschen Rockgruppe mit dem merkwürdigen Namen ‚Unheilig', deren Songs Antonia nicht mochte. ‚Melancholische Abgesangslieder', urteilte sie. Dazu zählte auch Benjamins Weckrufmelodie: ‚Wir waren geboren um zu leben mit den Wundern unsrer Zeit, sich niemals zu vergessen, bis in alle Ewigkeit'. Aus seiner Indienzeit hörte er manchmal indische, instrumentale Meditationsmusik.

Auf Grund dieses Zwiespaltes versuchten beide sozusagen musikalisch schonend miteinander umzugehen. Was jedoch nicht immer gelang, mal nervte Antonia ‚dieses Sitargeleier', mal ließ er sich über nichtssagende Schlagertexte aus. Von Schlagerstars in anmachender Form gesungen, unterstützt von aggressiven Farblichtgewittern. Blendwerk. Ihrem Gegenargument, dass genau dies viele Menschen begeisterte, konnte oder wollte er nichts abgewinnen. Es war ja offensichtlich, dass für diese Art Unterhaltung sehr hohe Eintrittspreise bezahlt wurden, Junge und Ältere gleichermaßen enthusiastisch mitgingen.

Madonna war einer dieser Streitpunkte. Es waren nicht immer die Lieder von ihr, die ihm missfielen, vielmehr ihre provokante Art der Selbstinszenierung, die ihn anwiderte. Dass seine Frau, als ihr erstes Kind gerade fünf Monate alt war, für eine Konzertshow dieser Popsängerin zusammen mit Jule nach Rom flog, war für ihn unverständlich. Der Barcelona-Trip, Jahre später, ebenfalls zu Madonna, hinterließ eine weitere Gefühlsnarbe in ihm. Jedenfalls, so glaubte Antonia, hatte er danach begonnen, so ganz allmählich sich zurückzuziehen.

Antonia strotzte geradezu vor Lebensfreude, was ihn manchmal eifersüchtig zu machen schien, doch sagte er nichts. Zum Beispiel wenn seine Frau im Skiurlaub beim Après-Ski der Mittelpunkt der fröhlichen Runde war. Oder das Thema Tanzen, was Benjamin widerstrebte. Also ging sie manchmal mit Jule in die Disco. Er dagegen liebte Theater, modern inszenierte Dramen, was für Antonia nur schwer verdaulich schien. Seit einiger Zeit war er für sie nicht mehr der, den sie kennengelernt hatte. Es schien, als würde seine Ashram-lebensweise wieder aufzuflammen beginnen.

Benjamin blieb weiterhin auf Distanz zu Jule, schon allein weil sie die Unternehmungslust seiner Frau immer wieder anfachte. In ihrer oberflächlichen Art schien es keinen Platz für ernsthafte Unterhaltung zu geben. Er wusste von seiner Frau, dass Jule sehr früh geheiratet hatte – viel zu jung – wie sie meinte und nach eineinhalb Jahren bereits wieder geschieden war. Seither ging sie keine feste Bindung mehr ein.

Aus einer Laune heraus hatte Jule den Einfall mit dem Begleitservice. Sie, die im Herbst eine drei Jahre dauernde Liaison mit Marc beendet hatte, kannte die ‚richtigen Leute'. Sie war nach Antonias Meinung überall dort präsent, wo die interessantesten Events der Stadt abgingen.

Fast immer fanden Antonias Termine abends statt, so dass sie nachmittags Zeit für die Kinder und den Haushalt hatte. In Ausnahmen akzeptierte sie auch mal einen Termin um die Mittagszeit. Sie fand dieses ‚Engagements' meist interessant, mal amüsant, selten verbunden mit anstrengender Konversation. Das Geheimnis einer guten Begleitdame hatte sie schnell herausgefunden: Nicht zu viel und nicht zu wenig. Nicht zu viel mitreden, schon gar nicht die Herren korrigieren. Aber auch nicht zu wenig Interesse zeigen. Antonia spielte das Spiel aus Sicht ihrer Auftraggeber zur großen Zufriedenheit. Die oft über dem Vereinbarten bezahlten Honorare nahm sie gerne an, doch waren diese für sie nicht ausschlaggebend. Entschieden wehrte sie sich gegen die Bezeichnung Escort Dame.

„Bin keine Escort Lady, meine Begleitdienste sind rein öffentlicher Natur, da gibt es keine privaten Dates".

Benjamins Vorbehalte begegnete sie mit der Begründung, dass dies ein ganz normaler und seriöser Job sei, außerdem trage sie ja immer Perücke und Brille. Und es sei ja nur für kurze Zeit.

Um die Fragen der Kinder plausibel zu beantworten, musste sie sich jedoch immer wieder etwas einfallen lassen.

Mama, musst du heute Abend wieder weg?

Ja mein Schatz, du weißt doch ich habe diese Schulung für die neue Computeranwendung.

Mami, du siehst heute Abend aber sehr schick aus.

Danke meine Große. Heute gehe ich mal mit meiner Freundin Jule aus. Ein Frauenabend, weißt du, das muss auch mal sein.

Warum macht Papa keinen Männerabend?

Nun ja, er bleibt halt gerne bei euch zu Hause.

Die Buddha-Ausstellung

Für den Abend hatte ein Professor für Kulturanthropologie Antonia über ihre Agentur gebucht, um ihn zu einer Vernissage zu begleiten. Thema der Ausstellung waren Meisterwerke buddhistischer Kunst. Der Professor traf sich am Rande der Ausstellungseröffnung mit einigen Freunden sowie einem seiner ehemaligen Studenten, Johannes Berger, der am Beginn seiner Dissertation stand. Antonia schätzte ihn auf zirka dreißig. Mittelgroß, dunkelblonde Haare, Naturlocken. Sie stufte ihn nach dem ersten Eindruck als sympathisch ein.

Johannes Berger war sehr angetan von Antonias Erscheinung. Sie trug einen Hosenanzug in hellbraun-beige, was nach aktueller Mode mit ‚Hazelnut' bezeichnet wurde. Dazu eine bunte Bluse mit Kreisen, Dreiecken und freien Formen. Ihre kastanienbraunen, leicht gelockten Haare blieben unter einer schulterlangen Goldblondperücke verborgen. Passend dazu die bernsteinfarbene Halbovalbrille. Namentlich wurde sie von der Agentur als Patrizia Paul angekündigt.

Berger wusste, dass Professor Baum gerne eine ‚einigermaßen fachkundige' weibliche Begleitung zu bestimmten Anlässen engagierte. ‚Bloß keine Studentinnen', war seine Überzeugung. Eine Frau aus der Reisebranche mit Schwerpunkt Asien erschien ihm genau richtig.

Gemeinsam betrachteten sie nach der Einführung die exotischen Darstellungen. Antonia konnte sich kaum sattsehen, besonders an den kleinen Skulpturenpaaren, sitzend, in erotischer Verschlungenheit. Dargestellt in prächtigen Kleidern und kronenähnlichem Kopfschmuck, was für die Besucher auf eine königliche Herkunft schließen ließ, doch handelte es sich dabei um buddhistische Gottheiten.

Eine Skulptur hatte es ihr besonders angetan: Ein nur zwölf Zentimeter großes Figurenpaar aus vergoldeter Bronze. Beide

Gottheiten versehen mit Juwelenschmuck, in weiche Gewänder gehüllt. Er mit aufrechtem Oberkörper im Lotossitz, sie auf seinem Schoß sitzend, ihre Beine um seine Hüften geschlungen, die offenen Arme auf seine Schultern gelegt. In den gekreuzten Händen hielt sie, hinter seinem Nacken, je eine kleine Schale gefüllt mit Nektar. Auch er hatte die ausgestreckten Hände hinter ihrem Rücken gekreuzt, hielt in jeder Hand eine Nektarvase. Ihren Kopf weit in den Nacken gedrückt sah sie zu ihm auf. Ihre Lippen berührten sich jedoch nur beinahe, wodurch eine spannungsgeladene Verbindung entstand. Beide in vollkommener Vereinigung, die Welt und sich selbst vergessend.

Auf die Frage Bergers, wie sie denn die buddhistische Kunst finde, war ihre Begeisterung für die ausgestellten Exponate aus einer intensiven Beobachtung heraus deutlich zu spüren.

„Es ist fast unglaublich, dass all diese Werke für eine Ausstellung zusammengetragen werden konnten. Eine Sammlung, die ich in solcher Vielfalt, Qualität und Anschaulichkeit nicht erwartet hätte."

Johannes Berger sah sie überrascht an:

„Sie haben nähere Kenntnisse über den Buddhismus?"

Sie lächelte für einen Moment verlegen, glaubte wohl etwas zu dick aufgetragen zu haben.

„Oh nein, vom Buddhismus als Weltreligion, also seinen Lehren, weiß ich nur ganz Allgemeines."

Natürlich wusste sie einiges über die asiatischen Kulturen, das brachte schließlich ihr Beruf als Reiseverkehrsfrau mit sich. Sie kannte die buddhistischen Highlights der Reisetouren in jene Länder sozusagen aus dem Lehrbuch. Tausendfach illustriert die von Wurzeln der riesigen Würgefeigenbäume verschlungene Tempelanlage Ta Prohm, nahe Ankor Wat oder Borobudur auf der Insel Java, die größte buddhistische Tempelanlage der Welt. Millionenfach besucht der große Buddha Tempel in Phuket, ebenso das alte buddhistische Kloster Mihintale in Sri Lanka.

Auch wusste sie, dass der Buddhismus im Ursprungsland Indien nur noch weniger als ein Prozent der Bevölkerung ausmacht, die Hälfte aller Buddhisten weltweit dagegen in China zu finden sind. Unvergesslich ihre erste Reise mit Benjamin, eine Wanderreise nach Tibet, welche sie bis zum höchstgelegenen buddhistischen Kloster Rongpu gegenüber der Nordwand des Mount Everest geführt hatte. Die Tibeter nennen den Berg Qomolangma, Mutter des Universums.

Sie blieben lange vor diesem Paar stehen, länger als vor den meisten anderen ausgestellten Skulpturen und Bildnissen. Berger und Professor Baum tauschten sich flüsternd aus. Alle bewunderten die feine, in Perfektion ausgearbeitete Skulptur in vergoldeter Bronze. Es stellte Sitasamvara, eine Schutzgottheit des tibetischen Buddhismus mit seiner Partnerin Vajravarahi dar.

Später, im Foyer fasste der Professor seine Eindrücke zusammen: „Dies ist unzweifelhaft einmalig, was hier an Meisterwerken buddhistischer Kunst zusammengetragen wurde. Hier sind unschätzbare Exponate über einen Zeitraum von mehr als zweitausend Jahren versammelt. Die buddhistischen Religionen haben im Laufe der Jahrtausende viele künstlerische Darstellungen hervorgebracht. Besonders für uns Europäer sind diese oft erotisch anmutenden Darstellungen von besonderem Reiz. Ganz anders dagegen die großen Rollbilder mit diesen furchterregender Gestalten."

Er spielte dabei auf die dämonenhaften Schutzgottheiten im tibetischen Buddhismus an, die Dharmapalas, dargestellt auf großen Rollbildern. „Diese zornvollen Schutzgottheiten sind die Hüter der Lehre Buddhas."

Zu ihnen gehört auch der büffelköpfige Yamantaka. Eine dunkelblaue, furchterregende Schreckensgestalt, in Kampfbereitschaft stehend, mit neun Gesichtern, vierunddreißig Armen und sechzehn Beinen. In der Faust der Vajra, ein

Ritualzepter der geistigen Macht. Antonia hatte einen innerlichen Schauer verspürt beim Anblick dieses dämonischen Schutzgottes. Erst auf Hinweis von Johannes Berger erkannte sie in diesem Bild eine Frau, die sich mit dem Schutzgott vereinigt.

Auch Professor Baum war überrascht von der Einschätzung seiner Begleiterin. Mit ihr an seiner Seite lud er Johannes Berger und zwei weitere Paare in ein kleines Restaurant ein, in dem der Professor häufig zu Gast war. Berger hatte bei Raimund Baum Kulturanthropologie studiert. In anderen Studiengängen Germanistik, Philosophie und Religionsgeschichte mit Schwerpunkt auf den Mahayana- und tibetischen Buddhismus. Im Laufe des Studiums hatte er sich der vergleichenden Wissenschaft von Christentum und Hinduismus/Buddhismus zugewandt, wodurch sich die wissenschaftliche Beziehung zu Professor Baum vertiefte. Baum war neben seiner Professur auch ein renommierter Religionswissenschaftler.

Um die schöne und interessante Frau in die Gesprächsrunde einzubinden hatte der junge Mann an ihrer linken Seite sie gefragt:

„Sie haben schon ein Land mit buddhistischer Tradition besucht?"

„Zwei. Wir waren in Tibet - in Lhasa und verschiedenen Klöstern bei einer Wanderreise. Es war sehr beeindruckend. Später dann in Vietnam. Wir waren auch in der großen Pagode in Bai Dinh. Aber diese Überfülle war mir einfach zu viel. Weit besser gefiel mir die Bootsfahrt zu den Grotten nach Trang An, und zu der Pagode dort, von Wasser umgeben. Dazu die traumhaften Kulissen am Fluss, die nahen, steilen Berge, teils ragen sie wie Zuckerhüte aus dem Wasser. Es ist das Zusammenspiel von Natur und menschlicher Gestaltung in einer wunderbaren Harmonie."

Antonia kam unbeabsichtigt ins Schwärmen, sah ihn einen Augenblick lang mit leuchtenden Augen an, als hätte sie das beschriebene Bild noch vor Augen.

„Wie poetisch“, äußerte sich der Professor. „Da treffen Sie bei Herrn Berger, der auch ein großer Dichterfreund ist, auf offene Ohren. Und zugegeben, manchmal kommen die wahren Poeten dem Göttlichen näher als wir einfachen Wissenschaftler, wenn ich da an Rilke oder Hölderlin denke, nicht wahr, Johannes?“

Der junge Mann war gleich zu Beginn seines Germanistikstudiums auf Rilkes Stundenbuch gestoßen, das ihn tief beeindruckt hatte. Später erzählte er gerne, dass gerade dieses Büchlein seinen Weg in Richtung Religionsgeschichte gelenkt habe. Berichte über Tibet, Lhasa und die Klöster hätten den junge Wissenschaftler brennend interessiert, doch bemühte er sich, Baums Begleiterin nicht zu sehr in Beschlag zu nehmen.

Etwas anderes beschäftige ihn während ihrer Schilderung: Die Person, die neben ihr zu diesem ‚wir‘ gehört hatte, mit der sie in Tibet und Vietnam war, erschien ihm als eine beneidenswerte Person. Entfaltete sich in diesem Augenblick in ihm der Gedanke einer Seelenverwandtschaft zu dieser schönen Frau, wie das Öffnen der Flügel eines Schmetterlings, dem er sich nicht erwehren konnte?

Berger hätte sich gerne weiter mit der attraktiven Antonia unterhalten, seiner Einschätzung nach war sie nur wenige Jahre älter als er. Doch sie vermied eine eingehende Konversation mit ihm, schließlich war sie die Begleiterin des Professors. Baum war die gegenseitige Affinität der beiden dennoch nicht entgangen. Auch er erlag ein wenig der Versuchung seine schöne Begleiterin mit Fachwissen und einem dezenten Charme zu beeindrucken, dabei jedoch stets bemüht dies nicht als kleinen Flirt enttarnen zu lassen. Andererseits war er von der Ausstellung immer noch so begeistert, dass er diese zum Anlass nahm, über Vergleiche zwischen Buddhismus und Christentum zu referieren.

„...dabei sind die Unterschiede gar nicht so groß, wie landläufig gedacht wird. Es gibt durchaus Parallelen. Vor allem in der praktischen Religionsausübung, den Gebeten und Andachten, den Fasten- und Feiertagen. Die katholische Heiligenverehrung findet ein ähnliches Gegenstück in den vielen Buddhas und Bodhisattvas des Mahâyâna-Buddhismus.“

„Im Übrigen“, fügte der Professor hinzu, „wurde das Christentum zumindest in Teilen durch Religionen geformt, die ihm vorangingen und aus denen es sich entwickelte. Das christliche Klosterwesen hat direkten Bezug zu den viel älteren mönchischen Praktiken im Buddhismus. Auch Lehren von der dreifaltigen Gottheit finden sich schon in vorchristlichen Zeiten in Indien.“

„Eine dreifaltige Gottheit gab es vor über viertausend Jahren schon im Osiris-Glauben in Ägypten, der als Gott des Jenseits, der Wiedergeburt und des Nils verehrt wurde“, fügte Baums Gegenüber, ein Ägyptologe, hinzu.

„Interessant ist auch die Legende von der Empfängnis der Maya, der Mutter Gautamas, und der jungfräulichen Geburt des Buddhas, fünfhundertdreiundsechzig vor Christus. Diese ist durchaus mit den christlichen Evangelien vergleichbar“, wagte Berger an dieser Stelle anzubringen.

„Nicht zu vergessen“, erweiterte Baums Studienfreund und Griechenkenner Bertram, „den Einfluss der griechischen Philosophen, auf die Entwicklung der christlichen Religion. Wenn ich hier mal Sokrates und Platon erwähnen darf, die ebenfalls an eine menschliche Seele glaubten. Was zum Teil auf die indogermanische Stammesverwandtschaft mit dem indischen Hinduismus zurückzuführen ist.“

„Leute, wie weit wollt ihr denn noch ausholen“, versuchte Bertrams Frau die Weltgeister wieder einzufangen. „Mag ja sein, dass es zwischen Christentum und Buddhismus Parallelen gibt, aber sie führen nicht zum selben Ziel.“

Entgegen ihrer Zurückhaltung als Begleiterin drängte es Antonia zu der Frage: „Gibt es im Buddhismus verschiedene Lehren?“

„Oh, ja“, führte Berger aus. „Im ZEN-Buddhismus zum Beispiel, beenden das Sterben und der sogenannte Tod lediglich die eine Seite des Lebens. Als ewiges Leben gilt das Bewusstsein im gegenwärtigen Augenblick. Gottheiten existieren in den Zen-Lehren nicht. Ganz anders im tibetischen Buddhismus mit seinen vielen Gottheiten. Da glaubt man an einen Zwischenzustand nach dem Eintreten des Todes, den Bardo, der im Todesmoment beginnt und mit der nächsten Inkarnation, spätestens nach neunundvierzig Tagen, endet.“

Noch einmal meldete sich Bertrams Frau: „Viele Gottheiten – ja. Aber es gibt dort keinen absoluten Gott als Schöpfer der Welt. Auch keine lineare Zeitvorstellung mit einem Beginn und einem Ende der Welt wie im Christentum. Deshalb auch keinen endzeitlichen Richter.“

Professor Baum nickte ihr zu: „Hier liegen tatsächlich die wesentlichen Unterschiede der christlichen Lehre von der Lehre Buddhas. Hier Reinkarnation oder Nirwana, dort die Reinigung der Seelen und am Jüngsten Tag, also am Ende der Zeit, die Auferstehung im Reich Gottes.“

An Berger gewandt, fügte er hinzu: “Das wäre ein interessanter Ansatz: Inwieweit meinen ‚Himmelreich Gottes‘ und ‚Parinirwana‘ dasselbe.“

Dieser nickte ihm beistimmend zu.

Studienfreund Bertram fasste diesbezüglich zusammen:

„Fast alle Religionen und die griechische Philosophie leben mit dem Glauben an ein Leben danach, dem Glauben an ein Leben im Jenseits. Besonders in Form der Seele. Entsprechend war und ist die Verehrung, Anbetung ihres sogenannten Einen Gottes angelegt.“

„Wobei, du weißt ja, lieber Bertram, dass ich nichts halte von all diesen Gottheiten, egal welcher Religion sie entspringen."

„Wie?" Antonia, alias Patrizia, blickte ihn überrascht an, brach ein weiteres Mal ihr Zurückhaltungsprinzip.

„Sie glauben an keinen Gott?"

„Liebe Patrizia, mein Nein dazu bedürfte einer semesterfüllenden Ausführung. Nehmen wir … zum Beispiel Babylon, den Reichsott Marduk, den die Babylonier zweitausend Jahre lang als höchsten Gott, als den Schöpfer der Welt anbeteten. Mit Babylons Niedergang endete auch die Gottesherrschaft Marduks. Etwas anders verhält es sich mit den monotheistischen Gottheiten die sich den Menschen offenbarten. Also Jahwe, Allah oder der christliche Gott. Diese abrahamitischen Religionen, Judentum, Christentum, Islam, erkennen auch nur den ‚Einen Gott' an. Ein Gott der den Kosmos erschaffen hat, der allwissend, allmächtig und allgegenwärtig ist. Sie alle glauben an das Jüngste Gericht, ein Begriff den bereits Zarathustra lange vorher schon geprägt hatte."

Der Professor erlaubte ihnen eine minimale Denkpause.

„Das Judentum zum Beispiel bekennt sich zu Jahwe, dem Gott Israels, beginnend im zweiten Buch Mose. Vereinfacht bedeutet das semitische Verb *JHWH* ‚sein oder da sein'. Gott ist entweder ‚der Seiende, der Existierende' oder der ‚Daseinsgeber'. Aber auch diese Gottbezeichnung hatte einen Vorläufer, denn zuvor wurde der Gott der Väter von den Hebräern und den Aramäern *EL* genannt. Das Wort Gottes ist Gesetz, die Zehn Gebote, die er laut dem Tanach Mose auf dem Berg Horeb übergab, sind Ausdruck seines göttlichen Willens. Christentum und Islam gehen ebenfalls auf Abraham, beziehungsweise Ibrahim zurück. Sie sind jeweils eigene Weltreligionen. Jede dieser Religionen beansprucht für sich das Privileg den einzig wahren Gott anzubeten."

„Wenn Du mit allen Gottheiten so weitermachst, lieber Raimund, sitzen wir morgen noch hier“, bemerkte Bertrams Frau.

„Du hast recht, aber eines muss ich noch anführen: Wie du schon sagtest: Die buddhistische Lehre verehrt keinen Gott im Sinne der anderen Religionen. Buddha lehrte die vier edlen Wahrheiten und den achtfachen Pfad. Letzterer besteht in: rechter Erkenntnis, rechter Absicht, rechter Rede, rechtem Handeln, rechtem Lebenserwerb, rechter Übung, rechter Achtsamkeit und rechter Meditation. Alles in allem: liebende Güte. Also: es geht auch anders, ohne den allmächtigen Schöpfergott.“

„Ist Buddha denn kein Gott?“, fragte die andere Frau in der Tischrunde.

„Nein, Gautama Siddhartha, der historische Buddha Shakyamuni, hat sich nie als Gott gesehen. Übrigens auch Jesus nicht, er sagte lediglich, dass er Sohn Gottes wäre, also von Gott kommend, ein Teil von Gott.“

„Klingt das mit dem achtfachen Weg nicht wie die zehn Gebote und das Prinzip Nächstenliebe bei Jesus?“

„Wobei beider Prinzip Nächstenliebe bei allen heute anerkannten Weltreligionen verankert ist“, ergänzte Bertram.

Johannes Berger hob auf die diesbezügliche Diskrepanz an:

„Nächstenliebe – ja. Aber gleichzeitig gibt es in jeder Religion Unterwanderungen durch Hass, Neid, durch Glaubensfanatiker. Christen und Muslime führten jahrhundertelang Glaubenskriege. Päpste stachelten weltliche Herrscher zu Kreuzzügen gegen die Muselmänner an, belegten Kaiser und Könige mit Kirchenbann als letztes Druckmittel. Noch heute segnen orthodoxe Priester Kriegsgeräte und Soldaten die in Kriege ziehen, in denen vielfach Zivilisten getötet werden.

Dann Mohammed: er rief öffentlich zum Heiligen Krieg gegen die Ungläubigen auf, obwohl auch im Koran die Liebe als das Höchste gilt und Jesus in etlichen Suren sogar als Heilsbringer genannt wird. Immer noch werden Christen von radikalen

Muslimen getötet wegen ihres Glaubens. Die Buddhisten übrigens nicht ausgenommen: Sie begehen grausame Taten gegen die islamischen Rohingya. Obwohl liebende Güte nach Buddhas Lehre ihr oberstes Gebot ist."

„Ja, das beschäftigt mich zurzeit auch sehr", rief Antonia fast leidenschaftlich dazwischen. „Denn seit in Myanmar buddhistische Nationalisten die muslimischen Rohingya auf brutalste Weise aus dem Land gejagt haben, hat der friedliche Buddhismus für mich ein anderes Gesicht bekommen. Leider."

Der Professor nickte ihr zu und fasste zusammen:

„Alle, die ihre religiösen Überzeugungen mit Gewalt, mit Repressalien oder Privilegien durchsetzen wollen, sind nichts als Fanatiker, die ihre eigene Religion nicht wirklich verinnerlicht haben. Jeder Staatenführer, der damit droht, dass er die Welt dadurch beherrschen kann, indem er sie zu zerstören droht, spielt quasi den Anti-Gott. Früher hätten die Menschen Teufel dazu gesagt. Ein Schöpfergott, der diese Welt geschaffen hat, kann niemals zu Gewalt, Krieg und Zerstörung aufrufen. Deshalb bin ich überzeugt, dass die Menschen ihre Gottheitsbegriffe bis zu einem gewissen Grad missbrauchen. Und diese dem jeweiligen Zeitalter anpassen. Die Namen dieser Gottheiten werden sich in tausend Jahren wieder geändert haben, obwohl es doch nur einen Schöpfergott für das gesamte Universum geben kann."

Es entstand eine kurze Stille, ehe er fortfuhr:

„Wenn der Mensch sich nun also auf einen Gottbegriff als den Schöpfer des Weltalls und unserer Welt festlegt, so in erster Linie in Bezug auf seine eigene Herkunft, die Religion der Vorfahren, oder die Zeit und die Umstände in denen der Mensch lebt. Was aber diese Welt im Innersten zusammenhält, von der Ursächlichkeit bis zur letztendlichen Vollendung, kann nach menschlichem Ermessen nicht durch eine der sogenannten Schöpfergottheiten beantwortet werden. Wohlgemerkt: Die Lebensbeispiele und die Lehren von Jesus oder Buddha oder auch Zarathustra erkenne ich als das Höchste an, was Menschen im positiven Sinne erreichen können. Sie zeigen den Menschen den Umgang mit sich selbst und der Schöpfung und darüber hinaus eine Lehre von den letzten Dingen, von dem möglichen Danach. Ich könnte mich dem einen, wie dem anderen Weg anschließen - nur, auf welche Gottheit soll ich mich nun auf meinem Lebensweg und auf mein Lebensende hin festlegen? Nach meiner Meinung, und der großer Denker, gibt es über allem eine universale Ordnung, welche die ganze Welt umfasst und in ihrem Gleichgewicht erhält. Aus dieser Ordnung kommen wir und in diese kehren wir wieder zurück."

Antonia konnte dies nicht hinnehmen. Begleitservice-prinzipien hin oder her:

„Aber das ist doch keine Perspektive für die Menschen! Universale Ordnung! Das ist doch auch nur ein Begriff. Damit kann ein religiöser Mensch doch nichts anfangen. Ein Mensch, wenn er gläubig ist, braucht eine fundierte Religionsordnung und Tradition. Eine klare Struktur von der Geburt bis zum Tod. Und eine Vorstellung von dem, was danach sein könnte."

Antonia versuchte ihre heftige Reaktion gegen den Professor abzumildern, indem sie abwechselnd zu Johannes Berger und den anderen blickte. Etwas gemäßigter fügte sie hinzu:

„Eine Vorstellung genügt schon – wir können es ja nicht mit letzter Sicherheit wissen. Und das ist gut so. Gegenüber einem Begriff wie Universale Ordnung würde ich jedenfalls einen Namen wie Jahwe, Allah, Shiva, Buddha, christlicher dreieiniger Gott vorziehen."

An den Professor gewandt sagte sie mit einem entschuldigenden Lächeln: „Verzeihung, es ist nur meine Sicht dieser Dinge."

Raimund Baum zeigte sich für einen Augenblick überrascht, nickte ihr jedoch anerkennend zu:

„Ja zugegeben, die meisten Menschen verlangen nach einem klar erkennbaren, persönlichen DU, zu dem sie aufschauen, zu dem sie beten können. Ob es nun Vater, Gott, Allah, oder ein anderer Name ist. Die Indianer Nordamerikas nennen es Manitou. Sinngemäß bedeutet Manitou die Große Kraft, die in allen Wesen und Erscheinungen enthalten ist - das Allumfassende Geheimnis. Universale Ordnung dagegen ist eben ein neutraler Begriff, ebenso ein in jüngster Zeit verwendetes Wort, das Gott als den ‚Seinsgrund' umschreibt."

Sie erwiderten nichts, der eine zog die Augenbrauen hoch, die andere wiegte bedächtig den Kopf hin und her. Johannes zeigte zwar wissende Fältchen um die Mundwinkel, doch schien er den klar umrissenen Einwand von Baums Begleiterin zu teilen.

Der Professor schloss mit den Worten: „Meine religiöse Vorstellung geht eben in eine andere Richtung. Es ist ein wissenschaftlicher Ansatz, eher eine philosophische These, die alle Religionen mit einschließen könnte. Wobei noch gesagt sei, dass die Inder ihre heutige Religion, bekannt unter dem Sammelbegriff Hinduismus, meist als ‚ewige Ordnung' bezeichnen. Gemeint ist damit eine allumfassende kosmische Ordnung, die alles Leben bestimmt und an die sich alle Menschen halten sollen."

„Letztendlich kann diese Frage ohnehin nicht beantwortet werden", gab sein Duzfreund Bertram zu bedenken.

„Maßgebend für unsere Zukunft ist meiner Meinung nach, dass die Religionsführer das Wesen ihrer Glaubenslehre in den Vordergrund stellen, nicht die hierarchische Gesetzmäßigkeit und dass sie die jeweils anderen Religionen als gleichberechtigt akzeptieren. Dann hätten wir schon eine bessere Welt – wenn auch mit verschiedenen Gottheiten. Ich möchte dabei wieder einmal Hans Küng erwähnen und seine Stiftung Weltethos.

„Und", fügte er hinzu: „möglicherweise ist das der erste Schritt in Richtung universale Ordnung oder Gottheit. Aber genug für heute."

Baum stimmte ihm zu:

„Du hast Recht, da gibt es noch Vieles, für alle nachfolgenden Generationen, was zur wissenschaftlichen Aufarbeitung dieser Fragen beitragen möge."

Als sie sich vor der Tür des Restaurants verabschiedeten, hatte leichter Schneefall eingesetzt, der jedoch über die Stadt als nasskalter Schleierregen niederging. Johannes Berger wandte sich mit einem charmanten Lächeln an die schöne Begleiterin des Professors:

„Vielleicht sieht man sich ja mal wieder." Ein fremder, süßer Duft streifte ihn, er schien ihren Haaren zu entströmen.

UHRWERK UND TABLET

Sie schaukelten graziös an ihren Seilen. Nicht schwerelos, doch irgendwie leichtgewichtig. Gelockte Grazien in knielangen cremeweißen Kurzarmkleidern, gesäumt von Rosenblüten und Äpfeln. Darunter zeigten sich im Hin- und Herschwingen buntgeringelte, enganliegende Dreiviertel-Hosen. Cherubina, die Anmutige erforschte mit ihren schwarzbraunen Augen immer noch ein wenig furchtsam den seltsamen Raum. Ihre langen Naturlocken zogen eine wehende, schwarze Spur durch die Farbkorridore.

Die schmale Gesichtsform ihrer Kameradin Angeli, besonders deren dezent gebogene Nase, ließ auf römische Herkunft schließen. Dem allerdings schienen die blonden Korkenzieherlocken zu widersprechen. Ihren auffallend grünen Augen - als blicke sie aus geschliffenen Smaragdsteinen – entging nichts. Am wippenden Saum ihres Kleides leuchteten hellrote Äpfel.

Geschickt zogen sich beide ein Stück in die Höhe, schwangen quer durch die Farbschleier hin und her. Höher empor hangeln war ihnen nicht möglich, denn ab einer Höhe von zwei bis drei Körperlängen schien das Seil immer dünner und länger zu werden und sie sanken wieder zu Boden. Sie hatten sichtlichen Spaß an ihrem Spiel, wobei sie unentwegt flüsterten. Schließlich setzte sich die engelsblonde Angeli vor der Wand auf den Boden und stierte eine Weile auf die angeordneten liegenden Achterschlingen. Die ominösen Falten schienen sich vor ihren Augen zu verketten.

Was denn ein Trompe-l'oeil sei, wollte Cherubina von der anderen wissen, als beide das erste Mal auf diese Wand starrten und die Blonde jenes ihr unbekannte Wort aussprach. Angeli glaubte, die andere käme aus einem der Maghreb-Staaten und meinte etwas schnippisch:

So etwas Ähnliches wie eine Fata Morgana, konkret bedeute es Augentäuschung. So ihr erster Gedankenaustausch.

"Wenn ich zu lange drauf schaue fliegen mir diese Zeichen im Kopf herum und ich weiß nicht mehr, wo ich mich nun befinde."

"Das liegt nicht an dieser Wand, sondern an dir", ergänzte Angeli. "Was dahinter ist, wissen wir ja nicht. Wir kannten bisher nur das Unten - ach wie gern wär ich noch dort. Stattdessen schwingen wir hier in diesem Zwischenstadium, als engelhafte Assistentinnen des Guardians Herkules vor dieser ominösen Wand hin und her."

Zugegeben, mit etwas Phantasie konnte man den Beiden etwas Engelhaftes abgewinnen, allerdings fehlten ihnen jene seit ewigen Zeiten zugedachten körperlichen Merkmale: Sie hatten keine Flügel. Herkules bezeichnete den Ort als ‚Himmelspforte', wohl auch um darauf hinzuweisen, dass dies kein Etablissement im Rotlichtmilieu sei. Alle drei waren sie die ‚Neuen' an der sogenannten Schwelle, wenn auch Herkules betonte, etwas vor ihnen angekommen zu sein. Doch war auch er in seine Aufgabe erst vor kurzem, angeblich von Urman, eingewiesen worden. Sie seien nun als Neuankömmlinge mit der Aufgabe betraut, die nach ihnen Kommenden zu empfangen, erklärte er. Dass gerade sie ausgewählt wurden, sei eine Ehre.

Erst nach und nach konnten sie sich an diesem Raum gewöhnen. An der linken Seitenwand, von rubinroter Lichtbahn umwoben, stand auf einem starken Holzgestell ein wahrhaft altes Uhrwerk. Dessen zwei Meter langes Pendel scheinbar in ewiger Schwingung den Takt für das Zahnradensemble vorgab. In der Waagrechten, neben- und hintereinander angeordnet, griffen tellergroße Zahnräder Zahn um Zahn ineinander, was sich mit einem leisen unablässigen Klacken bemerkbar machte. Über diesem Zahnradensemble thronte ein achteckiges Ziffernblatt mit babylonischen Zahlen.

Auf der rechten Seite, im violetten Farbkorridor, hing an drei feinen Kettchen eine reich verzierte silberne Öllampe. In einem Glaszylinder züngelte ein hellrotes Flämmchen. Die ebenso zierliche Kette zur Aufhängung verschwand nach oben in einer der hellen Wolken.

Das alte Uhrwerk im dunkelroten Licht zog immer wieder ihre Blicke an. Ihr Takt, penetrant genau wie seit eh und je, schien sich durch nichts aus ihrer Ruhe, oder besser aus seiner Unruh bringen zu lassen. Cherubina fragte sich, was diese ganzen ringförmigen Scheiben, teils exzentrisch, diese Ziffernblätter und die verschiedenen Zeiger denn alles anzeigen können. Angeli meinte, dass es sich um eine astronomische Uhr handele. Neben der Uhrzeit würde auch die Drehung des Himmels nachgebildet. Es ginge dabei um die Stellung der Sterne, der Sonne und des Mondes in Bezug zur Erde. Außerdem habe sie eine Vierundzwanzig-Stunden-Anzeige. Cherubina zeigte sich beeindruckt.

"Bei der Piazza della Loggia in Brescia ist so eine ähnliche Uhr", erklärte die Blonde ihr Allgemeinwissen. Diese Darstellung hier sei dem Alter entsprechend auf ein geozentrisches Weltbild ausgerichtet. "Damals drehte sich die ganze Welt noch um die Erde. Für manche im Vatikan heute noch."
Angeli deutete auf einen der exzentrischen Kreise:

"Es gibt hier aber noch einen Zwölferkreis der dauernd auf Fische steht. Besser gesagt, er wandert Richtung Wassermann, aber ganz extrem langsam, dagegen ist eine Schnecke ein Rennwagen. Dieser Kreis soll wohl die Weltzeitalter anzeigen. Allerdings müsste unsere gute alte Uhr für eine ganze

Umdrehung dieses Kreises noch fünfundzwanzigtausend Jahre durchhalten."

"Wow." Cherubina schwang sich, Schimpansen gleich, kopfunter zu Angeli hinüber, kraulte, ganz nach Affenart, deren Löckchen. Die Blonde zauberte plötzlich - geradezu aus dem Nichts - ein Tablet hervor. Ja – einen Tablet-PC! Made in World. Flach, zehnkommafünf Zoll. Im Vergleich zum Uhrwerk ein ultramodernes Teil, wenn auch nicht mehr ganz neu. Urman, der Oberaufseher bezeichnete es gegenüber Herkules als Bildertäfelchen, das sie gnädiger Weise hier an der ‚Pforte' behalten durften, falls sie sich mal langweilten bei ihrem Dienst. Urman selbst hatten die beiden Engel noch nie zu Gesicht bekommen. Angeli balancierte das ‚Täfelchen' vertikal mit den Fingerspitzen, als wäre es eine in die Höhe gestreckte schwarze Schiefertafel. Ehe es zu kippen drohte, griff Cherubina die Tafel und schüttelte gespielt mahnend den Kopf. Sie setzte sich neben Angeli, nahm das Tablet auf den Schoß und tippte einige Befehle ein. Es ertönte eine quäkende, dünne Stimme aus den Lautsprechern des Gerätes:

Achtung! Du wechselst in die Raum-Zeit-Ebene. Die Traumwelt der Dinglichkeiten. Willst du das wirklich?

"Ja", flüsterte sie halbwegs hörbar.

Die Minispaekers gaben ein höhnisches Lachen von sich.

"Lacht nicht so blöd, ihr versteht das sowieso nicht."

"Wer weiß", meinte Angeli, "Big Brother ist jedenfalls auch schon hier angekommen, und deutete auf die Wand und das Dahinter."

Das rote Flämmchen in der Öllampe machte sich durch unruhiges Flackern bemerkbar. Für einige Augenblicke schien es, als würde die Lichtfarbenanordnung im Kubus durcheinander gerüttelt, als flatterten bunte seidige Negligés bei heftigem Wind an der Wäscheleine. Die beiden spürten eine heraufkriechende Stille.

Die Uhrwerkmechanik ließ sich davon nicht aus dem Takt bringen, ihre Tock-Schritte bewiesen eiserne Ruhe. Plötzlich aber wurde die getacktete Stille eingerissen durch ungewöhnliche Laute. Merkwürdige, höchst schräge Töne kreischten und schepperten durch den Raum, nicht definierbar, woher sie kamen. Von oben, den Seitenwänden oder gar von unten?

Die beiden Seilakrobatinnen kannten diese schon. Cherubina bezeichnete sie als ‚gefriergetrocknetes Lachen'. Angeli hörte daraus ‚ein Duett aus dem fröhlichen Meckern einer armenischen Bergziege und dem Orakeln eines offensichtlich betrunkenen sardischen Hausesels'. So jäh wie es ausbrach, so abrupt endete auch das bizarre Gelächter. Hinterließ eine spannungsgeladene Stille. Schließlich beruhigte sich auch das Rotlichtflämmchen wieder.

2

Freitag

Johannes Berger - Notizen

Neben seinen wissenschaftlichen Studien führte Johannes Berger ein Tagebuch, indem er unterschiedliche Themen im Zusammenhang mit seinen Studien notierte. Neue Anregung brachte ihm der Gesprächsabend nach der Buddha-Ausstellung.

Babylon *[Mesopotamien]*

90 km südlich von Bagdad, am Euphrat gelegen. Die Blütezeit der antiken „Weltstadt" Babylon lag zwischen 1800 v. Chr. und 140 v. Christus. Laut Herodot war Babylon „gewaltig und prächtig gebaut wie meines Wissens keine andere Stadt der Welt". Es soll drei- und vierstöckige Gebäude gegeben haben.
Im Tempelbezirk befand sich seinen Berichten zufolge ein Turm, von dem es im Alten Testament heißt, sie wollten damit den Himmel erreichen. Die Bedeutung des Namens der Stadt Babylon leitet sich vom Akkadischen bāb-ilim ab, was „Tor der Götter" bedeutet.

Turmbau zu Babel
Der in der Bibel erwähnte Turm zu Babel (Babylon) wurde unter der Herrschaft Nebukadnezars II. vollendet. (Neubabylonischer König von 605 bis 562 v. Chr.)
Die Zikkurat, ein gestufter Tempelturm, hatte eine Grundfläche von 91,48 m × 91,66 m und eine Höhe von etwa 91 m und wurde Etemenanki genannt. (Haus der Fundamente von Himmel und Erde), gewidmet dem babylonischen Reichsgott Marduk. Von den ursprünglich sieben Stockwerken sind heute kaum mehr als die

Fundamente erhalten, die im Satellitenbild als dunkles Quadrat mit 90 Metern Seitenlänge erscheinen.
Der Turmbau fällt in die Zeit der babylonischen Gefangenschaft, Epoche der jüdischen Religionsgeschichte. Beginnt 597 v. Chr. mit der ersten Eroberung Jerusalems und des Königreiches Juda durch König Nebukadnezar II.

Die biblische Auslegung nach Gen. 11,1-9 EU:
Nach der Sintflut zogen die Menschen in das Land Schinar, (nördlich von Babylon) wo sie sich niederließen. Um sich nicht weiter über die Erde zu zerstreuen, beschlossen sie, einen weithin sichtbaren Turm zu bauen. Als Gott Kenntnis erlangte, dass dieser Turm bis zum Himmel reichen solle, befürchtete er, ‚dass ihnen bald nichts mehr unerreichbar sein [wird], was sie sich auch vornehmen‘.

Aus hebräischer Sicht wollten die Babylonier mit dem Turm Gott gleich werden, doch Gott zwang die Turmbauer durch Sprachverwirrung zur Aufgabe (was jedoch nach neuen Erkenntnissen als falsch interpretiert gilt).

Das angewandte hebräische Verb balal, „verwirren“ wurde auf den Turmbau zu Babel bezogen. Die daraus entstandene Übersetzung von Babylon als „Durcheinander“ gründet sich daher primär auf die biblische „Sprachverwirrung“ und kann nicht als etymologischer Beleg gelten.

Caféplausch

Antonia hatte sich mit Jule zur Mittagszeit in ihrem Lieblingscafé verabredet. Sie saßen an einem großen Fenster das den Blick auf die Gasse und den Marktplatz freigab. Jule erzählte von ihrem Job, Rechnungen, auch Mahnungen zu schreiben. Manchmal stelle sie sich vor, wie ihre Kunden darauf reagieren würden. Dann wechselte sie das Thema, begann von einer kurzen, aber heftigen Liaison mit einem ‚smarten himmlisch aussehenden Typ' aus dem Sportstudio zu erzählen, wobei sie offenherzig pikante Details einstreute. Im gleichen Atemzug beschwor sie ihre freiheitliche Art zu leben. Antonia dachte an Jules offene Beziehung zu Marc. Marc, der neben ihr noch einige weitere ‚Eisen im Feuer' hatte. Jule wusste davon, schien es lange still hinzunehmen.

Wenn Jule nun aber von einem neuen Liebesabenteuer erzählte, konnte ihr Antonia entspannt und amüsiert zuhören. Manchmal schüttelte sie mit einem Schauder der Begierde lachend den Kopf, oder es überkam sie ein Zauber der Verlockung und sie stellte sich den Lover vor. Groß, dunkelbraun, markantes Gesicht, draufgängerisch, schmale Hüften, breite Schultern, betörender Body. Wie Berufsfotografen den erotischen Mann ins Licht rücken.

Und da war noch ein Gedanke in ihr an jene Darstellung des fernöstlichen Liebespaares in der Buddha-Ausstellung. Die beiden Gottheiten in vollkommener Vereinigung. Sitasamvara und seine göttliche Partnerin Vajravarahi. Die Welt und sich selbst vergessend. In einer kleinen Erzählpause fragte Jule:

„Und was machen deine Herrenbekanntschaften?"

Antonia erzählte von dem Buddha-Abend mit dem Professor und der Begegnung mit der buddhistischen Kultur. Dabei erwähnte sie auch Johannes Berger.

„Ach, hör ich da was raus, wie netter Typ oder so?"

Antonia schüttelte lachend den Kopf. Viel zu jung. Und viel zu klug. Den Kopf voller Wissenschaft.

„Na, na. Los, erzähl‘ schon. Auch kluge Köpfe, besonders wenn sie noch jung sind, können hübsch und charmant sein.“

Ja, das würde schon stimmen. Jule glaubte ein kurzes Leuchten in den Augen der Freundin zu erkennen. In eher schwermütigem Ton erwähnte Antonia beiläufig, dass sie im Moment genug Ärger mit dem eigenen Mann habe, beziehungsweise dessen Problemen, da brauche sie nicht noch ein zweites Problem ‚Mann‘ am Hals.

Beide schwiegen für einen Moment.

Als vor dem Fenster des Cafés Johannes Berger in Gedanken versunken an ihnen vorbeiging, blieb er kurz stehen, um den Mantelkragen hochzuschlagen, da ein kalter Wind durch die Straße fegte. Dabei warf er einen Blick durchs Fenster in die Kaffeestube. Es kam ihm der Gedanke hineinzugehen. In dieses Café kam er des Öfteren, ihm gefiel die etwas altmodische Einrichtung, die den Charme eines Wiener Kaffeehauses verströmte und gleichzeitig einen Blick auf Gassen und Marktplatz bot. Er stand direkt vor dem Fenster hinter dem die beiden Freundinnen saßen. Sein Blick fiel auf Antonia. Ein kleiner Ruck in der Kopfbewegung verriet seine Aufmerksamkeit. Er benötigte einen winzigen Augenblick des Nachdenkens, ehe er sie erkannte, die kastanienbraunen Haare irritierten ihn. Erst jetzt wurde ihm klar, dass die Frau, welche er als Patrizia Paul kennengelernt hatte, in ihrer Funktion als Begleiterin nicht mit ihrem wirklichen Namen aufgetreten war. Ebenso überrascht lächelte sie ihm zu, er winkte mit einer eher verstohlenen Handbewegung. Sie war in Gesellschaft einer blonden Frau. Durch eine ungewollt rasche Kopfbewegung verriet Antonia der Freundin etwas von ihrem Gemütszustand.

„Hallo, ist Er etwa dein ‚Problem Mann'? Oh, dann kann ich dich schon verstehen. Hey, der sieht wirklich gut aus. Sportlich, fast noch jugendlich!"

Jule deutete mit einer Handbewegung und einem aufmunternden Kopfnicken an, ob er nicht hereinkommen wolle.

„Nein! Lass das bitte, das ist ja peinlich. Was soll der von mir denken. Immerhin ist er wohl fast ein Freund meines Kunden."

Nach Hallo und höflichem ‚Ist es gestattet' hängte der junge Herr den schwarzen Kurzmantel an die Garderobe und setzte sich zu den beiden. Antonia stellte kurz ihre Freundin Jule vor und ihn als Herrn Berger. Er vermied es, sie mit dem ihm bekannten Namen anzusprechen. Wieder musste er ihren guten Modegeschmack bewundern. Sie trug ein himbeerrotes Kleid mit blauen Blütenmustern. Wohl in Anklang an den kommenden Frühling, der sich an manchen sonnigen Tagen schon erahnen ließ. Das Kleid stand ihr ausgezeichnet, es unterstrich seiner Meinung nach ihren guten Modegeschmack. Er erwähnte diesbezüglich jedoch nichts in Gegenwart ihrer Freundin. Es folgte ein eher zurückhaltender Small-Talk, hauptsächlich geführt von der plaudernden Jule nach dem Slogan: ‚Ist das nicht ein netter Zufall' und so weiter.

Nachdem ihm Kaffee gebracht wurde, sah Jule auf die Uhr und meinte, dass sie ja noch dringend etwas erledigen müsste. Sie mögen sie doch bitte entschuldigen. An Antonia gewandt sagte sie, bewusst ihren Namen dabei nennend:

„Antonia, können wir uns morgen sehen – Mittagspause?"

Sie schenkte Johannes ein freundliches Nicken und zwinkerte Antonia heimlich zu.

Er kam auf den interessanten Abend zu sprechen. Antonia, nun endgültig enttarnt, bemühte sich ihm zu erklären, dass die Verbindung zu dem Professor als rein geschäftliches, einmaliges Engagement zu verstehen sei. Es habe sich durch einige Umstände so ergeben. Sie wirkte verunsichert.

Nein, nein – er müsste sich entschuldigen, er wollte nicht indiskret sein. Er kam auf die interessante Ausstellung zu sprechen. „Dazu war es doch auch noch ein sehr unterhaltsamer Abend. Vielleicht etwas zu viel Religionswissenschaft", fügte er hinzu.

Sie nickte nur zustimmend.

„Keine Sorge", meinte Johannes und sagte sich sogleich, was für ein dummes Wort. Er wirkte nun selbst für einen Augenblick unsicher. „Also ich meine: Ich kenne den Prof schon eine ganze Weile. Jeder weiß, dass er sich zu bestimmten Anlässen gerne in Begleitung einer attraktiven und klugen Frau zeigt. Aber er ist in dieser Hinsicht ein Gentleman. Sie haben wunderbar zu diesem Abend gepasst. Ja, ich glaube Sie haben ihn mit Ihrer Einschätzung in Bezug auf die Ausstellung und seine Gottesbegriffe positiv überrascht. Mich übrigens auch."

„Ich bin gelernte Reisekauffrau und arbeite in einem Reisebüro, Fachgebiet Asien. Zugegeben, ich weiß ein klein wenig mehr über den Buddhismus, als ich zu erkennen gab."

Sein Gesichtsausdruck entsprach in etwa einem ‚Aha, daher also'. Dennoch wollte er nicht nachfragen. Auch nicht nach ihrem tatsächlichen Namen, den sie anscheinend nicht preisgeben wollte. Für einen Augenblick wandten sie sich dem Kaffee zu. Sie trank Cappuccino, er hatte einen einfachen Milchkaffee bestellt. Sein Griff nach der Tasse, kurzer Blickwechsel, gegenseitiges sich zulächeln. Er trug ein scharlachrotes Poloshirt und schwarze Jeans. Er gefiel ihr.

Wie am ersten Abend war er zurückhaltend charmant, redete klug, aber nicht lehrerhaft, fesselte sie mit einer kleinen Geschichte zu Gautama Buddha und machte ihr nebenbei nun ein dezentes Kompliment über ihren Modegeschmack und ihr Aussehen. Plötzlich sah sie unruhig auf die Uhr. Sie habe noch einen Termin, müsse vorher aber noch kurz auf die Toilette. Er schien zu verstehen, legte einen Geldschein auf den Tisch und nickte ihr beim Aufstehen zu.

„Vielleicht sieht man sich ja mal wieder." Er sah sie fragend an. Die kleine Unsicherheit hinter seinen Augen gefiel ihr. Dennoch strahlte er eine unglaubliche, wie es schien unumstößliche Ruhe aus.

„Das wird nicht gehen", entgegnete sie mit einem bedauernden Lächeln.

„Wer weiß – einmal hat es ja schon geklappt, ich würde mich freuen."

Sie nickte andeutungsweise mit dem Kopf, strich sich dabei die halblangen Haare zurück.

Von beiden unbemerkt saß an einem Tisch im hinteren Bereich ein älterer Herr. Gregor Wacker, der Großonkel von Johannes, der ihn zufällig bei der attraktiven Frau sitzen sah. Johannes saß im Rücken zu ihm und beim Eintreten hatte dieser nur Augen für die beiden Frauen. Der stille Beobachter schien überrascht. Er wusste, dass sein Großneffe, er sagte der Einfachheit halber nur Neffe, die langjährige Beziehung zu seiner Freundin Nicole vor einiger Zeit beendet hatte. Oder war sie es, die einen Schlussstrich gezogen hatte, seinen Studieneifer nicht mehr mit einer halbherzigen Liebesbeziehung teilen wollte?

Es schien eine sehr vertraute Atmosphäre zwischen ihnen zu herrschen. Eigentlich ein sehr hübsches Paar, er stufte sie als etwas älter ein als Johannes. Da entsteht doch eben ein Funke, zwischen den beiden, dachte er. Wie sie ihn ansah, wie sie lächelte, weniger redete als Johannes. Auch die Verabschiedung kurz darauf, wirkte für Herrn Wacker intimer als es nach außen hin den Anschein haben sollte.

Erst als der Großneffe gegangen war und er noch einmal zu der schönen Frau hinübersah, kam ihm diese bekannt vor. Sie war die Mutter von zwei Kindern, Häuschen mit Garten im Vorort der Stadt. Wacker kam öfters dort vorbei, auf dem Weg zu einer kleinen Kapelle auf einem Hügel hinter dieser Siedlung. Er konnte sich auch an den großen schlanken Mann erinnern, wohl der Familienvater, beim Spiel mit den Kindern im Garten. Dabei fiel ihm ein, dass er neulich diesen Mann im Park gesehen hatte. Und nicht zum ersten Mal. Mit dunkelblauer Winterjacke und einer etwas altmodischen Arbeitsmappe. Einmal saß er auf einer Bank, lesend und den Eichhörnchen zusehend. Das passte so gar nicht zu dem Bild, das er von dieser Familie hatte. Offensichtlich war er zurzeit ohne Arbeit. Wacker dachte bei sich, er müsse in Erfahrung bringen, was hier schiefgelaufen ist. Und ob er irgendwie helfend eingreifen könnte. Ganz abgesehen von der möglichen Affäre, in die sich sein Neffe offensichtlich hineinziehen ließ.

Nachdem Johannes sich von der schönen Frau verabschiedet hatte, war sie mit ihrer Handtasche zur Toilette gegangen. Sie kam bald darauf zurück. Wäre ihm nicht ihr himbeerrotes Kleid aufgefallen, hätte er sie wohl mit der blonden Perücke und der Brille nicht erkannt. Ein elegant gekleideter Herr trat kurz darauf an ihren Tisch, begrüßte sie mit einem angedeuteten Handkuss und ging mit ihr in Richtung Zentrum. Die Sonne war draußen zum Vorschein gekommen und der Wind hatte sich gelegt. Es schien ein angenehmer Nachmittag zu werden.

„Kaum zu glauben, aber offensichtlich“, sagte Wacker zu sich selbst.

Gregor Wacker

Der warme Nachmittag verleitete den alten Herrn nach dem Cafébesuch zu einem Spaziergang durch den Stadtpark. Hier war er häufig unterwegs, beobachtete Wintervögel und die Menschen. Ihn beschäftigte die im Café als Zaungast beobachtete Szene, Johannes mit dieser wandlungsfähigen, schönen Frau samt ihrem anrüchigen Abgang mit einem anderen Herrn.

Die Februarsonne schien auf die Bank. Seine Lieblingsbank. Der alte Herr war vielen in der Stadt bekannt als ‚Bruder Gregor'. Einst gelernter Uhrmacher mit zweiundfünfzig Jahren Berufserfahrung, nun schon viele Jahre Rentner und beinahe eben solange auch Witwer. Schon im ersten Rentenjahr ereilte ihn, wie er immer wieder erzählte, eine Berufung direkt vom Herrn Jesus, die ihn mitten ins Herz getroffen habe. Seitdem versuchte er mit allem Eifer die Welt zu missionieren. Anfangs, als er noch rüstig war, bot er gerne Nachbarn und anderen Leuten seine Hilfe an, sei es Gartenarbeit, Rasenmähen oder Heckenschneiden. Er übernahm Fahrdienste und notfalls bei Bekannten und Nachbarn für eine Stunde mal das Kinderhüten. Immer versuchte er dabei dezent auf das Evangelium Jesu Christi hinzuweisen. Da er keine großen Vorträge hielt, sondern sich kurz fasste mit den Handlungen und Gedanken des Herrn und Meisters, hörten ihm die Leute gerne zu. Und manches Gesicht sah er dann auch mal sonntags in der Kirche. Selbst mit achtzig Jahren war er unentwegt damit beschäftigt, das Verderbliche in der Welt aufzuspüren, die Menschen zum Guten zu lenken. Seine tatkräftigen Hilfen konnte er freilich nicht mehr so wie früher anbieten.

Dies musste er schmerzlich erfahren, als er sich vor zweieinhalb Jahren als Ersthelfer gemeldet hatte. Damals hatte die Massenflucht aus Syrien und anderen Ländern auch ihre

Stadt erreicht. Er ließ sich dem Diakonischen Werk zuteilen. Erstversorgung, Essen verteilen an die Flüchtlinge, neben dem Camp, Registrierung, Formularbewältigung. Probleme in der Notunterkunft in einer Sporthalle, Menschen, die nicht selber kochen durften, keine Privatsphäre hatten. Gesundheitsuntersuchungen, Asylanträge, Asylverfahren, Anmeldung zu den Integrations- und Sprachkursen.

Dann wurde das Amt für Migration und Integration geschaffen. Gesetze, Paragraphen, Verordnungen. Gregor Wacker war, wie die meisten ehrenamtlichen Ersthelfer überfordert mit der Wucht der Problematik. Benötigte selbst Hilfe, um helfen zu können bei der Begleitung im Asylverfahren, dem „Übersetzen" von behördlichen Schreiben. Formulierungen die Helfern und Helferinnen abstrus und unergründlich erschienen, ein Amtsdeutsch nur für Geübte.

Daneben gab es viele ungeahnte Probleme. Persönliche Anfeindungen rechtsradikaler Gruppen oder einzelner Asylgegner, die ihren Fremdenhass auf die Helfer übertrugen. Enttäuschungen über das Verhalten mancher Flüchtlinge durch offensichtliche Lügen, Unpünktlichkeit; das Gefühl ausgenutzt zu werden, auch Undankbarkeit. Junge Männer, Muslime, manche fast noch Kinder, welche die Helferinnen nicht respektierten, den Pascha spielten. Oder die andere Gruppe Geflüchteter, diejenigen mit einer geradezu überfordernden Zuneigung. Von anfänglich über hundert ehrenamtlichen Helfern waren weniger als zwanzig nach einem Jahr noch dabei. Auch Wacker gab resigniert auf.

Dennoch konnte er dem von ihm betreuten syrischen Ehepaar Abadi behilflich sein. Einmal bei der Arbeitsvermittlung, Herr Abadi bekam einen Minijob bei der städtischen Garten- und Landschaftspflege. Zum anderen bewirkte er, dass die beiden nicht länger in der Gemeinschaftsunterkunft leben mussten. Sie erhielten zwei eigene Zimmer am Rande der Stadt. Wohnheim in Holzbauweise. Neu. Handwerkliche Meisterleistung. Leider keine Umgebung für echte Integration, nach Wackers Meinung. Da die beiden Muslime waren, konnte er sie auch nicht einladen, an einem Sonntagsgottesdienst in einer christlichen Kirche teilzunehmen. Doch hielt er den Kontakt zu ihnen durch gelegentliche Anrufe oder Besuche. Gerade jetzt waren beide in großer Sorge um ihre Familie daheim in der Stadt Afrin, auf welche die türkische Armee einen Angriff unternahm.

Der alte Herr atmete tief durch, genoss die Wärme der Sonne. Vom Südeingang sah er einen Mann mit dynamisch-wogendem Gang den Parkweg entlangschreiten. Graumeliertes, volles Haar, gepflegte Frisur, sportlich modische Kleidung, Luftpolstersportschuhe. Er kannte ihn. Der frisch in den Vorruhestand verabschiedete Pensionär Fridolin Schwab durchschritt den Hauptweg im Park, als wolle er ihn der Länge nach durchpflügen. Er war im Landwirtschaftsministerium zuständig für Messergebnisse bei der Bodenverdichtung durch Traktoren, im Zusammenhang mit der Breite der Traktorreifen.

Als er Bruder Gregor sitzen sah, zog er seine Pflugscharen ein und schaltete um auf säen und ernten.

„Grüß Gott Bruder Gregor", begrüßte er den alten Mann schon beim Heranschreiten. Betonung auf Bruder Gregor.

Wacker dachte, wie selten dies heutzutage sei, dass man auf diese Weise begrüßt wurde. Wer sagt heute noch „Grüß Gott"? Und er erwiderte den christlichen Gruß:

„Grüß Gott, Fridolin. Na wie geht's dir denn, du Jung-Rentner?"
Fridolin setzt sich zu ihm. „Weißt du Gregor, des isch älles net so einfach mit dem daheimbleiben."

Fridolin Schwab mischte gerne bei vertrauten Gesprächen einzelne Standartwörter in seiner schwäbischen Älblermundart seinem Sprachduktus bei.

„Schließlich kann ich net den ganzen Tag meiner Frau im Weg herumstehen. Und Äcker", fügte er lachend hinzu, „gibt's leider keine in der Stadt."

Momentan, erzählte Fridolin, sei es allerdings ziemlich spannend zu Hause. Seine Frau habe sich kürzlich am Karpaltunnel, rechte Hand operieren lassen.

„Jetzt liegt sie auf dem Sofa und kommandiert mich herum. Nach dem Spülen und Abtrocknen hat sie mir zwei Stunden frei gegeben." Er grinste dabei.

„Ach sieh an. Zum einen Krankenpfleger und dann lernst du jetzt auch noch den Haushalt führen, oder bist du darin schon bewandert?"

Der langjährige Witwer wusste, dass dies nicht der Fall war. Fridolins Mundwinkel gingen noch mehr nach oben:

„Kein bisschen, das war nie mein Ding."

Die beiden kannten sich durch Fridolins gelegentliche Kirchenbesuche in ‚Bruder Gregors Kirche' schon viele Jahre, wenn sie auch nur selten ein Wort miteinander wechselten. Erst in jüngster Zeit waren sie sich nähergekommen. Seit dem Neujahrstag duzten sie sich.

„Was macht dein Helfersyndrom?" Fridolin wusste über ihn Bescheid, anerkannte sein christlich soziales Engagement, sah es allerdings eher pragmatisch.

„Ach Fridolin, da sprichst du etwas an", klagte Wacker.

„Wieso?"

„Ich hab dir doch schon erzählt von dem Ehepaar aus Syrien, beide ein paar Jahre älter als du und deine Frau Friedlinde. Jetzt wohnen sie in dem neuen Wohnheim."

„Ach dieser hochgelobte Holzbau, von dem ich gelesen habe."

„Ja, genau, ist auch gut. Meisterleistung wie es heißt. Aber hast du auch von der aktuellen Lage in Syrien gehört?"

„Was meinst du genau?"

„Nun greifen auch noch die Türken in diesen Krieg ein. Sie wollen die Kurden im Norden angreifen, ja vernichten, weil diese Erdogan als Gefahr betrachtet. Uralte türkisch-kurdische Fehde, wie mir Herr Abadi erzählt hat. Jedenfalls hat die türkische Armee jetzt auch die Stadt Afrin angegriffen, bombardiert. Die sind dort beheimatet, die Abadis, der ganze Familienclan, auch ihr Sohn ist dort. Herr Abadi war den Folterkellern Assads entkommen und musste mit seiner Frau fliehen. Wirst sehen, das gibt noch viel mehr Flüchtlinge, die wir nicht mehr aufnehmen werden."

Fridolin versuchte sachlich zu bleiben: Es sei schlimm, wenn man nicht helfen könne, besonders wenn es um die eigene Familie geht. „Aber lieber Bruder Gregor, du darfst dir das alles nicht zu sehr zu Herzen nehmen, das ist nicht gut für deine Gesundheit."

„Ja, ich weiß du hast Recht. Aber was will ich machen, muss einfach an sie denken."

Fridolin sah seine tagesaktuelle Gesprächsmission erfüllt, er müsse wieder los, damit er nicht einroste. Der Nachmittag sei ja heute mal außergewöhnlich schön. Außerdem müsse er rechtzeitig zu Hause sein, als Krankenpfleger und Hausmann.

„Also dann, mach's gut."

Der ehemalige Sachbearbeiter für Bodenverdichtung durchpflügte weiter den Park. Auch Gregor Wacker machte sich bald darauf auf den Heimweg. Die Sonne neigte sich merklich dem Horizont entgegen.

Er sah den großen, schlanken Mann auf dem Parallelweg. War das ein Zufall? Dunkelblaue Winterjacke, braune Arbeitstasche. Kein Zweifel, er ist es. Für Gregor Wacker gab es keine Zufälle. Höchstens Fügungen. Sein Helferinstinkt regte sich bereit leise. Zu früh, sagte er sich. Noch zu früh um zu handeln. Abwarten.

Edler Ritter

Seit der Freistellung hatte sich Benjamin noch stärker verändert. Er grübelte viel, war missgelaunt. Er, der inzwischen gut zu unterhalten verstand, war oft wortkarg und wirkte wie abwesend. Die ersten beiden Wochen, in denen er zu Hause blieb, begründete der Vater dies den Kindern gegenüber mit dem Abbau von Überstunden. Er ließ sich nichts anmerken, nahm regen Anteil am Familienleben, den gemeinsamen Spielen, Fragen zu Hausaufgaben, Diskussionen. Er deckte den Frühstückstisch, was jedoch die Kinder zu seinem leisen Ärger nicht zu schätzen schienen. Frühstück war für sie eher etwas, das halb im Stehen und nebenbei eingenommen wurde.

Nach zwei Wochen ging er wieder, wie an jedem Arbeitstag, frühmorgens aus dem Haus und kam am späten Nachmittag zurück. Antonia wollte den Kindern lieber nichts von der Arbeitslosigkeit ihres Vaters sagen, aus Sorge, sie könnten deswegen gemobbt, beleidigt oder gehänselt werden. Außerdem hofften sie beide, dass Benjamin bald eine neue Arbeitsstelle bekommen würde.

Im Laufe der Wochen fehlte ihm mehr und mehr die Anerkennung, die er im Beruf gewohnt war, durch seine Arbeit und seine kommunikative Art, seinen Gemeinschaftssinn. Die Freistellung traf ihn völlig überraschend. Ein Schlag ins Gesicht wäre leichter zu verkraften gewesen. Als sei ihm der Boden unter den Füßen weggezogen worden, als ginge er schwankend auf einer Folie über dem Wasser. Antonias neuer Zusatzverdienst konnte ihm keinen sicheren Halt verschaffen, im Gegenteil.

Im städtischen Park setzte er sich auf eine Bank am kleinen See, sofern die Witterung es zuließ. Meist um die Mittagszeit, so dass man annehmen sollte, er mache gerade Mittagspause. Doch versagte er sich manchmal diese angenehme Stunde, damit er nicht als Dauergast abgestempelt wurde. Er las aus der Bhagavadgītā, dem großen indischen Lehrgedicht. Oder er beobachtete Eichhörnchen, Meisen, Specht und Co. Auch die Leute, letztere unauffällig. Er teilte sie in Kategorien wie: Frau mit Hund, Typen mit Bierflasche oder Obdachloser mit zwei Plastiktüten, Schüler mit Edelturnschuhen, Studenten mit Fahrrad und Rucksack, junge Frauen – eher noch als Mädchen zu bezeichnen, mit Handy am Ohr, oder Ohr am Handy, Kinderwagenmütter mit Hund und Handy. Oder Leute, die er als seinesgleichen einschätzte, die einfach mal durch den Park gingen, um eine Viertelstunde abzuschalten.

An diesem Freitag war Ben Seborn erst zu später Nachmittagsstunde im Park. Sein Gang führte ihn auf eine Gruppe junger Menschen zu. Zwei offensichtlich angetrunkene junge Männer belästigten junge Frauen, Typ Mädchen-Frauen mit Handys. Die beiden Frauen entstammten vermutlich türkischen Familien. Die Männer in schwarzen, hohen Schnürstiefeln und ebenso schwarzen Jacken trugen auffällig kurz geschorene Haare, waren am Hals und an den Armen tätowiert. In primitiver Anmache beschimpften sie die jungen Frauen als Ausländernutten, die hier nichts zu suchen hätten. Benjamin ging ohne zu zögern dazwischen. Er sagte:

„Lasst die Frauen in Ruhe, die haben euch nichts getan."

„Was willst du denn, bist du der Anstandswauwau?"

Sie schubsten ihn weg. Er versuchte zu widerstehen. Der Beschützer. Doch der Versuch als Retter einzugreifen schlug fehl. Nach dem ersten Schlag sah er die jungen Frauen weglaufen. Es folgten weitere Hiebe. Der Schmerz raubte ihm die Kontrolle, er taumelte, schlug mit dem Gesicht neben dem Parkweg auf.

„Pass auf, du edler Ritter, dass du nicht aufwachst und tot bist."

Die beiden schritten grölend weiter. Eine Frau kam Benjamin zu Hilfe, sie richtete den am Boden Liegenden auf. Sein Gesicht war geschwollen, die meisten Schläge hatte er jedoch gegen die Brust und den Magen bekommen. Sie wollte einen Arzt rufen, doch er winkte ab, es wäre doch nicht so schlimm.

„Nein, bitte kein Arzt. Es geht schon."

„Sie sollten das der Polizei melden, wahrscheinlich sind die hier bereits einschlägig bekannt. Die gehören eingesperrt, diese Nazis."

Nein, er wollte keine Polizei. Doch der Frau gegenüber räumte er ein, den Vorfall zu melden. Er spürte eine bittere Wut in sich aufsteigen, als er den beiden Typen nachblickte.

3

Samstag

Waschmaschine und Staubsauger

„Männe! Was hast du jetzt wieder gemacht!" rief Fridolins Ehefrau durchs Treppenhaus nach unten, wo ihr Mann eben in der Waschküche Waschmaschinenprogramme studierte.

„Wieso, was ist denn?" Wenn sie ‚Männe' rief, statt ‚Frido' dann war wieder mal Feuer unterm Dach, wusste Fridolin erfahrungsgemäß zu deuten. Und er ahnte bereits was nun kommen würde.

„Hast du das Waschpulver vergessen? Die Wäsche riecht nach nix. Männe, dich kann man echt nichts machen lassen."

Fridolin war wohl wieder mal in Gedanken gewesen, als er die seltene Aufgabe Wäsche waschen aufgetragen bekam. Denn Ehefrau Friedlinde konnte nach der OP am Karpaltunnel, rechte Hand, einige Tage den Haushalt nicht selbst führen. Dafür aber umso mehr kommandieren, fand Fridolin.

„Was? Aber das kann doch nicht sein!"

Fridolin wusste jedoch bereits, dass es stimmte, denn als er die Wäsche aus der Trommel genommen hatte, und sein Blick den Waschpulverkarton neben der Waschmaschine streifte, fiel ihm ein: das Waschpulver. Er fand jedoch, dass die Wäsche dennoch recht frisch und vor allem sauber wirkte. Also hatte er alles hochgetragen bis zum Dachboden, wo seine Friedlinde seit Jahr und Tag die Wäsche an die von ihm gespannten Leinen hängte. Auch dies für ihn eine neue Aufgabe, natürlich unter der Aufsicht seiner Ehefrau, denn die Wäsche musste nach ihrem System aufgehängt werden, was Fridolin eigentlich nicht einsehen wollte. Und was Friedlinde natürlich wusste. Für ihn war es nicht logisch, dass die Hemden ‚links' aufgehängt werden mussten, also mit der Innenseite nach außen. Schon deshalb hängte er sie auf, wie er sie aus dem Wäschekorb nahm. Links herum, rechts herum, was hat das mit dem Trocknungsvorgang zu tun? Ja und überhaupt, die Sache mit den Wäscheklammern. Was macht das dem Wäschestück aus, ob nun der ‚Wäscheklemmer' wie er die Klammern in seiner schwäbischen Mundart bezeichnete, genau auf der Naht aufgesteckt wurde oder zwei Zentimeter daneben. Doch damit nicht genug – es kam auch noch darauf an, wie das jeweilige Kleidungsstück oben beim Festklemmen über die Leine gefaltet sein musste.

Seine praktische Art, mit der er bisher die Dinge um Haus und Garten angepackt hatte, wollte sich über solche Pingeleien einfach hinwegsetzen. Und zudem: Es sei schließlich ein Unterschied, ob ein Vorderreifen eines Traktors bei einem Gewicht von 3320 Kilogramm eine Reifenbreite von 320 Millimetern aufweist oder ein Traktor gleicher Baureihe mit 3600 Kilogramm mit einer Reifenbreite von 255 Millimetern über Feld und Wiese sich eindrückt. Über die wissenschaftlichen Erkenntnisse seiner Frau bezüglich der Eindrücke beim Festklammern eines Kleidungsstückes auf der Wäscheleine musste er erst noch belehrt werden. Dies wiederum führte zuweilen zu heftigen Debatten zwischen der Hausfrau und dem nun zum Dauerhausgenossen degradierten Sachbearbeiter.

So hatte er sich diesen Vorruhestand nicht vorgestellt. Wortgefechte um Wäscheklemmer. Zweisamkeit von morgens bis abends, Tag für Tag zu Hause. Vorruhestand, hieß es, freuen sie sich! Da können sie noch was reißen in ihrem jungen Alter, so fit wie sie sind. Von wegen etwas reißen! Man ist ja schließlich nicht allein. Und dann ist da ja noch dieser Alltag. Woche für Woche dasselbe. Einkaufstag, Frauennachmittag, irgendwelche sonstigen Termine außer Haus wie Friseur, Fußpflege und ähnliches. Freitag Putztag, samstags Waschtag, sonntags – ja eben Sonntag: Langes Frühstück, Freizeit, ab und zu mal Kirchgang, Mittagessen kochen, mit Braten, nachmittags Spaziergang oder ein kleiner Ausflug.

Bei alldem wurde ihm schnell klar, dass er mit Diskutieren über die jahrzehntelang erprobten Haushaltspraktiken seiner Ehefrau keinen, aber auch nicht den geringsten Erfolg verbuchen konnte. Dabei würden seine Verbesserungsvorschläge zumindest in manchen Dingen Arbeitserleichterung und Zeitersparnis bringen. Ja, ganz eindeutig! Wie kann sie das bloß einfach ignorieren? Zum Beispiel eine Geschirrspülmaschine: Benötigt deutlich weniger Wasser als das Spülen im Waschbecken und spart obendrein Zeit. Und vor allem: es verstopft den Abfluss im Spülbecken viel weniger. Aber nein, sie will keine Spülmaschine.

Allerdings muss noch gesagt werden, dass seine bisherigen Freizeitbeschäftigungen in Arbeiten wie Brennholzmachen für den Kachelofen und die drei Obstbäume im Garten zu pflegen bestanden. Bei der Gartenarbeit kam gerade mal das Vorbereiten der Beete in Frage, natürlich unter Friedlindes Anleitung, ebenso die Herbstdüngung. Mit dem Rasenmäher stand er auf Kriegsfuß. Viel zu laut. Im Übrigen blieb ihm Zeit für sein Hobby, das Fotografieren und eher selten das Saxophon. Als Jugendlicher hatte er Zugposaune gelernt, später stieg er um auf Saxophon. Beides rührte er jedoch jahrelang kaum noch an.

Doch nun kam in dieser Karpaltunnelsituation noch Staubsaugen dazu. Schon wenn sie den Staubsauger, dieses Ungeheuer einschaltete, nahm er buchstäblich Reißaus, da er das Geheul nicht ertragen konnte. (Schlimmer als ein altes Heugebläse). Und diese staubmuffige Luft, die dieser in der ganzen Wohnung verbreitete – dagegen kam aus dem Heugebläse das reinste Naturaroma. Die Flucht gelang ihm auch immer. Klar, sie war ja mit dieser Lärmmaschine beschäftigt. Da war er ihr sowieso im Wege.

Nun aber musste er staubsaugen. Die operierte Hand war ein unschlagbares Argument. Der lange Elefantenrüssel,

Verbindungsglied zwischen Saugbürste und dem angeblich rollenden Motorteil mit dem Auffangbehälter, biegsam und doch so eigenwillig, folgte einfach nicht seinem Willen. Ebenso der mit dem Rüssel durch ein starres, schwarzes Rohr verbundene Staubfresser, gemeint die Saugbürste, mit der man ziehender oder schiebender Weise über Teppich und Fliesen ‚mähte'. Und dann noch der schon erwähnte lärmende, elefantöse Klumpen auf kleinen Kunststoffrollen, den er am Rüssel hinter sich herziehen musste. Was für ein plumpes Ungetüm! Macht keine Drehung mit, bockt oder kippt womöglich um. Und das Ganze auch noch an einem Stromkabel, das natürlich genau einen halben Meter vor der Wohnzimmerecke zu Ende war und ein Umstecken erforderlich machte. Wie kann man bloß so arbeiten? Und immer dieser muffige Staubsaugergeruch, einer Mischung aus dem Geruch alter Bücher und abgestandenem Kohlrabi, den er partout nicht ausstehen konnte. Dies führte zur nächsten heißen Diskussion. Fridolin wollte auf der Stelle einen Staubsauger-Roboter kaufen.

Er studierte das Wochenprospekt, aha: Saugroboter. Na bitte, das wär's doch.

„Bloß weil du einmal staubsaugen musst, du Armer. Kommt nicht in Frage! Schließlich haben wir den teuren Staubsauger erst zehn Jahre, der hält mindestens noch weitere zehn!"

Fridolin klammerte sich an die Hoffnung, dass er nach zwei Wochen durch diesen Karpaltunnel hindurch sein würde.

Das alles waren neue Herausforderungen für den Beamten im Vorruhestand. Dabei hätte er durchaus noch ein paar Jahre weitergemacht, ob Bodenverdichtung oder Wachstumsanalysen für Frühkartoffeln. Aber nein, Vorruhestand. ‚Im Zuge der Verschlankung der Behörde ... bla bla bla'.

Andererseits klang es ganz verlockend, dieses Angebot mit all den sich ergebenden Freizeitmöglichkeiten. Der Kontakt zu den Kollegen war weiterhin bestens, einmal die Woche Stammtisch und ab und zu eine gemeinsame Wochenendtour zusammen mit den Ehepartnern, man kannte sich ja schon seit Jahren.

Doch nun dieser Alltag. Der banale Alltag begann schon vor dem gemeinsamen Frühstück. Fridolin stand weiterhin um sechs Uhr auf, seine Frau nicht vor halb acht – wie sie es schon seit Jahr und Tag gehalten hatte. Warum das nun ändern? Jetzt ja erst recht nicht. Also hatte sich Fridolin angewöhnt, morgens eine Parkrunde zu spazieren. Als er nach drei Tagen Parkrunde einmal vor halb acht zurückkam, saß seine Frau bereits beim Frühstück, die Zeitung über den ganzen Tisch gebreitet. Auf sein fröhliches 'Guten Morgen' kam keine Antwort. Sie war verstimmt, das merkte er sofort. Verstimmt wie das Klavier, das seit Jahren im ehemaligen Kinderzimmer, nun Büro, herumstand und nur noch als Ablage für Papierkram diente.

Seine Schlussfolgerung: Es gab absolut keinen Grund. Die Idee, dass sie einfach morgens mit ihm aufstehen wollte, kam ihm zu diesem Zeitpunkt noch nicht. Gemeinsames Frühstück mit kleinen Abstimmungsproblemen.

Fridolin: „Willst du noch Kaffee? Und Milch?"

Sie griff ohne aufzusehen nach ihrer Bioreiswaffel. Es folgte die übliche Zeitungsstille, beginnend mit den Todesanzeigen.

Gott oder Götter

Antonia blätterte in einem Missionsheft, das sie alle Vierteljahr zugesandt bekam, las Berichte über die Alltagsarbeit von Ordensleuten, aber auch von engagierten Laien.

Benjamin hatte seiner Frau zwar von dem Vorfall im Park erzählt, doch ihr gegenüber geäußert, dass er keine Anzeige machen wolle, das verursache nur unnötigen Wirbel.

„Sag mal Ben, glaubst du, dass es einen Gott gibt?"

Benjamin sah überrascht von seinem Buch auf.

„Ist das dein Ernst? Klar gibt es einen Gott. Auch wenn ich nicht wirklich weiß, wie er heißt und wie das mit einem himmlischen Reich sein soll. Aber an wen oder was willst du denn sonst glauben? Ans Geld, Luxus, Besitztum, Autos, Häuser und so weiter? Oder an ein rein biologisches Dasein? Der Mensch besteht zu siebzig Prozent aus Wasser, des weiteren Knochen, Muskeln und Gehirnmasse. Mit dem Tod beginnt die Verwesung – und aus? Nein, ich glaube, der Mensch lebt insbesondere von Gemeinschaft. Gemeinschaft untereinander und Gemeinschaft mit – eben Gott. Ich denke, dieses Dasein kann nicht alles sein. Viele Menschen werden geboren in Armut, Kriegselend, in Slums, verhungern als Kleinkinder, sterben an Aids und anderen Krankheiten oder im Krieg. Und das soll dann das alles gewesen sein? Bei uns dagegen sieht es so aus: immer auf Wollen programmiert, alles bekommen und doch nie zufrieden. Dabei selten echte Freude, eher Neid und Hass. Auch das stellt für mich kein erfülltes Leben dar, ein Leben, das wirklich Sinn macht. Jedenfalls stellt sich immer die Frage nach Gott. Für viele in dieser materialistischen Welt gibt es die Wirtschaftsgötter oder irgendwelche Popstars. Das sind die Götter für die Mehrheit in der heutigen Zeit. Und für die mit ihren rechtsgerichteten Hirnen gibt es die Diktatoren, heute nennen sie sich auch Präsidenten oder Autokraten."

Antonia sah ihn erstaunt an:

"Puh! Bisschen viel auf einmal: Die einen haben ihren Gott und die anderen ihre Götter."

„Bloß, wenn es ans Sterben geht, dann wünscht sich die Mehrheit von denen, die ein Leben lang nicht an Gott geglaubt haben, dass es noch etwas danach gibt."

Benjamin hatte das Buch zugeschlagen und nahm einen Schluck Tee. Antonia legte das Missionsheft auf das Tischchen.

„Vielleicht sind die Menschen in einer Dorfgemeinschaft in Afrika oder andere Naturvölker wirklich näher am Leben als wir. Sehen diese Zusammenhänge ganz anders. Andererseits, wenn man all diese Not, diese Ungerechtigkeit in der Welt sieht, in den armen Ländern, den Kriegsgebieten und Flüchtlingslagern - da muss man sich wirklich fragen: Kommt für alle, die in diesem Leben extrem benachteiligt werden, der gerechte Ausgleich danach? In einem anderen Leben?"

Er sah sie nachdenklich an.

„Für all diese Menschen möchte ich es ja gerne glauben: Wiedergeburt in einer besseren Existenz oder das Paradies für die Seelen nach einem leidgeplagten irdischen Leben. Klingt hoffnungsvoll. Und die Bösewichter erhalten ihre gerechte Strafe. Nach dem Johannesevangelium wird beim Jüngsten Gericht nur zwischen Gut und Böse unterschieden, nicht zwischen Reichtum und Elend. Hier ewiges Leben, dort ewige Verdammnis. Aber ich frage mich: Wird dieses überirdische Gericht dann auch uns treffen, die wir gerade die Sonnenseite des Lebens genießen? Und auf Kosten der armen Bevölkerung in Wohlstand leben."

„Vielleicht stehen wir jetzt auf der Sonnenseite, weil unsere Eltern, Großeltern, Urgroßeltern in den Kriegen wie auch in der Nazizeit so schreckliches Leid erdulden mussten."

„Das ist ein Gedanke, den es im Hinduismus und Buddhismus gibt: die Karma-Lehre. Danach bringt jede gute oder schlechte Tat eine entsprechende Frucht hervor. Aber: Manche Taten –

oder Untaten – lassen ihre Früchte, eben Karma genannt, erst in einem zukünftigen Leben reifen. Was bedeutet, dass die nachfolgenden Generationen die Auswirkungen der guten oder bösen Taten ihrer Vorfahren zu tragen bekommen. Hm. Ich glaube eher, dass Gut und Böse im Menschen von vielen Faktoren abhängen, auch vom jeweiligen Lebensumfeld. Wenn du als Kind eines muslimischen Extremisten in einem IS-Camp aufwächst, wie willst du da etwas von Nächstenliebe erfahren?"

Benjamin sah seine Frau fragend an. Dass Antonia sich mit ihm auf eine Diskussion über Gott und die Welt einließ, erschien ihm beinahe fremd. Antonia, die immer Familie, Wohlstand, Geselligkeit und Urlaubspläne im Sinne hatte, nun als Streiterin für Gerechtigkeit?

Antonia kam auf ihre Frage zurück: „Wenn es diesen Gott gibt, dann muss es ja für all das hier, was wir Diesseits nennen, einen Plan geben. Dann hat ein ‚Schöpfergott' all diese Leben angestoßen, damit die Welt sich weiterentwickelt."

Benjamin war ans Fenster getreten, er sah hinaus in die Dunkelheit, der Garten von einem schwachen Mondlicht spärlich erhellt.

„Diese Welt dreht sich unentwegt – vielleicht bezieht sich dieses Weiterentwickeln auf eine Existenz nach dem Tod."

Antonia sah ihn kopfschüttelnd an: „Deine Ashramzeit. Reinkarnation, der ewige Kreislauf."

Benjamin machte eine öffnende Handbewegung, erwiderte:

„Für die Hindus ist Wiedergeburt nicht das oberste Ziel. Es geht um die unsterbliche Seele, die im Tod deinen Körper verlässt. Mit der Seele behältst du aber deine Persönlichkeit, deine Erinnerungen und dein Karma. Erst wenn die Seele Vollkommenheit erreicht, kann sie sich mit der universalen Seele – oder eben Brahma wiedervereinigen. Fast alle Religionen gehen nach dem Tod des Menschen von einem Sein in einer anderen Form aus. Die Mayas kannten bereits dreitausend Jahre vor der

Zeitenwende Grabgeschenke für die Verstorbenen auf dem Weg ins Jenseits."

Ben hatte ein Faible für alte Hochkulturen.

„Ich kam damals mit meinem christlichen Glauben, den ich in Zweifel gezogen hatte, im Ashram an. Dort habe ich mit den Yoga-Übungen eine neue Dimension erlebt. Du hast es ja selbst erfahren, dass Yoga mehr ist, als eine Körperübung. Ziel ist die Entfaltung zu einem höheren Selbst. Aber Indien ist eben Indien mit seinen uns fremden Kulturen, Traditionen und Religionen. Wir leben hier in Mitteleuropa, in einer völlig anderen Welt, die wir nicht abstreifen können wie einen alten Anzug. Also bei mir ging das jedenfalls nicht. Die Wurzeln meines Glaubens liegen hier. Ich stehe zu diesem Jesus, keine Frage. Das ist mir allerdings erst durch die Ashramzeit klargeworden. Auch wenn ich diesen Mann aus Nazareth etwas anders sehe, als er von den christlichen Institutionen aufgebaut wurde. Diese Lehre, dass der Mensch am Jüngsten Tag mit Leib und Seele in den Himmel auffahren soll, das ist meiner Meinung nach eine Umschreibung, die man nicht wörtlich nehmen kann. Trotzdem glaube ich, dass der Kern dieser Botschaft stimmt."

Ehe Antonia etwas einwenden konnte fuhr ihr Mann fort:

„Aber wie kommst du jetzt darauf? Wir haben unsere Kinder christlich taufen lassen und du stellst plötzlich solche Fragen."

„Durch diese buddhistische Ausstellung ist mein christliches Weltbild ein wenig durcheinandergeraten."

Benjamins Miene ließ eine gewisse Bitterkeit erkennen.

„Ach, neulich abends. Die Ausstellung mit diesem Professor?"

„Ja. Das war sehr beeindruckend. Und interessant." Ihr Tonfall klang ein wenig schwärmerisch. „Aber auch verwirrend. Ich hatte mir noch nie Gedanken darüber gemacht, welche Vorstellungen die verschiedenen Religionen bezüglich eines Lebens nach dem Tod haben. Die Buddhisten sehen ein Leben nach dem Tod anders. Die glauben an kein Jenseits, so wie wir uns das vorstellen."

Benjamin, der zu ihren Begleitserviceabenden mehr und mehr auf Distanz ging, reagierte reserviert:

„Für Buddhisten ist die Wiedergeburt etwas ganz Normales, das sozusagen zum Leben gehört und nicht nur einmal stattfindet. Ihr Ziel ist jedoch diesen Kreislauf mit dem Übergang ins Nirwana zu durchbrechen. Aber anders als im Hinduismus ist das Ziel nicht die Wiedervereinigung mit einem höchsten Wesen, sondern die vollkommene Leerheit."

Antonia dachte nach: „Vielleicht ist dieses Nirwana auch so etwas wie ein Jenseits. Beides hat doch mit Ewigkeit zu tun."

Er schien plötzlich in sich gekehrt.

„Was hast du denn?"

„Du gehst mit einem Professor in diese Ausstellung und diskutierst mit mir über Gott und Jenseits."

„Das sind doch Themen die dich interessieren?

„Schon, aber dich interessiert es nur, weil andere dich darauf gebracht haben. Interessiert dich das Thema, oder der Professor?"

„Du bist eifersüchtig. Das ist doch Unsinn. Wir könnten auch zusammen mal in diese Ausstellung gehen."

Er sagte nichts, griff zur Teetasse, die sie aus Vietnam mitgebracht hatten. Sie lehnten sich wortlos in den Winkel ihres Ecksofas zurück, blickten zur Wanduhr, hörten ihre leisen Taktklänge und schwiegen für einen Moment.

Antonia wollte diese aufkommende Missstimmung auflösen, das schwierige Thema auf ihre Weise abstreifen.

Sie hüpfte voller Elan vom Sofa und verschwand im Bad, während Benjamin nachsinnend sitzen blieb. Kurz darauf erschien sie in ihrem reizvollen schwarzen Negligee und meinte aufmunternd:

„Genug geredet."

Doch Benjamin schüttelte unwillig den Kopf.

Urknall, OM oder Schöpfung

Es gibt die Kinderphilosophie: Gott hat die Welt gemacht – aber wer hat Gott gemacht? Oder hat Gott sich selbst gemacht?

Nach den Erkenntnissen der Wissenschaft entstand das Weltall durch den Urknall vor dreizehn Milliarden Jahren.

In den indischen Überlieferungen gibt es den ‚Brahma-Klang', der metaphysische Laut des OM. Der Klang des OM kann der Überlieferung nach Welten entstehen lassen. Der Kosmos und unsere Welt sind demnach aus dem OM hervorgegangen. In den uralten Texten Indiens, den Veden, ist OM dieses Anfangswort, dieser Laut die letztendliche Wirklichkeit oder Gott.

Das Gleiche sagen die ersten Worte des Johannesevangeliums: ‚Am Anfang war das Wort, und das Wort war bei Gott und Gott war das Wort. Alle Dinge sind durch dasselbe gemacht.

Ist Gott ein Wort, ein Klang wie OM? Oder ein Urknall, Ur-Licht? Die Schöpfungserzählung der Bibel, Buch Genesis, schreibt von sechs Tagen oder Zeiteinheiten in denen Gott diese Welt geschaffen habe.

Mythische Schöpfungsgeschichten gab es zu allen Zeiten und in allen Kulturen. Drei Beispiele:
Babylon: Die Sage vom Kampf des Gottes Marduk mit dem Meerungeheuer. Nachdem Marduk es besiegt hatte, zerriss er den Leib des Ungeheuers und schnitt die einzelnen Schöpfungsdinge heraus.

Germanen: Die Sage von Odin, der den Riesen Ymir ermordete und aus ihm die Teile der Welt gebildet hat.

China: Aus dem Urchaos, dem sogenannten Welten-Ei, entstand das kosmische Prinzip von Yin und Yang, aus dem später Himmel und Erde wurden. Auch Pangu, das erste Lebewesen, schlüpfte aus diesem Welten-Ei. Pangu stand im Mittelpunkt von Himmel und Erde. Nachdem er 36 000 Jahre lebte und zu einem Riesen herangewachsen war, der von der Erde bis zum Himmel reichte, opferte er sich: Pangus Atem wurde der Wind, seine Stimme der Donner, das linke Auge die Sonne, das rechte der Mond. Aus seinem Leib entstanden vier Pole und fünf Hauptgebirge, aus seinem Blut speisten sich die Flüsse. Zähne und Knochen wurden zu Metall, das Haar ergab die Pflanzen und der Speichel den Regen. Seine Samen und sein Knochenmark wurden Perlen und Jade. Und aus dem Ungeziefer an Pangus Körper entstanden die Menschen!

MADONNA

Das so abrupt abgebrochene Gelächter hinterließ Stille. Cherubina und Angeli sahen sich an. Cherubina schüttelte angewidert den Kopf.

"Das soll das Lachen der Erhöhten sein! Klingt eher, als käme es aus dem Abgrund."

"Sagt jedenfalls Herkules. Und der weiß es angeblich von Urman. Urman, den wir noch nie hier gesehen haben. Ich habe ja schon manchen Kardinal in Rom lachen hören, aber man muss wohl schon sehr erhöht, oder aber ganz weit unten sein, um ein solches Gelächter hervorzubringen. Also so möchte ich mal nicht enden."

"Ha, ha – nicht enden. Denkst du etwa, du bist am Anfang? Vielleicht ist es ein göttlich-höllisches Gelächter zugleich. Aber das kannst du gar nicht verstehen, wir sind hier ja nur an der Pforte."

Cherubina schwang ihrer Gefährtin das Tablet vors Gesicht.

"Schau mal Angeli, dieses Modell: Engelsflügel a la Concord. Die sind doch echt geil."

Sie hatte ein neues Spiel entdeckt: Im digitalen Netz suchte sie in der ‚Traumwelt der Dinglichkeiten' nach modischen Engelsflügeln. Angeli entfuhr ein Seufzer:

"Oh du frisch eingesetzte himmlische Empfangsdame! Die sind längst aus der Mode! Heute trägt man Superman oder Wingsuits."

Sie sprang auf und beugte sich mit ausgebreiteten Armen weit vor. Den Lockenkopf in den Nacken gedrückt als wäre sie die verliebte Rose DeWitt in ‚Titanic'. Cherubina legte das Bildertäfelchen ab, umfasste die Entrückte, um sie, wie Rose von Jack gehalten, „fliegen“ zu lassen.

"Wingsuits? Hab ich da was verpasst?"

Blondengel wandte sich zu ihr, hielt die Arme noch immer im Titanic-Flugmodus.

"Na, so ein Anzug mit Flügeln."

"Du meinst diese fliegenden Menschen, die sich von Bergen hinunterstürzen. Funktioniert aber nur im Absturz, also wenn‘s tief genug nach unten geht. Und wenn‘s dann mal nicht gut ausgeht, landen sie hier oben. Fraglich, ob wir überhaupt mal welche bekommen, ich meine so echte Flügel. Aber - angewachsen, ist das nicht schrecklich unbequem? Vielleicht ist das auch nur ein Märchen von den Engeln, welche Flügel haben."

"Wenn die Engel himmlische Boten sein sollen, von Gott zu den Menschen gesandt, dann brauchen sie wohl Flügel. Sonst wären es keine Engel sondern Drohnen."

Angeli, die Vatikanjournalistin, noch immer nicht gelöst vom Boden der Tatsachen. Eine kurze Stille umhüllte die beiden.

Cherubina forderte Angeli auf, ein Lied von No Angels anzuklicken: ‚When the Angel sing‘. Doch Angeli wackelte ablehnend mit dem Kopf, sie wollte lieber mal wieder Madonna hören.

Ihre Gefährtin hob den Zeigefinger an die Lippen und flüsterte:

"Madonna! Madonna Louise Ciccone? Nicht schon wieder."

In Sachen Madonna gab es für Herkules trotz aller religiösen Defizite nur die Eine, die Heilige. Deren Bild hatte er schon in der Kindheit innig verehrt, dass ihm sogar das Beten leicht von den Lippen strömte. In Bezug auf die echte, die himmlische Madonna verstand er keinerlei Spaß.

Im Gegensatz zu Herkules war Angeli ein großer Fan der Pop-Ikone. Angelis Streben in Rom ein Interview mit dem Skandal-Star führen zu dürfen, hatte sich als unmöglich erwiesen. Sie gab keine Interviews. Dabei hatte sich die junge Journalistin eingehend mit dem Aufsehen erregenden Bühnenstar beschäftigt. Das Konzert in Rom mit dieser skandalösen Kreuzigungsszene schlug hohe Wellen der Entrüstung. Mit Hintergrundvideo und einem Zählwerk das bei zwölf Millionen stehen blieb und damit auf die Zahl der Aids-Waisen in Afrika hinweisen sollte. Angeli stand sehr nahe an der Bühne, konnte gleich zu Beginn des Konzertes ein von der Sängerin geworfenes Kopftuch erhaschen. Ein weißes Kopftuch mit roten Rosen.

Genau dieses Kopftuch band sich die blondgelockte Wahlrömerin eben um und versuchte ihrer Engelsgefährtin, die provozierende Superfrau Madonna zu erklären: Hinter all dieser Show mit katholisch-christlichen Elementen lebe in ihr eine große Sehnsucht, die über dieses Leben da unten hinausginge. Eine Art Sehnsucht nach Gott, oder nach Göttlichem, welche die katholische Kirche leider nicht stillen könne. Vielleicht habe sie der frühe Tod ihrer Mutter an diesem katholischen Gott verzweifeln lassen. Und es könne durchaus ein Ausdruck dieses schmerzvollen Verlustes sein, dass sie in ihren Shows oft Religion und Erotik vermische. Letztlich habe sie in der jüdischen Kabbala Elemente erkannt, die ihrem Naturell entsprächen. Dort würden sie nämlich an die Vollkommenheit des Göttlichen glauben, personifiziert im Menschen. Gott, das Grenzenlose und Ewige benötige menschliche Mittler um seine göttliche Allmacht wirken zu lassen. Und genau in dieser Rolle sehe sich Madonna. Ihre Auftritte seien sozusagen selbstgesteuerte Übergänge in eine Ekstase, in der sie diese kabbalistische All-Einheit zu erfahren suche.

"Wow!" Cherubina schüttelte spöttisch den Kopf:

"Einmal Journalistin, immer Journalistin. Ein Hilfsengel an der Himmelspforte referiert über die irdische Skandal-Madonna. Mit Blick auf die Wand fügte sie leise an: Schwinge mal hier lieber keine so großen Reden über Gott."

Cherubina stand auf der Seite von Herkules. Sie empfand Madonna's provokative Busenschau bei dem Konzert in Istanbul vor sechs Jahren einfach als schändlich. Auch wenn manche Zeitungen diesen Teil-Striptease als bestärkende Botschaft an die Adresse der türkischen Frauenbewegung verstanden. Wochenlang hatten damals Frauen in der Türkei gegen die Pläne der Erdogan-Regierung demonstriert, welche das geltende, liberale Abtreibungsgesetz weitgehend verbieten wollte.

"Also, liebe Mitschwester, wie wär's mit Madonna: ‚We Are the Gods'."

"Wir sind die Götter! Ich glaube, du verwechselst da etwas. Wir gehören nur zum sogenannten Eingangspersonal."

Angelis smaragdgrüne Augen leuchteten, sie begann mit tänzelnden, abgehackten Bewegungen die Sängerin nachzuahmen und interpretierte: ‚*Wenn ich oben auf der Welt schwebe, bin ich frei. Es ist unser Los, zurückzukehren, von dem wir kommen, von dem wir kommen'*.

"Das hat diese Madonna gesungen?"

"Hat sie. Oder so ähnlich. Und genau darum geht es wohl hier."

Angeli vollführte eine weitschweifende Handbewegung, welche ihre neue, kleine Welt umreißen sollte und wiederholte:

‚Es ist unser Los, zurückzukehren, von dem wir kommen, von dem wir kommen'.

4

Sonntag

Schweinebäckchen und Spätzle

Durch den Karpaltunnel ergaben sich für Fridolin weitere ungekannte Zweisamkeiten mit der routinierten Hausfrau.

Die Zubereitung des Sonntagsbratens entwickelte sich für den Ersatzhausmann zur aufschlussreichen und spannenden Stunde. Für Friedlinde beinahe zum Trauma. Was kann man denn an einem Sonntagsbraten schon falsch machen? Wozu braucht ‚Mann' ein Rezept aus dem Internet, wenn man, also Frau, genauer gesagt Hausfrau und Köchin, es in jahrelanger Erfahrung ganz einfach im Kopf hat? Zwiebel, Karotten und Sellerie würfeln und in Öl anbraten, das wirst du ja wohl noch hinbekommen. Fridolins Kochkünste in den dreißig Ehejahren beliefen sich bisher auf: Dosen öffnen, Fertiggericht in den Topf, Herd ein- und ausschalten, fertig. Oder Pizza in den kleinen Backofen auf zwölf Minuten bei zweihundert Grad - fertig. Die eigentliche oder eher eigenwillige Kochkunst beschränkte sich bei Friedlindes Ehemann auf das Würzen, was sie mit Kopfschütteln quittierte und das auch nur, weil sie dieses ‚Zeug' nicht essen musste. Neben dem reichhaltigen Paprikagewürz rieselten ganzer oder gemahlener Kümmel, Knoblauchpulver, Pfeffer, Kurkuma oder anderes fernöstliches Zeug in den Kochtopf oder auf die fertige Pizza.

Genug gewürfelt, jetzt rein in den Schmortopf. Wieso Olivenöl? Du weißt, dass ich das nicht mag, also nimm Rapsöl, das tut es genauso. Lauch? Hab ich keinen da, hat ja niemand eingekauft. Drück etwas Tomatenmark rein. Ja – tu einfach was ich sage. Nicht so viel Rotwein, bist du verrückt! Lass bloß den

Oregano weg - wieso kannst du nicht einfach das tun, was ich sage! So jetzt noch Knoblauchzehen, Lorbeerblatt und Thymian. Doch nicht so viel! Salz und Pfeffer, aber nur mäßig. Gut. Rein mit den Schweinebäckchen und schmoren lassen.

Jetzt den Salat. Ein einfacher Krautsalat. Halt, die äußeren Blätter nimmt man nicht; erst mal waschen. Stopp: Vor dem Streifenschneiden den Strunk entfernen. Oder willst du den etwa mitessen? Eine Prise Salz, alles gut durchmischen, schau mal in den Schmortopf, dreh die Hitze etwas zurück.

Fridolin zeigte ein zufriedenes Grinsen, was ihm allerdings gleich wieder verging, als sie mit der Packung Fertigkartoffelpüree in der linken Hand vor ihm stand. Kommt nicht in Frage, er wolle Spätzle! Auch keine glutenfreie, fertigen Nudeln.

„Spätzle – das ist Weizenmehl, Gluten, bei meiner Unverträglichkeit!"

Diesmal gab er nicht nach, wenn er schon mal koche, müssen es zum Sonntagsbraten auch Spätzle sein. Dann mach du Spätzle und ich rühr mir ein Püree. Sie wusste, das wird nicht gut gehen. Sein wahrscheinlich erster Versuch einen Teig zu machen – sie konnte es kaum mitansehen. Fridolin grinste, geht doch ganz gut.

Wie lange willst du das Wasser noch kochen lassen und schalte die Herdplatte mit den Bäckchen zurück. Hast Du etwas Salz ins Kochwasser für die Spätzle gegeben? Ihr Männer könnt nicht mal drei Dinge gleichzeitig machen, ja nicht mal zwei. Nun rein den Teig in die Spätzlepresse. Ja, da muss man schon richtig drücken, das geht nicht von alleine. Der Teig in der Spätzlepresse leistete erbitterten Widerstand. Zugegeben, da war tatsächlich Kraftaufwand gefragt. Aber kein Problem für Fridolin.

Umrühren, umrühren! Du musst gleich umrühren, sonst verklumpt dir alles. Jetzt die Spätzle in das Abtropfsieb, kurz abschrecken mit kaltem Wasser, die Herdplatte wieder hochschalten, das Wasser muss kochen beim nächsten Durchdrücken. Männe! Ich kann es nicht mitansehen. Fridolin war trotz allem geradezu beglückt, trotz Klumpen und Riesensauerei in der Küche. Immer noch besser als glutenfreie Nudeln oder gar Fertigkartoffelpüree. Also, jetzt den Salat fertig machen. Essig, Öl, Pfeffer, Kümmelpulver - aber ganz wenig. Und gut durchmischen. Jetzt kannst du den Tisch decken.

Fridolin schmeckte es heute besonders gut.

Fazit: Er hätte nicht gedacht, dass Essen zubereiten zu zweit so interessant sein könnte. Aber, meinte er verschmitzt, da gebe es sicher noch Verbesserungsbedarf in Hinsicht auf die Spätzleproduktion. Friedlinde schüttelte nur den Kopf.

Leider war mit dem Genuss der Schweinebäckchen mit Spätzle, Soße, Krautsalat und einem kleinen Espresso für den Ersatzkoch die Aktion Sonntagsbraten nicht beendet. Friedlinde hatte drei unschlagbare Argumente bereit: Abräumen, abspülen, abtrocknen. Fridolin hätte am liebsten ergänzt: Ab durch die Mitte. Welch ein Haufen Geschirr! Nein, er ließ sich nichts anmerken. Pfannen, Töpfe, Schüsseln; Teller sowieso und Besteck. Dazu das Frühstücksgeschirr, das Schneidebrett, das Edelstahlsieb, der Karottenschäler und dann noch diese Spätzlepresse. Wie soll man bloß diese tausend kleinen Löcher sauberbekommen? Er versuchte es mit dreimaligem Abtauchen ins Spülwasser, nahm dazu die Spülbürste - blieben immer noch hundert verstopfte Löcher. Vielleicht half ja Durchpusten. Friedlinde hatte sich inzwischen aufs Sofa gelegt und ließ ihn machen. Pusten war nicht erfolgreich, dann fiel ihm ein, dass sie dazu Zahnstocher benutzte. Was für ein mühseliges Unterfangen. Das mit den Spätzle musste dringend überdacht werden.

5

Montag

Bernsteinhonig und die Y-Symbolik

Mit ruhiger Bewegung tauchte Gregor Wacker den kleinen Löffel ins Honigglas, füllte ihn mit dem flüssigen Bernstein des Bienenelixiers, um ihn in die getöpferte Kaffeetasse zu tauchen. Seit seine Frau gestorben war, erlaubte er sich diesen direkten Handgriff vom Honigglas in die Kaffeetasse. Jedes Mal fiel dabei sein Blick auf das gerahmte Foto auf dem Kaminsims. Das Bild seiner Frau mit dem braunmelierten Kurzhaarschnitt. Wenige Wochen vor ihrem Tod hatte sie ihre weißgrauen, dünnen Haare schneiden und eine Tönung auftragen lassen. Anschließend war sie direkt ins Photostudio in einer Seitengasse gegangen, wo sie dieses und weitere Bilder machen ließ.

Als die Bilder dann zugestellt wurden - seine Frau hatte dies so veranlasst, die Aufnahmen auch gleich im Geschäft bezahlt, lag sie den ganzen Vormittag müde und erschöpft auf dem Sofa. Zusammen besahen sie die gut gelungenen Bilder. Gregor Wacker erkannte die Absicht seiner Frau, er konnte nichts weiter dazu sagen, als dass sie ihm sehr gefielen. Mit ihren milden, dunklen Augen hatte sie ins Objektiv geblickt, mit diesem Blick sah sie ihn an jenem Tag an. Liebevoll, aufmunternd. Da hatte sie noch angekämpft gegen den unsichtbaren, ungreifbaren Feind. Mit schier unbesiegbarem Willen zur Hoffnung. Mit Unternehmungslust und Phantasie. Mit der ganzen Kraft ihrer Liebe hatte sie alle Therapien ertragen, anfängliche Erfolge gaben ihnen gemeinsam neue Hoffnung.

Allmählich hatte er sich jedoch zu erkennen gegeben, der Unsichtbare, von dem man sagt, er begleite den Menschen schon von Geburt an. Er, der Bruder Tod, wie ihn Franziskus bezeichnet hatte. Bald darauf musste Wacker miterleben, wie der geliebte Mensch von Tag zu Tag kleiner zu werden schien, schmäler, blasser, leichter. Er begann sich die letzte Abschiedsszene vorzustellen, schwer für ihn und ergreifend.

Doch sie machte es ihm leicht, lag still neben ihm, wie seit Jahr und Tag. Als die Sonne ihre ersten Strahlen durch das Fenster streichen ließ, sah er in ihre offenen, leeren Augen, um sie schließlich sanft zu schließen.

Tag für Tag dasselbe freundliche Lächeln, zweidimensional. Die Zeitung lag noch zusammengefaltet neben der Kaffeetasse. Ein Hauch des koffeinfreien Kaffees vermischt mit dem verbliebenen Schmelz des Blütenhonigs auf dem kleinen Löffel, von der Zunge als übereinstimmend identifiziert.

Sein Blick streifte die Wanduhr in der Essecke. Eine sechseckige goldbraune Keramik-Küchenwanduhr, quarzgesteuert und batteriebetrieben. Siebziger-Jahr-Modell mit einer orangefarbenen Umrandung. Die Zeiger auf dem weißen, runden Ziffernblatt bildeten ein Y. Sie standen auf zehn Minuten vor zwei Uhr, der Sekundenzeiger wies senkrecht nach unten zur Sechs. Wacker schüttelte verwundert über diese Zeigersymbolik den Kopf.

Stehengeblieben. Oder ist deine Zeit abgelaufen? Y? Irgendwie mystisch. Hat das etwas zu bedeuten? Gregor Wacker nahm sein neues Spielzeug zur Hand. Ein Smartphone, das ihm Johannes geschenkt hatte. Es war dessen altes, das inzwischen einer neueren Generation weichen musste. (Das alte war ein Geschenk von Oma Hilda, Wackers Schwester, die ihren Neffen gerne unterstützte). Zum Telefonieren tauge es jedoch nicht, urteilte der alte Herr, dieses Ding, schlechte Verständigung und dazu diese Herumwischerei mit dem Finger bei der

Gesprächsannahme. Da war sich der alte Uhrmacher sicher. Er blieb bei seinem Festnetzapparat, da hatte man wenigstens was in der Hand. Deshalb nahm er das Handy auch nicht mit, wenn er außer Haus ging. Aber nichts desto trotz, er wusste inzwischen recht gut, wie man mit dem Ding im weltweiten Netz etwas finden konnte.

Y-Symbolik. Das Wischen mit dem Finger klappte langsam besser, nur das Vergrößern mit Daumen und Zeigefinger wurde immer wieder zum Katapult. Und weg war die Seite.

Ach hier, Yggdrasil: *Yggdrasil, die Weltesche, der erste wachsende und immergrüne Baum der germanischen Mythologie, steht für die Gesamtheit der Welt mit dem Himmel und der Unterwelt, für die Ganzheit der Schöpfung und für Weisheit. An ihrem Fuß mit drei Wurzeln wird das Weltengericht abgehalten.*

Donnerwetter, was man so alles erfahren kann. Dabei fiel ihm ein, dass er versuchen wollte, seinen Großneffen heute mehr oder weniger zufällig im Park zu treffen, um auf diskrete Weise etwas über sein Verhältnis zu der schönen, verheirateten Frau zu erfahren. Denn daraus durfte keineswegs eine Bindung entstehen, schließlich hatte diese Frau Familie. Bevor er sich der Tageszeitung zuwandte, zählte er die Herztropfen auf den Kaffeelöffel.

Der Fremde

Ben Seborn sah aus dem Fenster der Straßenbahn. Ein grauer Morgen, wolkenverhangen, doch nicht kalt genug, dass Schnee zu erwarten wäre. Er hatte seine Bürotasche auf dem Schoß liegen, seine Gedanken liefen ihm voraus. Termin beim Arbeitsamt. Ob es nun endlich klappen würde. Seine bisherigen Bewerbungen waren erfolglos geblieben. Innerlich stellte er sich darauf ein, dass er gegebenenfalls auch eine entferntere Arbeitsstelle annehmen würde um erst einmal wieder Arbeit zu haben.

Er spürte seine eigene Unruhe und die Unruhe um ihn herum. Sanftes Waggonschaukeln, Anhalten, Türen öffnen sich, Türen schließen, Ruckeln beim Anfahren, Menschen, zwischen den Sitzreihen stehend mit einer Hand am Haltegriff. Die meisten in diesem fahrbaren Käfig wirkten entweder unruhig, getrieben, selbst die Sitzenden, oder sie schienen völlig teilnahmslos, als lebten sie in ihrem eigenen Kosmos, in einer Art Beamerphase. Ein Gemisch von Menschen auf engen Raum: Alte und Junge, Menschen verschiedenster Herkunft, Afrikaner, Osteuropäer, Asiaten, Orientalen. Menschen, die einander nicht ansahen, höchstens ein kurzer Blick beim Ein- oder Aussteigen, wenn dies nötig schien. Jeder war nur mit sich beschäftigt und wohl, wie er, eigentlich gar nicht da, weil in Gedanken bereits am Ziel oder noch viel weiter weg.

Seit dem Vorfall im Park mit den beiden Schlägern achtete Benjamin auf alles, was um ihn herum geschah. Nur widerwillig hatte seine Frau akzeptiert, dass er von einer Anzeige absehen wollte. Den Kindern gegenüber wurden die Schwellungen im Gesicht als Treppensturz begründet Ab dem nächsten Morgen trug er in seiner Bürotasche seine Sportschützenpistole, die er seit der Geburt von Linus nicht mehr benutzt hatte. In der

Nacht malte er sich aus, wie er die beiden Schläger bei einer zweiten Begegnung in die Flucht schlagen würde.

Eine Straßenbahn preschte in entgegengesetzter Richtung kreischend vorbei. Draußen vor dem Fenster setzte sich diese Unruhe und Hektik fort. Menschen die durch die Straßen hasteten. Autos im Fahrfluss oder stehend an Ampeln. Bremslichter, Blinklichter. Straßenbahnen, Bremsgrillen, rechtsradikale Parolen an Mauern gepinselt, wechselnde Werbetafeln, Menschen eingemummt auf Fahrrädern. Eine ältere Frau, die an einem Gehsteig stürzte, ein junger Mann, der ihr half wieder aufzustehen. Er dachte an Frau Ruhl, seine Beraterin im Arbeitsamt, eine nette, liebenswerte Person.

Vor dem Arbeitsamt blieb er kurz stehen, betrachtete den fünfstöckigen Gebäudekomplex aus Glas und Beton, der mit sandbeigen Fliesen verkleidet war. Ein imposanter Bau. Ob der wohl auch mit Subunternehmern erstellt worden ist? Über eine Großfirma, welche wiederum die Arbeiten komplett an ausländische Firmen vergeben habe? So wie in Berlin und anderswo.

Seborn passierte den gläsernen Eingangsbereich, ging durch die Eingangshalle, um ein Stockwerk höher zu steigen. Der dortige Wartebereich mit den kleinen weißen, runden Tischen und den schwarzen einfachen Polsterstühlen in der Mitte, war ihm hinlänglich bekannt. Er betrachtete den nach oben hin offenen Rundbau des Treppenhauses mit den sich emporwindenden, gebürsteten Edelstahlgeländern bis hinauf zur gläsernen Kuppel über dem fünften Stockwerk.

Mittlerweile kannte er jede Infostellwand, jede der wenigen Großpflanzen im ersten Stockwerk, jeden Ausblick aus dem jeweiligen Fenster. Beim Betreten der Treppe hörte er von oben laute Stimmen, eine davon übermäßig laut, männlich und eine ängstlich klingende, beschwichtigende weibliche Stimme. Der Mann schrie in aggressivem Tonfall, Benjamin hörte den lauten

Schrei einer Frau, ein Mann erschien oben am Geländer, immer noch laut schimpfend, vielleicht fluchend. Gleich darauf kam er den Treppenbogen heruntergerannt. Er rief immer wieder dasselbe laute Wort in einer fremden Sprache.

Benjamin blieb im unteren Treppenbereich überrascht stehen. Der Mann nahm im Laufschritt die Treppenstufen, er war nicht mehr jung, trug einen sauberen dunkelgrauen Anzug, etwas altmodisch wie es ihm schien. In der rechten Hand hielt er ein offenes Klappmesser, recht groß, Benjamin sah Blut daran. Ihn, der von oben sozusagen herabstürzte, aufzuhalten, war unmöglich, er würde ihn glatt umrennen, doch zurück auf den Erdgeschossboden, um ihm besser auszuweichen, das schaffte er nicht mehr, dazu war der Mann viel zu schnell. Schon war er nur noch wenige Stufen über ihm, ohne seinen Laufschritt zu verringern. Benjamin hob instinktiv seine Ledertasche vor die Brust und drückte sich an das Geländer, um ihm genügend Platz zu lassen. Für einen Augenblick standen sie sich kaum einen halben Meter getrennt voneinander, gegenüber. Ein glattrasiertes Gesicht, dunkle Augen und dunkles, teils graues, ordentlich frisiertes Haar. Er sah diese wettergebräunten, orientalischen Gesichtszüge, voller Wut und Verzweiflung. Der Mann riss seine rechte Hand hoch, stoppte aber mitten in der Stoßbewegung. Stumm sahen sie sich an, es schien ihm, als wäre es ein unendlicher Augenblick des Stillstandes. Benjamin sah in seinem Blick eine Veränderung, wie ein jähes Erwachen aus einem bösen Traum. Zwei besonnen blickende Augen, sie wirkten intelligent, weltoffen. Und hinter diesen Augen erkannte er eine noch immer vorhandene Wut, vermischt mit Angst, Verzweiflung, Trauer und Ohnmacht. Ihm schien, als wäre der Fremde in diesem Augenblick zur Besinnung gekommen. Er wandte den Blick ab und eilte an ihm vorbei die letzten Stufen hinab und lief durch die Halle. Eine Bedienstete stand dort mit einem kleinen Aktenwagen, sie wollte zur Seite weichen, zögerte jedoch kurz, unsicher, welche Richtung sie nehmen sollte. Anscheinend hatte er die Absicht, an ihr vorbei zu rennen und wich ebenfalls zur Seite, jedoch genau in dieselbe Richtung, in die auch die Frau ihr Wägelchen schieben wollte. Er prallte gegen das Gefährt und stürzte mit einem unterdrückten Wehlaut. Er raffte sich auf und eilte hinkend dem Ausgang zu.

Ben Seborn hörte von draußen ein Martinshorn. Unbewusst war er die Stufen wieder hinabgeschritten, stand nun neben der Treppe. Von oben hörte er Rufe nach einem Arzt und Krankenwagen. Kurz darauf wurde die Eingangstür aufgestoßen und Sanitäter und ein Arzt eilten die Treppe hinauf. Benjamin schüttelte den Kopf um sich klar zu machen, dass dies gerade kein Film war, sondern Realität. Er vernahm oben Stimmengemurmel und einzelne Schimpfworte über ‚den Verrückten'.

Nur Minuten später kamen die Sanitäter mit einer Frau auf einer Trage liegend die Treppe herunter. Der Arzt an der Seite der Frau hielt eine Infusionsflasche mit einer Hand nach oben. Benjamin erkannte Frau Ruhl, seine Beraterin. Ihr Gesicht schien übertrieben weiß geschminkt zu sein, blutleer die Lippen, ein roter Streifen auf der linken Wange. Er sah das Blut auf ihrer weißen Bluse. Sie war wohl nur halb bei Bewusstsein. Jetzt erst spürte er einen Schock, einen tiefen Schmerz, als wäre sein Puls aus dem Rhythmus geraten. Ausgerechnet sie. Sie, die bei aller Sachlichkeit ihm gegenüber zum Abschied immer ein freundliches und aufmunterndes Wort mitgab. Ausgerechnet diese zarte hübsche Frau, fuhr es ihm durch den Kopf. Sie hatte ihn erkannt, wie er an ihren Augen sah, versuchte die rechte Hand zu heben, als wolle sie sich entschuldigen, dass sie ihn nicht beraten konnte. Oder aber, dass sie ihm etwas von Bedeutung hätte sagen wollen.

Auch er wollte als Gruß die Hand heben, dabei bemerkte er zu seiner eigenen Verwunderung, dass seine Rechte in der Tasche steckte und die Pistole fest umklammert hielt. Er wusste selbst nicht, wann es zu dieser Handbewegung gekommen war.

Als jemand den Sanitätern die Eingangstür öffnete - oder ging sie automatisch auf - waren von draußen laute Rufe und Schreie zu hören. Sie klangen böswillig und hasserfüllt.

„Scheiß-Ausländer, erschießt ihn doch gleich!“ Benjamin ging hinaus. Er sah, wie der Fremde sich wehrlos von Polizisten in Gewahrsam nehmen ließ. Die Schreie und Rufe gehörten zu drei Männern mit Bierflaschen in den Händen, Zigarette im Mundwinkel. Sie waren aus dem nahegelegenen kleinen Park der Neugier halber hergekommen.

In wenigen Minuten war der Spuk vorbei. Benjamin setzte sich auf eine halbwegs trockene Parkbank auf dem Vorplatz des Arbeitsamtes. Was für eine Welt, in der wir heute leben, ging es ihm durch den Kopf. Er dachte kurz an das Erlebnis mit den Schlägern im Park. Halbstarke, die beinahe einen Mann erschlagen, der zwei junge fremdländisch aussehende Frauen vor ihnen beschützen will; ein fremdländischer Arbeitsloser verletzt in seiner Verzweiflung und Wut eine Beamtin an ihrem Schreibtisch, weil sie ihm offensichtlich keine Arbeit vermitteln konnte. Und diese drei Ausgegrenzten im Park neben dem Arbeitsamt, die sich längst aufgegeben haben, die nur noch ihren Treff im Parkpavillon zum Lebensinhalt haben und sich am Kiosk Bier und Zigaretten holen, würden ihn am liebsten lynchen. Alle sind wieder einmal schuld, nur sie nicht. Alle sind schuld, nur selber ist man immer der Dumme, selber kann man ja nichts dafür, dass es so ist, wie es ist. Schon jahrelang, wozu sich noch bemühen für ein bisschen Verdienst, wenn überhaupt. Wenn doch die Ausländer das Geld umsonst bekommen. Binsenweisheiten. Benjamin hasste diese nihilistische Einstellung. Und doch stand er zurzeit selbst auf der sogenannten Verliererseite.

Nein, sie ist nicht tot, sie wird nicht sterben, sagte er leise zu sich. Wird es hoffentlich unbeschadet überleben. Dennoch: Von einer Sekunde zur nächsten könnte man tot sein... Unfall, Herztod, alles zu Ende – völlig unvorbereitet. Manchen bleibt wohl nicht einmal ein Gedanke an Jemanden, den man gerne hat, die Kinder, die Ehefrau, Lebensgefährtin, an ... Gott...?

Oder spielt sich im Denken eines Sterbenden, eines eben zu Tode Gekommenen noch etwas ab in den Hirnströmen? Gibt es da noch Gedanken im Gehirn nach dem eben eingetretenen Tod? Nicht steuerbare Abläufe über genau diesen Moment, welche jeder Mensch in sich trägt. Abläufe, welche ihn sozusagen ‚hinübertragen'?

Der Arbeitssuchende musste unverrichteter Dinge weitergehen, an eine Beratung nach dieser Situation war nicht zu denken. Er würde benachrichtigt, sobald es etwas für ihn geben würde.

Johannes und Opa Gori

Johannes Berger war am frühen Nachmittag auf dem Weg in die Uni-Bibliothek. Er ging durch den kleinen Park, vorbei an jenem Kirchlein, in dem vor Jahren das Requiem für die Großtante stattgefunden hatte. Er dachte an ‚Opa Gori', der in letzter Zeit gesundheitlich ‚ein wenig abbaute'. Eigentlich nicht wirklich im körperlichen Sinne, trotz seiner eher leichten Herzprobleme. Ihm fehlt in letzter Zeit etwas der Elan, mit dem er alles angegangen hatte. Die Zuversicht und Lebensfreude. Seine Schwester Hilda Halm, Johannes Großmutter, sah dies beim letzten Kaffeegespräch mit ihrem Enkel ebenso.

„Ja, der Opa Gori ist nicht mehr ganz der Alte. Sein unermüdlicher Antrieb scheint langsam nachzulassen."

Alle in der Familie nannten Gregor Wacker Opa Gori, ein Kosename, den ihm seine verstorbene Frau gegeben hatte. Sie entstammte einer deutschen Familie aus der Pfalz, die in Zeiten Kaiser Josephs nach Galizien auswanderte und sich in Lemberg, dem heutigen Lwiw in der Westukraine, ansiedelten. Ihre Eltern wurden zu Beginn des zweiten Weltkrieges ins deutsche Reich umgesiedelt.

Nun sah Johannes den Großonkel in sich versunken in seiner hellbraunen Winterjacke, grauem Schal und der braunen Schirmmütze, Fischgrätmuster, auf einer Bank im Park sitzen.

„Hallo Opa Gori, wie geht es dir?"

Der alte Mann schreckte überrascht hoch, schob die Mütze etwas in den Nacken und blickte in die Augen seines ‚Lieblingsneffen'.

„Guten Tag Johannes. Nun ja, wie es einem alten Mann eben geht. Das Herz macht nicht mehr so recht mit, Zeit zum Abtreten."

„Nanu, so niedergedrückt? Passt doch gar nicht zu dir."

„Na ja, eher nachdenklich. Aber wem kann ich noch eine kleine Hilfe sein? Ich muss schon froh sein, wenn ich nicht anderen zur Last falle. Und die Menschen heutzutage lassen sich nicht mehr von den wunderbaren Lehren des Evangeliums ermutigen.“

„Trotzdem. Du bist in meinen Augen ein lebendes Beispiel für die Lehren Jesu und sein Wirken.“

„Ach, das ist alles schon eine Weile her, wer glaubt heute noch einem alten Mann?“

„Na, ich auf jeden Fall.“

„Mein kluger Großneffe, der Religionswissenschaftler. Wie geht's mit der Doktorarbeit?“

„Ich habe mich bis jetzt bezüglich meiner Forschung noch nicht ganz festgelegt.“

„Und worum soll es möglicherweise gehen?“

„Mich interessiert das Thema: Jenseitsdenken im Vergleich der abrahamitischen und der hinduistisch-buddhistischen Religionen“.

„Also um das Leben nach dem Tod?“

„Genau. Was mich allerdings auch interessiert ist die Frage, in wieweit die Menschen der verschiedenen Religionen heute an ein Leben nach dem Tod glauben.“

„Ha, wer glaubt heute noch, im technischen Zeitalter, an ein Leben danach? Ein Leben im Jenseits. So gut wie keiner. Ich gehöre zur aussterbenden Art diesbezüglich. Jeder glaubt doch heutzutage, das Hier, das Diesseits ist das einzige Leben, und das muss man voll und ganz ausschöpfen, denn danach kommt nichts mehr. Schau dir doch die Welt an: Jeder will alles und das sofort, ohne Rücksicht auf andere und ohne Skrupel bezüglich der Folgen. Geld, Karriere, Macht sind die Dinge, die die Leute heutzutage interessieren. Daneben sind es Umwelt, Klima und Kriege. Nicht Religion und Leben nach dem Tod.“

„Nicht jeder, Opa Gori, nicht jeder denkt so.“

„Aber Junge, schau dir doch die heutige junge Generation an, wie sie alle abhängig gemacht werden. Dabei glauben sie noch, dass sie in der großen Freiheit leben: Handys, Computer, Fernsehen, Reisen - immer schneller, immer toller; bloß kein Stillstand. Die meisten wollen diese paradiesischen Zustände erreichen, die ihnen tagtäglich vorgeführt werden. Die vielen Höllen daneben wollen sie erst gar nicht sehen. Und das ist die Generation von morgen und übermorgen, mit der du zu leben haben wirst."

„Ja, das Problem in diesem digitalen Zeitalter ist, dass alles sich so schnell verändert. Der Mensch bekommt gar nicht mehr die nötige Zeit, sich darauf einzustellen."

Gregor Wacker war in seinem Element: Diese ganzen technischen Entwicklungen brächten die Menschen ab von ihrem Glauben, da müsse er nicht lange studieren, das wisse er auch so. Und das sei sicher in allen Ländern und Religionen so. Gottseidank sei er schon so alt.

„Hättest du besser Theologie studiert, dann hättest du ein sicheres Fundament. So aber seid ihr Religionswissenschaftler eigentlich glaubenslos, weil ihr ja an alles oder gar nichts glaubt."

„Oh, nein, es ist ein Unterschied, zwischen dem Suchen nach..."

„Nach Wahrheit vielleicht?"

„Zwischen dem Glauben an eine, sozusagen *die einzige* religiöse Wahrheit und dem Suchen nach wissenschaftlichen Vergleichen, um der Wahrheit näher zu kommen. Um über die festen und enggefassten Dogmen eines in die Jahre gekommenen Religionssystems hinaus zu blicken. Und genau dies ist in einer Epoche der Technikgläubigkeit umso wichtiger."

„Sagt der Wissenschaftler."

„Um auf den Kern zu kommen: Du weißt so gut wie ich, dass ein Leben ohne Tod gar nicht möglich ist. Das ist ein Thema, das so alt ist wie die Menschheit. Mein Professor schrieb einmal: Unsere Sterblichkeit ist unsere Kostbarkeit."

„Ein schöner Gedanke."

„Es gibt viele solche Gedanken und vielerlei Menschen die sich damit befassen. Vielmehr als du dir denken kannst. Ein buddhistischer Mönch und ZEN-Meister sagt: Das ewige Leben ist ein Leben, das auch den Tod umfasst. Ein ewiges Leben ist ohne den Tod nicht möglich."

„Ewiges Leben und Buddhismus – das widerspricht sich doch. Ist es nicht so, dass deine ganzen Vergleiche nur alles ineinander vermischen?"

„Nein, im Gegenteil. Es gibt sehr viele Ähnlichkeiten in den religiösen Praktiken, die es sehr wohl wert sind, offen miteinander verglichen zu werden. Interessanterweise auch gerade zwischen Christentum und Buddhismus, obwohl doch beide Religionen nach allgemeiner Denkart weit auseinander liegen."

„Ist ja auch so! Oder etwa nicht?"

„Gar nicht so sehr. Zum Beispiel: Buddhisten meditieren, Christen beten. Sie haben kirchliche Feste wie wir, zum Beispiel Prozessionen mit Musik durch Städte und Dörfer, die geschmückt werden. Sie haben eine Heiligenverehrung, ähnlich wie im katholischen Glauben. Auch das Almosengeben. Dazu Darbringung von Kerzen, Blumen und Weihrauch. Buddhisten haben ihre strengen Gebote, Christen ebenfalls. Und manche Gebote sind noch strenger als die zehn Gebote des Alten Testaments, oder das Gebot der Nächstenliebe von Jesus. Buddha empfiehlt als Übung, um eine höhere Ebene zu erreichen die Praxis Lojong, das heißt liebende Güte. Man erweckt liebende Güte in alle Richtungen, für alle Wesen, ohne Grenzen. So wird ein Geisteszustand eingeübt, den man Brahma-Vihara, göttlichen Zustand, nennt. Gott sei der Begriff für die reine Form des Geistes, die das Ich übersteigt und alle Wesen umgreift."

„Mag ja sein. Aber im entscheidenden Punkt glauben sie ganz anders: Die haben ihre Seelenwanderungen, ihre fast ewigen Wiedergeburten, als Tier, womöglich als Stein oder als Mensch."

„Ja. Wobei, es ist nicht die Seele, die wandert, der Buddhismus anerkennt keine Seele. Es ist das Bardowesen des Verstorbenen, ein körperloses Wesen aus Geist und Bewusstsein, welches in den meisten Fällen in die Wiedergeburt wandert. So steht es im Tibetanischen Totenbuch. Der Bardo, der Zwischenzustand vom Augenblick des Sterbens bis zu einer Wiedergeburt ist nach maximal sieben Wochen beendet. Für die Gläubigen ist aber das Höchste, diesen Kreislauf Samsara zu durchbrechen, um sich im Nirwana aufzulösen."

„Ein Bardowesen verlässt den toten Körper und schlüpft dann in einen anderen. Das geht doch nicht! Wir dagegen wollen zu Gott, ganz einfach. Ein Leben, das ich so gut es mir möglich ist, nach den Lehren Jesu ausrichte. Bis ich sterbe. Da weiß ich, wo ich einmal hinkomme und das ist gut so."

„Ja ich weiß, Opa Gori, du bist ein gläubiger Christ und das ist wirklich gut so. Dennoch möchte ich anfügen, dass es auch in den Anfängen des Christentums verschiedene Deutungen der Lehre Jesu Christi gab. Bis ins dritte Jahrhundert gab es im Christentum noch die Lehre von der Vorinkarnation, die dann von der Kirche verboten wurde. Übrigens: Wusstest du, dass es einer aktuellen Umfrage zufolge in unserem Land vierzig Prozent Menschen gibt, die an ein Jenseits glauben? Ein Leben nach dem Tod, in welcher Form auch immer. Und von diesen vierzig Prozent sind nur die Hälfte Christen."

„Wie viele Katholische und wie viele Protestanten?"

„Beide beinahe gleichauf. Und, mein lieber Opa: Es sind mehr junge Leute als Ältere, die an ein Leben danach glauben."

„Was? Stimmt das wirklich?"

„Ja, es stimmt. Trotz aller moderner Medien und all dem Streben nach dem nächsten Kick. Oder der allgemeinen verbreiteten Meinung, dass der jungen Generation nichts mehr heilig ist."

„Erstaunlich. Sag mal, mein lieber Doktorand, wie ist das eigentlich bei den Buddhisten mit der Ehe?" Bruder Gregor wollte mal vorsichtig ‚auf den Busch klopfen' bezüglich der schönen Frau, Ehefrau und Mutter, mit der er Johannes gesehen hatte.

„Wie kommst du jetzt darauf?"

„Interessiert mich halt."

„Die Ehe ist genauso wichtig und in ähnlichem Sinne ‚heilig' wie im Christentum. Buddha erklärte Ehepaare sogar zu gottgleichen Wesen. Die Familie spielt eine wichtige Rolle. Auch die Ahnen haben eine ganz andere familiäre Bedeutung als bei uns."

Wacker nickte nachdenklich. „Ja, ja. Die Ahnen, und die Achtung vor den Alten. Da fehlt es bei uns immer mehr. Da wird eben ins Alten- und Pflegeheim abgeschoben, weil man keine Zeit hat für die Alten. Und Scheidung?"

„Scheidung? Spricht aus dir der Bruder Gregor?"

„Also, wie ist das mit der Scheidung bei den Buddhisten?"

„Das ist ähnlich wie im protestantischen Glauben: In Buddhas Lehren sind keine Einwände gegen eine Ehescheidung zu finden. Daher darf jedes buddhistische Paar aus Sicht seiner Religion auch wieder auseinandergehen, wenn ein Zusammenleben mehr Trennendes beinhaltet als Verbindendes."

Wacker schüttelte den Kopf. Zwischen den Wolken über den alten Bäumen fand die Sonne eine Lücke und malte einen leuchtenden Fleck neben die Parkbank. Eine Frau radelte etwas mühevoll an ihnen vorbei und überholte eine andere Frau mit ihrem Rollator.

„Was macht übrigens bei dir die Liebe? Ist das endgültig mit Nicole?"

„Es sollte wohl nicht sein."

Nach sechs Jahren hatten sich Johannes und Nicole kurz vor Weihnachten zur Überraschung der Familie getrennt.

„Ich denke, ich lasse mir Zeit. Die wirkliche große Liebe jedenfalls, wie du sie einst gefunden hast, hab ich jedenfalls noch nicht getroffen. Aber wer weiß, sie kann ja quasi über Nacht plötzlich vor einem stehen."

„Ach! Ist da was in Aussicht?"

„In Aussicht…" Berger schmunzelte. „Klingt nach einem Geschäft." Dabei dachte für einen Augenblick an Antonia, die für ihn ein Stück weit Geheimnis war.

„Du weißt schon, wie ich es meine. Aber lass dich nicht mit verheirateten Frauen ein. Das bringt nur Ärger."

„Wie kommst du darauf?" Der Lieblingsneffe runzelte die noch jugendlich glatte Stirn. Ahnte der Großonkel etwas?

„Lebenslange Erfahrungen. Jedenfalls gibt es genug Frauen, die Mann und Kinder verlassen für irgendein Abenteuer. Die Prominenten machen das ja andauernd vor. Pass eben immer auf, *wie* Eine ist, ob sie hilfsbereit ist, *was* sie sagt und denkt, ob sie *ehrlich* ist. Das ist wichtig, mein Junge, wenn du mit Einer dein ganzes Leben verbringen willst."

„Ich weiß, du hast es mir schon oft gesagt."

„Ja, dann merk es dir. Wo willst du eigentlich hin?"

„In die Uni-Bibliothek, will was lesen über Grabbeigaben."

Johannes war froh, das Thema wechseln zu können.

„Über Grabbeigaben?"

„Ja, sie geben Aufschluss über den Jenseitsglauben. Die ältesten Grabbeigaben über die es bei uns Aufzeichnungen gibt, sind zirka dreizehntausendfünfhundert Jahre alt."

„Und was sind das für Grabbeigaben?"

„Eine flache Knochenplatte, zirka neun auf vier Zentimeter groß, in die ein Pferdekopf eingeschnitzt ist."

„Wo wurde die gefunden?"

„In der Nähe von Bonn. Ähnliche Beigaben finden sich bei den Kelten. Ein Fürstinnengrab von zweitausendsechshundert vor Christus enthält fein gearbeitete Schmuckstücke aus Gold. Von ihnen, den Kelten, wissen wir auch näheres über ihre religiöse Praxis. Über den heiligen Ort, die heilige Zeit, kultische und magische Verrichtungen – Opfer und Gebet, den Kopfkult, das Sterben und das Totengedenken."

„Was ist mit Kopfkult gemeint?"

„Die Kelten waren überzeugt, dass sie mit dem abgetrennten Kopf eines Feindes seine Kraft und sein Wissen besitzen würden. Aber auch, dass damit der Geist des Toten in der anderen Welt unschädlich gemacht würde."

„Dachten die noch an einen Krieg im Jenseits?"

„Sie glaubten, dass nach dem Tod der Geist des Menschen in einer anderen Welt weiterleben würde."

„Glaubten sie auch an eine Seele?"

„Soweit ich weiß nicht. In der griechischen Philosophie schon. Sokrates und Platon zum Beispiel gingen von der Unsterblichkeit der Seele aus. Also davon, dass diese nach dem Tod weiter existieren würde. Nicht aber um in einem Menschen wiedergeboren zu werden. Die Seele findet sich nach dem Tod des Menschen vor einem Seelengericht, wo über sie entschieden wird. Heißt: Jene, die rechtschaffen und fromm waren, kamen in die Glückseligkeit, die Bösen aber wurden an einen Ort der Schmerzen und Qualen verbannt. Die ganz Bösen für ewig, die mit den ‚sühnbaren Vergehen' für eine bestimmte Zeit"

„Klingt ja schon nach Fegefeuer?"

„Wohl so ähnlich. Platon ist da nahe an der griechischen Mythologie. Da gibt es den Hades, die Unterwelt mit seinen zwei Seiten: der furchtbare Abgrund Tartaros für die Feinde und das Elysium für die Lieblinge der Götter."

„Ah, ja – das Elysium".

Wacker dachte an Schillers Ode an die Freude. Freude - eine Tochter aus dem Götterhimmel.

„Die griechische Mythologie besagt, dass die Toten den Fluss Acheron, der die Unterwelt von den Lebenden trennt, überqueren mussten. Das konnten sie nur mit Hilfe des Fährmanns Charon. Damit dieser sie sicher über den Fluss brachte, wurde den Toten eine Münze als Bezahlung für den Fährmann in den Mund gelegt. Des Weiteren wurde den Toten ein Stück Honigkuchen als Gabe für die Götter der Unterwelt mitgegeben."

„Eine Münze und ein Stück Honigkuchen", wiederholte Gregor Wacker heiter.

„Ja, beim Übergang in den Hades tranken die Toten aus dem Fluss des Vergessens, Lethe, und kannten danach weder Zukunft noch Vergangenheit, sondern nur noch die ewige Gegenwart der Unterwelt."

„Eine ewige Gegenwart in der Unterwelt…"

„Übrigens, was die Münzen betrifft: heute noch werden in Japan nach einem buddhistischem Totenritual, den Toten sechs Münzen beigegeben, mit denen die Fahrt über den Fluss der Unterwelt bezahlt werden soll. Und noch etwas, das dich vielleicht interessieren könnte: Der Bestattungsritus der Griechen vor über zweitausend Jahren: Der Körper des Toten wurde mit duftenden Essenzen und Wasser gewaschen und in weiße Gewänder gekleidet. Dann umwickelte man ihn mit Stoffbinden, hüllte ihn in ein Leichentuch und legte ihn auf ein Totenbett. Am Totenbett versammelte sich die Familie in Trauerkleidung, um den Verstorbenen zu betrauern. Um sie herum stimmten bezahlte Klageweiber ihre Totenklage an. In einem Leichenzug wurde der Verstorbene zum Friedhof getragen oder in einem prunkvollen Leichenwagen gefahren. Dort wurden in einer Lobrede sein Leben und seine Taten gepriesen und er wurde mit Grabbeigaben begraben oder auf einem Scheiterhaufen verbrannt. In letzterem Fall wurde seine Asche in einer Urne aufbewahrt. Nach der Bestattung versammelten sich die Verwandten zum Leichenschmaus."

Der Großonkel sah seinen Neffen überrascht an. „Das war ja genauso wie es bei uns früher auch war, fast noch schöner.

Aber, wem wird heute bei uns noch dieses Geschenk zuteil, dass er im Kreise seiner Familie Abschied nehmen darf von dieser Welt?“

Gregor Wacker war von seinem Anliegen bezüglich einer Beziehung seines Neffen zu jener schönen Frau völlig abgekommen. Zu sehr hatten ihn die Schilderungen des jungen Religionswissenschaftlers an manche Sterbende in seinem Leben erinnert, an intensive gute Augenblicke des Abschiednehmens und daran, wie Menschen aktuell ihre letzten Tage, medizinisch betreut, aber einsam, in Heimen oder Hospizen verbringen, das Ende erwarten.

„Mein lieber Opa Gori, gerade du musst doch am besten wissen, dass es auch bei uns noch sehr würdige Begräbnisfeiern gibt.“

„Ja, ich weiß. Doch ich kenne auch die neuen Spielarten, wie mit Sterbenden und Toten umgegangen wird. Abgestellt in einem separaten Kämmerchen auf einem Rollbett in einer Klinik, allein im Moment des Sterbens. Danach die neue Mode: verbrannt, und die Asche in einer Wiese verbuddelt, ohne Namen, ohne erkennbaren Ort, als hätte man nie gelebt. Aber das mit den Griechen ist schon interessant aus Sicht des Christentums! Man könnte meinen, wir Christen hätten da einiges von den alten Griechen übernommen.“

„In der Tat hat das Christentum manches von ihren religiösen Bräuchen übernommen, auch vom Judentum. Im Judentum allerdings gibt es im Unterschied zum Christentum keine festgesetzte Ruhezeit. Die Verstorbenen dürfen sozusagen ewig dort begraben sein. Ebenso auch im Islam.“

„Hm, das mit den Ruhefristen ist bei uns ja in letzter Zeit ein großes Thema geworden. Nach dem Motto; Je kürzer, desto besser. Aus der Sicht vieler Hinterbliebener. Wobei das ein total überholtes Wort ist: Hinterbliebene! Wer ist denn hinter geblieben? Wirst du einmal in Bezug auf mich ein Hinterbliebener sein? Mir gefällt das Wort nicht."

„Würde dir Nachgeborener, wie Bert Brecht dies in einem Gedicht formuliert, besser gefallen?"

„Nein. Dann schon eher Nachkomme. Die nach uns Kommenden."

„In jedem Fall musst du zugeben, dass es doch interessant ist, über Religionswissenschaften zu diskutieren.

Johannes lachte. „Aber eines noch, zum Schluss, solltest du wissen, nämlich die Grabbeigaben bei einem christlichen Begräbnis heutzutage."

„Wieso, das ist doch einfach: Ein Rosenkranz, ein Kreuz, der Ehering, das ist doch üblich."

„Tja mein Lieber, dann lies mal, was eine Bestatterin erst neulich so erzählt hat. Also: Fotos der Familie, Blumen oder selbstgemalte Bilder von Kindern, das ist normal. Auch das Schminken, die Augenbrauen und Fingernägel stylen bei Frauen gehören häufig dazu. Es werden aber auch ungewöhnliche Dinge den Toten beigelegt: Die Kuscheldecke, eigene Bettwäsche, ein Wanderstock mit Hut, Kuschelsocken oder eine Lesebrille mit Sudokuheft und Kugelschreiber, damit die Verstorbenen, wenn sie im Himmel ankommen, weiter rätseln können."

Gregor Wacker schüttelte den Kopf.

„Das ist jetzt nicht dein Ernst:"

Johannes lachte. „Doch, ist so. Also, jetzt muss ich aber los. Ich hoffe, du überlegst es dir noch eine Weile mit dem Sterben wollen."

„Äh, Johannes, Moment bitte. Könntest du mir mal eine kleine Beschreibung anfertigen, was diesen Bardozustand betrifft. Das interessiert mich jetzt doch ein wenig."

„Ernstlich? Du weißt nicht, worauf du dich da einlässt. Ich bin da selbst noch am Anfang, aber ich versuche es."

Johannes Berger - Notizen

Die Frage nach der Berufung

Von Oma Hilda, auch von Opa Gori, und anderen Verwandten höre ich die Frage: Junge, wo hast du das bloß her? Das Dichterische, deine Klugheit, das Studieren und all das.
Sie begründen ihre Frage damit: Niemand in unseren Familien kann sich erinnern, dass wir Musiker, Maler oder Dichter, einen Konstrukteur, einen Weisen, eine Heilerin oder Seherin jemals in unseren weitverzweigten Familienchroniken gehabt hätten. Wo kommt das bloß her bei dir?

Diese Frage der Berufung bringt mich auf den Gedanken bezüglich des Dalai Lama: Woran können die suchenden Mönche erkennen, dass gerade dieses Kind, das kommende Oberhaupt sein wird? Natürlich - sie haben ihre Kriterien, suchen sehr sorgfältig. Das auserwählte Kind muss ‚Etwas' in und an sich haben, was es mit hoher Wahrscheinlichkeit als von Gott gesandt auszeichnet.

Ich kann die Frage von Seiten meiner Familie nur für mich selbst beantworten: Ich bin sicher, dass ich das, was mein Wesen, mein Innerstes ausmacht, von ‚irgendwoher' bekommen habe. Sei es Geist oder Seele – oder beides. Denn körperliche Merkmale kann man den Genen zuschreiben, Aber Geistesdinge, Wesensdinge?

Das Künstlerische ist Beispiel dafür, dass man dies eben nur zum Teil durch Geisteswissenschaft erreicht. Fleißiges Lernen und Weiterbildung fördert es, bringt es zur Blüte. Aber da ist auch noch jene Art Wissen, das sich nicht durch Lernen manifestieren lässt; Genialität – das Wort kann man in diesem Zusammenhang finden.
Das was einem sozusagen ‚zugeflogen' ist, diese ‚Wesens-Seele' muss vorher schon irgendwo vorhanden gewesen sein.

Zum Beispiel: Der Heiler, die Heilerin. Natürlich denkt man als Christ da auch an Jesus, der mit der Hand oder einfach nur mit einem Wort heilen konnte. Menschen mit solchen Fähigkeiten gibt es in allen Kulturen.

Um auf meine Berufung zurückzukommen: Sollte dieses ‚Es' von einem oder einer der Ahnen stammen, müsste Es sich - von sehr weit zurück - nun erneut in mir entfaltet haben.

Wenn Es aber nicht aus unserer Familie entstammt, dann doch wohl von einem freigewordenen Geist oder Wesen, der oder das sich in mir manifestiert hat?

ABRAXAS

Cherubina betrachtete die weiße Lichtsäule vor der Wandmitte und fragte sich, was diese wohl zu bedeuten habe. Herkules hatte ihnen verboten, in die Lichtsäule einzutreten. Ob Angeli denn klar sei, was das Zeichen, dieser Fünfstern auf dem Boden des Lichtkreises zu bedeuten habe.

"Das Pentagramm? Der Drudenfuß soll böse Geister bannen. Für Platon war es das mächtigste Zeichen überhaupt. Für die Spirituellen bedeutet: Spitze nach oben Herrschaft des Geistes, die vier anderen sind die Elemente Erde, Feuer, Wasser, Luft.

"Schon merkwürdig, dass gerade dieses Zeichen hier steht."

Wieso, meinte Angeli, man kenne es doch schon lange von gotischen Kirchen.

Wohl richtig, nickte ihr die Orientalin zu.

"Wusstest du, dass dieses Zeichen mit einem es umschließenden Kreis Pentakel heißt?"

"Nein."

Cherubina flüsterte: "Dies Pentakel hier könnte auch das Zeichen für Abraxas symbolisieren, den die ägyptischen Gnostiker als Gott verehrten. Für sie war es das Urwesen, aus dem die fünf Urkräfte Geist, Wort, Vorsehung, Weisheit und Macht hervorgegangen seien. Abraxas wurde auch als Gott über Gott bezeichnet. Und er soll", flüsterte sie der Kameradin zu, "angeblich auch Jesus in die Welt entsandt haben."

Für Angeli klang dies nach barem Unsinn.

"Da siehst du, was menschliche Phantasie in solche Symbole an okkultem Zeug hinein interpretieren kann."

Dennoch starrte die Blondgelockte noch eine Weile darauf, als suchte sie die darin enthaltene goldene Mitte.

Im rückwärtigen dunklen Bereich außerhalb schien sich etwas bemerkbar zu machen. Die Empfangsengel eilten zur Pforte.

"Herkules kannst du mal kommen!"

Der Kopf des Guardians erschien in der Wand.

"Was ist los?"

"Da draußen, alles voller Leute, der Wartesaal total überfüllt."

"Haben wir einen Wartesaal?"

"Da draußen eben. Viele. Alte, junge, Frauen und Kinder."

"Gibt es unten eine Epemie?"

"Epidemie? Ich weiß nicht, es sind wohl eher Kriegsopfer. Und einige murren."

"Murren?"

"Ja schimpfen, fast wie fluchen."

"Fluchen? Hier?"

"Sie sagen, das wäre der falsche Himmel."

"Was sind es denn für Leute, wo kommen die her?"

"Also, ich würde mal sagen: Vorderasien. Ich glaube, die haben verschiedene Religionen."

"Ach du lieber G... äh, und die wollen alle hier herein? Wieder Kriegsopfer, hört das denn nie auf? Ich muss zu Urman."

Der Kopf verschwand, die Uhr taktete stoisch gleichmäßig vor sich hin und das ewige Lichtlein flackerte ein wenig unruhig. Zum ersten Mal hörten die beiden Empfangsengel menschliche Stimmen hinter der Wand: Oh Master Urman, Herkules könne nix dafür, die kämen alle wegen Krieg, viele, schreckliche Wunden, Frauen, Kinder, schlimm.

Angeli und Cherubina sahen sich verwundert an.

Woher weiß er denn das?

Nenne mich nicht Master, ermahnte eine unbekannte Stimme hinter der Wand. Hier gibt es keine Master.

Wieso der Chef das zulassen würde. Das sei so schlimm.

Der Chef? Wieso? Das ist nicht unsere Sache, darüber haben wir nicht zu urteilen. Und noch einmal: Es gibt hier weder einen Master noch einen Chef. Das war deine alte Welt.

Aber - ich kann doch nix tun, ihr müsst das entscheiden.

Nein, mein lieber Herkules Kubabwe, du wirst das machen, ihr drei habt diese Aufgabe übertragen bekommen. Ihr werdet sie hinübergeleiten, Mann, Frau und Kind, eins nach dem andern, wie sie im Buch verzeichnet sind.

Auch andere Religionen?

Wenn sie drin stehen, ja.

Urmans Worte klangen philosophisch: Auch wenn die da draußen leider immer noch denken, dass jeder seinen eigenen Himmel bekäme, wobei es doch nur ein einziges Jenseits gibt. Nur, die mit ihren menschlichen Vorstellungen verstehen dies nicht. Aber, vernahmen die engelsgleichen Lauschohren, das sei jetzt seine Aufgabe, gemeinsam mit den beiden Engeln, diesen Menschen genau dieses klarzumachen. Es gibt verschiedene Eingangstore, aber nur einen Himmel.

Kompliziert. Kann man nicht machen Generalanemie?

Generalamnestie? Ein ‚Ha' klang kurz und trocken. [Die Flügellosen kicherten, sie hörten einen spöttischen Ton heraus]. Gute Idee. [Herkules glaubte ein Schulterklopfen zu verspüren.] Stille hinter der Wand.

Etwas später erschien der krausgelockte Kopf mit beleidigter Miene, in der Hand eine lange Liste.

"Nix Generalanemie, also los. Eins nach dem anderen. Frauen und Kinder zuerst, wer schimpft, wird nach hinten gesetzt."

Angeli und Cherubina nickten ihm mit einem ergebenen Gesichtsausdruck zu.

"Klingt ganz wie unten", flüsterte Cherubina leise.

6

Dienstag

Gegenüberstellung

Sechs Uhr zwölf. Der Graf ließ den Weckruf erklingen: ‚Geboren um zu leben'. Benjamin stand auf. Zum Frühstück setzte sich Antonia zu ihm. Nach dem Vorfall auf dem Arbeitsamt am gestrigen Nachmittag, hatte er einen Anruf aus dem Polizeipräsidium erhalten, ob er sich gleich morgen Vormittag, zehn Uhr dreißig, zu einem Gegenüberstellungstermin und einer Befragung dort einfinden könne. Man wolle eine zeitnahe Entscheidung. Er sagte zu.

Den Kindern hatten sie nichts erzählt. Ein neuer Termin auf dem Arbeitsamt stand noch aus. Und damit die Hoffnung auf einen neuen Job. Antonia versuchte ihm den Rücken zu stärken, es würde sich was finden, da sei sie ganz sicher.

Benjamin sah sie zweifelnd an. Und wenn – wirst du dann damit aufhören?

Sie wusste wohl, worauf er anspielte. Es kam ein leises ‚Ja', das für ihn allerdings nicht überzeugend klang. Eine Weile frühstückten sie schweigend. Antonia wusste, dass ihr Mann sich für diese knappe Viertelstunde vollkommen auf das Frühstück konzentrieren konnte, und dass er ‚belanglose Ablenkung' nicht akzeptierte. Insgeheim bewunderte sie ihn dafür. Er hatte dies als eine seiner täglichen Übungen damals im Ashram verinnerlicht, eine Übung, die er weiterhin pflegte.

Manch anderes in seiner Lebensweise fußte ebenfalls auf jene vier Monate in der hinduistischen Glaubensgemeinschaft. Auch wenn er inzwischen wieder ab und zu etwas Fleisch aß, so war dieses einfache Leben in der Gemeinschaft in vielen Dingen in ihn übergegangen. Zu diesem Leben gehörte auch die Achtung und Dankbarkeit für alles, was die Erde für den Menschen hervorbringt. Von der Atemluft bis hin zur Nahrung für Körper, Geist und Seele. Der Kreislauf des Werdens und Vergehens in allen Dingen. So hatte er sich im Garten einen Kompostplatz eingerichtet, den er regelmäßig durcharbeitete. Er versuchte Kunststoffe so weit wie irgend möglich zu vermeiden, da sie den natürlichen Kreislauf empfindlich stören, wie er sich ausdrückte. ‚Du musst dir nur unsere Meere und Strände ansehen'. Den Fernseher konnte er seiner Frau allerdings nicht absprechen, inzwischen sah er selber immer wieder Sendungen über Themen wie Klimaschutz, Natur, Erde, oder Menschenelend an, worüber sie anfangs eifrig diskutiert hatten.

Die Planung für das Haus in Sachen Umweltverträglichkeit, Energiebilanz und Lebensqualität für sich und die Kinder hatte sie beide zu einer Einheit verschmelzen lassen - über das Band des Füreinander-Daseins hinaus. Es war ihre stärkste gemeinsame Zeit. Danach entwickelten sich ihre Lebensvorstellungen langsam, schleichend auseinander. Er fühlte sich wohl in diesem Zuhause mit Frau, Kindern und Garten. Dazu hatte er einen erfüllenden Beruf. Seiner Frau fehlten allmählich die Kontakte, die Spaß-Aktionen, Tanzen, Konzerte, mit Freunden ausgehen, einfach genießen. Zum Skiurlaub musste sie ihn mit Hilfe der Kinder überreden.

Als er gefrühstückt hatte, versuchte sie es mit einem eindringlichen: „Ben, wir schaffen das!"

Er erwiderte nachdenklich: „Manchmal denke ich … ach ich weiß gar nicht, was ich denken soll. Da sagt dir plötzlich einer, du kannst ab morgen zu Hause bleiben, wir brauchen dich nicht mehr. Unglaublich."

„Hör auf, das kann anderen auch passieren. Geh hin, zeig, dass du wieder mitspielst, dass du es willst."

„Das sagst du so leicht. Wenn du im tiefen Loch sitzt, ist es nicht einfach, wieder raus zu kommen."

Antonia beharrte: „Du kannst das. Denk an uns, die Kinder und das alles hier.“

Er nickte. „Ich glaube man braucht einfach auch eine Portion Glück.“

„Ja. Aber Glück allein ist es nicht, du musst kämpfen, du musst wirklich wollen.“

Sie stand auf, ergriff seine Hände. „Und du wirst gewinnen.“

- - - - -

Das Polizeipräsidium stand als grauer Glasbetonblock vor Benjamin. Bisher wusste er nicht einmal, dass es ein solches Präsidium in der Stadt gab. Er war mit der Straßenbahn gekommen. Dritter Stock, Zimmer 321, Migrationsfälle. Irgendwie gar nicht so viel anders als das Arbeitsamt, dachte er vor dem fünfstöckigen Bau stehend. Beim hinaufgehen über die Treppe glaubte er wieder den Mann zu sehen, wie er von oben herunterstürmte. In der Hand das Messer. Er sah seine Augen, den verzweifelten Gesichtsausdruck.

Benjamin dachte an Frau Ruhl, er hoffte, dass es ihr inzwischen besser gehen würde. Er wollte sie anschließend im Krankenhaus besuchen.

Zwei Beamte im Zimmer 321 begrüßten ihn ohne Handschlag. Der Uniformierte, verschanzt hinter einem einfachen Tisch, auf dem einige Blätter Papier lagen, sowie ein Notebook. Er bot Benjamin den gegenüberstehenden Stuhl an. Ein leerer Raum mit Tageslicht durch zwei Fenster und dem Licht der Deckenröhren. Der zweite Mann, in ziviler Kleidung nahm etwas abseits Platz. Der Uniformierte nickte beiläufig zu Benjamins Antworten: verheiratet, zwei Kinder, Beruf? Der Vorgeladene fügte hinzu, zurzeit auf Arbeitssuche. Was sollte ich wohl sonst im Jobcenter zu tun haben, dachte er. Der

Beamte blickte kurz auf und sah ihn an. Auf dem ersten der mehrseitigen Fragebögen machte er eine Notiz, dann begann er mit der Befragung zum Hergang, wie es Benjamin erlebt hatte. Der zweite Beamte hielt sich etwas im Hintergrund, hatte noch nichts gesagt.

Schließlich folgte die Gegenüberstellung mit dem Mann. Er sei aus Syrien, erklärte der Beamte und setzte mit Nachdruck hinzu:

„Flüchtling."

Benjamin hatte den Eindruck, dass für ihn der Fall schon klar liege, das Kreuzchen für ‚Abschiebung bald möglichst' bereits gemacht war.

Der Mann wurde hereingeführt, er trug denselben Anzug wie vor zwei Tagen, schwarzen Pullover, hellblaues Hemd. Zwei Männer, ebenfalls in Uniform, flankierten die Tür. Der Arbeitslose und der Asylsuchende standen sich gegenüber, sahen sich für einen Moment in die Augen. Unwillkürlich wollte ihm Benjamin die Hand geben, vielleicht eine spontane, einfache menschliche Reaktion. Auch der Fremde hob die Hand um sie ihm entgegenzustrecken, doch der Beamte, der das Protokoll führte, sprang auf. Was das denn solle?

„Kennen Sie sich etwa? Hatten Sie bereits vorher mit ihm in irgendeiner Weise Kontakt?"

Der zweite Beamte beschwichtigte mit wenigen Worten seinen Kollegen, bedeutete Benjamin sich wieder zu setzen. Der Protokollführer ging zunächst nur auf den als Zeugen vorgeladenen Seborn ein, den er mit dieser Handbewegung quasi als Komplizen verdächtigte.

Die Uhr rückte vor, als endlich der Fremde befragt wurde. Er sprach zunächst wenig, wirkte sehr niedergeschlagen. Immer wieder betonte er, er wollte die Frau um Verzeihung bitten, das hätte er nicht gewollt. Sein Sohn sei tot, die Familie in Gefahr und er könne nichts tun, nicht einmal arbeiten.

Ob er bei der Kurden Miliz aktiv gewesen sei? Was er verneinte. Ob er der PKK angehöre?

„Nein!", rief er impulsiv. Ja, er habe Kontakte zur PYD, das sei die Partei der Demokratischen Union.

„Wie sollten wir Kurden uns sonst wehren gegen alle Feinde", rief er leidenschaftlich. Assad sei ein Diktator geworden, der als Puppe von Putin das Land ruinieren werde. Das syrische Volk sei nur noch dazu da, für oder gegen Assad in den Krieg zu gehen. Und Erdogan nutze diese Situation für sich aus, um die Kurden zu vernichten.

Warum er nach Deutschland geflohen sei.

Er sei in Assads Folterkellern misshandelt worden, sehr grausam, leise sagte er:

„Sie können nicht wissen was Hölle ist, aber das ist Hölle. Assad ist wie Hitler."

„Na, na, was weißt du schon von Hitler?", fuhr ihn der erste Beamte harsch an.

Sein Kollege zog die Augenbrauen zusammen, sah ihn mit einem leichten Kopfschütteln mahnend an. Benjamin hatte den Eindruck, dass der Einschätzung des zweiten Beamten mehr Gewicht beizumessen war. Ein stiller Beobachter, der abschließend diese oder jene Empfehlung weitergeben würde. Er nickte dem Mann zu, er solle weitererzählen.

Nach vier Wochen konnte er entkommen, ein glücklicher Zufall. Zwei Männer, die mit ihm flohen, wurden erschossen.

„Ich entkam, sie ließen mich gehen, rennen. Sie lachten und schrien mir hinterher: Wir kriegen dich schon noch!"

Sie dachten er würde nach Hause zu seiner Frau flüchten. Doch unterwegs half ihm ein syrischer Bauer, ein Christ.

Wie er nach Deutschland gekommen sei?

Der Bauer habe ihm erlaubt, seine Frau anzurufen und sie verabredeten telefonisch die Flucht, die sie in die Türkei und dann nach Griechenland, Mazedonien, Serbien, Kroatien, Slowenien, Österreich schließlich nach Deutschland brachte.

Eigentlich wollte er nicht fliehen, aber die Familie habe ihn telefonisch dringend darum gebeten. Irgendwie seien sie schließlich in diesen Flüchtlingsstrom hineingeraten, dann gab es kein Zurück mehr.

Wie lange sie unterwegs waren, wollte der Mann in Zivil wissen.

Zwei Monate. Länger… fast drei Monate. Es schien, als stünde ihm jeder Tag der Flucht wieder in den dunklen, leidvoll blickenden Augen geschrieben. Benjamin sah ihm an, dass er sein Herz ausschütten wollte über all das, was er in den letzten zwei Jahren erlebt hatte. Nur mühsam konnte er sich zurückhalten.

Der uniformierte übernahm wieder: Warum Deutschland?

Andere Verwandte seien nach Deutschland geflohen. So kam auch er mit seiner Frau hierher.

Wo er Deutsch gelernt habe?

Bei Freunden hier in der Stadt, in der Asylgruppe, und über die private Abendschule in der Stadt.

Zeuge Seborn platzte unbeherrscht dazwischen:

„Sie sehen doch, dieser Mann ist im Grunde unschuldig. Er war verzweifelt, aber er ist doch kein Verbrecher."

Er würde ihn also doch kennen, hakte der Protokollführer nach. Was wisse er über ihn, wieso setze er sich für ihn ein? Er mache sich strafbar, wenn er nicht alles sagen würde. Benjamin schüttelte angewidert den Kopf.

„Entschuldigung", sagte der Verhaftete, „aber wir kennen uns wirklich nicht. Ich sehe ihn heute das zweite Mal."

Der Ermittler gab sich damit nicht zufrieden:

„Die Frau, die sie angegriffen haben, wäre fast gestorben. Das ist keine Bagatelle. Wieso haben sie ein Messer dabeigehabt? Sie hatten also doch die Absicht jemandem zu schaden."

Nein, er habe immer ein Messer dabei, seit sie auf der Flucht waren. Auch vorher schon, Zuhause, man war nicht mehr sicher.

„Warum haben Sie auf die Frau eingestochen."

„Ich wollte das nicht … Wut, Verzweiflung", drückte er sich aus. „Mein Sohn wurde zwei Tage vorher getötet, bei Luftangriffen. Angriff von Erdogans Armee auf unsere Stadt. Aram, mein Sohn ist tot und meine Frau und ich können nicht nach Hause, ihn zu beerdigen." Er schluchzte kurz auf, musste mehrmals Luft holen.

Seine Familie wurde auseinandergerissen, rief er, hier habe er Arbeit gehabt, dann nicht mehr, darum immer auf das Arbeitsamt, und Asylstelle, immer pünktlich, alles gemacht, einfach gelebt, nichts gestohlen.

„Bitte nicht abschieben, bitte!"

Hartnäckig versuchten die beiden Beamten, den Hergang zu rekonstruieren. Herr Abadi schilderte knapp, er habe wieder lange warten müssen, zu lange. Als eine Frau aus dem Zimmer kam sei er einfach hineingegangen, wollte fragen wegen Arbeit. Sie hatte den Kopf geschüttelt, er müsse noch warten, er sei wütend gewesen, habe zugestochen und sei aus dem Zimmer gerannt, die Treppe hinunter, unten sei er gestürzt.

Moment! Der am Schreibtisch hakte nach: Als er die Treppe herunterrannte, habe er diesen Mann gesehen?

Ja, habe er gesehen, gleich weitergerannt.

Ob der Zeuge den Eindruck hatte, dass er, Abadi, auch ihn angreifen wollte.

Benjamin verneinte die Frage des zweiten Ermittlers. Für einen Augenblick hatte er die Szene wieder vor Augen. Er sah den Mann die Treppe herunterstürzen, direkt vor ihm hatte er den Arm mit dem Messer erhoben und gleich wieder heruntergerissen. Ihre Augenpaare trafen sich, diese dunklen Augen, so voller Wut, vermischt mit Angst, Verzweiflung, Trauer und Ohnmacht. Und ein Ausdruck der Scham. Ob er das Messer noch in der Hand hielt. Ob er unten auch jemand angreifen wollte. Ob er irgendwelche Kampfrufe ausgestoßen habe, oder nach Allah gerufen habe? Ben Seborn schüttelte zu allem den Kopf.

Schließlich sagte der zweite Beamte, er möge bitte das Protokoll unterschreiben, dann könne er gehen. Für ihn sei die Sache erledigt.

Das sei sie nicht, widersprach Benjamin heftig. Er könne den Mann verstehen, der in höchster Not aus seiner Heimat fliehen musste, er hoffe, dass er einen Anwalt bekommt und man ihm eine faire Chance gibt, zu bleiben.

Niemand könne einfach so abgeschoben werden, sagte der erste Beamte. Sein Blick und seine Miene sagten Benjamin, dass er dabei wohl gerne ‚leider' hinzugefügt hätte.

„Mein Herr", rief der Fremde, an Benjamin gewandt, „können Sie die Frau besuchen im Krankenhaus? Sie müssen ihr sagen, dass es mir sehr leid tut. Ich mich entschuldigen möchte."

Der Zeuge wollte das Protokoll unbelesen unterschreiben, der Uniformierte bestand jedoch auf korrekte Durchsicht.

Abschließend nickte Benjamin Herrn Abadi zu.

„Gut, ich werde zu ihr gehen, gleich jetzt."

- - - - -

Der Krankenhauskomplex bestand aus dem Altbau, einem älteren Neubau und der neuen Klinik. Frau Ruhl, neues Klinikum, chirurgische Abteilung, dritter Stock, Zimmer 318, lautete die knappe, aber freundliche Auskunft.

Nach dem Anklopfen trat er ein. Er fand sie mit angewinkelten Beinen, halb sitzend, mit hochgestelltem Kopfteil auf ihrem Bett. Sie las in einem Buch. Er brachte ihr ein kleines orangefarbenes Anemonengesteck mit. Ihre leuchtenden Augen bezeugten die angenehme Überraschung. Sie war so voller Freude über den unerwarteten Besuch, dass sie sich schwungvoll aufrichtete. Er spürte ihre warme Hand in seiner, ein sanfter Druck, einen Augenblick länger als üblich. Ihre Verletzung war am linken Oberarm. Der rote Blutstreifen, auf der linken Wange, war glücklicherweise keine Stichwunde, dachte er und sah in ihr hübsches, anmutiges Gesicht.

„Das ist aber schön, dass sie mich besuchen kommen."

Sie lösten langsam die ineinander liegenden Hände, doch griff sie gleich darauf nach seiner Blumenhand, zog diese zu sich her um die Blumen zu riechen.

„Oh, sie duften wundervoll. Ich liebe diese Farben. Vielen, vielen Dank."

Etwas verlegen erklärte er den Grund seines Besuches, eigentlich seien es ja zwei Gründe. Zum einen habe er ja Zeit und er wollte sehen, wie es ihr gehe, wie schlimm die Verletzung sei. Es gäbe aber noch einen Grund:

„Der Fremde, also der Mann mit dem Messer, hat mich gebeten, nach Ihnen zu sehen. Er möchte Sie um Verzeihung bitten".

„Ach! Herr Abadi."

Benjamin sah sich kurz um, er wusste nicht so recht, wohin mit den Blumen.

„Oh bitte stellen Sie sie hierher zu mir."

Benjamin platzierte das Gesteck auf dem Funktionsnachttisch.

„Setzen Sie sich doch zu mir". Sie deutete auf den Stuhl bei dem kleinen Besuchertisch. Er betrachtete das Bild darüber, Monet, ‚Japanische Brücke' – passend für dieses Krankenzimmer, fand er. Er rückte den Stuhl an ihr Bett.

„Der Arme, er tut mir wirklich leid."

„Er tut Ihnen leid? Aber er hat *Ihnen* ein Leid angetan", versuchte er klarzustellen. „Wobei - Sie haben Recht, auch mir tut er irgendwie leid." Er legte kurz seine Hand auf ihren Unterarm, um seine Verbundenheit mit ihr zu bekräftigen, hob sie aber sofort wieder.

„Nun ja, das war schon eine dramatische Situation, ich glaube, er wollte mich wirklich nicht verletzen. Eine Überreaktion, die gar nichts mit mir zu tun hatte. Zum Glück war alles nicht so schlimm, wie es aussah."

„Jedenfalls", er nickte, „das soll ich Ihnen von ihm ausrichten, auch ihm täte es ‚sehr viel Leid', wie er sich ausdrückte."

Beide modellierten ein unsicheres Lächeln, Sympathiewellen, die sich gegenseitig sanft durchflochten.

„Ich habe gehört, er sei an Ihnen vorbeigerannt, auf der Treppe, hatte dabei noch das Messer in der Hand. Das muss für Sie doch eine schreckliche Situation gewesen sein."

„Schon, aber als ich in seine Augen sah, erkannte ich, dass er selber Angst hatte und irgendwie verzweifelt wirkte."

„Wissen Sie", begann sie leise mit einem nachdenklichen Blick und ließ sich zurückfallen, „ich hatte wirklich Todesangst als ich das offene Messer sah. Ein Gefühl, das ich gar nicht beschreiben kann, so allumfassend. Durch und durch. Ich wollte aufstehen, da stach er zu."

Sie blickte zur Decke, rang nach Worten. „Es war wie ein schlimmer Traum. Ich war gar nicht mehr ich selbst."

Später sagte der Arzt, er habe sie reanimieren müssen, ihr Herzschlag hatte ausgesetzt.

„Ich kann mich aber erinnern, dass ich mich daliegen sah, als würde ich das Geschehen von oben beobachten. Ich sah, wie sich der Arzt um mich bemühte und die Sanitäter dabeistanden und Hilfe leisteten."

Benjamin dachte an eine Außerkörperliche Erfahrung, sagte jedoch nichts. Unbewusst hatte er wieder ihre Hand ergriffen.

Sie versuchte zu erklären. Sprach langsam:

„Ich weiß nicht was das war. Ich habe das inzwischen selbst schon mehrmals durchdacht. Aber es war so. Es war so unbegreiflich, aber mein Gefühl sagt mir, dass es gut war, das erlebt zu haben. Es war auch sonst nichts Weiteres. Da war kein Licht oder Tunnel, es war einfach unbeschreiblich. Ich lag zwar auf dem Boden des Zimmers, befand mich aber irgendwie außerhalb meiner selbst."

Er ließ ihr die kleine Pause. Nickte nur und löste sanft seine Hand von ihrer. Erneut nahm er sie als Frau wahr, nicht als korrekte Beamtin hinter ihrem Bildschirm. Ja, sie war hübsch, schlank, einige Jahre jünger als Antonia. Immer schon hatte er ihre freundliche Ruhe gemocht, wenn er bei ihr war und sie ihm zu ihrem Bedauern nichts Passendes hatte anbieten können. Sie schien das krasse Gegenteil von Antonia zu sein. Ihre braunen Augen blickten ihn vertrauensvoll an. Ihm war, als kannten sie sich schon sehr lange und doch wusste er nichts mehr von ihr, als ihren Namen: Katrin Ruhl.

Dann schüttelte sie den Kopf mit den kurzen dunkelblonden Haaren, die vom Liegen ein wenig zerdrückt wirkten.

„Wissen Sie was", rief sie und richtete sich wieder auf. „Wir gehen jetzt einen Kaffee trinken in die Cafeteria. Oder lieber Tee?"

„Für mich Tee."

Benjamin reichte ihr den weinroten Kimono mit dezenten blauen und weißen Blüten und half ihr in den linken Ärmel. Feiner Satinstoff, dachte er, steht ihr gut. Als sie an der Station vorbeikamen sagte sie, er solle sich nicht sorgen, sie dürfe das.

In der Cafeteria steuerten sie spontan auf einen kleinen Tisch mit Fensterblick in den Innenhof zu. Er kam noch einmal auf den Fremden zu sprechen. Ob sie denn Näheres über ihn wisse? Ein wenig schon. Normalerweise dürfe sie nicht darüber sprechen.

„Aber Sie wissen ja ohnehin schon das Wichtigste, von der Gegenüberstellung." Herr Abadi sei ein kurdischer Syrer. Er stamme aus Afrin, im Nordwesten von Syrien. Die Familie besaß dort wohl Plantagen von Granatäpfeln und Feigen - auch Weinanbau. Als er noch jung war, sei er nach Damaskus gegangen, habe dort Agrartechnik studiert und das Studium erfolgreich abgeschlossen.

In Damaskus, als Kurde? Benjamin zweifelte.

Doch, ja. Über zehn Prozent der Kurden würden in einem Stadtteil von Damaskus leben. Dort lernte er seine spätere Frau kennen. Sie ist Ismaelitin, gehöre also zur schiitischen Religion, was wohl zu einem Zerwürfnis innerhalb der Familie führte. Sein Vater hatte ihn damals aus der Erbfolge genommen, wie er zu sagen pflegte. ‚Es hätte auch schlimmer kommen können, aber sein Vater sei ein guter Mensch gewesen. Er, Abadi, spezialisierte sich in Damaskus auf Gartengestaltung und hatte ein gut gehendes Geschäft aufgebaut. Und er war wohl eine laute Stimme der Opposition gegen Assads diktatorische Machtausübung, mutmaßte Frau Ruhl. Herr Abadi hatte Kontakte zu einer Partei, Kurdische Demokratische Volkspartei oder so ähnlich. Sein Sohn ging, als er erwachsen war, zurück nach Afrin und arbeitete im Familienclan.

Abadi war schon einige Zeit im Untergrund gegen Assad aktiv. Als Assads Truppen mehr und mehr verloren, glaubten viele Kurden, es sei nur noch eine Frage der Zeit, bis seine Herrschaft vorbei sein würde. Doch dann griff Putin ein und unterstütze den Diktator. Assads Denunzianten und Spitzel waren besonders in Damaskus gut organisiert. Herr Abadi wurde bald darauf von Assads Leuten abgeholt. Sie steckten ihn in ein Gefängnis, doch bald darauf verschwand er in den Folterkellern Assads. Durch Zufall, oder wie er sagt, mit Allahs Hilfe, gelang ihm die Flucht mit seiner Frau.

„Das alles hat er Ihnen erzählt?"

Seborn hatte aufmerksam zugehört, sah sie immer wieder an.

„Ja, so nach und nach. Einmal kam er, als er den Ein-Euro-Job schon hatte, um sich zu bedanken. Er sagte mir, er hätte niemals vorgehabt ins Ausland zu fliehen, doch ohne einen sicheren Ort in Syrien für sich und seine Frau sei ihnen nichts anderes übriggeblieben. Sie beide seien förmlich in diesen Flüchtlingssog hineingeraten. Dabei hatte er die Hoffnung nach einem Jahr wieder zurückzukehren."

Er sei ein guter Mensch, urteilte die Arbeitsvermittlerin. Dass er so ausgerastet sei, könne man sich bei ihm eigentlich gar nicht vorstellen. Sie konnte ihm einen Job als Gartengehilfe bei der Stadt vermitteln. Das Programm sei aber nicht weitergeführt worden. Seitdem sei er arbeitslos, und vor drei Tagen starb sein Sohn in Afrin nach einem Angriff von Erdogans Truppen gegen die Kurden.

„Merkwürdig", sagte Ben Seborn nachdenklich, „wie das Leben so spielt. Da treibt diesen Mann das Schicksal dazu zu fliehen und dasselbe Schicksal führt uns beide hier in diesem Krankenhaus zusammen."

Ihre Augenpaare schienen sich für Momente zu berühren. Hatte er seine Hand auf ihrer Hand? Er griff nach der Tasse mit grünem Tee, trank aus und setzte die Tasse ab. Sie sah ihn schweigend an.

Seine Worte klangen etwas pathetisch:

„Ich denke, er ist, wie so viele, eine tragische Figur in einem politischen Schachspiel. Aber sind wir nicht alle Figuren in irgendeinem Spiel, das wir selber nicht beherrschen. In das wir gesetzt werden von einem Unbekannten, der uns setzt als Läufer, als Turm, als Königin, als Bauer?"

Sie nickte ihm zu, wusste, dass er auch an seine eigene Situation dachte. Leise fügte er hinzu:

„Und ob wir zu den Gewinnern oder zu den Verlierern zählen, das Spiel geht auch ohne uns weiter."

Hausmänner

Gregor Wacker hoffte, den Mann mit der blauen Winterjacke und der braunen Arbeitstasche nachmittags im Park anzutreffen. Doch wie schon gestern war er auch heute wohl nicht hier unterwegs.

Wacker wollte sich eben erheben um weiterzugehen, als er den Vorruheständler auf sich zuschreiten sah. Fridolin Schwab, der es nach einundvierzig Berufsjahren als Sachbearbeiter im Landwirtschaftsministerium erneut darauf anlegen wollte, diesen Parkweg der Länge nach zu durchpflügen. Dabei immer noch die Messergebnisse bei der Bodenverdichtung durch Traktoren, im Zusammenhang mit der Breite der Traktorreifen im Kopf. Trotz aller Konzentration auf seine Gangart hatte er den älteren Herrn mit der braunen Schirmmütze, schon von weitem sitzen sehen.

„Hallo Gregor, wie geht's?"

Der pensionierte Uhrmacher war nicht bei der Sache, als er mit ‚schon recht' antwortete. Fridolin sah es ihm an:

„Bist' schon wieder beim Missionieren?"

„Ach was. Ja und nein. Also mir geht es gut, nur die alte Küchenuhr geht gerade nicht, die steht nämlich."

„Musst sie halt wieder aufziehen."

„Quatsch, die hat eine Batterie, so ein Hemdentaschenuhrwerk. Weißt du, es ist eine schöne Keramikuhr, also die Kachel. Die haben wir extra wegen der Wandfliesen in unserer Küche ausgesucht, goldbraun mit orangefarbenem Außenring."

„Und jetzt hängt sie da und steht – oder wie?"

„Du, die Narren jucken demnächst wieder auf der Straße herum, ich glaube, da gehörst du auch dazu. Die Uhr hängt natürlich noch genauso wie sie ‚aufgehangen' wurde – wenn du das verstehst, Herr Hofnarr. Ach, jetzt fällt mir ein, wo ich noch eine Batterie haben könnte - im unteren Schubladenfach."

„Na bitte: Frage bringt Antwort. War schon bei Sokrates so.“

„Ja, und ich frage mich, ob meine Zeit nun bald abgelaufen ist, oder bloß die der Uhr.“

„Blödsinn, keins von beiden, du bist doch jedenfalls noch fit.“

„Na, übertreib mal nicht. Das Herz hat die meisten Takte hinter sich. Und in letzter Zeit erlebe ich immer wieder so verrückte Träume, als würde ich bald da oben stehen, vor dem großen Tor. Ich weiß, es sind einfach Alpträume. Aber sag, wie geht's denn deiner Frau? Was hatte sie für eine Operation?“

„Karpaltunnel. Oh Mann ich sage dir, das mit dem Haushalt ist gar net so einfach - bloß den Frauen gegenüber darf man das nicht zugeben. Hast du auch so einen Staubsauger, so eine rollende Kiste mit Rüssel, macht Höllenlärm, tut nie das, was ich will.“

Er habe einen klassischen, älteren Staubsauger mit Beutel in der Säule, ginge noch ganz gut für sein Alter. Eben Qualitätsprodukt, teuer gewesen zwar, aber immer noch gut.

Fridolin wechselte zum Sonntagsbraten. Kochen könne echt unterhaltsam sein zu zweit, hätte er gar net gedacht.

„Ach ja? Was gab es denn?“

„Schweinebäckchen mit Spätzle und Soße. Und Krautsalat“, berichtete Fridolin stolz. „Richtig gut.“

„Na, dann hast du wohl was dazugelernt.“

Ob er denn schon mal Spätzle gemacht habe, er meinte so richtig, nicht die fertigen Nudeln aufgekocht.

Wacker nickte, schwelgte kurz in der Erinnerung. „Ei freilich, wir haben sonntags oft zusammen gekocht.“

Wacker warf einen verschmitzten Blick auf seinen Banknachbarn:

„Auf welche Weise hast du denn deine Spätzle gemacht?“

Er habe sie halt mit der Spätzlespresse durchgedrückt.

„Ach - und das hat geklappt?“

„Schon“, Fridolin grinste, „aber wieso fragst du?“

Man könne sie auch schaben, die Spätzle, da gebe es normalerweise erstens keine Klumpen und zweitens auch keine Riesensauerei, besonders wenn man dies zum ersten Mal versuchen würde. Ob er das nicht kenne?

Fridolin runzelte die Stirn. „Ach – schaben?“ Beiläufig: „Doch, im Fernsehen schon gesehen.“

Aber seine Mutter habe den Teig immer mit dem ‚Schpätzle-Schwob‘ durchgedrückt, wobei er das ‚Doppel-Sch‘ besonders betonte. Goldgelb seien sie durch die Löcher gekringelt. Als kleiner Bub habe er dabei ganz fasziniert zugesehen. Und seine Friedlinde wollte seiner Mutter zeigen, dass sie eine gute Schwiegertochter bekäme und habe es dann genauso gemacht.

Wacker hatte sich während des Gespräches immer wieder umgesehen.

„Erwartest du jemand?“

„Nein. Aber sag, hast du einen großen, schlanken Mann mit einer blauen Winterjacke und Bürotasche hier im Park gesehen?“

„Nein. Also doch wichtige Mission?“

„Ach, lass gut sein.“

„Gregor, ich muss wieder.“

Am Sonntag würde man sich nach der Messe sehen.

„Ob der Pfarrer jedoch auch dieses Jahr eine Fasnetspredigt halten wird, ist wohl ungewiss, angesichts des Kriegselendes in Syrien. Also leb wohl.“

Flockenspiel

Nach dem zufälligen Treffen im Café musste Johannes noch mehr an Antonia denken. Antonia, sagte er leise vor sich hin. Die Wandelbare. Nein, er konnte und wollte sie sich nicht als Ehefrau und Mutter vorstellen. Das passte nicht wirklich zu ihr.

Aber ebenso unpassend schien ihm auch dieser ‚Nebenjob'. Vormittags im Reisebüro, nachmittags und abends... Er ging dort auch mal vorbei, nachmittags, ein kleiner Umweg auf dem Gang zur Bibliothek. Er schaute zwischen den verlockenden Bildangeboten nach Vietnam und China durchs Schaufenster.

Die Vorbereitungen zu seiner Dissertation beanspruchten einen Teil seines Tagesablaufes. Außerdem arbeitete er als Gastschreiber für einen Zeitungsverlag.

Bei einem Konzert am Abend sah er Antonia wieder. Ein neuer Kunde, musste Johannes mit leisem Missmut konstatieren. Teurer Anzug, protzige Krawatte, doch alles andere als ein eleganter Herr. Das Gesicht wirkte etwas aufgedunsen, starke Tränensäcke, eine Narbe an der linken Wange. Johannes schätzte ihn auf Anfang sechzig. Sein Gesicht erinnerte ihn an die Thangka-Darstellung jener zornvollen Gottheit Yamantaka, welche Antonia für einen Dämon hielt.

Er hatte sie zunächst nicht erkannt. Antonia im dunkelblauen Etuikleid mit einem Dreiviertelarm-Jäckchen. Dazu elegante helle Pumps. Die schwarze Kurzhaarfrisur und eine blaue Cat-Eye Brille fürs Inkognito, dazu dezente Ohrringe. Es war ihr letztes Date vor den Faschingsferien. Sie war für eine ‚Kollegin' eingesprungen. Der Mann bewegte sich eher ungelenk. In der Pause trank er zwei Flaschen Pils. Da Johannes nicht weit von den beiden, jedoch hinter ihnen stand, konnte er Teile ihres Gespräches vernehmen. Seine Sprache war eher die eines Bauarbeiters. Ein stadtbekannter Baulöwe, der in wenigen

Jahren reich geworden war und sich nun zu der ‚höheren Gesellschaft' zugehörig fühlte.

Welch krasse Divergenz zu dem Abend mit dem Professor! Berger empfand diesen Typen geradezu unwürdig, diese schöne und kluge Frau als Begleitdame engagieren zu dürfen. Antonia fühlte sich sichtlich unwohl in seiner Begleitung. Bei den Sehen-und-gesehen-werden-Gesprächen mit Geschäftsleuten oder Stadtgrößen glaubte dieser Macho, die Frau an seiner Seite wie eine Trophäe vorzeigen zu müssen.

Sie hatte ihn wohl nicht entdeckt im fließenden Durcheinander, er war bereits beim zweiten Gong wieder an seinen Platz gegangen.

Nach dem Konzert sah er sie zur Straßenbahnstation gehen. Er folgte ihnen. Zwar kam er sich selbst wie ein Stalker vor, doch rechtfertigte er dies mit der Sorge um Antonia.

Sie gingen in ein Gasthaus, das für seine übertellergroßen Schnitzel bekannt war. Johannes trat ein, spürte den starken Fritteusen Geruch beinahe körperlich. Er sah, dass es für ihn eine Möglichkeit gab, von ihnen ungesehen an einem kleinen Tisch hinter der Eingangstür Platz zu nehmen. Er bestellte eine Apfelschorle und einen kleinen gemischten Salat.

Nachdem das Riesenschnitzel den wohlgenährten Bauch weitgehend gefüllt hatte und Antonia den Salatteller zur Hälfte stehen ließ, glaubte der vorgebliche Galan schrittweise vertraulicher werden zu können. Sie musste ihn dezent zurechtweisen, was er als Beleidigung auffasste und meinte, er habe sie ja schließlich bezahlt. Als wäre es ein Bier, trank er das gefüllte Glas Rotwein in einem Zug aus und bestellte lautstark ein weiteres. Er war bereits angetrunken, forderte sie ebenfalls auf zu trinken. Er habe genug Geld, er könne das ganze Lokal kaufen, wenn er wolle. Johannes hielt es kaum noch an seinem Platz, am liebsten wäre er aufgesprungen, um den Rüpel zurechtzuweisen. Doch war ihm klar, dass dies für Antonia eher peinlich wäre – und für ihn selber ebenfalls. Sie schien ihren Kunden weiter beschwichtigen zu wollen.

„Ach was, leiser", polterte der Mann. „Ich kann so laut reden wie ich will und was ich will. Mir hat niemand etwas zu verbieten."

Als Antonia ihn wiederholt mahnend ansah, glaubte sie das Gesicht jenes Dämons vor sich zu haben, welches sie in der Ausstellung als besonders abstoßend empfunden hatte. Dem Stierkopf dieses Typen, der sie gereizt anglotzte fehlten nur noch die Hörner. Nach dem nächsten gekippten Viertel Rotwein und einem weiteren plumpen Annäherungsversuch musste er zur Toilette.

Johannes stand plötzlich vor ihr. „Kann ich helfen, das ist ja nicht gerade ein Gentlemen."

Sie wirkte verunsichert, aber erfreut ihn zu sehen. Ein Entschluss zeigte sich in ihren dunklen Augen. Sie sah sich nach der Toilette um, dann nach dem Mann hinter dem Schanktisch, welcher den unangenehmen Gast wohl kannte. Er zuckte mit den Schultern. Johannes legte einen Geldschein auf den Tresen, während Antonia ihren Wintermantel überwarf.

Mit eiligen Schritten traten sie hinaus in die kalte Februarnacht. Aufgezogene Wolken verdeckten den Sternenhimmel. Ein Schneegestöber umwirbelte sie, Flocken hefteten sich an ihre Wangen und hinterließen ein feuchtes Etwas. Sie sogen die kalte, frische Luft tief ein.

Während der ersten eiligen Schritte lachten beide über diesen Abgang. Antonia musste sich bei ihm einhaken, stakste mit ihren Pumps unsicher über das nasse Pflaster. Plötzlich blieb sie stehen, blickte empor zur Straßenlaterne und betrachtete das Schneeflockenspiel. Übermütig streckte sie die Arme hoch und drehte sich im Kreis. Urplötzlich überkam sie etwas aus ihrer Kindheit, dieses Leise-rieselt-der-Schnee-Gefühl längst zurückliegender Jahre. Stille, weiße Winterwelt am Stadtrand bei den Großeltern, Häuschen mit Garten. Sie verlangsamte die

Drehung, blieb dann stehen. Den Kopf in den Nacken gelegt streckte sie die nach oben geöffneten Handflächen vor und ließ Flocken darauf landen. Kaum auf der Haut gelandet, zerflossen die zarten Blüten, verwandelten sich in winzige Wasserstäubchen. Sie betrachtete nachdenklich das zerfließen, dann sagte sie:

„Augenblicke sind wie Gletschertropfen der Ewigkeiten."

Heiter betrachtete er ihre Sterntalereinlage, umso mehr war er jedoch überrascht von diesem poetischen Gedanken. ‚Auch Ewigkeiten vergehen', lag ihm auf der Zunge zu entgegnen, doch zog er es vor, ihr das Lächeln eines stillen Genießers zu schenken. Dabei bemerkte er, dass sie sich dabei an den Händen gefasst hatten. Als wäre sie aus einem Traum erwacht, sah sie ihn mit einem entschlossenen Blick an und schlug vor:

„Kommen Sie, wir gehen ins Kleeblatt. Ich kann jetzt noch nicht nach Hause".

Sie erwischten einen ruhigen kleinen Ecktisch für zwei und bestellten einen Grauburgunder. Die frustrierte Begleitdame hatte ihre Selbstsicherheit wiedergewonnen, hob das Glas und toastete ihm zu: „Auf meinen Retter."

„Ich habe Ihnen gesagt, dass wir uns wiedersehen".

„Und dass wir dann vielleicht ein wenig mehr Zeit hätten", ergänzte sie wohlgelaunt nickend.

„Sie erinnern sich?"

Sie kamen sich näher. Sie wirkte wie befreit. Wie weit war es Spiel und wo fing da etwas mehr an? Mehr als Zuneigung aus Dankbarkeit. Mehr als Zuneigung aus Höflichkeit. Sie wollte mehr und verbot es sich doch. Auch er dachte an einen kleinen Schritt weiter, passte sich jedoch ihrem Spiel an. Antonia hatte ihre Perücke anbehalten, ebenso die Ohrringe. Die blaue Cat-Eye-Brille steckte sie in ihre Handtasche.

Wieder war es die Buddha-Ausstellung welche die Brücke für ihren Gesprächsfaden bildete. Antonia musste unvermittelt lachen:

„Je mehr dieser Geldprotz vorhin getrunken hat, umso mehr hat er diesem dämonischen Gott aus Tibet geglichen, ich dachte ihm fehlen nur noch die Hörner."

„Und die vierunddreißig Arme, Sie zu umschließen", fügte er hinzu. Er legte seine Hand auf ihre: „Aber im Ernst, genau dasselbe ist mir auch in den Sinn gekommen, als ich ihn sah."

Antonia vermied es, ihn nach einer Beziehung zu fragen, aber sie war sich ziemlich sicher, dass da nichts war. So einer war er nicht. Allerdings schien es bei ihm zurzeit wenig Raum für andere Dinge außer der Wissenschaft zu geben.

Um nicht zu sehr an seinem Fachthema zu kleben, erzählte er von seiner Oma, die von ihren Freundinnen ‚Kommissarin' genannt wurde, wegen ihrer Leidenschaft fürs Ermitteln. Wobei sie nur Fernsehkrimis ansah, bei denen das Ermitteln auch in der Konversation Stil hatte, wie sie betonte. Übertriebene Gewaltszenen lehnte sie ab. Von einer Serie in den sechziger Jahren schwärme sie manchmal heute noch. Dabei kam er auf ihren botanischen Wintergarten zu sprechen, mit herrlichen, teils exotischen Blumen und Gewächsen.

Antonia schenkte ihm ihre ganze Aufmerksamkeit. Sie meinte, dass seine vielschichtigen Wissenschaftsstudien letztlich in Religionswissenschaft münden müssten.

„Das scheint mir auch ihr Traumberuf."

„Ja, ich denke schon. Mich interessiert da so vieles."

„Und, worum geht es in der Dissertation?"

Er blieb zurückhaltend, habe sich noch ganz nicht festgelegt, erkenne aber immer mehr als Thema Vergleiche zwischen christlichen und buddhistischen Glaubenslehren.

„Warum sagen Sie nicht einfach Religionen?"

„Weil Religion allein nicht den Kern dessen trifft was zum Beispiel die Lehren von Jesus und Buddha ausmachen."

„Und: Sind die Lehren wichtiger als die Religion?"

„Auf jeden Fall! Die Lehren sind der Kern."

„Gut. Obwohl ich nichts davon verstehe, denke ich, dass dies auch meinem Verständnis von Glauben und Religion entspricht. Die Lehre, aber auch die praxisnahe Wirklichkeit.“

Während des Gespräches dachte er über sie nach. Sie erwähnte, dass sie wegen eines kurzfristigen Engpasses diesen Nebenjob angenommen hatte. Vielleicht war sie seit kurzem geschieden und hat deshalb den Zweitjob angenommen. Irgendetwas hielt sie wohl hier, in der Stadt und der näheren Umgebung. Ein Kind? Und: Was und wo mag dieses sein: Ihr ‚nach Hause‘, wohin sie jetzt noch nicht gehen konnte?

„Sicherlich ist Ihr Leben interessanter als mein Leben hinter Büchern.“ Er warf einen kurzen Blick auf ihre Perücke.

„Ach…“ Sie zuckte mit den Schultern. „Manchmal ist es besser zu schweigen, bevor man etwas Falsches sagt.“

Sie lächelte entschuldigend. Seine Fingerspitzen schoben sich ein wenig vor und berührten ihre. „Die Quelle eines wahren Lächelns ist ein erwachter Geist.“

In ihren Augen sah er einen neugierig-erstaunten Blick, eine Annäherung. Dann zeigte sie wieder diese wissbegierige Offenheit bezüglich seiner Worte.

Er erläuterte quasi entschuldigend: „Sagt Thich Nath Hanh.“

„Wer ist Tik Nat Han?“

„Ein bedeutender vietnamesischer Mönch und Zen-Meister.“

„Hat wohl mit der Doktorarbeit zu tun. Hmm. Ein schöner Gedanke: Ein wahres Lächeln - ein erwachter Geist. Gehört das zum Religionswissenschaftler oder zum Poeten?“

„Nun ja, ich habe auch einige Semester Germanistik und indische Philosophie studiert. Man könnte sagen, es ist von allem etwas, aber es ist ein Gedanke, der mir persönlich sehr gut gefällt.“

Wieder sah er ihr mehr als einen Augenblick in die Augen.

„In der Tat gäbe es manches poetische Wort, das eben mehr sagen könnte als ich sagen kann. Von Hölderlin zum Beispiel oder von Rilke.“

„Ach, von Rilke." Sie zog die Hand etwas zurück und senkte ihren Blick von seinen Augen zu dem, mit kleinen Steinen halbgefüllten Deko-Glas auf dem Tisch. Auch Benjamin liebte die Lyrik von Rilke.

Johannes blieb aber kurz bei Hölderlin hängen.

„Hölderlins Verse, seine Gedanken erreichten sicherlich das Denken von Goethe und Schiller, es war sozialphilosophisch und zutiefst menschlich. Geradezu überirdisch schön und irgendwie heilig."

Es lag etwas Schwärmerisches in seinen Augen.

„Wow, was für Worte. Eine Art heiliger Dichter, der kann aber wohl im normalen Leben kaum klarkommen."

Ihre Gesichtszüge begannen sich wieder zu entspannen. Johannes Berger nickte nachdenklich. Er war sich nicht sicher, ob die schöne Frau ohne Nachnamen damit nur eine Anspielung machen wollte, weil sie von Hölderlins Schicksal - wenigstens in groben Zügen wusste. Oder ob es einfach eine spontane Einschätzung war.

„Ja, Sie haben Recht. Er liebte eine verheiratete Frau mit vier Kindern."

Es schien ihm, als wäre sie für einen Moment nicht mehr anwesend. Weit weg. Ein Schatten auf ihrem Gesicht. Beide fühlten die intensive Stille als einen leisen schmerzlichen Stich. Sie deutete an, dass sie gehen müsse. Berger nickte. Auch er wollte an diesem Abend noch etwas weiterarbeiten.

Er begleitete sie bis zur Straßenbahnhaltestelle. Die Kopfsteinpflaster der Altstadt glänzten nach dem kurzen Schneeschauer, der jedoch kaum weiße Spuren hinterlassen hatte. Das Wechselspiel der Wolken schien noch dasselbe wie zuvor. Im Hinblick auf den Schneefall bemerkte er, dass er gerne mal wieder Ski fahren würde, um sich selbst für kurze Zeit von seinem geregelten Alltag zu befreien. Bei der Station nahm er ihre Hände, spürte den sanften Druck ihrerseits.

„Wann sehen wir uns wieder? Ich könnte Ihnen etwas über Thich Nath Hanh erzählen, oder wir gehen nochmals in die Ausstellung buddhistischer Meisterwerke, das hat Ihnen doch so gefallen."

„Der Gott-Teufel!" Sie schüttelte lachend den Kopf, dachte dabei an jene Darstellung der beiden engumschlungenen Liebenden. Beide in vollkommener Vereinigung, die Welt und sich selbst vergessend.

Er blieb hartnäckig: „Ach – Sie sagten, Sie fahren auch gerne Ski. Wie wär's mit einer Flutlichtskifahrt? Wann waren Sie das letzte Mal oben?"

Er meinte den Hausberg nicht allzu weit von der Stadt.

„Anschließend sitzen beim Hüttenfeuer. Kommen Sie! Zurzeit geht es einigermaßen, wer weiß, wie lange die Piste noch hält."

Das Skifahren reizte sie, dazu hätte sie schon Lust. Warum nicht?

„Gut, aber nur an meinem freien Vormittag, geht nicht anders."

Sie verabredeten sich gleich für den nächsten Tag.

Johannes Berger – Notizen

Gottesglaube nach Hegel, Feuerbach und Marx

Nach Hegel (1770-1831) ist die Geschichte des Menschen gleichbedeutend mit der Geschichte von Gottes Selbstverwirklichung im menschlichen Dasein.

Im Buch Genesis heißt es: „Lasset uns Menschen machen, ein Bild, das uns gleich sei'. ‚Gott machte den Menschen aus einem Erdenkloß und hauchte ihm ein den lebendigen Odem … also ward der Mensch eine lebendige Seele'; Genesis 2.7.

Gegensätzlicher Ansatz: Ludwig Feuerbach (1804-1872) sah den Menschen besessen von religiösen Vorstellungen, weil er mit sich selber uneins, bzw. sich selbst entfremdet sei. Des Menschen Glaube an ein vollkommenes Wesen, genannt Gott, sei die Art und Weise, wie der (religiöse) Mensch seine eigene Entfremdung auszugleichen versuche.

Anmerkung: Ein sich selbst entfremdeter Mensch schafft sich seinen Gott, weil er seine Einheit verloren hat. Seine einstige Einheit mit dem Ursprung?
In der absoluten Einheit mit der Schöpfung, also auch mit Gott wäre dann weder Glaube noch Religion von Bedeutung. Zugleich ist dies nahe am „Erwachen" im Buddhismus oder bei den Erleuchteten im Christentum und anderen Religionen. [Parallele zu Mystikern, siehe Meister Eckhart; Willigis Jäger, Rumi]
Auch Karl Marx (1818-1883) schloss sich der These von Feuerbach an. Er erklärte die Religion zum Symptom für die Erkrankung der Gesellschaft. Die Ursachen dafür sah Marx im extremen Gefälle des Wirtschaftslebens, verbunden mit der Klassifizierung der menschlichen Gesellschaft. Marx glaubte, dass mit Aufhebung der

Klassengesellschaft (wirtschaftliche, soziale Verhältnisse) die Religion, also der Gottesglaube, verschwinden würde.

Anmerkung: Marx' These zielt auf die Auflösung der Religion durch den Kommunismus. Seine Lehre konnte bisher in keinem Land durchgesetzt werden. Andererseits zeigen Gemeinschaften der Urvölker, in denen das genannte Gefälle tatsächlich nicht vorhanden ist, eine besonders starke Religiosität.

Friedrich Engels (1820-1895) erklärte alle Religionen zum Spiegelbild im menschlichen Wesen. Engels verweist im Ursprung auf die indischen Veden. Die weitere Entwicklung wurde bei Indern, Persern, Griechen, Römern, Germanen, Kelten und Slaven (indogermanische Völker) nachgewiesen. Aus Stammes- oder Nationalgöttern habe sich schließlich ein allmächtiger Gott entwickelt (monotheistische Religionen) der nur die Spiegelung des abstrakten Menschen darstellt.

Anmerkung: Für Feuerbach ist es die Entfremdung des Menschen von seinem eigentlichen Wesen, Engels spricht von einem Spiegelbild des Menschen, das Gott entstehen ließ.

TOT-SEIN

Sie langweilten sich.

"Tote Hose", sagte Cherubina und beide lachten kurz, es klang jedoch eher gequält. Angeli gähnte.

"Kann es denn sein, dass man hier oben müde werden kann vor Langeweile?"

Sie waren beide auf Grund von Gewalttaten zu gleicher Zeit hier angekommen. Im Moment ihrer ersten Begegnung hatten sie ihr jeweiliges Gegenüber und das neue Umfeld für einen Traum gehalten. Einen Traum, in dem sie nun Hilfsengel spielen sollten.

Angeli erklärte ihrer Kollegin anfangs einmal, dass es im Buddhismus eine sogenannte Nachtod-Zeit gäbe.

"Das nennen sie den Bardo-Zustand."

Bis zu mehreren Tagen würden gemäß dieser Lehre die Toten in einem Traumzustand existieren, als wären sie immer noch am Leben. Dies würde sich spätestens nach neunundvierzig Tagen auflösen, dann würde dieses ‚Geistwesen' wieder einen neuen Körper gefunden haben, in dem es weiterlebt.

Cherubina sah sie verwundert an.

"Woher ..?"

Das habe ihr ein Kommilitone in Lugano mal versucht haarklein zu erklären. Er kam aus Golog, einem autonomen Bezirk im Osten von Tibet. Und sie würden es dort auch nicht Seelenwanderung nennen, wie ich meinte, weil es im Buddhismus keine individuelle Seele gäbe.

"Also Geistwanderung?"

Die ehemalige Journalistik Studentin führte aus:
"Nach buddhistischer Anschauung besteht das Leben aus Bewusstseinszuständen."
Cherubina zuckte mit den flügellosen Schultern.
"Ja, eben", bestätigte ihr Angeli. "So ging es mir auch. Das erste ist das Geburtsbewusstsein, das ist der Beginn der Reinkarnation. Im Laufe des Lebens ändern sich auch die Bewusstseinsphasen. Das letzte ist das Bewusstsein im Augenblick des Todes, das Todesbewusstsein. Die Phase zwischen dem Todesbewusstsein und nachfolgendem erneuten Geburtsbewusstsein wird eben Bardo, Zwischenzustand genannt."

Cherubina wechselte kopfschüttelnd das Thema: "Ich frage mich, wieso wurden gerade wir ‚auserwählt' für diese Empfangsengel-Aufgabe? Und dazu noch dieser Herkules. Weil wir alle drei zugleich hier angekommen sind? Und weil womöglich gerade Wachablösung geplant war?"
Angeli wandte ein: "Nicht ganz, Herkules kam kurz vor uns. Wenn ich vor Herkules angekommen wäre - ob ich dann seine Aufgabe übertragen bekommen hätte? Oder herrscht hier etwa noch die alte patriarchalische Ordnung?"
Die dunkelhaarige Orientalin grübelte:
"Wie lange wir wohl diese Aufgabe machen müssen – oder dürfen?"
Ihre blonde Gefährtin zuckte mit den Schultern:
"Zeit scheint hier keine Rolle zu spielen. Dann frag ich mich allerdings: Wozu steht dieses uralte Uhrwerk hier, wenn man keine Zeit mehr braucht? Und was wird für uns danach kommen, wenn wir durch andere Neuankömmlinge abgelöst werden?"
"Vermutlich dasselbe, was allen anderen, die wir hinübergeleiten, auch widerfährt."
Die Schwarzgelockte sah zum Uhrwerk, das sich scheinbar durch nichts aus dem Gleichklang bringen ließ.

"Muss dieses Uhrwerk eigentlich nicht aufgezogen werden?"

"Keine Ahnung, vielleicht reicht es für eine Ewigkeit."

Käme darauf an, wie lange diese dauert. Auch Cherubina musste gähnen. Angeli, die ewig umtriebige, immer aktive, alle Antennen auf Empfang, nervte dieses Nichtstun. Dieses Herumsitzen und Warten. Sie schwang sich in ihrer Ungeduld am Seil hängend hin und her. Ihre blonden Korkenzieherlöckchen wechselten zwischen den Farben maigrün, lichtblau und purpurviolett, ebenso das antike Kurzarmkleid mit dem flatternden Saum aus leuchtend hellroten Äpfeln.

"Vielleicht ist es ja doch eine Übergangszeit", philosophierte Cherubina, "ein Zustand des Wartens. So was Ähnliches wie dieser Bardo-Zustand."

"Warten – worauf denn?"

"Na, zum Beispiel, dass deine Unruhe, deine Wahnsinnstriebfeder endlich zum Stillstand kommt, ungläubige, flippige Neurömerin. Äh – ehemalige."

Cherubina versuchte ein ironisches Grinsen.

Angeli musste sich für einen Augenblick besinnen. Aus den Worten ihrer fremdbestimmten Gefährtin glaubte sie alte Ermahnungen ihrer Mutter zu hören: Angelina, du nervst.

"Was weißt du schon, fromme Armenierin."

Unter dem Passfoto des schmalen Teenie-Gesichtes mit der dezenten Hakennase stand der Name Angelina, doch niemand hatte sie je Angelina genannt. Doch, einmal, der Pfarrer bei ihrer Erstkommunion. Angeli, aufgewachsen im schweizerischen Bellinzona, studierte an der Fakultät für Kommunikation, Kultur und Gesellschaft in Lugano Neue Medien und Journalismus. Ihr Vater war ein angesehener Rechtsanwalt, brillanter Redner, hatte ständig irgendwelche ‚heimlichen' Affären. Angelis Mutter stammte aus Bologna. Nach zwanzig Jahren Ehe voller Lügen hatte sie genug und ging zurück in ihre Heimatstadt. Angeli wechselte ebenfalls für ein Jahr nach Bologna um dort ihren Studienabschluss zu machen. Direkt danach ging sie nach Rom. Sie recherchierte als freie Journalistin und kam dabei Schwarzgeldpraktiken der Vatikanbank auf die Schliche. Angeli hatte ein scharfes Gespür für Lügen, Korruption, raffinierte Verdrehung von Tatsachen. Und sie besaß ein ebenso scharfes Urteilsvermögen. Sie war nahe dran. Doch ehe sie die brisanten Ermittlungsergebnisse veröffentlichen konnte, kam sie auf ungeklärte Weise ums Leben.

Cherubina zog sich am Seil in die Höhe und schaukelte ein wenig hin und her, als wollte sie eine Verlegenheit überspielen. Cherubina wurde in Istanbul geboren, ihre Eltern, wie auch sie, waren getaufte Christen. Sie gehörten der Armenisch-Apostolischen Kirche an. Als Cherubina fünf war zogen ihre Eltern nach München zu ihren Großeltern. Sie ging dort zur Schule und begann danach ihr Studium in Altorientalistik und Ethnologie. Ein Großonkel und eine Großtante von Cherubina lebten in einem Dorf bei der Stadt Antakya, früher Antiochia. Auf Grund dieser familiären Verbindung zu den Nachfahren der Genozid-Überlebenden von Musa Dagh studierte Cherubina ein Jahr in Jerewan armenische Geschichte. Zu ihren Studienaufenthalten zählte Pergamon, sowie Aleppo in Syrien. Ihren Studienabschluss wollte sie in Istanbul machen, wo sie in der Nacht des Aufstandes gegen den Staatschef verhaftet wurde und ins Gefängnis kam. Sie wurde gefoltert und starb dort nach sechzehn Monaten angeblich an Blutvergiftung infolge von sich selbst zugefügten Verletzungen. Cherubina sprach nie über ihre letzten Monate.

Im Gegensatz zur gläubigen Cherubina sah sich Angeli zwar als getaufte Katholikin und glaubte auch in gewissem Sinne an die Heilskraft von Jesus. Jedoch distanzierte sie sich von jeglichem religiösen Getue. Dieser Kirchenapparat hat nichts mit wahrem Glauben zu tun, war ihre Meinung, die sie allerdings weitgehend für sich behalten hatte.

"Also, ich frage mich echt, bin ich jetzt tot, oder bin ich nicht tot. Oder ist das Tot-Sein nur ein anderes Leben?"

Cherubina besänftigend: "Davon gehen wir doch alle aus. Dass es ein anderes Leben geben soll."

"Aber doch nicht das hier. Mit diesem Herkules!"

Angeli sprang ab, nahm das Seil in die Hände und versuchte eine Schlinge zu knoten, die sie sich um den Hals legte.

"Ich könnte es ja mal ausprobieren, ob ich wirklich noch lebe."

Cherubina, plötzlich hellwach, stockte der Atem. Fassungslos sah sie in Angelis Augen.

"Bist du verrückt! Damit spielt man nicht. Du weißt ja gar nicht, wie das wirklich ist!"

Angeli hatte ungerührt, geradezu provozierend nun die Schlinge um den Hals gelegt. Ihre sanft gebogene Nase schimmerte im blauen Lichtschleier.

"Du ...du ... nein", flüsterte Cherubina.

Angeli zeigte eine bitterernste Miene, machte Anstalten sich fallen zu lassen. In diesem Augenblick spürten sie, dass ein Wesen neben ihnen stand, nicht sichtbar, nicht Herkules. Ein spürbarer Atem. Aber vor allem eine Energie, welche beide erfasste. War das ein Zaubertrick, Spiegelspiel oder Sinnestäuschung? Beide waren so bestürzt, dass sie wie gebannt dastanden und sich ansahen. Die fertige Schlinge löste sich auf, ohne dass Angeli Hand anlegte. Das Seil hing wieder wie eine schlafende Schlange senkrecht nach unten. Angelis Kopfhaut kribbelte, als hinge sie an einer Stromleitung. Es dauerte eine Weile, ehe sie wieder in Zusammenhängen denken konnte.

Kaum hörbar flüsterte sie: "Wer oder was war das denn?"

Cherubina, die ebenfalls wie versteinert dastand, zuckte hilflos mit den Schultern. Ihre Lippen bebten, als sie leise sagte:

"Tu das nie wieder, du brauchst hier nicht mehr die Heldin zu spielen. Das ist vorbei, das war unten. Und was hat es dir gebracht, deine Gerechtigkeitsworte, deine Aufdeckungen von üblen Machenschaften inmitten der katholischen Zentrale? Nichts! Doch – den Tod."

Angeli griff in den leeren Raum, flüsterte kopfschüttelnd:

"Welch eine geheimnisvolle Kraft, unfassbar."

Als sie sich umsahen, war niemand zu sehen. Sie griffen noch einmal tastend durch den Raum, es gab nichts, was sie auch nur irgendwie hätten erfassen können. Nur der weiße Lichtkegel über dem Pentagramm ließ ein kurzes schattenhaftes Fächeln erkennen.

Angeli schüttelte wütend den Kopf. Frust, Ärger und Ungeduld stiegen wieder in ihr auf. Trotzig warf sie ihre Worte gegen die Wand:

"He, ihr da! Fröhlich meckernde armenische Bergziege, orakelnder sardischer Hausesel, himmlisch oder höllisch: Dass ihr gleich so dramatisch sein müsst!"

7

Mittwoch

Pulverschnee

Sie trafen sich am Parkplatz beim Skilift. Ein sonnenglänzender Morgen mit blauem, offenem Himmel. In der Nacht hatte eine Neuschneedecke die Berglandschaft überzogen. Oben öffnete sich ihnen der Blick über die Landschaft. Weitgeschwungene Höhenzüge, tiefe Täler, das breite grüne Flusstal und die Alpengipfel. In einiger Entfernung lag unter ihnen die Stadt.

Für einen Augenblick befanden sie sich mitten in einer Ansammlung bunter beweglicher Spielfiguren, die sich jedoch bereits wieder auflöste und eine nach der anderen schien in derselben Richtung, talwärts davonzufliegen.

Johannes verspürte ein inneres Glücksgefühl als sie nebeneinander auf den Skiern standen, Sonne und Ausblick genossen. Und den Augenblick vor der Abfahrt. Seine Augen leuchteten. Bemüht, das Schwärmerische in seiner Stimme zu besänftigen, bemerkte er:

„Von hier oben, der Blick auf die Stadt und überhaupt diese Ausblicke, sind doch herrlich. Hier kann ich abschalten."

Für ihn war es jedes Mal eine Art Abgehoben sein, wenn er oben ankam, alles Alltägliche für eine Stunde abstreifen konnte. Antonia nickte und meinte ein wenig trocken.

„Schön, wirklich. Wollen wir?"

Er nickte ihr zu. Mit einem kräftigen Anschub glitt er in den Abhang, war dabei jedoch wohl etwas zu forsch. Er hatte Mühe die ersten Schwünge sauber auszuführen, schließlich setzte er den nächsten Schwung hart auf die Kanten, um die zu schnelle Fahrt abzubremsen, da er keinen Sturz riskieren wollte. Das

Ergebnis war eine verräterisch aufspritzende Wolke aus Pulverschnee. Um nicht als kläglicher Anfänger dazustehen, sah er sich zu einem Täuschungsmanöver gezwungen. So stoppte er die Fahrt auf halber Höhe als wolle er noch einmal den schönen Blick genießen.

Antonia vollführte saubere und elegante Schwünge, glitt sicher über den weichen Neuschnee, der sich über die verharschte Piste gelegt hatte. Kurz darauf stand sie ihm gegenüber. Sie hatte ein neckisches ‚Nicht so stürmisch ‘auf den Lippen, doch lachte sie nur etwas spitzbübisch. Er hob, seinen Fehler eingestehend, die geöffneten Hände in die Höhe, so dass die Stöcke herunterhingen wie die Glockenschwingel am weihnachtlichen Glockenspiel und lachte zurück.

Sie nutzten den unvorhergesehenen Stopp und sahen hinab auf die Stadt, wo nur noch wenig vom nächtlichen Schneefall zu sehen war. Die Häuser um das Münster, Bauten vom Barockstil über Klassizismus zum Jugendstil. Alles erschien von hier oben wie im Spielzeugland der Modelleisenbahn. Das Museum und das Theater, die Universität, Sportstadion, Kongresszentrum, der Bahnhof. Dazwischen, eng hineingezwängt, verliefen die Gässchen der Altstadt. Beide kannten sie die Details. Hier ein liebevoll gestalteter Hauseingang, dort eine alte Holztür, kleine erhellte Fenster im winterlichen Halbdunkel. Cafés, Pubs, Restaurants und das Kleeblatt. Spiel der Phantasie von hoher Warte angeregt. Etwas abgehoben über den Altstadthäusern thronte das ‚Schlössle‘ – ehemaliger gräflicher Witwensitz im spätgotischen Tudorstil in einem aufgeschütteten Park.

„Wussten Sie, dass die Auftraggeberin des Schlösschens Ihren Namen trägt?“

Antonia nickte. Als Reiseverkehrsfachfrau gehörten solche Details zum Grundwissen über die Stadt in der sie lebte und arbeitete. Allerdings war sie überrascht, dass er davon wusste.

„Eine Gräfin Maria Antonia, die sich das ‚Schlössle' als Witwensitz auf der ehemaligen Bastion erbauen ließ. Schöner kleiner Park, ab und zu gehe ich dort spazieren "

Bei der zweiten Abfahrt wurden sie Zeugen eines Unfalls. Eine Frau hatte sich bei einem Sturz offensichtlich schwer verletzt. Sie kamen als erste zur Unfallstelle. Antonia rief sofort die Bergwacht, Johannes kümmerte sich um die Frau. Sie hatte starke Schmerzen im Bein, das offensichtlich gebrochen war. Die Bindung am verletzten Bein hatte ausgelöst, jedoch nicht am anderen Fuß. Johannes klickte sie aus. Da die Verunglückte nicht aufstehen konnte, hatte Antonia aus ihrem Skianorak eine Rolle geformt und sie der Frau unter den Kopf geschoben. Beide blieben bei ihr, bis der Hubschrauber kam. Die Rettungsleute versorgten die Verletzte, sie wurde vorsichtig auf eine Trage gelegt und anschließend in den Helikopter gehoben. Die Rettungsprofis nickten den beiden Ersthelfern noch einmal zu, die Schiebetür schloss sich.

Im starken Wirbel der Rotorblätter wurden die beiden vom Abwind erfasst und beinahe umgerissen. Antonia flog dabei geradezu Johannes in die Arme. Der hielt sie fest umschlossen und küsste sie. Sie war nicht wirklich überrascht, und leidenschaftlich erwiderte sie den Kuss.

Lippen und Wärme, pulsierendes Blut. Von magischen Kräften aneinander gepresst. In einer Glocke aus Helikopterlärm und Rotorwirbel, der den Schnee wie eine Staubwolke aufscheuchte. Da waren diese Lippen und diese Arme, die sie anzogen. Für einen Augenblick fühlte sie sich selbst wie abgehoben. So vollkommen unbeschwert, wie seit langem nicht mehr. So ohne Sorgen und Wünsche und ohne all die Komplikationen, die der Alltag mit sich brachte. So unbeschwert wie sie damals, mit zwölf, das erste Mal hier oben gestanden und die Welt bestaunt hatte. In diesen Armen verspürte sie eine tiefe Geborgenheit, welche ihr seit geraumer Zeit abhandengekommen war. Sie neigte den Kopf ein wenig zur Seite und genoss den Kuss, der sie wie ein heißer Schauer durchströmte. Ein kurzer und doch scheinbar unendlicher Augenblick, die kleine Skulptur der Liebenden im Museum tauchte auf. Sie hielt die Augen geschlossen: ‚die Welt und sich selbst vergessen'.

Der Heli war hoch in den Lüften, der wirbelnde Schnee hatte sich wieder gelegt. Schon senkte sich die Alltagswelt wieder über sie, zog und zerrte leise an ihr, ließ ein vorwurfsvolles Raunen in ihr vernehmen, schuf Bilder, Gesichter. Kindergesichter und einen Mann in blauer, gesteppter Winterjacke mit einer braunen, etwas altmodisch wirkenden Ledertasche. Etwas zu heftig löste sie sich aus seiner Umarmung.

Nach mehreren Abfahrten suchten sie auf der Terrasse einen Platz, tranken Tee mit einem Schuss Kirschwasser. Etwas abseits saß ein älterer Herr der Sonne zugewandt und genoss offensichtlich ebenfalls diese angenehme Stunde. Obwohl er ein Stück von den beiden entfernt saß, konnte er dennoch einige Wortfetzen aufschnappen. Es war Gregor Wacker, der an diesem Morgen, in Erinnerung an seine Frau und manche gemeinsame Skiabfahrt, wieder einmal hier oben in Erinnerungen schwelgen wollte. Erinnerungen an wunderbare gemeinsame Tage. Schneetage, die es nun immer seltener gab. Jahr um Jahr wurden die schönen weißen Tage hier oben weniger. Auch in diesem Jahr war es bisher keine gute Skisaison für die Gondelbetreiber und den Hüttenwirt.

Alle Welt sprach von Erderwärmung und Klimaschutz. Die aktuelle Weltklimakonferenz war gerade für Deutschland ein Armutszeugnis. Gregor Wacker verfolgte die Nachrichten darüber mit Interesse. Die Bundesregierung hatte den geplanten Ausstieg aus der Kohle selbst zurückgezogen, ‚Klimaschutz war einmal mehr nur Lippenbekenntnis, das man sich mit Geld erkaufen wollte', schimpfte die weltweit wachsende Gruppe der Klimaschützer.

Auch Johannes und Antonia sprachen kurz über die fehlenden Schneetage, Stichwort eben: Klimawandel. Antonia dachte an ihre Tochter Lena, die davon sprach, dass es nun eine Schülerbewegung für den Klimaschutz gebe. Antonia musste ihrer Tochter gegenüber eingestehen, dass sie nichts davon wusste, ja, dass sie das Thema bisher nur oberflächlich verfolgt hatte. Schließlich war Reisen ihr Job, der ihr ein ordentliches Einkommen brachte.

Doch Johannes wollte das Gespräch mit ihr nicht in diese Richtung lenken, dazu erschien ihm ihre Anwesenheit und diese schöne Morgenstunde einfach zu perfekt. Für ihn so etwas wie eine Sternstunde. Er versuchte über Kindheitserinnerungen an sie heranzukommen. Beide waren sich einig, dass es in der Kindheit in den mittleren Höhenlagen fast immer genügend Schnee gegeben hatte.

„Als ich elf war, habe ich mit Kameraden eine kleine Skischanze gebaut“, erzählte Johannes lachend. „Am steilsten Abhang den es ganz in unserer Nähe gab. Auf Schlitten hatten wir Pfähle und Bretter geladen. Dazu Hammer und Nägel. Ich nahm den besten Hammer meines Vaters mit. Wir zimmerten einen kleinen Bretterwall als Schanzentisch, dieser wurde mit Schnee angefüllt und festgestampft. Hat alles super geklappt. Und es ist auch keinem was passiert. Allerdings gab es für mich ein ziemliches Malheur. Denn ich konnte den Hammer nicht mehr finden, so viel ich auch suchte. Das brachte mir ziemlichen Ärger ein. Um die Geschichte kurz abzurunden: Erst im Frühjahr, als auch der Schnee von unserer Schanze dahinschmolz, habe ich den Hammer wiedergefunden. Er war ziemlich angerostet, aber sonst in Ordnung.“

Es war dieser jugendliche Charme der von ihm ausging, gepaart mit einer eher heimlichen Reife und Klugheit, die sie anzog. Umgekehrt spürte sie sein Verlangen nach ihrer Nähe. Diese Versuche so diskret wie möglich zu flirten, amüsierten sie. Sie genoss es, spielte das Spiel mit den gezügelten Flammen mit.

„Und du bist mit…“ Er unterbrach sich. „Entschuldigung“, er griff nach ihrer Hand. „Das sollte jetzt keine plumpe Anmache sein, dumm von mir.“

Verlegen sah er sie an, dachte an den Kuss.

Auch sie dachte an den Kuss, sagte nur:

„Antonia.“ Sie hob ihre Tasse und hielt sie ihm entgegen. Er nahm ebenfalls die Tasse und sie stießen an.

„Johannes. Antonia. Passt wirklich viel besser zu Ihnen, äh zu dir. Bist du mit diesem Berg hier aufgewachsen?“

„Nicht so ganz. Ich bin schon mit fünf auf Skiern gestanden. Wir sind dann weggezogen, mit zwölf kam ich wieder hier herauf. Danach immer wieder.“

Sie sah auf die Uhr. „Ich muss bald gehen.“

„Oh, sehr schade. Wir hätten sonst auch etwas essen können, an diesem schönen Tag hier oben.“

Johannes wusste, dass er sie nicht hinhalten konnte. Das abrupte Ende des Kusses war ihm Indiz, dass sie nicht wirklich frei war. Inzwischen hatte er sie in drei verschiedenen Versionen erlebt: in blond, schwarz und dem echten Kastanienbraun. Neben ihrem guten Aussehen war er fasziniert von ihrer Direktheit, von ihrer Ausstrahlung und Klugheit. Er mochte ihren schlagfertigen Humor und schätzte die in ihr verborgene, nachdenkliche Wesensart.

„So obliegt es wohl mir, wieder die Frage zu stellen: Wann und wo kann ich dich wiedersehen?“

Nach einigem Zögern ging sie darauf ein: Im Museum, um noch einmal die Ausstellung mit der buddhistischen Kunst anzusehen. Dabei wollte sie sich von ihm auch das eine oder andere dazu erläutern lassen.

Totentanz

Benjamin hatte spontan entschieden diesen sonnigen Tag anders zu verbringen. Einfach mal raus. Gerne hätte er noch einmal Frau Ruhl besucht im Krankenhaus, das schien ihm jedoch zu aufdringlich. Ihre freundliche, lebensbejahende Wesensart machte ihm Mut, regte in ihm, trotz aller Absagen, die positiven Lebensgeister etwas an. Gerne hätte er sich die Schuld an ihrer Stichverletzung gegeben, obwohl er wusste, dass dem nicht so war. Immer wenn er sich von ihr verabschiedet hatte, war da ein Gefühl von heimlicher Gemeinsamkeit, stiller, tiefer Verbindung. Ihre Nähe tat ihm irgendwie gut.

Er nahm den Regionalzug und fuhr aufs Land. Auf den Höhen lag Schnee, in den Tälern regte sich heimlich eine Vorfrühlingsstimmung mit gelegentlichen Schneeinseln. Die Luft trug etwas Belebendes mit sich, das Natur und Mensch gleichermaßen erfasste. Licht und Schatten zeugten vom gegensätzlichen Gleichklang im Werden. Die Gärten, die Bäume und Sträucher offenbarten erste Anzeichen zu neuem Leben zu erwachen. Die Bäche rauschten verhalten.

Wieder dachte er an Frau Ruhl. Ein wenig hatte sie auch von ihrem Leben erzählt. Dass sie seit zwei Jahren geschieden sei. Sie sagte es, als wäre dies ein Makel, dabei schien es für sie die große Liebe gewesen zu sein, anfangs. Ben hatte das Gefühl, sie wollte sich ihm erklären, in dieser vertraulichen Stunde im Krankenhaus-Café. Aber sie sei so unerfahren hineingeglitten, sie sah sich so glücklich im Moment dieser Heirat. Es sei nicht gut gegangen und sie habe zu lange mitgespielt. Konnte sich nicht vorstellen, selbst die Initiative zu einer Veränderung zu ergreifen. Irgendwann aber war es dann eben zu viel. Zuviel Alkohol. Zuviel großes Gerede, zu viele andere Frauen. Kinder habe sie keine. Die Arbeit gebe ihr einen großen Rückhalt, manchmal auch Anerkennung. Etwas würde fehlen, aber besser so, als das davor. Sie hatte dabei lächelnd mit den Schultern gezuckt.

Gerne hätte er sie in diesem Moment in die Arme geschlossen. Ja, er kannte das sehr wohl, dieses Fehlen der Wärme, dieses wirklich Gemeinsame, was ihn mit Antonia lange verbunden hatte.

Das Tal wurde auf einer kurzen Strecke enger, die Bergflanken zu beiden Seiten steiler. Im Zug hatte sich eine Gruppe von Leuten, wohl rüstige Rentner verteilt, teils sitzend, teils stehen. Wanderer offensichtlich. Ihrem Dialekt nach kamen sie aus der Schweiz. Eine heitere Stimmung, passend zu den Fasnetstagen war vernehmbar. Benjamin hoffte, dass sie nicht dieselbe Tour planten, wie er. In ihren Gesprächen erwähnten sie etwas von einem Totentanz. Er konnte sich keinen Reim darauf machen. Zu seiner Erleichterung waren sie eine Station vor ihm ausgestiegen.

Er wollte eine kleine Bergtour unternehmen zu einem schönen Aussichtsplatz hoch oben bei einer Kapelle. Im Frühherbst des vergangenen Jahres war er mit Antonia und den Kindern hier gewesen, die Kinder hatten über die steile Tour gemurrt, waren jedoch oben von dieser großartigen Rundsicht genauso begeistert wie Antonia und er.

Als er aus dem Wald heraustrat und die Kapelle hoch über sich sah, strahlte die Sonne im Fünfunddreißig-Grad-Winkel. Die schmale, weiße Gipfelkuppe streckte sich katzbuckelförmig vor dem tiefblauen Himmel. Er hatte keine Bergschuhe angezogen, doch die festen Winterstiefel erwiesen sich als durchaus tauglich. Die Tür zur Kapelle unterhalb des Gipfels war erwartungsgemäß verschlossen. Benjamin reizte es spontan, auch den kleinen steilen Gipfel zu erklimmen. Die letzten Meter stapfte er durch knöcheltiefen Schnee. Teilweise musste er auf dem letzten Stück die Hände zu Hilfe nehmen, bis er vor dem kleinen Gipfelkreuz stand.

Er genoss die Aussicht, die gemeisterte Anstrengung ließ ihn nun förmlich fliegen. Gleiten über die Grabenschluchten seiner Stimmungsschwankungen hinweg. Es war niemand außer ihm auf dem Berg. Gut so. Er wischte den Schnee von einem Stein unterhalb des Gipfelkreuzes, legte sein beschichtetes Sitzkissen darauf und begann das mitgebrachte Vesperbrot zu verzehren. Unter sich beobachtete er einen Rotmilan, der sich in einen günstigen Aufwind emportragen ließ. Minimale Bewegungen der weit ausgebreiteten Schwingen. Deutlich erkennbar der gegabelte, rostrote Schwanz.

Wie ganz anders war doch diese Welt hier oben, hoch über der geschäftigen Zivilisation. Diesem ganzen Getriebe, aus dem er mit wenigen bedauernden Worten, sachlichen Argumenten in nüchternem Geschäftston, hinauskatapultiert wurde. Für einen Augenblick dachte er an den Ashram. Mit niedrigen Ansprüchen ein erfülltes Leben erreichen. Dieses Losgelöst sein von alldem Triebhaften, den niemals zur Ruhe kommenden Begierden nach immer Neuem. War es richtig gewesen, eine Familie zu gründen? Kinder zu zeugen, die wiederum in dieses Alltagsrädergetriebe geraten würden, in dem sie eigentlich jetzt schon standen?

Doch, rief er plötzlich hinaus. Doch! Denn es hatte sich alles gut und richtig angefühlt, ja, auch jetzt noch. Man müsste nur wieder mehr Achtsamkeit aufwenden, in allem was man tat und was um einen herum passierte. ‚Ja, genau, darauf kommt es an'. Eine greifbare, lebendige Stille umgab ihn. Als würden unsichtbare, stimulierende Partikel still durch die Luft schweben. Diese kühle gute Luft, die er langsam und tief einsog. Wie gut ihm das tat. Wenn das mit einer neuen Anstellung... Nein, er wollte jetzt nicht daran denken. Er dachte an Antonia und an den morgigen Schmotzigen Dunschtig. Der Donnerstag vor Fasnacht. Sie würde die Kinder beim Sternmarsch auf den

Rathausplatz begleiten, Linus wollte unbedingt das Aufstellen des Narrenbaumes mitansehen. Er würde morgens ‚zur Arbeit gehen', später dazukommen.

Wenn es etwas Gutes hatte, diese arbeitslose Zeit, dann dieser Tag heute. ‚Ja, man muss sich einfach aufraffen. Den Kopf in den Wind stellen und die trüben Gedanken hinausblasen lassen. Als wenn es so einfach wäre', fügte er still hinzu.

Der Milan war nahe an ihn herangeschwebt, haschte seine überfrachteten Gedanken und kippte sie mit einem raschen Seitenschwenk einfach ab. Dabei vollzog er mit seinen fingerförmig endenden Schwingen eine Schleife um den Gipfel, um noch höher zu steigen.

Allein auf dem Gipfel, mit einem Rotmilan unter einem Gipfelkreuz. Himmel und Erde. Zwei Balken, einer senkrecht und einer waagrecht. Ein Kreuz mit einem christlichen Gebetsspruch für Wanderer. Nicht nur: Am Kreuzstamm hatte ein vermutlich asiatischer Gipfelstürmer oder eine Stürmerin mit blutroter Farbe Zeichen aufgepinselt. Japanisch oder chinesisch vielleicht, dachte Benjamin. Ob man sie wohl von oben nach unten lesen muss, oder von unten nach oben. Und ob sie wohl auch einem Gott gewidmet waren, sinnierte er.

Der große Vogel zog eine weitere Schleife. Ben konnte deutlich erkennen, wie er mit seinen Schwanzfedern steuerte. Mit weit ausgebreiteten Flügeln ließ er sich dem Menschen entgegentragen. Zu dessen Überraschung war er dabei so nahe an ihn herangekommen, als wolle er sich bei ihm niederlassen. Ein Stück Vesperbrot oder etwas vom Apfel erhaschen. Er zeigte dem Gipfelmenschen seine ganze Flügelfederpracht ehe er wieder ein wenig abdrehte und weiter mit dem leichten Aufwind spielte ohne sich weit zu entfernen.

So hoch oben über der Welt, in einer anderen Sphäre, sinnierte Ben Seborn. Wo das körperliche mehr präsent ist als im Alltag. Der Atem, die Muskelspannungen. Wie der Vogel war er gerade dabei, den Alltag abzukippen.

Allein? Nein. Dieses Gipfelkreuz weist auf meinen Gott. Nicht auf Buddha oder irgendwelche Bodhisattvas, nicht auf die hinduistische Trimurti, Dreiheit aus Brahma, Vishnu und Shiva oder alle anderen Gottesnamen, sondern auf diese dreifaltige Gottheit, die uns Christen begleitet. Einer, der aus dem Göttlichen kam, dem Schöpfer dieser Welt, meinetwegen mag man es auch Seinsgrund nennen, einer der Mensch war wie wir, versehen mit dem Geist des Höchsten. Das ist mehr als nur eine Glaubenssache, es ist das Halteseil, nach dem man jederzeit greifen kann, an dem man durchs Leben geht.

Er sah den Milan über sich kreisen. Für einen Moment schaffte er es, der inneren Leere Raum zu gewähren. Entledigt der Alltagslast atmete er still, versuchte an nichts zu denken.

Sein Schatten zeigte nach Nordost, als er aufbrach. Er wählte den Waldweg abwärts zu einer Ortschaft mit Bahnstation. Für die Rückfahrt erschien es ihm jedoch noch etwas zu früh. Er kam an einer alten Schmiede vorbei, mit allerlei Werkzeug und alten Maschinen auf dem Vorplatz. Durch die offene Tür sah er die Esse und Schmiedewerkzeuge, wie sie wohl vor fünfzig Jahren noch in Gebrauch waren, aber auch ein modernes Schweißgerät. Das war noch echtes Handwerk, da wurde mit Händen etwas geschaffen, etwas von langer Dauer. Gerne hätte er sich mit dem Schmied unterhalten, doch war niemand zu sehen.

Schließlich kam er an der Kirche vorbei, deren äußere Form irgendwie ungewöhnlich wirkte. Es sah aus, als wäre über die alte Kirche ein riesiges, spitzes, hohes Dach gestülpt worden, das beinahe bis auf den Boden reichte. Nur der spätgotische Bau des Chorraumes ragte an der Giebelseite aus diesem hohen Dach heraus. Er suchte eine Infotafel, um Näheres über diese Kirche zu erfahren. Im Kircheninneren, am Schriftenstand fand er eine Broschüre, die diesen dreieckigen Umriss beschrieb, welcher den Chorraum mit einem Beinhaus verbindet. Benjamin betrachtete die Struktur des Netzgewölbes über ihm, als von draußen Stimmen hereindrangen. Es war die Wandergruppe aus der Schweiz. Auch sie erkannten ihn, nickten ihm grüßend zu. Sie waren nicht allein. Anscheinend hatten sie sich zu einer Führung verabredet. Ein älterer Herr mit weißen, schulterlangen Haaren geleitete die Gruppe zum Chorraum. Benjamin wollte eben in Richtung Ausgang gehen, als eine Frau ihn leise ansprach:

“Wenn Sie wolle, könne Sie gärne mitkomme. Sell isch doch in Ordnung Herr Franz?“

Der ältere Herr mit der weißen Mähne nickte. Ben war interessiert, warum nicht.

„S isch wirkli interessant und originell, wie er die Führung macht“, meinte die Frau flüsternd. „Des isch nit langwiilig. Er isch ja selber ein Original. Freischaffender Künschtler eben, malt schöni Bilder.“

Nachdem die Gruppe über die Historie der Kirche die wichtigsten Einzelheiten erfahren hatte, erklärte der ‚Herr Franz‘ in seinem südbadischen Dialekt, dass sie nun in die Beinhauskapelle gehen würden. Ben Seborn stellte sich eine Reihe von Totenköpfen vor, was in ihm ein gewisses Unbehagen hervorrief. Durch eine Pforte gelangten sie in den kapellenartigen, leeren Raum mit einem Tonnengewölbe. Der obere Rand der Wände und die Ansätze des holzverschalten Gewölbes waren ringsum bemalt mit Szenen des ‚Gevatter Tod‘, der Jung und Alt, arm und reich zum letzten Tanz auffordere.

Die erste Totentanzdarstellung sei 1407 auf dem Friedhof der Unschuldigen in Paris entstanden, erklärte der Fremdenführer. Er gehe auf eine Legende zurück, nach welcher sich in wiederkehrenden Zyklen die Gräber auftun und die aus den Gräbern entsteigenden Toten sich zu einem Reigen vereinen würden und so, sinnbildlich, an die Auferstehung des Fleisches erinnerten, wie es in den Evangelien geschrieben stehe.

„Der hier abgebildete Totentanz stammt aus dem Jahre siebzehnhundertdreiundzwanzig. Denken Sie daran, es ist die Zeit des Absolutismus in Europa. Der Sonnenkönig Ludwig XIV, starb wenige Jahre zuvor, auch die Zeit von Johann Sebastian Bach. Das Beinhaus wurde errichtet weil der Friedhof bis auf den letzten Platz mit Gräbern belegt war. Also“, er musste kurz Luft holen, „wurden die ältesten Gräber wieder ausgehoben um die Gebeine und Schädel im Beinhaus aufzubewahren, um somit den Toten weiterhin eine würdige Aufbewahrungsstätte zu geben.“

Diese sterblichen Überreste seien nun jedoch nicht mehr hier. Der ‚Herr Franz‘, freischaffender Künschtler, und wie Benjamin nebenbei aufschnappte, ehrenamtlicher Kirchenführer, kannte jedes Detail der Bilder. Und gerade in den Erläuterungen zu den Szenen lag ein unterschwelliger, geradezu listiger Humor mit dem er die Aufmerksamkeit der Gruppe fesselte. Doch kein Zweifel, die Heiterkeit, die den Kunstführer, wie auch die Gäste ergriff, ging eben von diesem Gevatter Tod aus, der die Menschen, zum letzten Tanz auffordert.

„Er beginnt mit einem Kind, das er liebevoll an der Hand führt und ihm einen roten Apfel schenkt“, so der Kunstführer.

„Das Kind ist der einzige Mensch, der etwas vom Tod bekommt. Allen anderen nimmt der Knochenmann etwas weg.“ Eine Szene nach der anderen beschrieb er in origineller Weise. Wie der Tod mit bezwingendem Griff dem Papst die Tiara vom Haupt zieht und ihm den Hirtenstab aus den Händen nimmt.

„Achten Sie mal auf die Gesichter: Der Papst mit scheinheiliger Unschuldsmiene und frommem Blick und der Knochenmann mit strengem Gesichtsausdruck. Nun ja, Gesichtsausdruck dürfen Sie in diesem Fall nicht ganz wörtlich nehmen“.

Abschnitt für Abschnitt wurde erläutert: Wie der Sensenmann mit seinen Skelettfingern dem Reichen, der seine Geldkatze vor ihm verstecken möchte, in die Tasche greift; dem Spielmann die

Geige abnimmt und selber spielt. Gleich darauf führt er ganz galant, gleich einem Schürzenjäger, die aufgeputzte Jungfrau zum letzten Tanz. Ebenfalls die elegante Edelfrau und die Bäuerin in ihrer Tracht.

„Bei aller Komik der Darstellungen ist dieser Totentanz ein wertvolles Kultur- und volkskundliches Dokument. Es zeigt die Menschen in ihren verschiedenen Ständen mit ihren langen Gewändern sowie der Haartracht der hohen und niederen Stände. Die Männer allesamt mit langen Haaren. Der Kaiser in teuren Kleidern und gelockter Perücke starrt den Knochenmann entsetzt an, weil dieser dem Herrscher das Symbol seiner Macht, die goldbesetzte Krone, abnimmt. Nicht nur das, er setzt sie sich selbst auf den blanken Schädel."

Viel zu dieser Heiterkeit trugen die über den Reigen gemalten sechs Musikanten bei, die zu diesem Tanz aufspielten. Alle sechs als Sensenmänner im Knochengerüst. Mit Geige, Trompete, Krummhorn, Zinken, Trommel und Pauke spielten sie die Weise vom Tod. Der Geiger mit einem Sensenblatt als Bogen strich die Melodie, der mit der Umhängetrommel klapperte mit zwei Ellenknochen den Rhythmus. Ebenfalls stehend, als fidele Musikanten zwei Zinkbläser, einer mit dem Krummhorn und vorne sitzend, der Knochenmann an der Pauke.

Der ‚Herr Franz' kam zum Schluss:

„Auch wenn sich fast alle wehrten, ihn überlisten, überreden wollten - alle ließen sich von ihm führen, mit einem Tänzchen hinübergeleiten, oder sie gingen einfach an seiner Seite mit."
Nach reichlichem Applaus wurde der profunde Führer auf ein kleines Gemälde angesprochen, das nicht zu der Totentanzserie gehörte. Es war eine häusliche Sterbeszene.

„Sie zeigt den Moment des Sterbens des Familienvaters, der auf dem Bett liegt, umringt von Frau und Kindern. Ein Pfarrer spendet das Sterbesakrament, die Frau und die Kinder beten. Der Sterbende hält das Sterbekreuz, die Sterbekerze und den Rosenkranz in seinen vor die Brust gelegten Händen umklammert. Seine Seele verlässt ihn in Gestalt eines Kindes, das Christus, dem ewigen Richter, über ihm, entgegenschwebt. Ein Schutzengel liest aus dem Buch des Lebens die guten Werke vor, während auf der anderen Seite der Teufel die Eintragungen aus dem Buch der Schulden vorbringt. Neben dem Schutzengel steht Maria, welche als Fürsprecherin der armen Seelen, diese Seele ihrem Sohn empfiehlt.

Benjamin dachte an seine katholische Urgroßmutter, die im hohen Alter von achtundneunzig Jahren verstarb. Die genau diese Vorstellungen vom Sterben hatte.

‚Das ist wie Geborenwerden. Du kannst selber gar nichts tun und bist doch der Mittelpunkt des Geschehens. Davor brauchst du mal keine Angst haben, mein Junge. Wir kehren ja nur zurück. Dahin, von wo wir herkommen, zurück in unsere wahre Heimat'.

Sie war eine tiefreligiöse Frau, die jeden Abend den Rosenkranz betete. Benjamin hatte es oft gesehen, wenn er zu ihr kam und sie hatte das Kettchen mit den schwarzen Perlen in den Händen. ‚Nein, ich habe keine Angst, wenn ich bald vor meinem Richter stehen werde', hatte sie oft betont. ‚Weißt du, kleine Sünden verzeiht unser Herr Jesus gerne, er war ja selber einmal Mensch. Aber hüte dich vor den großen Sünden, besonders vor den Todsünden'.

Was denn eine Todsünde sei, wollte der Bub wissen.

‚Na, wenn du jemand umbringen würdest.'

‚Und was ist dann'?

‚Dann kommt man in die Hölle'.

Bennilein wollte lieber nicht nachfragen, was das wohl sei, die Hölle, er meinte nur, dass die Uroma bestimmt in den Himmel kommen würde.

„Das Bild des Sterbenden inmitten seiner Familie vermittelt in starker Symbolkraft den letzten und wichtigsten Moment im Leben eines Menschen. So tiefgreifend, dass es einem beinahe den Boden unter den Füßen wegzieht."

Dabei sei das Bild selbst wahrlich kein großes Meisterwerk, so der örtliche Kunstführer.

Da Benjamin nach dieser Konfrontation mit dem Tod nicht unbedingt mit den redelustigen Schweizern im gleichen Zug zurückfahren wollte, bedankte er sich bei ihnen vor der Kirche mit der Entschuldigung, er müsse noch etwas erledigen.

Er gelangte auf einen Wanderweg, der oberhalb des Dorfes entlangführte. Unterwegs kam er an einer Spruchtafel vorbei, die zu einem Text aus dem Sonnengesang des Franz von Assisi gehörte, der ‚Bruder Tod'. Nachdenklich las er die Worte:

„Gelobt seist Du mein Herr für unseren Bruder, den leiblichen Tod. Kein lebender Mensch kann ihm entrinnen. Wehe jenen, die in tödlicher Sünde sterben. Selig die er finden wird in deinem heiligsten Willen, denn der zweite Tod wird ihnen kein Leid antun".

Der zweite Tod? Ben Seborn kam ins Grübeln, was damit wohl gemeint sein könnte. Tödliche Sünde gleich Todsünde? Dann wäre ja der erste Tod nur eine Vorstufe. Und dann würde entschieden: der Weg führt über das Abbüßen der kleineren Sünden zu Gott oder im Falle der Todsünden in die Hölle. Sein Vater bezeichnete dies als katholischen Unfug, den sich die päpstliche Kirche ausgedacht hatte um den Leuten Angst zu machen. Und der den Pfarrern das Recht gebe, in der Beichte Richter zu spielen gegenüber denen, welche mit schwerer Schuld zu ihnen kämen und sich Vergebung erhofften. Er halte sich an Luthers ‚sola gratia'. Der Mensch erlangt allein dank der Gnade Gottes das Heil oder das ewige Leben.

Auch im Weitergehen beschäftigte sich Benjamin mit dem Begriff ‚zweiter Tod'. Vom Buddhismus kannte er Samsara, das Rad der Wiedergeburt und damit die Notwendigkeit eines weiteren Sterbens. Doch die Wiedergeburt bedeutet je nach eigenem Karma eine Wiedergeburt als ein Halbgott oder himmlisches Wesen, als Mensch, als hungriger Geist, Tier oder

Höllenwesen. So gesehen wäre ‚der zweite Tod' den Franziskus erwähnt, ein Wandel, entweder zu einem göttlichen Wesen oder zu einem Höllenwesen, das Qualen erleiden müsste. Wenn aber dieser zweite Tod den Menschen heben würde zu einem himmlischen Wesen, im Himmelreich Gottes, wäre diese christliche Deutung nicht gleichbedeutend mit dem Nirwana, dem Ende des Kreislaufes, dem Ende aller Leiden?

„Schluss jetzt Gevatter Tod! Für heute reicht es."

Benjamin ging mit festen Schritten zur kleinen Bahnstation.

8

Schmotziger Dunschtig

Was ist schon ein Kuss

Antonia fuhr am Nachmittag mit den Kindern in die Stadt. Lena und Linus gehörten zur Zunft der Blauen Narren. Sie durften am Nachmittag in der Gruppe bei den Sternmärschen mitlaufen. Linus war das erste Mal dabei und musste sich an der Seite seiner Schwester einreihen. Im blauen Fleckchenhäs und der silbernen Holzmaske kam er sich vor wie einer der Helden in Star Wars. Antonia kämpfte sich am Straßenrand durch die Zuschauer um Handyfotos und Videos zu machen. Unwillkürlich entfuhr ihr ein Schreckensruf, als sie sah, dass Linus gestürzt war, wohl über seinen eigenen Umhang. Doch er rappelte sich bereits wieder auf und lief weiter.

Angeführt von ohrenbetäubender Guggenmusik und Getrommel füllte ein buntes, wogendes Narrenmeer den Rathausplatz. Im Gejohle und wildem Gehüpfe verlor Antonia die Kinder kurz aus den Augen, doch die ‚Blauen' waren immer wieder zu finden.

Das Gerede auf dem Balkon des Rathauses, wo schließlich der Bürgermeister den großen Rathausschlüssel an den Oberzunftmeister übergab, interessierte Linus wenig. Vielmehr faszinierten ihn die Masken und Hästräger. Da gab es schwarze, langhaarige Seeteufel mit Schlitzaugen und weißen Reißzähnen, die aus dem Maskenmaul ragten, auf der Stirn zwei Hörnchen. Im allgemeinen Gewoge weitergetrottet, stand er inmitten von putzigen, braunroten Wühlmäusen. Gleich darauf wurde er von gruseligen, zottigen Schneesturmbiestern mit spitzen Hörnern und Wolfsgebiss umringt. Dagegen waren

Kater und anschmiegsamen Katzen gute Straßentänzer. Witzig fand er die gelbgesichtigen Moorgeister. Er suchte die Blauen, dabei geriet er in ein Rudel von Wehrwölfen. Denen kaum entkommen, stürzte eine Schar schwarzgrüner Teufelsweiber mit Hexenbesen auf ihn. Tapfer versuchte er sich mit seinem Fuchsschwanz gegen die wilde Horde zu wehren, was leider nicht wie gewünscht gelang. Sie kesselten ihn kreischend ein. Hätte er sein Laserschwert dabei, er würde sie ganz sicher alle in die Flucht schlagen. Unvermittelt kamen ihm jedoch zwei starke Arme zu Hilfe, die ihn wieder bei den Blauen landen ließen.

Endlich begann das Aufstellen des Narrenbaumes, das Linus unbedingt sehen wollte. Der Narrenbaum, auf einem Leiterwagen liegend, wurde von einem Oldtimer-Traktor bis zum Rathausplatz gezogen. Jeder Hästräger, jedes Zunftmitglied der Stadt wusste, dass er zweiundzwanzig Meter und zweiundzwanzig Zentimeter lang war. Der Stamm glatt geschält, an seiner Spitze der Tannengipfel, geschmückt mit bunten Bändern.

Antonia hielt in dem Gedränge Ausschau nach Jule, konnte sie jedoch nicht finden. Ihre Verabredung hier auf dem Rathausplatz hatten sie zeitlich nicht genau festlegen können. Jule wollte auf die Beerdigung ihres Juniorchefs gehen, wie alle Kollegen und Kolleginnen des Betriebes. Marc war für die meisten ganz überraschend gestorben. Bis zuletzt versuchte er – wohl erfolgreich - den Lebemann zu verkörpern. Jule war seit einem halben Jahr aus dem Spiel.

Antonia hatte Redebedarf, ihr Herz quoll förmlich über an diesem Nachmittag. Johannes. Oder – was ist schon ein Kuss. Gelegenheit sich auszutauschen war bei diesem lauten Spektakel allerdings nicht gegeben, höchstens ein kurzer Austausch. Der Skitag und der Kuss einerseits, andererseits für Jule dieser endgültige Abschied von Marc. Nein, es war einfach nicht der richtige Zeitpunkt, nicht hier und nicht jetzt.

Ben hatte sie inzwischen gefunden, gerade noch rechtzeitig vor dem Aufstellen des Baumes. Zusammen mit den Kindern verfolgten sie, wie der lange Narrenbaum leicht wie ein großes Streichholz mit grünem Kopf hochgehoben wurde, ein kleines Stück über den Platz schwebte. Einige Augenblicke verharrte er, raketengleich in der Höhe, ehe er zielgenau in den schmalen Lochgraben eingesenkt und verkeilt wurde.

Antonia und Benjamin standen beisammen. In Gedanken jedoch weit entfernt, ob grüblerisch versunken oder von flatternden Schmetterlingen beschwingt. Antonias Blick blieb an einer einzelnen weißgrauen Wolke hängen, hoch im hellen Blau. Was ist schon ein Kuss, sagte sie sich, während sich neben ihnen ein Katzenpaar mit hochgeschobenen Masken küsste. Ein Kuss ist doch kein Verbrechen. Und gerade jetzt tat ihr dieser heimliche Flirt unendlich gut. Zugegeben, ein Kuss mit ‚Alles-drumherum-vergessen-Effekt' - das gab es bei Antonia schon lange nicht mehr. Johannes war in seiner zurückhaltenden Art klug und charmant, was Antonia besonders an ihm schätzte. Wie sehr sie sich ergänzten, auf einer Welle schwammen, das hatten alle Gespräche offenbart. Ja selbst die kleinen Diskussionen zwischen ihnen. Obwohl er so ernsthaft wirkt, dachte sie, schwingt da immer eine leise Heiterkeit zwischen uns, eine Sphäre beschwingter Verzauberung.

Ein Kuss, eine aufregend kribbelnde Nähe, anregende Gespräche über Gott und die Welt, dachte sie, und das für eine kurze Zeitspanne, mehr war es nicht und würde es auch nicht werden. Kein Grund für irgendwelche Schuldgefühle.

Jule und Johannes

Als Jule eine Schulter neben sich spürte, wandte sie sich unwillkürlich um und sah in Johannes blaue Augen.

„Ach! Sie auch hier an diesem traurigen Ort."

„Ja, Marc und ich waren vor einigen Jahren im selben Studiengang, Philosophie."

Jule sah ihn überrascht an. „Nicht möglich!"

„Doch. Das sei das Beste, was er neben Wirtschaft, Management und Logistik studieren konnte, erklärte er mir damals. Wir haben über Sokrates, Diogenes, Konfuzius, Augustinus, Kant und Kierkegaard diskutiert. Er war drei Jahre älter als ich."

In Jules Gesicht erkannte er, hinter der Blässe, echte Trauer und Betroffenheit. Nichts darin deutete auf jene lebenslustige Freundin Antonias, die er vor wenigen Tagen im Café kennengelernt hatte.

„Sie kannten ihn also auch?"

„Er war mein Chef, also der Juniorchef."

Johannes nickte ihr zu.

„Viele junge Frauen sind hier. Kolleginnen?"

„Kolleginnen und mehr." In Jules Worten klang neben Trauer und Anteilnahme ein bitterer Unterton mit. Johannes glaubte einen Ausdruck von Ohnmacht zu erkennen. Es schien ihm, als bedürfte sie im Augenblick jemanden, dem sie sich mitteilen konnte.

„Wir alle kannten ihn … als den Fabrikantensohn … und mehr. Der gutaussehende Frauentyp, dazu reich. Mit allem was dazugehört. Klug, charmant, total selbstsicher. Der sich alles leisten konnte, nichts anbrennen ließ."

„Sie erzählen mir nichts Neues. So hab ich ihn zuweilen auch erlebt, seine andere Seite."

Sie lachte. „Ich wusste nicht, dass er außer dieser Seite noch eine andere, gar philosophische hatte. Wir waren für ihn, hm, so was wie Kurtisanen, er irgendwie hoch über uns. Der Magnet, überall der Mittelpunkt. Ließ Super-Partys ausrichten, tanzte sich selber auf jeder großen Party ganz nach vorne. Ja, tanzen konnte er. Wie Patrick Swayze. Und er war von Natur aus charmant. Immer auf dem Punkt, voll da. Nur eben nicht für Eine allein. Hier ein Flirt, dort eine kleine Affäre."

Berger deutete mit seinem Stirnrunzeln eine Frage an.

„Nein", sie schüttelte den Kopf, „ich blicke gewiss nicht mit Selbstmitleid zurück, und ich denke, die meisten anderen sehen das auch so. Es war apart, wenn man mit ihm ausging. Zugegeben, da war auch manchmal das Entwürdigende. Worte, Gesten. Ich denke, wir alle haben das hingenommen."

Ihr Gesichtsausdruck verriet eine bestimmte Art von Nachtrauern trotz aller Erniedrigung. Geduldete Ergebenheit.

„Mach's gut, meine kluge Kurtisane, sagte er, wobei ich nicht ahnte, dass dies ein Abschied für immer sein würde."

In ihren Augen bemerkte Johannes ein kurzes Aufleuchten.

„Ich weiß, im Angesicht des Todes fallen solche Bezichtigungen auf einen selbst zurück. Allein, dass ich, dass wir gekommen sind, um ihm diese sogenannte letzte Ehre zu erweisen, zeigt, dass er recht hatte. Selbst jetzt rennen wir ihm noch hinterher."

Wie wahr, musste sich Johannes Berger still eingestehen.

„Wissen Sie, der Tod ist so schrecklich, das hätte ihm wahrlich niemand von uns gewünscht. Aber das, was wir hier eben gehört haben, über ihn, das waren alles nur schöne Reden. Große Worte, die ein perfektes Bild für die Nachwelt malen sollen. Und dazu noch diese ausgewählten Songs", betonte sie mit einem bitteren Beigeschmack. „Aber wir", sie hielt inne, Berger nahm an, dass damit ‚Kolleginnen und mehr' gemeint waren, „wir wissen es besser".

Sie blickte hinüber zu dem offenen Grab, nach kurzem Schweigen fuhr sie fort:

„Es ist der Tod“, sie versuchte ihren Worten einen kühlen und sachlichen Klang zu geben, „der uns an dieser Stelle ach so schöne Worte in den Mund legt. Der irgendwelche verklärten Erinnerungen an winzige Momente wie große Epochen erscheinen lässt. Es ist der Tod, in dem wir, ob wir wollen oder nicht, alles schön malen möchten, und alle möchten es auch gerne wahrhaben. Es ist der Tod, der aus dem gelebten Leben eine Lüge formt, einen Schein, den alle Hinterbliebenen so gerne wahrhaben möchten.“

Johannes dachte an Opa Goris Beziehung zu dem Wort ‚Hinterbliebene‘. Einige Kolleginnen winkten verstohlen in Jules Richtung. Berger konnte diese sehr einseitige und allgemeine Ansicht zu einer christlichen Beisetzung so nicht stehenlassen.

„Ich finde, man kann eine Beerdigung durchaus auch individuell gestalten, solange es nicht in Show ausartet. Aber nehmen wir mal diese Lieder: *‚Über sieben Brücken musst du gehen‘*. Was sagt der Text? Über sieben Brücken musst du gehen – sieben Lebensdekaden? Sieben Jahre Lernen, Erkenntnisse gewinnen, Erfolg, Höhen, wegweisende Lebensereignisse? Aber auch: Sieben dunkle Jahre überstehen. Finden wir auch in der Bibel. Tiefen, Misserfolg, Krankheit. Eben alles was der Mensch durchlebt? Dabei auch: sieben Mal die Asche sein. Ganz unten sein, am Boden und doch immer wieder aufstehen? Und am Ende: Einmal auch der helle Schein. Das Ziel? Das Licht? Der Übergang? Ist die letzte Brücke jene Brücke ‚hinüber‘? Also vielleicht gar nicht so verkehrt, dieser Song.“

Sie nickte. „Tja: Manchmal greift man nach der ganzen Welt und bemerkt dabei nicht, dass der eigene Glücksstern bereits sinkt. Wenn einem so jung das nahe Ende angesagt wird, das letzte Aufbäumen sich legt, wird wohl die Angst der Begleiter sein, über diese Brücke zu gehen, von der man nicht weiß, wo und wie man auf der anderen Seite ankommt. So gesehen stimmt dann Udo Lindenbergs: *‚Hinterm Horizont geht's weiter'* in gewissem Sinne hoffnungsvoll."

„Wussten Sie, dass Lindenberg dieses Lied geschrieben hatte, weil er den Tod seiner Freundin betrauerte? Hinterm Horizont geht's weiter – und dann kommen diese drei Worte: Ein neuer Tag. Auch hier: Tag bedeutet Licht."

Jule sah ihn mit einem angedeuteten Stirnrunzeln an:

„Was Sie da hineininterpretieren. Ich weiß nur, dass dieses Lied von ‚Unheilig' zu ihm gepasst hat: *Nichts ist für immer und für die Ewigkeit – nur der Moment zählt ganz allein."*

Beide bemerkten einen Schatten, sie sahen kurz auf, betrachteten die kleine Wolke am blauen Himmel. Der Religionswissenschaftler versuchte aus seiner Sicht klarzustellen:

„Es ist nicht der Tod, der aus dem gelebten Leben eine Lüge formt, das machen nur wir, die Hinterbliebenen. Sicher, bekommt man hier den Eindruck: ‚Je prominenter, umso pompöser die Zeremonie'. Aber es geht auch anders. Ganz normal, ganz schlicht. Ich meine, die ganz alltägliche Beerdigung auf irgendeinem Friedhof. Wo ein Mensch von seinem Ehepartner, seinen Kindern, von Verwandten und Freunden zur letzten Ruhestätte begleitet wird. Wo Trauerreden ehrlich sind und echten Trost spenden können. Wo ein Rückblick über das Leben des oder der Verstorbenen – wenn auch emotionell unterstrichen – Trost spenden und Balsam für die Seele sein kann. Ich meine einfach, dass die richtigen Worte eine Stütze sein können für die Ehefrau, den Ehemann, die Partnerin, die Freunde oder gar die Eltern. Wo ausgewählte Musikstücke mit dazu beitragen können, ja durchaus Sinn machen und dankbar gehört werden. Worte und Gesten, die der Würde dieses letzten und vielleicht wichtigsten Momentes im Leben eines Menschen wirklich gerecht werden."

Jule zeigte ein unbestimmtes Nicken, so als könne sie mit einem gewissen ‚Aber' seine Ausführungen gutheißen.

„Ist das ihre persönliche Meinung oder spricht hier der Religionswissenschaftler?“

Berger sah sie überrascht an. „Ach - woher wissen Sie?“

„Antonia ist meine Freundin, schon vergessen.“

Er verbarg seine aufwallende Gefühlsregung bei der Erwähnung ihres Namens: „Es ist meine private Meinung, wenn es auch meine Wissenschaft berührt. Bitte lassen Sie mich dies noch zu Ende führen: Mit Blick auf den christlichen Glauben gibt es immer noch das Requiem, wenn es auch heutzutage teilweise aus der Mode gekommen ist. Meiner Meinung nach eines der stärksten Elemente des christlichen Glaubens. Wenn für einen getauften Menschen, in einer christlichen Kirche, eine allein für ihn gestaltete Gedenkfeier gehalten wird, das stärkt in besonderem Maße alle, die diesem Menschen nahestehen, auch wenn es wehtut. Der Glaube an ein Jenseits, eine Art Wiedersehen, in welcher Welt auch immer, wird hier, besonders hervorgehoben.“

Jule kniff die Lippen zusammen und sagte nachdenklich:

„Trotz allem, um noch einmal auf ihn, den Juniorchef, zurückzukommen“, sie sah Johannes herausfordernd an: „Egal, was er für ein Mensch war, auch unter Berücksichtigung, wie er zu dem geworden ist, was er war, – ich meine, er war etwas jünger als ich, wer will da schon sterben. Da ist die Frage schon verständlich: Wie kann Gott das zulassen?“

„Letztendlich können diese Frage weder die Philosophie noch die theistischen Religionen beantworten, in denen es eine Totenklage gibt. Im buddhistischen Totenritual gibt es allerdings diese nicht.“

„Keine Klage, nicht einmal bei einem Kind?“

„Jedenfalls nicht öffentlich. Im Buddhismus glaubt man einfach gesagt an Auflösung oder nach spätestens sieben Wochen an die Einkehr des Bardokörpers in einen neuen menschlichen Körper.“

„Es gibt keinen Gott, zu dem man ‚heimkehrt'? Auch nicht zu Buddha, das ist doch der Höchste bei denen."

„Siddhartha Gautama hatte sich nie als einen Gott gesehen. Er gilt als der Begründer der Lehre der vier edlen Wahrheiten und des achtfachen Pfades."

Sie sah ihn irritiert an: „Siddhartha Gautama?"

„Ja, der bürgerliche Name des historischen Buddhas war Siddhartha Gautama."

„Echt?"

„Ja, wie eben der christliche Sohn Gottes mit bürgerlichem Namen Jesus geheißen hat."

„Okay, genug jetzt Herr Wissenschaftler."

Er hatte selbst erkannt, dass er wiedermal zu weit ins Fach gegriffen hatte.

„Entschuldigen Sie bitte. Die Wissenschaft! Manchmal geht das einfach mit dir durch, sagt meine Oma."

Jule nahm an, meinte lachend: „Ja, bei Ihnen kann man das verstehen."

„Fakt ist jedenfalls, dass wir beide gekommen sind, um einen uns nahestehenden Menschen auf seinem letzten irdischen Weg zu begleiten. Trotz allem Verwerflichem, was wir ihm anhängen könnten. In solch einem Moment fällt es mir schwer, optimistisch und lebensfroh zu sein, was eigentlich meine Natur ist. Aber wenn der Tod einem das Liebste nimmt, oder wie in diesem Fall, wenn man Anteil nimmt am Leid anderer, das kann einen schon tief hinunterziehen."

Johannes nickte. „Sie haben Recht. Und dann fragt man sich, wo wird er oder sie nun sein, also jener Teil von dem Verstorbenen, sei es nun Geist oder Seele, oder vielleicht Bewusstsein."

„Tja. Und was sagen Sie mir nun dazu? Die buddhistische Version hab ich ja jetzt gehört - ach ich will es eigentlich gar nicht wissen, weil es doch ohnehin keine endgültige und gesicherte Antwort geben kann."

Er schwieg. Antworten dazu geben alle Religionen, dachte er für sich. Jede jedoch ein wenig anders lautend, von keiner gibt es die absolute Gewissheit. Besonders wir westlich orientierten Menschen haben den Glauben über dieses letzte für uns Menschen denkbare Stadium hinaus - an ein Jenseits - weitgehend verloren.

Für Jule war das Thema Tod an diesem Fastnachtsfreitag schon mehr als genug. Zusammen schritten sie an das offene Grab, um etwas Erde mit einer kleinen Schaufel auf den glänzend weißen Sarg zu werfen. Im Weitergehen fielen ihre Blicke auf einen kleinen Kranz mit einer Schleife, deren Text sie beide überraschte:

Und wenn die Erde deinen Körper zu sich holt
Dann erst wirst du wahrhaft tanzen. *Khalil Gibran*

Verwundert lasen sie den Text und sahen sich an. Wer auch immer ihm diesen Kranz zum Abschied geschenkt haben mochte, er oder sie musste wohl eine besondere Beziehung zu dem Verstorbenen gehabt haben.

Jule blieb noch vor dem Ausgang stehen, rang nach Worten.

„Da glaubt man einen Menschen doch ganz gut gekannt zu haben." Sie schüttelte verwundert den Kopf.

„Wohl gar nicht so unpassend", bemerkte Johannes Berger.

„Ich wundere mich allerdings", meinte Jule nachdenklich, „dass er eine ganz normale Erdbestattung verfügte, ich dachte eher, er würde einen anonymen Platz in einem Friedwald bevorzugen."

„Würden Sie das wollen?"

Sie gab die Frage zurück: „Und Sie?"

„Hm, zugegeben, damit habe ich mich noch nicht beschäftigt. Aber es hat schon was, wenn man vor einem, wenn auch ganz kleinen Grab mit Grabstein und Name darauf, stehen kann. So ganz anonym, Friedwald oder grüne Wiese, wo man überhaupt keinen Anhaltspunkt mehr hat, das möchte ich nicht."

Jule sah ihn mit einem nachdenklichen Kopfnicken an. Da er nicht weiter darauf einging, bekannte sie: „Ganz ehrlich, ich habe mich bisher auch noch nicht mit solchen Gedanken beschäftigt. Aber wenn man plötzlich dasteht, wie jetzt … Also ich denke wirklich, ein kleines Urnengrab mit Blumen, Grabstein und Name wäre schon schön. Nur – wer würde es pflegen?"

Berger stimmte ihr zu: „Normalerweise ist eine Bestattung der letzte für die Nachwelt sichtbare Ort. Ein kenntlich gemachter kleiner Platz, wo dieser Mensch seine letzte Ruhestätte gefunden hat. Irgendwann werden Sie einmal hierherkommen, wenn sie all das Negative, was für Sie mit ihm in Zusammenhang war, hinter sich gelassen haben. Vielleicht finden Sie dann sogar auch wieder einen schönen Moment, der Sie mit ihm verbindet. Für die meisten Menschen bedeutet ein Grab Erinnerungen. Und darüber hinaus wissen sie, hier ist dieser reale Ort, wo der Mensch, den man kannte, bestattet wurde. Wo man hingehen kann, um ein kleines Gespräch zu führen mit dem oder der Verstorbenen. Oder ein leises Gebet sprechen kann. Wo man mal eine Blume ablegt, einen Stein. Sicherlich hat jeder Mensch unzählig viele Gedanken an Verstorbene, zuhause, unterwegs, überall. Aber Sie wissen, hier am Grab ist der Ort, wo dieser Mensch für Sie weiterhin, wenn auch in anderer Form, präsent ist."

„Ja, vielleicht. Wer weiß? Ich möchte jetzt gehen."

Brandner Kasper

Fridolin und Friedlinde hatten sich das Spektakel auf dem Rathausplatz angesehen, den Sturm auf das Rathaus mit der ‚Entmachtung' des Bürgermeisters, der die Rathausschlüssel den Narren übergeben musste, und dem anschließenden Aufstellen des Narrenbaumes.

Fridolins Interesse galt vornehmlich dem Leiterwagen, auf dem der Baum durch die Straßen gekarrt wurde. Durch die Länge des Baumes wurden Vorder- und Hintergestell des Leiterwagens voneinander getrennt. Die verbindende Mittelstange, auch Langwied genannt, ersetzte der lange Baum. Um das Hintergestell mit der Hinterachse in der Spur zu halten lenkten Männer rechts und links des Wagens dieses mittels Seilen, indem sie dieses nach rechts oder links steuerten oder es in der Geradeausspur hielten. Das ganze Gefährt kam nur sehr langsam voran. Den Baum aufzustellen übernahm wie schon seit Jahren ein Autokran. Fridolin und Friedlinde konnten sich jedoch noch gut daran erinnern, wie der Baum von den Feuerwehrleuten von Hand mittels Hebestangen aufgestellt wurde. Das war noch ein echtes Schauspiel, meinte Fridolin.

Anschließend genehmigten sie sich noch ein Gläschen Spätburgunder in ihrem Stammlokal. Der Nachhauseweg war für sie ein Spaziergang von gut einer halben Stunde durch die kühle Abendluft.

Das abendliche Fernsehprogramm entschied dieses Mal Fridolin für sich. Nicht schon wieder eine Fasnetssitzung! Dann lieber noch eine Komödie. Er schenkte sich einen Spätburgunder ein und Friedlinde legte ihr Buch zur Seite. Meist las sie Romane, Lebens- und Liebesgeschichten oft verbunden mit historischen Ereignissen. Selten hatte einer der Schinken weniger als sechshundert Seiten. Oftmals Serien von drei Büchern und mehr. Friedlinde hatte ihre Lieblingsautorinnen, las jedoch alles, was ihr geeignet erschien. Während Fridolin für ein ‚mittleres' Buch mindestens vier Wochen benötigte - schaffte Friedlinde dagegen einen achthundert-Seiten-Wälzer auch mal in drei bis vier Tagen.

An diesem Abend also Komödie. Ein Stück, das sie vor vielen Jahren einmal, während ihres ersten gemeinsamen Urlaubs in Bayern, als Bühnenstück live erlebt hatten. Wobei sie damals einige Probleme mit dem zutiefst oberbayrischen Dialekt gehabt hatten. Heute ging es um die neuinszenierte Filmversion jenes Stückes - der urbayrische Klassiker: „Der Brandner Kasper und das ewige Leben".

Schon während des Filmes entwickelte sich diesbezüglich ein Gespräch zwischen den beiden, was eher selten vorkam:

Friedlinde fragte, was das Wort Boandlkramer bedeuten solle.

Mit Boandl sind Beine oder Gebeine, ja besser noch Knochen gemeint, so Fridolin. Es gäbe ja auch den Ausdruck: Knochenmann. Und der Kramer sei wohl einer der mit allerlei Zeugs handelt.

„Knochenhändler - ist ja wohl ziemlich schräg. Obwohl das zu diesem schrägen Film passen würde."

Fridolin suchte auf dem Handy. „Also im Netz findest du unter Kram: Altware – naja, wäre gar nicht so falsch. Dann: Plunder, Ramsch, Trödel, Gerümpel..."

„Ist gut, ist gut. Demnach ist der tote Mensch nur noch Kram, Altware, den der Tod noch irgendwie verwerten kann."

„Nun ja: so schlecht ist diese Formulierung gar nicht. Wir wissen ja nicht, wie und auf welche Weise der Mensch nach dem Tod ‚verwertet' wird."

„Mann, das war ein Witz – wie diese ganze makabre Komödie!"

Wortlos folgen sie eine Weile dem aberwitzig dargestellten Geschehen. Wie der listige Kaspar Brandner den einfältigen Boandlkramer, sprich Tod, mit Kartenspiel und Schnaps einseift, so dass dieser am Ende dem Irdischen zwanzig weitere Lebensjahre zugesteht. Kommentar Fridolin:

„Ja, das wär doch was, dem Tod noch einige Jahre abgewinnen zu können."

„Typisch Fridolin", meinte Friedlinde. „Durch Betrug und Trickserei das Leben verlängern wollen."

„Was heißt schon Trickserei oder Betrug – wenn sich der Tod so einfach einseifen lässt, ist er ja selber schuld."

„Ja einseifen mit Schnaps bis zum Umfallen. Und dann noch schummeln beim Kartenspiel. Leb du gesund und anständig, dann wirst du auch auf ganz natürliche Weise neunzig."

„Naja, dann würd ich ihm halt noch zehn weitere Jahre abluchsen, dem Boandlkramer. Allerdings müsste er mit mir Binokel spielen, und glaub mir, ich würde ehrlich gewinnen, ohne Tricks."

„Du und hundert! Da müsst ich ja auch so alt werden, weil alleine schaffst du das ja nie und nimmer".

„Wieso?"

„Weil du verhungern würdest ohne mich."

„Von wegen. Haben wir ja am Sonntag gesehen. Hat doch gut geklappt. Außerdem, ich würd mir halt so eine junge Hübsche her tun – nicht was du denkst: Zum Kochen und Putzen natürlich. Aber wenn ich sie jeden Tag ansehen müsste, sollte sie auch gut aussehen. Schließlich hebt das auch das Gemüt, wenn man so eine nette und schöne Frau um sich hat - was wiederum das Leben verlängern kann. Aber ganz ehrlich: Was würde das schon ausmachen wenn du einige Jahre vor mir gehen würdest, wenn wir uns dann da oben sowieso wieder begegnen würden. Wenn es so wäre wie hier im Film."

„Vergiss es. Alles nur Komödie. Erstens kommt der Tod nicht als menschliche Trauer-Gestalt daher und zweitens wirst du später, also ‚Danach', nicht wieder in deinem Garten herumspazieren, wie jetzt. Frei nach dem Motto: alles genauso wie hier, nur schöner und besser – und ohne alles Böse und Schlechte, was es in dieser Welt eben gibt."

Fridolin schmunzelte. „Warum denn nicht? Das wäre doch genau das, was wir alle möchten."

Friedlinde schüttelte den Kopf. „Das Paradies auf Erden und im Himmel! Träum du mal schön weiter. Mann! Weil du dann gar nicht erst sterben müsstest, wenn nachher wieder alles so wäre wie vorher. Kein Mensch weiß, was danach sein wird, und das ist auch gut so. Basta, wie unser Pizzabäcker zu sagen pflegt."

Basta, also Ende der Diskussion aus der Sicht von Friedlinde. Bereits etwas müde überlegte Friedlinde nach dem Filmende, ob sie noch weiterlesen sollte. Den Fernseher stellte sie erst mal leiser, doch nickte sie schon beinahe ein.

Sie hörten ein Klingeln an der Haustür.

„Wer kommt denn jetzt noch zu uns? Friedlinde kannst du nachschauen. Ich muss mal auf die Toilette."

Friedlinde gähnte. Türglocke?

In der Tür stand ein Mann in schwarzem Anzug. Teurer Stoff, der Schnitt war allerdings schon einige Jahre aus der Mode. Er war groß und schlank, um nicht zu sagen: klapperdürr. Aus einem sehr hageren Gesicht blickten zwei tiefliegende, dunkle Augen, mit traurig-müdem Blick. Die weißen Haare waren für Friedlindes Geschmack deutlich zu lang.

Grüß Gott. Seine Stimme klang weich und angenehm.

Grüß Gott.

Er verneigte sich sehr würdevoll.

Gestatten Sie, ich bin der Herr Tod. Roderich Tod. Ich sollte Sie abholen. Hätten Sie die Güte mit mir mitzugehen? Oder haben Sie gerade noch etwas sehr Dringendes vor?

Er lächelte verlegen, verlagerte seinen Stand auf das andere Bein. Ein ganz normales Bein, mit einem ganz normalen Fuß.

Friedlinde sah zu ihm auf, sah ihn durchdringend, ja beinahe verärgert an.

Ja! Äh – ich meine natürlich nein! sagte sie so bestimmend wie möglich.

Ähem, also – wie belieben?

Ich meinte, ich gehe nicht mit.

Ach – tatsächlich?

Ja! Ich möchte nämlich noch leben!

Aber meine Liebe, sagte er mit demselben freundlichen Tonfall wie zuvor. Das können Sie doch dann erst recht. Das hier ist doch nur die Vorstufe.

Er machte eine bedächtig lässige Schwenkung mit der Hand, um auf ihr Lebensumfeld anzuspielen, als wäre dies eher etwas Unbedeutendes.

Trotzdem. Ich gehe nicht mit.

Er deutete daraufhin eine galante Verbeugung an, zeigte eine bedauerliche Miene und blieb bei seinem Tonfall.

Schade. Er sah sie mit diesen traurig-müden Augen bedauernd an. Aber macht nichts. Komme ich bei passender Gelegenheit wieder. Auf Wiedersehen, meine Liebe.

Auf … Friedlinde sah ihm etwas verstört nach, wie er die Straße lang ging und plötzlich verschwunden war.

Wer war es denn, Friedlinde?

Ach, irgendein Hausierer.

Und was wollte er?

Der wollte mir ein Himmelbett verkaufen.

Ein Himmelbett. Ach. Na ja, probeliegen hätte man ja mal können.

Probeliegen – im Himmelbett! Mit dir! Ich glaube…

Sie unterbrach sich selbst mit einem ausgedehnten Gähnen.

Was glaubst du? Doch nicht etwa, dass wir dafür schon zu alt wären.

Wer weiß – noch ein Gähnen. Vielleicht eher zu jung. Außerdem glaube ich, dass dir der Film und der Schnaps und das Kartenspiel zu Kopf gestiegen sind.

Kommt er wieder?

Wer?

Noch eine sperrangelweite Unterkieferüberdehnung, als wolle sie beim Gähnen die gesamte Raumluft auf einmal einsaugen.

Ach der. Irgendwann bestimmt. Aber hoffentlich nicht so bald.

Fridolin kam inzwischen in seinen Filzpantoffeln mit Edelweißstickerei vom Flur ins Wohnzimmer geschlurft.

„He Friedlinde, hast du eben etwas gesagt?“

Ihr Buch lag unberührt auf dem Couchtisch.

„Oder etwa schon geschlafen, geträumt?“

KALENDERHEILIGE

Die Armenierin griff nach dem herabhängenden Seil und sah ihre Gefährtin betroffen an. "Meinst du, es war Yinga?"

"Die meine schöne Schlinge aufgelöst hat, wie von Zauberhand? Weiß nicht."

Angeli zeigte Nerven, war innerlich aufgewühlt, aber auch wütend. Yinga, die große Unbekannte. Ein einziges Mal hatte Herkules ihren Namen vernommen. Urman erwähnte ihn, als er den Neuen in seine Aufgabe als Hüter eingewiesen hatte. Da schwang ein leiser Ton von Ehrfurcht mit in seiner Stimme, was Herkules gleich bemerkte. Nie hatte er sie zu Gesicht bekommen, Yinga, die wohl noch über Urman stehen musste. Seinem eben zugeteilten ‚Personal' gegenüber, den neu eingekleideten Empfangsengeln, musste der neue Guardian natürlich klarmachen, dass er über alles Bescheid wisse. Auch über Urman und Yinga.

Die Blondgelockte kauerte schmollend auf ihrer Rose. Der Unmut bezüglich der Seilnummer saß tief. Die Wand mit ihren blassgoldenen Unendlichschleifen zeigte sich wie immer unbeeindruckt. Reglos gegen jede Art von Vorwürfen oder gar Beschimpfungen, die ein angelernter Azubi-Engel gegen sie richtete. Armenische Bergziege und sardischer Hausesel hatten ihre Ohren auf Durchzug gestellt.

Cherubina benötigte einige tiefe Atemzüge um den Schreck zu überwinden. Sie ergriff ihr Seil, das sich wie ein gewöhnliches Seil anfühlte und auch so bewegen ließ. Also hängte sie sich daran und versuchte ein leichtes Schwingen. Alles ganz normal. Sie wollte Angeli auf andere Gedanken bringen. In scheinbar unbekümmertem Tonfall, so als wolle sie fragen: Hast du heute schon deinen Apfel gegessen, versuchte sie es mit:

"Du Angeli, wer ist eigentlich heute der ‚Superstar'. Also, ich meine der oder die Tagesheilige?"

"Bitte? Ach, Tagesheilige, du meinst den Heiligenkalender, den sich die da unten, also eigentlich nur die Kirchenoberen dort, zusammengebastelt haben. Hm, also die Madonna von unten - die ist es bestimmt nicht."

Da war sie wieder, ihre scharfe Zunge, ihre Schlagfertigkeit. Schnippisch setzte sie hinzu:

"Du hängst wohl immer noch sehr an deiner hausgemachten Frömmigkeit, Cherubinchen? Tss! Tagesheilige."

"Tu mal nicht so, Vatikanexpertin. Mich wundert es ohnehin, dass gerade du für diesen Dienst ausgewählt wurdest. Eine Investigativ Journalistin als Empfangsengel. Deine religiöse Einstellung kann es wohl nicht gewesen sein. Für dich sind Kirchen doch höchstens Kunsträume, aber keine Gebetsstätten."

"Da siehst du mal, dass das, was wir für gut und schlecht halten, hier anders bewertet wird. Vielleicht war es der Dank dafür, dass ich die falschen Priester und Kardinäle entlarvt habe. Mein Bericht lag jedenfalls der Redaktion schon vor. Aber sag mal, ich habe gelesen, dass in der Armenisch-Apostolischen Kirche am Tag neunmal gebetet wird. Also praktisch den ganzen Tag, stimmt das?"

"Die Strenggläubigen unter uns praktizieren dies. Wir sind die eigentlichen Urchristen. Unsere Anfänge beginnen mit den Aposteln Judas Thaddäus und Bartholomäus. Armenien ist der älteste christliche Staat der Welt. Das lernt bei uns jedes Kind."

"Und seit ewigen Zeiten bekriegt ihr euch mit den muslimischen Aserbaidschanern um Bergkarabach", ergänzte Angeli.

Cherubina versuchte eine Rechtfertigung.

"Ganz Bergkarabach war christlich und hat immer zu Armenien gehört. Die Muslime kamen erst im vierzehnten Jahrhundert nach Aserbaidschan. Sowjetrussland hat unser Land zerrissen vor einhundert Jahren. Und übrigens: Unser Land hat bereits 1918, als Armenien erstmals unabhängig war, das Wahlrecht für Frauen ab fünfundzwanzig Jahren eingeführt. Da mussten die Frauen in deinem Heimatland noch über fünfzig Jahre darauf warten. Aber lassen wir das, das ist nicht mehr unsere Welt. Also sag, wer ist nun heute der oder die Tagesheilige?"

"Also bist du immer noch fromm", spöttelte Angeli.

"Pragmatisch. Mit Frömmigkeit hat das nichts zu tun. Aber bei diesem Tölpel von unserem Torwächter, diesem Heiligenfan, bleibt einem ja nichts anderes übrig als mitzuspielen."

Wenn sich Herkules an der Pforte langweilte fragte er seine Gehilfinnen nach den Heiligengedenktagen ab. Ein Spiel, das seine Mutter täglich mit ihm getrieben hatte. Viele dieser Namenstage waren ihm tatsächlich im Gedächtnis verzeichnet. Doch den Wunsch seiner frommen Mama, die aus ihm einen Priester machen wollte, konnte er ihr, trotz ernsthafter Erwägungen nicht erfüllen. Dazu war er ganz einfach zu lernfaul. Boxen war seine Leidenschaft und die Olympiateilnahme sein großes Ziel. Mit vierzehn hatte er das Haus verlassen, um dem unerschütterlichen Glauben der frommen Frau, dass er berufen wäre, ein katholischer Priester zu werden, ein Ende zu bereiten. Sie glaubte dennoch sein Leben lang daran.

An der Pforte erschienen Menschen, um die sie sich kümmern mussten. Ihre von höherer Stelle anvertraute Aufgabe.

9

Fasnetsfreitag

Eislaufen

Antonia eilte zur Bushaltestelle um an ihren Arbeitsplatz im Reisebüro zu gelangen. Benjamin frühstückte mit den Kindern, unterhielt sich mit ihnen über den Rathaussturm, die Sternmärsche und das Aufstellen des Narrenbaumes. Seine Firma gab an diesen Fasnetsfreitag den Mitarbeitern frei. Lena half ihm beim Kochen.

Nachmittags ging er mit beiden Kindern in die Eishalle, da Lena sich ohnehin dort mit ihrer Freundin verabredet hatte. Um seine Große musste sich der Vater kaum kümmern, so hatte er Zeit für Linus, der noch sehr unbeholfen auf dem Eis daher wackelte, aber einen Riesenspaß hatte.

Sandra, die Mutter von Lenas Freundin, sprach ihn an, ob er denn schon einen neuen Job hätte. Sie standen zusammen am Rande der Eisfläche. Benjamin war überrascht. Er habe sich noch nicht entschieden. Dabei hielt er seinen Blick weiterhin auf Linus gerichtet, der soeben gestürzt war. Er überlege noch, er hätte Angebote, er werde sich demnächst entscheiden, rief er ihr zu. Er fragte sie nicht, woher sie wusste, … aber ihm war klar, wenn die Mutter darüber Bescheid wusste, dann wohl auch ihre Tochter. Sandra versuchte es pragmatisch herunterzuspielen: Es könne ja heutzutage jedem passieren, Hauptsache man bekäme schnell wieder Anschluss und müsse nicht zu lange herumhängen. Er nickte und eilte seinem Söhnchen zu Hilfe.

Bei passender Gelegenheit, kam Sandra wieder wie zufällig bei ihm vorbei. Er stand an der Bande und winkte Linus zu. Sie fragte nach Antonia, sie hätte sie länger nicht mehr gesehen.

Betont unbefangen antwortete er: Alles gut, Shoppingtour, Kaffeetrinken mit Jule. Sie zeigte ein zustimmendes Nicken. Beiläufig erwähnte sie, dass eine Bekannte glaubte, Antonia neulich in der Buddha-Ausstellung gesehen zu haben. Mit einer Gruppe von Leuten, aber sie habe sich da wohl getäuscht. Ihr lauernder Blick. Er versuchte sich nichts anmerken zu lassen. Er wisse von der Ausstellung und wolle mit Antonia auch noch hingehen.

Auch das mit Antonias Begleitjob macht also schon die Runde, dachte er. Niemand von den engen Freunden hatte ihn oder Antonia direkt darauf angesprochen, bis jetzt. Solange man funktioniert ist alles gut, alles nett. Man lädt ein und wird eingeladen, isst und trinkt und unterhält sich über die Kinder, über Urlaub, Haus und Garten, dies und jenes. Aber wehe, du kommst aus der Spur, schon bist du gebrandmarkt, wirst bemitleidet, bedauert. Genau das hatte er befürchtet.

Tarot

Antonia wirkte an diesem Freitag vor den Fasnetstagen im Reisebüro unkonzentriert, entgegen ihrer selbstbewussten Art. Viel war in diesen Tagen passiert. Da war Benjamins Zusammenstoß im Park. Dann der Vorfall im Arbeitsamt. Zugleich dachte sie an Johannes - diese erste Begegnung bei der Buddha-Ausstellung, den Skitag, den Kuss. Und an gestern - wie sie mit ihrem Mann und den Kindern beisammenstanden, während der Baum durch die Luft schwebte. Eine ganz normale Familie. Zugleich spürte sie Warnsignale. Die Grundfesten ihrer Welt waren ins Wanken gekommen. Alles was vor wenigen Wochen noch sicher geglaubt in die geplante Richtung zu gehen schien, war plötzlich ins Schlingern geraten. Sie und ihr Mann hatten alle Mühe den Kurs zu halten.

Nicht auszudenken, was hätte sein können, wenn der Mann mit dem Messer nicht nur an Ben vorbeigerannt wäre, sondern in seiner Verzweiflung zugestochen hätte. Benjamin sah ihn als Opfer, wie er ja auch sich selber einstufte. Da stellt ein Mensch im Auftrag eines Großkonzerns eine neue Software her, in China oder Amerika, oder im eigenen Land, wodurch andere, wie er, plötzlich überflüssig sind. Technik kontra Mensch, und der Mensch ist der Verlierer.

Schlimmer aber ist es für den Mann aus Syrien. Als Flüchtling im fremden Land, geduldet, weit weg von seinen Kindern und den Verwandten. In seinem Heimatland herrscht seit Jahren ein schrecklicher Krieg, an dem sich immer mehr Länder zu beteiligen scheinen. Und dann wird der Sohn getötet.

Antonia dachte an die Frauen. Die Frau des Sohnes, aber auch an dessen Mutter, die Frau jenes Fremden, die mit ihm in dieses Land geflüchtet war. Die Kinder und alles zurücklassend. Ein ganzes Leben. Immer sind es die Frauen, die das Leid tragen. Im Grunde tragen alle Frauen auf dieser Welt das Leid ihrer

Familien, das Leid der ganzen Welt. Und immer sind es doch auch die Frauen, die dafür sorgen, dass es irgendwie weitergeht. So wie sich eben diese Welt weiterdreht.

Sie musste unwillkürlich diese Gedanken abschütteln, diesem Fremden konnten sie nicht helfen. Hier war nun das Räderwerk der Gesetze in Gang gekommen. Viele Räder die sich dabei drehen würden, manchmal auch rückwärts. Und Ben hatte das seine dazu getan, den Mann so gut es ging zu entlasten. Auch die liebenswürdige Frau Ruhl, wie er seine Beraterin nannte, hatte für Herrn Abadi gesprochen. Er sei Opfer, nicht wirklicher Täter.

Sie wusste, wie sehr ihr Mann darunter litt, arbeitslos zu sein, dass sein sicherer und geregelter Lebensablauf aus den Fugen geraten war. Noch mehr aber litt er darunter, dass seine Frau nun durch ihren Nebenjob die vermeintliche finanzielle Lücke ausgleichen konnte. Ob sie es nun wahrhaben wollte oder nicht: Jeder Abend, an dem sie gut gekleidet und beinahe fröhlich aus dem Haus ging, versetzte ihm einen neuen Stich.

Antonia musste sich selbst zugestehen, dass sie diese Abende als Begleiterin überwiegend genoss. Für sie war dies mehr als nur ein Zusatzverdienst. Sie lernte neue Seiten des Lebens kennen.

Ihre Ehe hatte mit den Jahren etwas gleichmäßig Dahinplätscherndes angenommen. Das Jahr war ein Rundkurs mit immer denselben Stationen, denselben Höhen die sie erklommen, denselben kleinen Tiefen die es zu durchlaufen galt. Ihre familiäre Energie beanspruchten die Kinder in ihrer Entwicklung. Sie waren es, die nun für manche Überraschung sorgten. Und damit war auch schon alles gesagt: Sorge und sich sorgen. Das gewisse Etwas, das Prickelnde fehlte Antonia schon eine Weile.

Und ausgerechnet in dieser Situation lernte sie einen interessanten, gut aussehenden Mann kennen. Aber klar, unter normalen Alltagsbedingungen wäre das gar nicht erst passiert.

Oder doch? Immer noch war sie sich sicher, dass alles nur ein Spiel sei. Sie, die seriöse ‚Begleitdame' und auch das mit Johannes. Sie hatte doch alles im Griff.

Die Kollegin spürte Antonias Nachdenklichkeit, sprach sie so beiläufig wie möglich darauf an. Antonia verstand das Signal und versuchte die privaten Gedanken außen vor zu lassen. Ein junges Paar war zu Beratung und eventueller Buchung einer Reise nach Vietnam eingetreten. Bei Antonia waren sie an der richtigen Stelle.

Jule holte ihre Freundin im Reisebüro ab. Das war ihr gemeinsamer Nachmittag, da Ben wie immer an diesem Freitag zu Hause blieb. Antonia konnte sich hingegen nach der Arbeit mit ihrer Freundin einige Stunden vergnügen. Ein Bummel durch die Geschäftsstraßen, ein Cafébesuch, sich gegenseitig austauschen. Sie schlenderten durch den Wochenmarkt am Münster, wobei viele ihren Markstand bereits abbauten. Die bunten Hinterlassenschaften des gestrigen ‚Schmotzigen Dunschtig' waren teilweise noch in den Straßen zu sehen. Nach dem Rathaussturm blieb der Amtssitz des Bürgermeisters geschlossen, der Narrenbaum zierte nun den Rathausplatz.

„Ich hab Euch gestern erst sehr spät entdeckt. Da war Benjamin schon da. Es war ja wieder ein Riesenspektakel."

„Wie war die Beerdigung von Marc?"

„Na ja, wie halt Beerdigungen so sind. Hab übrigens deinen Johannes getroffen. Stell dir vor, Marc hatte mal Philosophie studiert im Nebenfach. Im selben Studiengang wie Herr Berger. So ein Zufall, nicht wahr."

„Wirklich? Schon seltsam. Habt ihr miteinander gesprochen?"

„Oh ja."

„Worüber denn?"

„Na, über Gott und die Welt. Und über Gautama Siddharta."

„Den Buddha?“

„Und über Beerdigungen und Tod, und das mit einem Religionswissenschaftler. War ganz schön tiefgreifend.“

Jule begann, während sie durch die Stadt schlenderten, zu berichten. An einer Ecke der engen Gassen stießen sie beinahe mit zwei Hästrägern zusammen, die daraufhin mit tänzelndem Gehabe, begleitet vom Fasnetsruf „Narri-Narro“ um sie herum schwirrten.

Jule war fröhlich, gut gelaunt und neugierig. Alles wollte sie wissen über Antonias ‚Problem Mann‘. Die Helikopterszene am Skihang bestätigte ihre Ahnung, dass sich zwischen den beiden etwas anbahnte. Jule kannte Antonia wie sie zu sagen pflegte in und auswendig. Seit der gemeinsamen Schulzeit hatten sie eine ganze Menge zusammen erlebt. Auch wenn die ‚geilen Dinger', die sie gedreht hatten, weniger wurden, nachdem die Freundin eine Familie gegründet hatte. Antonia war lebenslustig, forsch, auch frech und teils wagemutig, geradeheraus und ehrlich. Nie hatte sie ihre Freundin ängstlich erlebt. Dass Antonia in Bergers Armen den Kuss genoss, in jenem buchstäblich durch äußere Umstände angestoßenen Augenblick der innigen Nähe, ja dass sie sogar darauf einging, war für Jule einfach ein Zeichen der wieder erwachten Lebensfreude.

„Ein heißer Kuss, Mensch, da ist doch nichts dabei“.

Und überhaupt, wann, wenn nicht in diesen Tagen. Da sollte man den Spaß genießen, das sei schließlich der Sinn der Fasnacht. Jule sah ihre Freundin mit aufmunternd hellen Augen an. Antonia schüttelte den Kopf, versuchte sich zu rechtfertigen, dass dies alles nicht passiert wäre, wenn ihr Mann nicht arbeitslos wäre.

„Hätte, hätte, wäre, wenn…“ orakelte Jule und schüttelte lachend den Kopf. „Du lebst jetzt.“

Der Himmel hatte inzwischen weiß-graue Wolkenschiffe über der Stadt aufgefahren. Ein kalter Wind puschte durch die

Gassen. Die Freundinnen öffneten die Tür zu ihrem Lieblingscafé an. Laut ging es zu an diesem Tag, ganz gegen die sonstige gepflegte ruhige Atmosphäre. Ein kleiner Zweiertisch in einer Ecke neben dem Kachelofen war eben frei geworden. Nachdem sie sich ein wenig aufgewärmt hatten und der Cappuccino serviert worden war, zog Jule aus ihrer kleinen Handtasche ein Päckchen Karten. Überrascht, ja beinahe betroffen sah Antonia in Jules verschmitzt lächelndes Gesicht.

„Oh nein, lass das bitte!“ Antonia schüttelte heftig den Kopf.

Jule hatte das Tarot damals, als Teenager, für sich entdeckt.

‚Spielerei, die einem nur Flausen und Grausen in den Kopf setzt‘, so Antonia. Sie konnte und wollte sich nie damit anfreunden, dennoch hatte sie immer wieder mitgespielt. Oft lachten sie über die Deutungen, damals, als ihre Welt einem schmetterlingsleichten Spiel glich, dem weder kleinliche Kränkungen noch andere Katastrophen etwas anhaben konnten. Für Jule hatte das Spiel etwas Verruchtes, Mystisches und zugleich auch etwas Erotisches und Animalisches.

„Komm, ist doch nur ein Spiel. Wir werden unseren Spaß dabei haben. Und, vielleicht bringt es dich ja ein klein wenig weiter“, ergänzte sie neckisch.

Jule begann sogleich die Karten zu mischen.

„Nein, bitte. Das ist nichts als makabrer Scherz.“

Antonia sah sich unwillkürlich im Café um. Niemand kümmerte sich um sie in ihrer Ecke. Es wurde quer über die Tische geplaudert, gelacht und geschäkert, gestikuliert, Stühle gerückt. Ein ungewöhnlicher Lärmpegel in diesem Raum, in dem sonst ein eher sanftes Dahingleiten der Bewegungen und Gespräche vorherrschte.

„Sei keine Spielverderberin“, drängte Jule.

Sie schlug vor, mit drei Karten zu spielen und hielt Antonia die verdeckten Karten hin.

Antonia schüttelte halb lachend, halb unwillig den Kopf. Die erste stehe für faulen Zauber, die zweite für Gaukelei und die dritte und letzte dann wohl für Scharlatanerie.

„Nenne es wie du willst, aber zieh eine."

Ohne lange zu überlegen oder zu wählen zog sie, als ginge sie das Ganze gar nichts an, eine Karte und legte sie mit der Symbolik nach oben auf den kleinen Tisch.

Es war die Karte Nummer 7, der Wagen. Sie zeigte einen Mann in einem Triumphwagen, der von zwei Sphinxen, wie von Pferden, gezogen wird. Eine von ihnen war weiß, die andere schwarz.

„Na, große Magierin", höhnte Antonia, „was siehst du nun: dass alles weitergeht wie bisher, immer nach vorne schauen, das Rennen gewinnen?"

Antonia versuchte es mit Spott und Ironie. Jule hob die Hand zum Zeichen, sie solle sich etwas gedulden. Sie nahm das Handy zu Hilfe und suchte im Netz. Antonia verschluckte sich beinahe vor Lachen und setzte die Tasse wieder ab.

„Ich fass es nicht. Du hast keine Ahnung von diesem Spiel, hast du nie gehabt – und jetzt spielst du es mit dem Internet?"

„Warum nicht?" meinte Jule grinsend, das Internet wisse alles.

Jule suchte und fand:

„Ah, hier: Der Wagen."

Sie interpretierte recht frei verschiedene Deutungen, dass der Wagen eine Möglichkeit sei, zurückfinde in den ‚Heimathafen'. Der Weg sei beschwerlich und es gäbe Einflüsse, welche sie von ihrem vorbestimmten Ziel abbringen könnten.

Antonia sah sie erstaunt an. „Und, was sonst?"

Es könnte um Aufbruchsstimmung gehen, die Zügel in die Hand nehmen und nach vorne zu schauen. Verantwortung für sich selbst übernehmen. Und in Sachen Liebe, Jule hatte die Stimme etwas erhoben, stehe der Wagen für den Partner oder eine Beziehung. Der Wagenlenker sei im Begriff aufzubrechen, wüsste aber noch nicht wohin. Man könne es so deuten, als schwanke er zwischen partnerschaftlichen Beziehungen.

„Und warum eine weiße und eine schwarze Sphinx?", wollte Antonia nun wissen.

Jule musste erneut suchen, dann las sie vor:

„Die Sphinxen stehen für die Pole zwischen denen man sich entscheiden muss. Die Sphinx ist ein Fabelwesen, das Reisenden auf ihrem Weg Fragen stellt, die richtig beantwortet werden müssen. Bei falscher Antwort werden sie gefressen. Beim Wagen geht es darum, die Fragen des Lebens für sich richtig zu beantworten. Der Wagen ermuntert den Fragesteller, auf den Einklang mit sich selbst zu achten und den Mut zu entwickeln, bekannte Positionen zugunsten eines Neubeginns zu verlassen."

„Na, dann ist ja alles klar", meinte Antonia eher sarkastisch.

„Ja? Bist du da so sicher? Ich meine, ich frage ja nur und darauf kommt es an, dass du sicher bist und die richtige Antwort weißt. Sonst wirst du gefressen", setzte sie neckisch hinzu.

„Okay, zieh die Zweite", forderte abschließend Jule ihre Freundin auf, denn sie hatte beim Weiterzappen im Internet erkannt, dass es zu dieser Karte noch sehr viel mehr Deutungen gebe, die sie jetzt aber unmöglich einbringen konnte.

Antonia zögerte, aber etwas in ihr hatte sie neugierig gemacht und sie zog die zweite Karte. Die Nummer 6, die Liebenden.

„Oh", entfuhr es der Kartengeberin. Sie grinste dabei. Die Freundin streckte ihr die Zungenspitze heraus.

Die Karte die Liebenden zeigt einen nackten Mann und eine nackte Frau. Beide stehen etwas voneinander entfernt, so dass sie sich gerade die Hände reichen könnten, dies aber nicht tun. Was bei genauem Hinsehen auffällt: Während der liebende Mann die Frau betrachtet, blickt sie nach oben zu dem Engel, der über den beiden Liebenden wacht. Jule las wieder aus dem Internet: Hinter der Frau befindet sich ein Obstbaum mit einer Schlange: das Motiv der Sünde und der Versuchung. Aha! Hinter dem Mann zeigt sich ein Baum, der an einen brennenden

Busch erinnert. Das Feuer steht für Erkenntnis, aber auch für Lust und Zeugungskraft. Doch ohne die Verbindung zum Weiblichen kann keine Schöpfung entstehen. Beide bedingen also einander und beide beeinflussen sich gegenseitig. Das Yin und Yang-Prinzip, fügte sie von sich aus hinzu.

Antonia hatte wieder die erotische Darstellung der Liebenden aus der Buddha-Ausstellung vor Augen. Diese innig umschlungenen Paare, jeweils in vollkommener Vereinigung, die Welt und sich selbst vergessend. Doch dann schüttelte sie den Kopf:

„Das ist doch Binsenweisheit, das trifft doch auf jedes Liebespaar oder Paar zu."

„Ja, aber warte mal. Haha, hier steht was: Auch wenn ihr vielleicht unter nicht ganz unschuldigen Umständen zusammen gekommen seid, auch wenn allerlei Heimlichkeit oder Verführung im Spiel war: Eure Liebe ist kein ‚Sündenfall'. Du bist nicht Eva, der Prototyp der Sünderin. Ihr seid ganz einfach ein verliebtes Paar, mit allen Stärken und Schwächen, die wir Menschen nun einmal haben."

Ehe Antonia etwas erwidern konnte, meinte Jule:

„Triff dich mit ihm, am besten bei mir, da seid ihr ungestört."

„Blödsinn, ich bin überhaupt nicht verliebt!", entfuhr es Antonia, „das ist billigste Wahrsagerei, in die Kugel schauen, Handlinien lesen, alles wie ich schon sagte: Fauler Zauber, Jahrmarktsgaukelei."

„Okay", gab Jule zu, und suchte weiter. Hier steht: „Der Berg im Hintergrund der zwei Liebenden steht für die Hochs und Tiefs sowie für die Unterschiede und Gegensätze, die es in jeder Beziehung gibt und zeigt an, dass eine Partnerschaft immer ein Gleichklang von Geben und Nehmen ist."

„Noch so eine gelehrte Allerweltserkenntnis."

Jule ließ sich nicht beirren, interpretierte: Die Liebenden als Situationskarte soll dazu motivieren, die natürliche Ordnung der Dinge so zu akzeptieren, wie sie ist und dabei auf den Verstand genauso wie auf das Gefühl zu vertrauen."

„Nett. Haben wir jetzt alles durch?" Antonia war ungehalten.

Okay, bei der ersten Karte habe es ja zufällig nicht schlecht funktioniert, ihr System. Aber sie könne doch nicht allen Ernstes ein paar Weisheiten herausziehen, die in irgendeinem Zusammenhang, den sie ja gar nicht kenne, zu einer Karte stünden.

„Was sagt das jetzt: Alles erlaubt was das Gefühl an Lockungen verspürt, und dann wieder verboten durch den Verstand? Also das übliche Hin-und Hergerissen sein. Prototyp der Eva! Jede Frau ist doch ein Prototyp der Eva."

Jule blätterte virtuell weiter. Sie hatte noch etwas gefunden, das sie Antonia aber nicht vorlas: Es komme selten vor, doch auch Verliebte würden von Zeit zu Zeit falsche Entscheidungen treffen. Tritt dieses negative Szenario ein, drohen in nicht allzu ferner Zukunft unglückliche Liebe und emotionales Leid.

Vielmehr antwortete sie: „Ja gut, zugegeben, das war jetzt nicht so prickelnd. Aber: Immerhin hast *Du* gerade *diese* Karte gezogen."

Sie reichte Antonia den Kartenstoß.

„Also die letzte."

„Ach komm, lass es gut sein."

„Nein! Wenn schon, denn schon."

Die Bedrängte zog die dritte Karte und erbleichte, auch Jule erschrak. Antonia war aufgesprungen, hätte dabei den Stuhl umgeworfen, wenn ihn nicht jemand hinter ihr gehalten hätte. Sie wirkte für einen Augenblick wie geschockt. Doch schnell hatte sie sich wieder unter Kontrolle, sah sich im Raum um, niemand nahm von ihrer Reaktion Notiz. Auch der Stuhlfänger hatte sich längst wieder seinen Freunden zugewandt. Antonia setzte sich wieder und sah auf die Karte. Es war die Karte Nummer 13: Der Tod.

Die Karte zeigt einen Ritter in Rüstung. Im geöffneten Visier sieht man einen Totenkopf. Er reitet auf einem weißen Pferd dem Sonnenaufgang entgegen. Vor den Hufen des Pferdes liegt ein toter König, um den zwei Kinder trauern. Ein betender Mensch steht daneben, scheint den Tod beschwören zu wollen.

Jule begann sofort zu lesen: Der Tod sei ausdrücklich keine negative Karte. Die Todeskarte stehe vielmehr für das Ende einer Situation, verbunden mit der Option auf einen Neubeginn. Das weiße Pferd sei Symbol für Wiedergeburt und der Sonnenaufgang im Hintergrund weist darauf hin, dass auf jeder Nacht ein neuer Morgen folgt.

Antonia sagte nichts.

Jule fuhr nach kurzem Herumsuchen fort: „Hier – noch einmal: Diese Karte deutet nie den eigenen Tod und nur sehr selten den Tod eines anderen Menschen an. Die Karte ‚Der Tod' zeigt, dass etwas vorbei ist, es geht um das Loslassen. Aber allem Negativen steht auch gleichzeitig etwas Positives gegenüber."

Antonia wirkte angekratzt: „Was noch? Ach, ich will es gar nicht wissen."

Jule überflog einige Sätze still: Würde der Tod als Beziehungskarte gezogen, sei eine bestehende Liebesbeziehung nicht mehr zu retten. Der ‚Tod' beende eine Situation, an die man sich gewöhnt hatte. Der Abschied, den diese Tarotkarte anzeigt, sei mitunter traurig und schmerzhaft.

Laut aber las Jule weiter: „Der Tod als Astrokarte wird dem Tierkreiszeichen Skorpion zugeordnet. Ist nicht auch Benjamin Skorpion?"

Jule wollte weitersuchen, aber Antonia unterbrach sie nun heftig. Es sei genug.

„Bitte Antonia ärgere dich nicht, es ist doch nur ein Spiel."

Ja - aber ein Spiel auf ihre Kosten, ein falsches Spiel, das nur Schreckensszenarien hervorrufe, pure Scharlatanerie. „Wir können das nicht, dieses Spiel, du nicht und ich nicht!"

Beide mussten inzwischen immer lauter reden um den Lärmpegel zu durchdringen. Es schien, als erzeugte der Raum ununterbrochene Eruptionen von Gelächter, Geschäker, heiteren Ausrufen und wilden Schreien. Worte, Silben, halbe Sätze spritzten kreuz und quer durcheinander.

Jule bat ihre Freundin noch einmal, es nicht so ernst zu nehmen. Es sei doch wirklich nur ein Spiel, ein Spiel, wie sie es früher oft gespielt hätten. Klar kenne sie diese ganzen Zusammenhänge des Spieles nicht so gut. Dazu müsste man es regelrecht studieren bei all den Konstellationen und Möglichkeiten.

Jule redete, beschwichtigte, entschuldigte sich. Selbst der größte Magier oder die beste Kartenleserin könnten bei diesem Spiel mit ihren Deutungen auch daneben liegen. Geradeso, fügte sie mit unsicherer Miene an, könne sie als dummer Laie aber auch mal ins Schwarze treffen.

„Ins Schwarze!" rief Antonia und deutete auf den Tod. Ja. Volltreffer.

Jule entschuldigte sich nochmals, wollte einen versöhnlichen Abschluss ihres gemeinsamen Nachmittags erzwingen. Sie steckte die Karten weg, wechselte das Thema. Sie versuchte ihre Freundin aufzuheitern mit Erinnerungen an Jugendabenteuer und gemeinsamen Fasnetserlebnissen, doch konnte sie Antonia keine unbeschwert heitere Stimmung mehr abgewinnen.

Auf der Rückfahrt mit dem Bus sah Antonia gedankenverloren aus dem Fenster. Es war das Tarot Spiel. Obwohl sie das Spiel von früher kannte, war sie aufgekratzt, verwirrt wie noch nie. Sie versuchte sich gegen den Gedanken zu wehren, dass dieses Spiel vielleicht mehr sein könnte, als dieses stümperhafte Deuteln von Jule und ihr hergab. Eine Ahnung, eine dunkle, Blume begann sich zu entfalten. Sie gab ihr leise zu verstehen, dass dieses Kartenspiel das ganze menschliche Spiel des Lebens widerspiegelt. Nicht bloß das jetzt und hier um sie herum, sondern die ewig wiederkehrenden Schicksale der Menschen. Das ewige auf und ab, in tausendfältigen Konstellationen, wird hier in schier unbegrenzten Deutungsvarianten zum Spielball von Magiern.

Diese Karten, mit all ihren geheimen Symbolen, den vielen versteckten Zeichen, kannten alle Wirren und Lebenswege der Menschen. Und kein Mensch, weiß er auch noch so viel über dieses Spiel, wird je alles richtig deuten können. Ja nicht einmal mehr jener, der dieses Spiel erfunden hatte. Wie auch die Wissenschaftler nie die Welt in ihrer Vielschichtigkeit, in all ihren Beziehungen und Konstellationen zueinander, jemals vollständig enträtseln würden. Das könnte wohl nur ein Gott. Und zwar jener eine und einzige Gott, oder wie man ihn auch nennen möge, der über Buddha, Jesus, Shiva, Mohammed, Zarathustra, und wie sie alle heißen mögen, steht.

Johannes kannte das Zeremoniell. Die Häkeltischdecke lag bereits auf dem runden Tisch. Die Wärme des Kachelofens, den Oma Hilda immer noch selbst bestückte und anzündete, reichte vom Wohnzimmer auch in den Wintergarten.

Reichliche Grünpflanzen zierten die gläsernen Wände um diese Jahreszeit. Neben teils blühenden Orchideen auf einem stufigen Pflanzenregal streckte ein kleiner Drachenbaum seine spitzen Lanzenblätter in die Höhe. Diesen wiederum überragte eine große bis zur Decke reichende blaue Passionsblume, die mit ihren dunkelgrünen Blättern an einem Gestell hochrankte. Ihre märchenhaften, violetten Blüten, umgeben von einem weißen Strahlenkranz würden allerdings erst im Sommer wieder zu bewundern sein. Für jeweils nur einen einzigen Tag. Blickfang war in diesen Tagen eine hellblau blühende, ‚Aufrechte Himmelsblume'.

‚Thunbergia erecta', wie Frau Hilda mit einem schelmischen Lächeln gegenüber ihrem Neffen betonte.

Der Neffe amüsierte sich über den Namen dieser Topfpflanze. "Vielleicht ein bisschen übertrieben". Doch liebte und bewunderte er ihre zauberisch-schönen Blüten.

Und noch eine Staudenpflanze, die Oma Hilda mit großer Sorgfalt pflegte, stand in schönster Pracht: Vor dem Wintergarten, windgeschützt auf der Terrasse, prahlte im Halbschatten eine Japanische Kamelie mit ihren Blüten im legendären Kamelien Rot. Vor einem Jahr hatte Johannes der blütenliebenden Oma beim Umtopfen dieses Prachtstückes in einen größeren Kübel geholfen.

Es gibt nichts schöneres, als an einem kalten Februartag mit grauen Wolken über der Stadt, im warmen Wintergarten einen guten Ceylon-Tee zu genießen, so Oma Hilda. Ob mit der Familie, mit ihren Freundinnen oder eben einmal im Monat allein mit dem Enkel Johannes. Schon zu Beginn seines Studiums war sie bestrebt, diese kleine Vertrautheit in Form einer Teestunde beizubehalten. Oma Hilda zeigte sich an allem interessiert, was mit Johannes zusammenhing. Im Gegensatz zu ihrem Bruder Gori fand sie sein vielfältiges Studium der Kulturanthropologie und Religionswissenschaft, seine Studien über Philosophie äußerst wissenswert.

Zur Tradition gehörte das gemeinsame Tisch decken mit Meissener Porzellan, dazu leise Musik von Mozart, aber auch mal leise asiatische Klänge, die Johannes mitbrachte. Diese musikalische Ouvertüre galt der Einstimmung. Anschließend folgte reger Gesprächsaustausch zwischen Oma und Enkel. Über aktuelle Familienangelegenheiten, allgemeine Tagesthemen, Politik, Religion und eben seine Gedanken zur Dissertation. Wobei Oma Hilda das heikle Thema Nicole zunächst wohlweislich außen vor ließ. Das war ihrer Meinung nach abgeschlossen. ‚Man muss nach vorne sehen'.

„Da ist doch diese Ausstellung buddhistischer Meisterwerke im Kunsthaus, warst du schon dort?" Was Hilda Halm bereits wusste, auch dass eine schöne Frau ihn und seinen Professor begleitet hatte.

„Ja mit Professor Baum."

„Ach ja. Ein angenehmer Mann. Gelehrter Gentleman. Ihr beide allein?"

Hilda, die von ihren Freundinnen seit fünfzig Jahren „die Kommissarin" genannt wurde, sah ihn mit ihrem berühmt-berüchtigt lauernden Blick an. Inspektorin Hilda oder eher Miss Marple.

Er, schnelles Kombinieren, Stirnrunzeln, Lächeln:

„Nein, er hatte eine Begleitung dabei, nette, kluge Frau. Und noch zwei befreundete Paare", fügte er betont unbefangen hinzu. „Ja, es war sehr interessant."

„Meine Quelle meinte, sie hätte besser zu dir gepasst als zum Professor."

„Sie? Sagt deine Quelle. Hast du jemand auf mich angesetzt, Frau Kommissarin?“ Er sah sie amüsiert an.

„Aber sicher, man muss ja auf dem Laufenden sein, was der Enkel so treibt.“ Er wusste wie es gemeint war.

„Also mal im Ernst: Was macht die Liebe, das Leben geht bekanntlich weiter.“

„Wie kommst du darauf? Ziehst du etwa Schlüsse zu jener Begleitung von Professor Baum?“

„Na ja, ein junger Mann in deinem Alter…“

Er konnte so jungenhaft lächeln, so unschuldig und doch spitzbübisch. Das hatte er schon als Erstklässler gut gekonnt.

„Liebe ist zurzeit nicht das Thema, das mich beschäftigt.“

„Entschuldige Johannes, dass ich das Thema anspreche, aber ich bin in diesem Fall einfach auch ein bisschen neugierig.“

Hilda Halm druckste ein wenig herum.

Der Neffe sah sie erwartungsvoll an. „Noch etwas? Nun?“

„Anscheinend bist du ein besonderer Blickfang für meine Informantinnen. Ist ja auch kein Wunder bei einem attraktiven jungen Mann.“

„Oma, was ist los? Oder, um es in deiner Krimisprache zu formulieren: Spuk es aus. Nein, das ist zu profan: Hätten Sie die Güte einen sachdienlichen Hinweis preiszugeben?“

Sie lachte. „Du weißt, ich spioniere dir nicht nach, das liegt mir wirklich fern.“

„Ich liebe Ihre Art, Frau Inspektorin, die Dinge auf den Punkt zu bringen – natürlich wie immer erst nach einer kleinen, ein wenig beunruhigenden Spannungsspitze. Also?“

Ihr Gesicht, das für ihr Alter nur wenige unauffällige Falten zierte, schenkte ihm ein entspanntes Lächeln. Dann folgten einige Tropfen Information: „Mir wurde zugetragen, dass du mit einer schönen Frau in sehr eiliger Form das Gasthaus Schnitzelhof verlassen hättest, geradezu eine Art Flucht. Wusste gar nicht, dass du da einkehrst, ist doch eigentlich nicht deine bevorzugte Lokalität.“

„So, so. Wurde dir zugetragen. Miss Marple, Miss Marple! Du und deine Buschtrommeln. Dann hoffentlich auch mit der Information, dass dies lediglich eine situationsbedingte Notmaßnahme war, eine bescheidene Hilfe vor einem betrunkenen Wichtigtuer, der die Frau beleidigt hatte."

„Mein Enkel, der Gentleman. Oder anders gesagt: Du warst wohl ihr Schutzengel."

Den Schutzengel bemühte die Oma gerne. Als Johannes den Führerschein in der Tasche hatte, gab sie ihm für die erste Fahrt mit auf den Weg, er solle nie schneller fahren als sein Schutzengel hinterher kommen könne. Weder neu noch originell, eben fürsorglich.

„Du warst also zufällig dort? War es dieselbe schöne Frau?"

„Fragen über Fragen, Oma. Dieselbe welche?"

„Buddha, Kunsthaus."

Erstauntes Kopfschütteln des Befragten, das Oma Hilda jedoch nicht als Verneinung deutete, im Gegenteil seine Mimik zollte eine gewisse Anerkennung.

„Das ist ja schon unheimlich. Alte-Damen-Mafia lässt grüßen. Trotzdem möchte ich dich bitten, Frau Kommissarin, die Frage zurückzuziehen. Zumindest vorläufig."

Johannes Berger - Notizen

Schutzengel

Den Schutzengel findet man bereits in der Antike. In der römischen Religion wurden persönliche Schutzgeister Genien genannt, in der griechischen Mythologie Daimon. Ursprünglich waren die Genien Ahnengeister, die über ihre Nachkommen wachten. Aus diesen entwickelten sich persönliche Schutzgeister, denen man opferte und von denen man sich Hilfe in schwierigen Lebenssituationen erhoffte.

Der biblische Schutzengelglaube verbreitete sich ab dem 15. Jahrhundert. (Gegründet z.B. auf Psalm 91: … 'denn er befiehlt seinen Engeln, dich zu behüten auf all deinen Wegen'.) Engel ausgesandt, denen zu helfen, die das Heil erben sollen. Dies sollte zum Ausdruck bringen, dass die sichtbare Welt eine unsichtbare Tiefendimension besitzt und dass jeder Mensch vor Gott einen unendlichen Wert besitzt.
Luther, wie auch Calvin standen dem Schutzengelglauben skeptisch gegenüber.

Islam - Hafaza *Hafaza oder Schutzengel sind nach islamischer Tradition Helfer-Engel, die mit der Aufgabe betraut sind, Menschen gegen Dschinn und böse Geister zu schützen. Nach islamischem Glauben befinden sie sich vor und hinter jedem Menschen. Vier Hafaza wachen als Schutzengel über ihn, zwei am Tage und zwei während der Nacht.*

Im Buddhismus werden Bodhisattvas (Erleuchtungswesen) als Schutzheilige verehrt. Man bringt ihnen Opfergaben dar und kann sie um Schutz, Trost und Hilfe bitten. Zum Beispiel: Manjushri, verkörpert den Bodhisattva der Weisheit und der Erkenntnis. Er ist der Schutzpatron der Schüler und Studenten. Avalokiteshvara der Bodhisattva des universellen Mitgefühls, gilt als Schutzpatron Tibets.
Schutzengel – Ahnengeister? Sind unsere Ahnen unsere Schutzengel?

Eine Befragung 2005 ergab, dass zwei Drittel der Deutschen an Schutzengel glauben. Dies gilt als „Beweis für die Sehnsucht nach persönlicher Fürsorge". Die Tatsache, dass mehr Menschen an Schutzengel als an einen Gott glauben, wird damit begründet, dass Engel ‚greifbarer' als Gott seien.

In der Sinus-Studie über Katholiken in Deutschland wurde in der Gruppe der eher kirchenfernen Konsum-Materialisten ein stärkerer Schutzengelglaube sowie Interesse an Esoterik und Spiritismus festgestellt.

10

Fasnachtssamstag

Marionetten

Die Kinder schliefen noch. Antonia und Benjamin saßen beim Frühstück. Kaffee und Tee, Toast, Hüttenkäse und Honig. Benjamin war noch mit dem gestrigen Tag beschäftigt. Am Abend hatte er nichts von dem Gespräch mit Sandra erwähnt, obwohl die augenblickliche Situation dringend einer Klärung bedurfte. Er wusste nicht, wie er mit dem Ärger umgehen sollte, ohne dass daraus ein Streit erwachsen würde. Antonia kam ebenfalls missgestimmt nach Hause, ganz entgegen ihrer meist fröhlichen Stimmung nach einem Freitagnachmittag mit Jule. So beschäftigten sie sich, jeder in seiner eigenen Welt, mit den Kindern.

Antonia schenkte sich Kaffee nach, ihr Mann sah aus dem Fenster, beobachtete das emsige Treiben am Vogelhäuschen. Er hatte am Abend zuvor Sonnenblumenkerne nachgefüllt. Sein Missmut lag wie ein heißes Eisen auf dem Tisch. Antonia fasste es nun trotzig an:

„Ich kann ja verstehen, dass dich das sehr mitnimmt, dass du deine Arbeit verloren hast, aber …“ Er unterbrach sie:

„Was?“

„Du lässt uns alle darunter leiden.“

„Ich sehe manche Dinge inzwischen eben anders.“

„Anders?“ Antonia musste sich zurückhalten.

„Ja, anders. Dieses ganze Lebensspiel. Erst wenn du mal raus bist, hast du die Möglichkeit, das Spiel zu durchschauen.“

„Welches Spiel?“

„Wir sind alle Marionetten, andere ziehen die Fäden.“

Sie sagte nichts, doch ihr Unverständnis seinen ‚Hirngespinsten' gegenüber wuchs.

„Wir rennen, streben und eifern, und dafür bekommen wir Geld als Belohnung oder Geldentzug zur Bestrafung. Auch unsere Kinder erziehen wir in dieser Weise. Verstehst du denn nicht: Es ist ja so viel leichter, mitzumachen, mit dem Strom zu schwimmen. Nicht nur für uns einfache Leute, selbst die Regierenden sind im selben Boot. Es ist alles inzwischen ein Selbstläufer, ein Perpetuum mobile."

„Äh, Benjamin, was wird das denn jetzt, Gesellschaftskritik? Mag ja sein, es ist ein Spiel, aber *wir* haben genug Möglichkeiten, es in *unserem* Sinne zu gestalten, mitzuspielen. Andere haben dieses Glück nicht, erst neulich haben wir darüber gesprochen. Mensch! Das haben wir doch bisher so gut hingekriegt, mach dir doch nicht solche Gedanken."

Ben musste es loswerden. Alles, was an und in ihm zog und fraß. Alles, was sich angestaut hatte durch all seine Grübeleien, sein Selbstmitleid, musste aus ihm heraus.

„Wir sind getrieben von einem System, das wir selbst geschaffen haben und aus dem wir nun nicht mehr herauskommen. Selbst wenn dein eigenes winziges Daseinsrädchen aus dem großen Getriebe herausgesprungen ist – so wie bei mir – wirst du alles daransetzen, dass du wieder reinkommst, wieder dabei bist, weil wir einfach nicht anders können. Weil es eben besser zu sein scheint, als wenn man als ein funktionsloses Abstellrädchen still danebensteht."

Sie verstand seinen Hilfeschrei, versuchte einzulenken. „Bitte hör' auf mit diesen trüben Gedankenspielen, das zieht dich nur noch weiter runter. Du erwürgst geradezu dein eigenes Leben. Sieh es mal so: Klar, es gibt Höhen und Tiefen, das ist ganz normal. Aber es macht auch Spaß, das Leben, es gibt so viel, über das man sich jeden Tag freuen kann. Und seien es nur die Vögel im Garten und am Vogelhäuschen."

„Ich glaube eher, dass wir alle mitmachen, weil wir Angst haben vor dem Anderssein."

„Quatsch, wir machen mit, weil es uns ein sehr gutes Leben ermöglicht. Benni, jetzt krieg dich mal wieder ein, oder willst du dich dein ganzes Leben lang mit trübsinnigen Grübeleien herumschlagen und uns alle damit vergiften? Es ist bloß eine Phase, die geht vorbei. Du wirst wieder einen Job bekommen und alles geht normal weiter."

Er nickte und fügte leise an:

„Ja … das befürchte ich ja gerade."

Aikam Abadi

Gregor Wacker besuchte Herrn Abadi im Untersuchungsgefängnis. Frau Abadi hatte ihn angerufen, angstvoll, verzweifelt und voller Trauer über den Tod des Sohnes in Folge der türkischen Invasion. Seit vier Wochen rückte die türkische Militäroffensive gegen die Kurden im Nordwesten Syriens vor. In diesen Tagen begann der Angriff auf Afrin, in der mehrheitlich Kurden wohnten. Im Zuge der Kampfhandlungen rechnete die internationale Gemeinschaft mit zehntausenden Kurden, die aus der Stadt fliehen werden.

Wacker kannte Aikam und Liyana Abadi seit den ersten Tagen ihrer Ankunft, nach der monatelangen Flucht aus Syrien.

Obwohl ihn die Aufgaben als Ersthelfer überfordert hatten, hielt er dennoch persönlichen Kontakt zu den beiden. Auch Abadi erkannte die Absicht Erdogans, die Gelegenheit zu nutzen um die Kurden ‚zu vernichten', wie er es bezeichnete. Er und seine Frau waren gezwungen von der sicheren Insel Deutschland aus mit anzusehen, was da auf ihre Familien zukam. Und sie mussten mit dem Schlimmsten rechnen.

Nachdem der Minijob für Gartenarbeit im Winter eingestellt wurde, folgten für Aikam Abadi frustrierende Gänge zum Arbeitsamt. Warten, oft stundenlang auf die Anzeigetafel schauen, auf digitale Zahlen, welche immer noch nicht mit der eigenen, gezogenen Zahl übereinstimmten. Manchmal wurde er, als einer der Letzten nach Hause geschickt, ohne zur Beratung vorgelassen zu werden. Dann die Nachricht vom Tod des Sohnes.

„Aber warum, Herr Abadi, wieso diese schlimme Sache? Mit dem Messer auf die Frau losgehen. Sie hätten doch gute Chancen gehabt, bei Ihrem Fachwissen und Ihrer Erfahrung.

Ihr Deutsch wird immer besser. Das Frühjahr kommt, da hätte es bestimmt wieder Arbeit für sie gegeben."

Gregor Wacker zeigte einerseits Mitgefühl und gleichzeitig Unverständnis. Der Mann hinter der trennenden Glasscheibe schwieg lange, schüttelte immer wieder den Kopf. Schließlich quoll alles Aufgestaute ungehindert aus ihm heraus. Es sei die Wut gewesen, nicht auf diese junge Frau, die so gerne helfen wollte, aber nicht konnte. Immer Nummern ziehen, stundenlang warten. Diese Wut, diese Ohnmacht gegen Assad, gegen Erdogan, gegen den Krieg, gegen all die Ungerechtigkeiten. Eine Affekthandlung, er habe die Beherrschung verloren. Soviel Schmerz, so viel Trauer um seinen Sohn in Afrin. Erdogans Kriegsmaschine wolle die Kurden vernichten. So viele Tote. So viele die nun fliehen. So viel Unrecht gegen Menschen die in Frieden leben wollen. Es ginge immer nur um Strategie und Macht.

„Putin, Assad, die Amerikaner, Iran, auch Israel. Assad hat das Land, das ihm nicht gehört, verkauft."

Abadi atmete tief durch. Wacker ließ ihn reden, seinen Gefühlen Ausdruck verleihen.

Aikam Abadi war im Untergrund gegen Assad aktiv gewesen. Er glaubte, als die syrische Opposition Assads Alawiten-Truppen nahezu besiegt hatte und Damaskus faktisch in ihrer Hand war, sich aus der Deckung wagen zu können.

„Assad war am Boden. Dieser Verbrecher. So lange hat Russland gewartet, Assad kam auf Knien zu Putin. Und genau zu diesem Zeitpunkt schickte Putin seine Bomber. Sie würden nur die IS-Terroristen angreifen, gab Russland an die Weltpresse weiter. Haha, typisch Putin'sche Tatsachenverdrehung. Von Lawrov scheinheilig servierte Lügen. In Wirklichkeit bombardierten Putins Flugzeuge die Kämpfer und Orte der syrischen Opposition. Aber nicht nur dies: Schulen, Krankenhäuser, Stadtgebiete, alles zivile Ziele. Die Amis haben zugesehen. Assad blieb. Und seine Denunzianten und Spitzel in der Stadt waren immer noch gut organisiert. Sie holten mich nachts ab.“

Abadi atmete tief durch, sah seinem einstigen Betreuungshelfer eindringlich in die Augen. Ob dem Herrn Wacker denn klar sei, was das bedeutet, dass er und seine Frau nicht bei der Beerdigung ihres Sohnes dabei sein können. Familie sei doch das Wichtigste im Leben. Und auch im Sterben.

„Der Tod ist für einen gläubigen Muslim nicht nur das natürliche Ende, sondern auch der Höhepunkt des Lebens. Im Sterben kehren wir zu Allah zurück, im Sterben muss der Mensch vor Allahs Angesicht Rechenschaft über sein Leben und seinen Glauben ablegen. Da muss die Familie dabei sein, den Toten begleiten, für ihn beten und trauern. Mein Sohn Amir, oh Allah!“

Gregor Wacker, selbst Kriegskind, ging die menschliche und politische Tragödie, die über das Ehepaar hereingebrochen war, sehr nahe. Er hätte ihm gerne die Hand gedrückt. Sein Helferinstinkt war wieder erwacht: Trotz der Schicksalsschläge müssten sie beide nun erst recht nach vorne sehen und alles tun, um eine Abschiebung zu verhindern.

Der verzweifelte Vater war noch immer in Gedanken bei seinem toten Sohn. Wie oft habe er mit seiner Frau in diesen Stunden nach der Nachricht darüber gesprochen, wer denn alle vorgeschrieben Handlungen bei dem Verstorbenen durchführen konnte, und auch durfte. Wie eine große Klage brach es aus ihm heraus:

„In unserer Religion ist das nicht so wie bei dem deutschen Nachbarn neulich, der erst ins Pflegeheim kam, abgeschoben, dort alleine gestorben, verbrannt und Asche im Wald versenkt. Ihr nennt uns Barbaren, wisst ihr denn, wie ein Begräbnis bei uns abgehalten wird?“

Er begann zu schildern: „Die Gläubigen am Totenlager beten unentwegt das Glaubensbekenntnis des Islam. Danach werden dem Toten die Augen geschlossen. Es wäre es meine Aufgabe gewesen, den Leichnam meines Sohnes so hinzulegen, dass sein Gesicht gen Mekka gerichtet ist. Anschließend beginnt die Waschung des Leichnams, eine rituelle Reinigung. Hände, Mund, Nase, Gesicht, dann der ganze Körper. Man nimmt Rosenwasser und Kampferöl, damit der Leib gut riecht, denn der Tote soll makellos vor Allah hintreten können. Der Verstorbene wird in sein Totengewand gekleidet oder in ein weißes Baumwolltuch. Anschließend wird der Leichnam in der Moschee aufgebahrt. In den Duft von Moschus, Kampfer oder Rosenöl mischt sich der Weihrauch. Dabei wird das Totengebet verrichtet. Ich müsste dabei sein. Vorbeten."

Bruder Gregor sah ihm in die Augen, hörte zu.

„Der Gottesdienst und das Begräbnis haben genaue Regeln, das kann ich Ihnen jetzt nicht alles erzählen. Beim Leichenzug wurde mein toter Sohn mit einem feinen Teppich bedeckt. Die Bahre wurde auf den Schultern getragen. Es ist im Islam für den Mann Pflicht, sich dem Leichenzug anzuschließen und den Toten sogar ein paar Schritte mitzutragen. Der Tote wird am Grab freigesprochen von seinen Sünden, er soll innerhalb eines Tages begraben werden. Der Koran sagt, dass Azrael, der Todesengel, im Auftrag von Allah die Seele der Menschen vom Körper trennt und somit den Tod bringt. Azrael geleitet die Seele zum Himmel, damit über sie in einem ersten Urteil entschieden wird. Anschließend kehrt sie noch einmal zum Körper ins Grab zurück. Zwei Engel steigen in die Gruft und stellen dem Verstorbenen die vier Fragen nach: Gott, Prophet, Religion und Qibla, also Gebetsrichtung. Später, nach langem Tiefschlaf, erfolgt für den Verstorbenen das Jüngste Gericht. Das schließt ab mit dem Gang über die Brücke Shirat, die über den Abgrund der Hölle führt. Die Ungläubigen stürzen ab, die Gläubigen gelangen ins Paradies. "

Herr Abadi verbarg sein Gesicht in den aufgestützten Händen.

„Vielleicht verstehen Sie jetzt."

11

Fastnachtssonntag

Der Artikel Tod Antonia und Benjamin

Die Fastnachtstage beherrschten das Thema am Sonntagmorgen. Den närrischen Gottesdienst hätte Antonia gerne mal wieder besucht, aber das gemeinsame Frühstück war besonders in diesen Wochen vordringlich. Am Nachmittag gab es das Narrenfest für Groß und Klein, organisiert von der Narrenzunft. Lena hatte einen Clownsumhang mit Maske und Hütchen, Linus eine Skelettrobe. Eine schwarze Robe mit aufgedruckten Skelettknochen und schwarzer Kapuze.

Die Kinder hatten sich nach dem gemeinsamen Abräumen in ihre Zimmer zurückgezogen. Antonia würde später kochen, Benjamin den Vormittag mit Lesen verbringen.

Beide blätterten am abgeräumten Frühstückstisch in der Sonntagsausgabe der Tageszeitung. Reiseangebote und Reiseberichte interessierten Antonia immer. Dazu gab es unter der Rubrik ‚Zum Zeitgeschehen' Beiträge zu interessanten Themen. Benjamin blickte kurz von seinem Zeitungsteil auf zu seiner Frau und zog die Augenbrauen zusammen:

„Hast du heute auch wieder … einen Termin?"

Sie erwiderte seinen angespannten Blick. Filterte dabei jenen Teil der gesendeten Blickwellen aus, welche Anklage, Missmut und Frustration enthielten. Ihre Blicke prallten jeweils an der Iris des anderen Augenpaares ab, verloren sich über dem Rand des Frühstückstisches. Sie kniff die Lippen zusammen und schüttelte den Kopf.

Er sah den feinen Riss in ihrem gemeinsamen Lebensblatt. Sie wirkte seit Tagen bei ganz banalen Dingen ungeduldig und gereizt. Sicher, er wusste wohl, dass er es war, der die Missstimmung in die Familie gebracht hatte. Aber sollte sie ihm daher nicht als seine Frau, als seine engste Vertraute beistehen? Ihm Verständnis entgegenbringen. Noch immer hatte er ihr nichts von Sandras versteckten Andeutungen erzählt.

Antonia dagegen litt an seinem Selbstmitleid, wollte aber das heiße Thema nicht aufflammen lassen. Er vertiefte sich wieder in die Zeitung. Bei der Schnelldurchsicht blieb er an einem ungewöhnlichen Artikel hängen, der mit einem Rilke-Gedicht schloss.

„Etwas Interessantes?“, fragte sie.

„Schon möglich.“

„Worum geht es?“

„Um den Tod und die Frage nach dem Danach.“

„Schon wieder? Was für ein Thema in der Fasnetszeit!“

Er fühlte sich persönlich kritisiert. „Ein Thema, das zu allen Zeiten präsent ist. Ich finde, es ist wichtig, gerade in dieser Karnevalszeit einen Gegenimpuls zu setzen.“

War es seine Meinung, oder suchte er ein Streitgespräch?

„Findest du. Ich nicht. Ich bin - wir sind voller Leben, das solltest du auch so sehen. Tod ist kein Thema für uns, ich meine nichts, was wir auf die Agenda setzen sollten, gottseidank jedenfalls. Mensch Benjamin, lache mal wieder, sei lebendig, lebensfroh. Es kann doch nicht ewig so weitergehen.“

Er schwieg. Benjamin liebte Rilkes Gedichte, einige kannte er auswendig. Auch diese Verse aus dem Stundenbuch kannte er sehr gut. So begann er den ganzen Artikel zu lesen.

Tod und nach dem Tod

Denkanstöße von MW

Glauben Sie an eine Wiederverkörperung nach dem Tod in irgendeiner Form? An ein nächstes Leben? Viele Menschen verschiedener Religionen glauben dies. Sie wollen sich nicht mit dem Gedanken abfinden, dass nach dem Tod alles vorbei sein soll. Schon im alten Ägypten galt als ‚Lebensziel' die ewige Fortdauer im Reich des Osiris. Auch die Trennung der Seelen in Gut und Böse nach dem Tod des Menschen ist in vielen Religionen fester Bestandteil.

Die christliche Vorstellung von einem Sein nach dem irdischen Tod, festgelegt beim 2. Konzil im Jahre 553, ist, dass Körper, Geist, Leib und Seele in irgendeiner Form miteinander verbunden bleiben. „Jeder, der die mythische Lehre von der Präexistenz der Seele und die daraus folgende Wiederkehr unterstützt, sei mit dem Kirchenbann belegt." Begründet in der Lehre: Gott habe den Menschen erschaffen als sein Ebenbild, mit seinem Leib, seiner Seele und seinem Geist. Diese Beziehung wird auch über den Tod hinaus bestehen. Nach christlichem Glauben soll der Mensch am Jüngsten Tag auferstehen und mit Leib und Seele in den Himmel kommen.

Die hinduistische Reinkarnation bedeutet einen Wiedereintritt der Seele in einen (neuen) Körper. Der historische Buddha Shakyamuni erkannte dies als bedingtes Wieder-Entstehen in Abhängigkeit von Lebenswandel und Karma. Letztlich jedoch ist das höchste Ziel das Erlöschen der persönlichen Existenz.

Allzu gerne meiden wir dieses Thema, lassen uns durch alles Mögliche von solchen Gedanken ablenken. In diesen Tagen besonders durch den Karneval. Danach beginnt in den christlichen Kirchen die Fasten- oder Passionszeit. Diese österliche Bußzeit dient der Vorbereitung auf die Feier des Todes und der Auferstehung Jesu Christi.

Über den Tod und darüber hinaus, das Jenseits, gibt es viele religiöse Vorstellungen, Philosophien und Gedanken. Seit der Mensch in Zusammenhängen denken kann, gehören die Vorstellungen über ein Leben danach, ein Leben in einem Jenseits zu seinem Leben. Ob einfache Menschen, Philosophen, Dichter, Wissenschaftler oder Religionsstifter - wir alle beschäftigen uns immer wieder mit diesem Gedanken.
Gerade der Seele des Menschen wird im Augenblick des Todes (und danach) die wichtigste Rolle zugeschrieben, als würde sie mit dem Tod erst erwachen.

1902 wog der amerikanische Arzt MacDougall sechs sterbende Patienten. Er wollte beweisen, dass die Seele materiell und dadurch messbar sei – er glaubte eine Gewichtsdifferenz zwischen dem lebenden und toten Patienten von 21 Gramm nachweisen zu können.
Dagegen meinen Physiker, die Suche nach dem Ort der Seele sei falsch gestellt, da die Seele weder räumlich noch materiell ist, sondern eine geistig wirkende Kraft, die man nicht in Gewicht messen kann. Man könnte sie allenfalls mittelbar wahrnehmen. Auch wäre es denkbar, dass das Gehirn – wie auch immer – mit der Seele in dauernder Verbindung steht.

Niemand kann hinter das Geheimnis, das Mysterium des Todes sehen, umso interessanter ist es jedoch, wie Menschen im Laufe der Jahrtausende damit umgingen und umgehen. Hier einige Gedankenimpulse:

Der Mensch wird als vernünftiges Wesen frei geboren und kann allein durch freie Entscheidung und persönliche Einsicht zu Gott gelangen.

Zarathustra

Der Tod ist eine menschliche Erfindung. Wir wissen nicht, was es heißt, tot zu sein. Den Tod, wie wir uns ihn vorstellen, den gibt es gar nicht. Es gibt nur eine Umwandlung der Materie.

Verfasser ungenannt

Alles Lebendige besitzt eine Seele. Der Körper ist ohne die Seele tot und die Seele ihrerseits kann ohne den Körper ihr Wesen nicht entfalten. Ein Fortleben der Seele gibt es nicht. Das Ende des Menschen ist seine Vollendung und macht das eigentlich Menschliche aus.

Aristoteles

Das Leben ist endlich – die menschliche Hoffnung auf Glückseligkeit existiert erst nach dem Tod. Die Seele ist nur Teil des Menschen, der auf seine Vervollkommnung wartet. Diese wird es geben, wenn am Jüngsten Tag Gott die Menschen von den Toten wiederauferweckt und damit wiederholt, was er am Anfang der Zeiten getan hat: Er verbindet die Seele des Verstorbenen wieder mit einem neugeschaffenen Körper.

Thomas von Aquin

Der Mensch ist wie eine Frucht, die im Werden zur Reife kommt. Und sie kommt durch sich selbst zur Reife. Sterben und Tod sind die Verwirklichung des Menschen. Einzig im Tod geht es um den Menschen im Ganzen und in jeder Hinsicht um sein ganzes Sein.

Martin Heidegger

Leben und Tod sind gleichberechtigte Konzepte. Der Tod ist ein Aspekt des Lebens. Wiedergeburt und Unsterblichkeit sind nur Begriffe, von denen man sich lösen muss. Ewiges Leben ist das Bewusstsein selbst.

ZEN-Buddhismus

Das Siegel des Geistes ist eingebettet in einen sterblichen Leib. Der Schatz wird getragen in irdischen Gefäßen. Doch geht gerade dadurch Ewigkeit hervor. Die Sterblichkeit entschwindet mit dem Abstreifen des Ich. Leben und Tod werden lediglich zu Erscheinungen im großen Urgeschehen. Was Mensch war, kehrt zurück ins große All, wird eins mit Himmel und Erde.

Nach Dschuang Dsi, chinesischer Philosoph und Dichter 365 v. Chr. – 290 v. Chr.

Am Ende des Artikels fand Ben Seborn die Zeilen aus einem Rilke-Gedicht:

O Herr, gib jedem seinen eignen Tod.
Das Sterben, das aus jenem Leben geht,
darin er Liebe hatte, Sinn und Not.
Denn wir sind nur die Schale und das Blatt.
Der große Tod, den jeder in sich hat,
das ist die Frucht, um die sich alles dreht.

Gregor Wacker ließ die Zeitung sinken, legte die Lesebrille ab und griff nach der Kaffeetasse. Gedankensplitter von Zarathustra bis Heidegger. Und diese Einundzwanzig-Gramm-Theorie! Natürlich kann man die Seele nur mittelbar wahrnehmen, wie denn sonst? Wieder griff er zur Lesebrille:

Der Mensch ist wie eine Frucht, die im Werden zur Reife kommt. Einzig im Tod geht es um den Menschen, um sein ganzes Sein. Man kann es wohl philosophisch so formulieren, aber da fehlt ja das Wichtigste, das Himmelreich. Das, was Thomas von Aquin beschreibt.

Bruder Gregor schüttelte unwillig den graubehaarten Kopf. Er dachte an ein Gespräch mit seinem Neffen als ihm Johannes erklärte, dass diese Verbindungen von Philosophie und Religionen äußerst interessant seien. Er hatte da Zweifel angemeldet: „Und - glaubst du jetzt an Wiedergeburt, wie die Buddhisten oder an andere Thesen zu diesem Thema? Und was ist mit Jesus, den Evangelien, den Paulusbriefen?"

Johannes zeigte sich auch in dieser Hinsicht kenntnisreich: Natürlich kenne er die Evangelien und die Paulusbriefe. Er kenne auch jene Evangelien, welche die christliche Kirche nicht anerkennt. Die apokryphen Schriften, die abweichende Angaben von und über Jesus darstellen.

„Als Wissenschaftler will ich mich eben auch mit anderen Kulturen und Religionen befassen."

„Übernimm dich nicht mein Lieber, bleib immer auf dem Boden deiner christlichen Wurzeln, sonst bist du womöglich eines Tages wirklich entwurzelt."

Sein Blick fiel auf das gerahmte Foto auf dem Kaminsims. Das Bild seiner Frau mit dem braunmelierten Kurzhaarschnitt. Ihr Blick, wie immer liebevoll, aufmunternd. Beiläufig sah er zur

Wanduhr. Das quarz-gesteuerte, batteriebetriebene Standarduhrwerk zeigte wieder exakt die Zeit an, dank neuer Batterie. Die goldbraune Keramikkachel aus den siebziger Jahren mit orangefarbener Umrandung hatte er bei dieser Gelegenheit auch gleich mal sauber gewischt. Sie glänzte wie neu.

Mit dem Sterben und dem Tod befasste sich Gregor schon längere Zeit. Er hatte die Sterbephase seiner Frau noch zu gut in Erinnerung, als wäre es gestern gewesen. Wie sie in den letzten Wochen allmählich immer weniger wurde. Immer leichter und wie es schien immer ‚lichter', durchscheinender. Ein helles glückliches Lächeln lag um ihren welken Mund als sie starb. Ein Leuchten hinter ihren Augen. Mach dir keine Sorgen, waren ihre letzten Worte am Abend zuvor. Er fragte sich, was sie wohl sah, im Angesicht des Todes, im Augenblick des Sterbens. Oder was sie dabei empfunden hatte.

Schon als Siebenjähriger hatte der kleine Gori den Tod hautnah erlebt. Sah vor sich, wie Menschen auf der Straße starben bei einem Fliegerangriff in den letzten Kriegstagen. Manche dieser Gesichter, Tote und Sterbende sieht er noch heute, in mancher Nacht, vor sich. Eine junge Mutter, die ihrem Söhnchen über die Straße nachrannte und von einer Bombe zerrissen wurde, das Kind rannte weiter.

Was wissen wir Lebenden wirklich vom Sterben? Ich werde wohl bald schon vor meinen Schöpfer treten, wie eben irgendwann jeder Mensch. Ob einfacher Schafhirte, Konzernchef oder Religionswissenschaftler. Ich kann mit einem guten Gewissen und meinem Glauben diesen Weg gehen.

Er musste seinen Gedanken freien Lauf lassen: Und ich weiß nicht ob jeder gläubige Jude, Moslem, Buddhist oder Hindu dasselbe erleben wird, was uns Christen gelehrt wird. Mehr kann meiner Meinung nach auch die Religionswissenschaft nicht beweisen. Das muss jeder Mensch mit sich und der Schöpfung alleine ausmachen. Da hilft das ganze Wissen nichts.

Gregor Wacker rief seine Schwester Hilda an. Die teilte jedoch keineswegs seine persönliche Meinung bezüglich des Artikels. Sie fand, das seien gute Denkanstöße, damit der Mensch eben nicht bloß so in den Tag hineinlebe. Darüber nachdenken sollte jeder Mensch im Laufe seines Lebens immer wieder.

Schließlich rückte ihr Bruder mit seinem eigentlichen Anliegen heraus: Ihm schiene, der Johannes habe eine neue Freundin.

„Ach, du weißt von dieser Antonia?“

„Wie? Antonia? Woher weißt du denn? Natürlich – deine Infoquellen, deine Frauenspitzel.“

Kommissarin Hilda hielt sich jedoch mit ihren Ermittlungsergebnissen zurück, schließlich waren diese auch noch sehr unergiebig.

Gregors Befürchtungen bezüglich einer Beziehung von Johannes zu dieser verheirateten Frau schienen demnach begründet, jedoch anhand seiner zufälligen Beobachtungen keineswegs stichhaltig. Zwar konnte Hilda seinen Missionseifer als ‚Wächter der katholischen Werte‘ verstehen, doch warnte sie ihn eindringlich davor, in dieser Sache einzugreifen.

„Lass die Finger davon, Gori. Johannes ist alt und klug genug um zu wissen, was er tut. Solche Einmischungen bringen nur alles durcheinander und enden möglicherweise in einem Chaos.“

PURGATORIUM

Angeli hatte sich ins Tablet vertieft. Wieder war sie bei Dantes Göttlicher Komödie gelandet. Sie suchte Vergleiche zu dem Zustand in dem sie sich selbst nun befanden.

"Was stierst du denn so intensiv da rein, als kämen dir Himmel und Hölle entgegen?"

"Der Zweifel", murmelte Angeli ohne aufzusehen. "Der Zweifel reizt mich nicht weniger als die Kenntnis".

"Dante – oder was? Und was sagt die Kenntnis unseres Bildertäfelchens über unseren Zustand?"

Angeli, weiterhin angestrengt vertieft, orakelte ohne zu Schwarzengel aufzuschauen:

"Das Wissen ist nur in der Zeit", hat ebenfalls ein Dichter geschrieben. "Ist aber schon eine Ewigkeit her."

"Ja, ja, der Rilke, hatten wir schon. Dann solltest du aber auch wissen, dass wir weder in der Ewigkeit noch in der Zeit herumschweben. Wir sind hier an der Schwelle, oder wie du das nennst, seit hier ein lustiger Schwabe aufgetaucht ist: ‚Himmelstor'."

Angeli, deren Haare in der blauen Lichtbahn in Chartreuse-grün leuchteten, bohrte mit dem linken Zeigefinger im linken Nasenloch und grinste. Eine Unart, welche ihr die Eltern mit hartnäckiger Strenge abgewöhnt hatten, die plötzlich in ihr wieder erwachte.«

"Wenn man es genau nimmt, sagte er in seinem Dialekt ‚Hemmelsdoor', das klingt noch schwungvoller als Heavens Door. Irgendwie auch ein wenig verrucht: Hemmelsdoor! Aber trotzdem", ein Seufzer überlagerte ihre Stimme, "ich wäre immer noch lieber in der Zeit."

Sie besah sich ihre Fingerspitze und schnippte den Nasenpopel weg. Cherubina schüttelte mit angewidertem Gesichtsausdruck den Kopf, musste ihre schwarzen Locken aus dem Gesicht streifen.

"Wobei", fuhr Angeli fort, "ich frag mich immer wieder: Was ist das überhaupt für ein Zustand hier? Im Nirgendwo zwischen Hölle und Himmel. Vielleicht das Purgatorium?"

"Das Fegefeuer! Bloß nicht!" Cherubina glaubte den Schmerz der Folterungen wieder körperlich zu erleben.

"Hör auf!"

Ihre blonde Gefährtin versuchte sie zu beruhigen:

"Bei Dante ist es der Läuterungsberg, verstehst du? Da müssen alle, die das Zeichen auf der Stirn haben, sich hinauf quälen, wenn sie bis ins Licht gelangen wollen. Das Purgatorium, das ist nicht das Elend der Hölle, das ist die Hoffnung der Sünder. Du kommst wahrscheinlich bis ganz hinauf, du Gute. Bis in das Empyreum, den höchsten Teil des Himmels. Dort wo die Heiligen ewig Gott schauen. Vielleicht ist Yinga so etwas wie die Beatrice bei Dante, welche die Guten durch die Himmelssphären führt und ihnen die Ordnung des Universums erklärt. Und wir, samt Herkules sind die Mateldas, die an der Schwelle des irdischen Paradieses die Menschen in Empfang nehmen und weiterleiten."

Cherubina im Kopfschüttelmodus.

"Du und dein Dante. Aber ja, ich gehe, wie dieser Dante von einem christlichen Himmel aus, wie auch immer der aussehen mag."

Mit einem Sprung hing die anmutige Orientalin an ihrem Seil und durchquerte die Lichtsphären von schwefelgelb über pastellorange ins dunkle perlrubinrot und wieder zurück. Die Rosenranken an ihrem Kleidchen schienen über sie hinauszuwachsen.

"Sag mal Angeli, diese Heiligen nennt man doch auch Schutzpatrone?"
Die Angesprochene reckte ihre dezente Hakennase ins Lichtblau.
"Ja, Schutzpatrone für Berufe zum Beispiel."
Auch Blondengel hängte sich ans Tau, um mit den ausgestreckten Füßen die Fußspitzen ihrer Gefährtin zu berühren.
"Gibt es auch einen für dich, also für die Journalisten?"
"Klar. Der Heilige Franz von Sales, Schutzpatron der Schriftsteller und Journalisten."
"Wieso gerade der?"
"Franz von Sales, genannt der Gentlemen-Heilige, geboren 1567 in Savoyen", leierte Angeli, als wäre sie ein Wissensautomat, unbetont herunter: "Promotion 1592 zum Doktor beider Rechte, kirchliches und weltliches Recht! Brillanter Prediger, bekannt als Flugblattprediger. Franz von Sales nutzte das damals neue Medium des Flugblattes, um seine Gedanken zu den Menschen zu bringen. Die Calvinisten in Genf hatten den Leuten verboten ihn predigen zu hören. Also ließ er Flugblätter verteilen, um die Leute wieder zum katholischen Glauben zurückzuführen. Wurde ein voller Erfolg."
"Und wieso wurde er heiliggesprochen?"
"Äh, keine Ahnung. Musst du selbst nachlesen, mein schwarzgelockter Empfangsengel."

Johannes Berger Notizen

Bardo Thödol

Wie soll man etwas beschreiben, von dem man als Europäer weder gesicherte Kenntnis noch die geringste Erfahrung hat?

Lieber Opa Gori,
auf Deinen Wunsch hin, habe ich versucht die Botschaft dieses Buches zu verstehen. Ich muss gestehen, dass mich dabei eine merkwürdige Furcht überkam - denkt man an seine eigene Sterblichkeit, so dass ich erst einmal abgebrochen habe. Anbei dennoch eine kurze Zusammenfassung.
Vorab sei noch gesagt: Das Sterben ist für den gläubigen Buddhisten der bedeutsamste Moment seines Lebens.

Das „Bardo Thödol" – das Tibetanische Totenbuch wurde im 8. Jahrhundert geschrieben, geht zurück auf Padmasambhava, den Begründer des tibetischen Buddhismus. Es wird allgemein übersetzt als „Befreiung durch Hören im Zwischenzustand".

Der erste, der Tschikhai-Bardo beschreibt erstaunlich präzise die Vorgänge im sterbenden Menschen sowie die einzelnen praktischen Handhabungen und spirituelle Anweisungen des Sterbebegleiters. Darüber hinaus auch die beim eben Verstorbenen unmittelbar nach dem Tod einsetzenden akustischen und visuellen Wahrnehmungen. Wenn Sterbende dem Pfad des Klaren Lichtes folgen können, erreichen sie das vollkommene Sich-Lösen vom allem ‚Ich' und gehen ein in die sogenannte Leerheit oder das allesumfassende All-Eine.

Dies zu erreichen ist nur den Allerwenigsten möglich. Auch im zweiten Bardo, dem Tschönyi-Bardo ist das Eingehen in diesen Bereich möglich. Dazu bedarf es der Anweisungen und Gebete des

Guru oder Sterbebegleiters, der den eben Verstorbenen auf den guten Weg lenken will. Diese beginnen immer mit: O Edelgeborener, höre gut zu... Dennoch folgen viele Verstorbene in diesem Nachtod-Zustand, abhängig vom angesammelten guten oder schlechten Karma, meist den sogenannten trüben Lichtern, die sie abbringen vom ersten Weg. Hier erscheinen ihnen erst friedliche dann zornige, ja grauenvolle Gottheiten, erzeugt durch die eigene Gedankenwelt. (Die beschriebenen Szenarien, in diesem Zustand können wahre Horrorszenen im Geiste auslösen.)

Der dritte Zustand, Sipa-Bardo, beschreibt detailliert den Vorgang der Reinkarnation. Der Bardokörper ist geboren – ‚hervorgesprungen'. Das Bardowesen aus Geist, Bewusstsein und subtilen Energien klammert sich an sein Ich. Behaftet mit seinem Karma wandert es nun im Bardo. Vor dem Spiegel des eigenen Lebens erleidet es weitere Qualen, dem Fegefeuer vergleichbar. Dies geht drei, vier, sieben Wochen - je nach schlechtem Karma bis zum neunundvierzigsten Tag. Schließlich lässt sich das Bardowesen zu einer Schoßgeburt in einem der sechs Daseinsbereiche: gute Götter, eifersüchtige Götter, Mensch, Tier, hungrige Geister und Hölle, drängen. Der Lebenskreislauf (Samsara) beginnt von neuem.

12

Fasnachtsmontag

Der Artikel Tod Fridolin und Friedlinde

Sie teilten sich die Zeitung, die Frühstückstassen gerade noch in Reichweite. Oft wortkarg vertieft in den jeweiligen Teil wurde anschließend getauscht. Friedlinde begann hinten mit den Todesanzeigen und arbeitete sich nach vorne. Fridolin nahm nur den vordersten Teil mit Politik und Weltgeschehen. Viele Artikel streifte er nur kurz oder überflog sie. Das Wichtigste kannte er bereits aus den TV-Nachrichten. Nur manche Artikel las er gründlich bis zum Ende. Als erstes sah er nach der Karikatur: Assad als Kleinkind auf den Armen von Putin. Sarkastisch kommentierte er:

„Na, Herr Assad, kleine Fassbombe gefällig, direkt ins Hauptquartier? Oder besser ins Wohnzimmer. Wenn es nicht so bitter ernst wäre, könnte man glatt darüber lachen. Hach! [Notiz, Spalte rechts unten] Das passt natürlich: Der Erdogan auf Papstbesuch. In Syrien lässt er die Kurden hinmetzeln und die Welt schaut zu, genauer gesagt: die Amis und die Europäer. Er hofiert den Papst und wir bekommen die Flüchtlinge."

Friedlinde blickte kurz auf und nickte. Ihrem Mann genügte dies fürs erste, er wandte sich dem Frühstück zu. Er trank morgens erst einmal einen Kamillentee, das räumt den Magen auf, war seine Überzeugung.

„Willst du den Fasnetsumzug ansehen, heute Nachmittag?"

„Mal sehen, wie das Wetter ist."

„Wir haben Föhn im Anfangsstadium, da kann's noch kalt sein."

Friedlindes Hand machte gute Genesungsfortschritte, das Kochen übernahm sie inzwischen weitgehend wieder selbst. Fridolin durfte Kartoffeln schälen, Salat anrichten. Es gab Fleischküchle mit Bratkartoffeln. Die Fleischküchle hatte sie vor dem kleinen Eingriff vorbereitet und eingefroren. Die waren für den Sonntag vorgesehen, doch der ‚Ersatzkoch' wollte ja unbedingt Schweinebäckchen mit Spätzle. Neulich kam er auch noch mit der Idee daher, die Spätzle zu schaben! Ausgerechnet Fridolin.

Fridolin nahm anschließend den letzten Abschnitt der Zeitung in Beschlag. Ein kurzer Blick auf die Todesanzeigen mit ihren teils schönen, teils pathetischen Versen wie: *Wir sehen uns wieder in der anderen Welt. Aus Zeit wird Ewigkeit.* Kein bekannter Name darunter. Dabei fiel ihm etwas ein. Er legte die Zeitung zur Seite und nahm noch einmal die Sonntagsausgabe vom Samstag zur Hand, die noch im Winkel der Eckbank lag. Unter „Zum Zeitgeschehen" war ihm bereits tags zuvor eine Überschrift aufgefallen, den Artikel dazu hatte er jedoch nicht gelesen. So begann er Satz für Satz diese zusammengewürfelten Sätze über den Tod und das Danach zu lesen. Plötzlich lachte er laut auf und las ebenso laut:

„Einundzwanzig Gramm, was für ein Blödsinn."

Sie schaute auf und schüttelte den Kopf.

„Deine Seele wiegt einundzwanzig Gramm, wusstest du das? Da siehst du mal, wozu die Zeitung gut ist."

Es schien, als müsse er die folgenden Texte gleich kritisch deuten. Einmal schüttelte er den Kopf und las laut vor:

„Der Tod ist eine menschliche Erfindung. Den Tod, wie wir ihn uns vorstellen, gibt es nicht. Es gibt nur Umwandlung der Materie."

Friedlinde sah nur kurz auf und griff nach der Bioreiswaffel. Sie hatte inzwischen das kleine Kreuzworträtsel entdeckt. Fridolin vertiefte sich wieder in den Text, ließ kurz darauf ein: ‚So-so' hören, was einerseits ablehnend gedeutet werden konnte, andererseits aber auch eine Anerkennung zu beinhalten schien. Wieder las er halblaut:

„Alles Lebendige besitzt eine Seele. Der Körper ist ohne die Seele tot und die Seele kann ohne Körper ihr Wesen nicht entfalten.“

Friedlinde schaute nicht auf, sie schien Bescheid zu wissen.

„Ja, ja, das mit der Seele ...“, murmelte er nachdenklich vor sich hin. „Hast du das gestern gelesen, das mit dem Tod und Danach - mit der Seele?“

Friedlinde ließ sich nicht von ihrem Kreuzworträtsel abbringen. Wobei sie allerdings noch mit der linken Hand schreiben musste. Ob ihre Zeichen lesbar erschienen oder nicht, war für sie zweitrangig, allein, dass sie die Wörter wusste und die leeren Kästchen ausgefüllt waren, zählte für sie.

„Kurz überflogen.“

„Findest du das nicht wichtig? Interessiert es dich denn gar nicht, was nach dem Tod ist oder kommt?“

Friedlinde sah genervt auf und erwiderte verärgert: „Nein, überhaupt nicht. Schon gar nicht auf Grund irgendeines Zeitungsartikels in der Fastnachtszeit. Wenn es Zeit ist, kommt es eben und vorher grüble ich nicht darüber und mache mich verrückt.“

Fridolin antwortete gekränkt: „Im Grunde hat er ja Recht – oder sie, wer auch immer MW ist. Dieses närrische Treiben ist doch nur Ablenkung von den wesentlichen Dingen des Lebens.“

Fridolin hasste zwei Genres von Fernsehsendungen: Brutale Krimis - eigentlich alle Krimis. Entweder waren sie ihm zu primitiv, wie diese Vorabendkrimis mit ihren ewiggleichen Dialogen, welche sich Friedlinde alltäglich reinzog. Am Ende hieß es dann: ‚ich wollte das gar nicht, es war ein Unfall‘. Immer dasselbe. Da wird einer erschossen, päng, erledigt, tot, vorbei. Danach landet er oder sie in der Pathologie auf dem Seziertisch. Der tote Mensch wird aufgeschnitten und wieder zugenäht, als hätte der Körper einen Reißverschluss. Seine Frau konnte bei solchen Szenen nebenbei auch noch in ihrem Buch lesen.

Das zweite waren Fastnachtsendungen: Tä-Täh-Tä-Täh-Tä-Täääh. Reim dich oder ich fress‘ dich! Am meisten ärgerte ihn allerdings, dass er sich darüber immer wieder neu ärgerte. In besagten TV-Stunden blieb ihm nur der Rückzug. Lesen, Musik hören oder Spazierrunde.

Friedlinde, die sich diese Karnevalssitzungen im Fernsehen regelmäßig ansah, schüttelte dazu nur den Kopf.

„Ist doch wahr“, glaubte er sich rechtfertigen zu müssen. „Bei Büttenrednern ist vieles primitive Reimerei oder es sind markige, derbe Sprüche. Wenig wirklich Originelles.“

„Darum geht’s auch gar nicht. Karneval, das ist Lebensfreude pur, da muss man nicht erst bei jedem Satz dreimal nachdenken.“ Erst jetzt schaute sie ihn an.

„Ja, für mich heißt eben Fasnacht: Fasnet, nicht Fast-Nacht: Dem Leben Spaß abgewinnen. Da ist genug Phantasie und Kultur drin. Nicht bloß bei Kunst und Musik nach deinem Geschmack.“

Fridolin stand auf die wirklichen Größen. Picasso zum Beispiel, oder Andy Warhol. Den aktuellen Malkünsten, Kleckse hier und Kleckse dort, konnte er selten etwas abgewinnen - die meisten blieben für ihn UFO’s: ‚Unidentifizierbare Farb-Objekte‘.

Was Musik betraf, stand er auf Saxophon, seit er das Instrument in Maffays Version von ‚Über sieben Brücken‘ zum ersten Mal gehört hatte. Das führte ihn von der Zugposaune zum Saxophon und zum Jazz, obwohl er sich in dieser Musik nicht wirklich auskannte. Jedenfalls fand er Jazz besser als Schlager oder jene Volksmusik, die er von den Eltern her noch kannte. Diese jedoch hatten, trotz ihres bescheidenen Musikgeschmackes darauf bestanden, dass der kleine Fridolin Klavierstunden nahm.

Fridolin hatte eine besondere Abneigung gegen Schlagerliedchen mit ‚Einheitstakt', welchen man gar nicht als Schlagzeugbegleitung bezeichnen dürfte. Das höre sich an, als würde die Sängerin oder der Sänger neben seinem oder ihrem Trallala ununterbrochen auf einem Trampolin herumhopsen.

Friedlinde konterte manchmal damit, er solle doch in die Oper gehen, aber in Sachen Musik verpufften ihre Zwischentöne, wie ein Flügelschlag vor einer Kirchenglocke.

Von Klassik liebte er ‚Nabucco' – wegen ‚Val pensiero'. Und seit neuestem Carmen. Wegen des Bühnenbildes bei den Bregenzer Festspielen und natürlich wegen ‚Habanera', das ihm von Elīna Garanča am besten gefiel. Zu seinen ‚Allzeithits' gehörte die ‚Ode an die Freude' aus Beethovens Neunter. Von Beethoven hatte er sich ein Portrait über das Klavier gehängt, ein Nachdruck von Andy Warhols Beethoven-Portrait.

„Du mit deinem Widerwillen gegen die Fernsehfasnacht. Du lachst doch sonst auch immer gerne. Aber natürlich lieber, wenn du selbst den Gag erzählst. Bloß deine sind auch nicht alle so toll."

Er schüttelte ärgerlich den Kopf.

Was denn mit ihm heute los sei, knurrte sie ihn an.

„Schlecht gelaunt? Bloß wegen dieses Artikels. Morgen hast du ihn vergessen."

Sie vertiefte sich wieder in das Kreuzworträtsel. Wie viele sie wohl davon schon ausgefüllt hatte, dachte er. Senkrecht, waagrecht, hunderte, tausende Male dieselben Begriffe, dazwischen ein paar Neue. Wie sie sich darin vertiefen konnte, als wäre es eine Meditation. Fridolin holt tief Luft – und behielt seine Gegenargumente für sich. Stille.

Fridolin wandte sich wieder dem Artikel zu. Diesmal las er nur still, doch sein ebenso stilles Sinnieren ließ Friedlinde wiederwillig aufschauen. Sie blickte ihn durchdringend an und schüttelte den Kopf.

„Ich meine, du solltest jetzt etwas Körperliches tun, damit du wieder auf andere Gedanken kommst. Du hast ja selbst gesagt, dass wir Föhn haben. Ich glaube gar, dir schlägt der Föhneffekt aufs Gemüt. Jedenfalls könnte man es meinen.“

„Diese Inversionswetterlage passt zur Fasnet. Das Wetter steht eben auch Kopf. Unten kalt, oben warm.“

„Genau, diese starke Warmluftadvektion steigt manchem in den Kopf, während die Füße frieren. Geh du mal eine Runde durch den Park oder geh fotografieren.“

Das Fotografieren hatte er erst in jüngster Zeit wieder angefangen. Seine bevorzugten Objekte lagen alle in der Natur. Blumen, Bäume, Schmetterlinge und so weiter. Jedenfalls gab ihm dies einen Grund durch die Gegend zu streifen, was ihm gerade jetzt, seit seine berufliche Tätigkeit beendet war, zugutekam.

„Geh schon, ich lege mich hin, muss meine Hand schonen und nebenbei höre ich, was so alles in der Welt geschieht, dank Radio. Und Musik gibt es auch dazu. Und nimm dein Handy mit!“

ALBIN ODER OSWALD

"Sag mal", begann Cherubina, "gibt es auch einen Schutzpatron der Lügner und Heuchler?"

"Wie kommst du denn darauf?"

"Na, da unten", sie deutete mit dem Finger durch den gefliesten Boden, "lügen die Regierungschefs geradezu um die Wette."

"Einen Schutzpatron der notorischen Lügner? Nie gehört."

Angeli wechselte Zeigefinger und Nasenseite, bohrte tief. Cherubina schüttelte erneut angewidert den Kopf.

"Diese zweifelhafte Ehre können unzählige Staatsmänner – und fast nur Männer - auf diesem Globus für sich beanspruchen. Lügen noch bevor man den Mund aufmacht."

Angeli nickte. Auf Lügen war sie ihr ganzes Leben gestoßen. Ob im Elternhaus in Lugano, auf dem Campus in Bologna und erst recht bei ihren Recherchen als Journalistin in Rom. Politiker, die geradezu beschwören, was sie lautstark von sich geben. Wenn es dann zur Abstimmung kommt, votieren sie plötzlich für den von Lobbyisten unterbreiteten Vorschlag, der ihnen wärmstens ans Herz und ans Konto gelegt wurde. Die Sachlage habe sich geändert und einen Kurswechsel notwendig gemacht. Im Vatikan – unter Ausschluss der Öffentlichkeit - dieselben Lügen. Gut getarnte Lügen, dreiste Lügen, sachdienliche Lügen, kriminelle Lügen.

Und hier am sogenannten ‚Himmelstor'? Sollte dieser Urman etwa den Petrus verkörpern? Wenn ja, dann sind wir ja schon wieder bei den Lügen. Nein, er sei kein Gefährte dieses Angeklagten, als seinem Herrn und Meister der Prozess gemacht wurde. Und schon schreit der Hahn. Auf der anderen Seite sein Meister, Jesus, der immer und jedem die Wahrheit vor Augen hielt, unverblümt, direkt, keiner Auseinandersetzung aus dem Weg ging, bis in den Tod.

Angeli, von Haus aus bewandert mit dem Evangelium und der Apostelgeschichte, musste sich allerdings eingestehen, dass Petrus später für die Wahrheit starb. Welche Wahrheit? Die Echte? Ja, es gab seither viele Menschen, die für diese und andere sicher geglaubte Wahrheiten starben. Sie selbst ja auch.

An ihre Gefährtin gewandt meinte sie: "Aber ehrlich, ich frage mich: Ist es überhaupt möglich, ganz ohne Lügen, also auch ohne die kleinen Lügen des Alltages in dieser Welt klarzukommen? Mit der Lüge leben doch alle, von den einfachsten Leuten angefangen, Arbeitnehmer, Angestellte, Beamte, selbst als Hochgediente, bis unter die höchste Ebene - alle lügen für irgendeine zurechtgemachte Wahrheit. Aus Angst um den Arbeitsplatz, um die eigene Machtposition, die festgefahrene Überzeugung, den eigenen Wohlstand. Und wie viele werden gezwungen zu lügen um nicht getötet oder gefoltert zu werden."

"Hör auf, du weißt, ich ertrage das nicht."

Der Armenierin stand der Schmerz ins Gesicht geschrieben.

"Entschuldige bitte." Angeli tauchte mit tänzelnden Schritten und ausgebreiteten Armen ins dunkle perlrubinrot und zog unter dem alten Uhrwerkgestell das Tablet hervor.

"Also, wer ist der Tagesheilige für den morgigen Tag? Schauen wir mal nach!"

Blondengel schnippte den nächsten Nasenpopel weg und wischte dann auf dem Tablet hin und her.

"Moment, das haben wir gleich. Hm." Angeli stierte etwas irritiert auf ihr Tablet. "Also morgen ist der – scusi, muss ich erst nochmal nachschauen, welches Datum sie morgen haben. Komisch, da steht Oswald. Aber der Heilige Oswald hätte eigentlich am 29. seinen Gedenktag. Also im Moment wäre das noch übermorgen, es ist fünf vor Zwölf, also kurz vor Mitternacht. Den 29. gibt es aber nicht in diesem Jahr. Du, das wäre doch lustig", sie zeigte ein verschmitztes Grinsen, "wenn dich also übermorgen Herkules nach seinen Heiligen fragt, dann", sie erhob ihre Stimme, "kannst du sagen, es gibt zwei wichtige Heilige für diese Tage."

"Wieso jetzt zwei?"

"Einerseits, könntest du sagen, ist der Heilige Albin dran - am 1. März. Aber man könnte auch den Heiligen Oswald vom 29. Februar nehmen, der Arme kommt sonst ja nur alle vier Jahre mal dran." Angeli zitierte: "Oswald, Erzbischof von York. Gestorben am 29. Februar 992 in Worcester."

Cherubina lachte. "Ja – das ist gut. Da können wir unseren Sudanesen ein bisschen an der beinahe unversehrten Boxernase herumführen."

13

Dienstag, Fasnacht

Der Uhrmacher

Sie stand wieder, die Küchenuhr. Genauer gesagt: Das Hemdentaschenuhrwerk, batteriebetrieben hinter der sechseckigen goldbraunen Keramikkachel hatte seine schwingende Tätigkeit eingestellt. Jener Massenartikel, auf dessen Kunststoffgehäuse immerhin noch der Name eines bekannten deutschen Uhrenherstellers eingeprägt war. Der Uhrmachermeister im Ruhestand hatte eine Woche zuvor nach einigem Suchen doch noch eine Batterie gefunden. Kommode, unterste Schublade. Der Sekundenzeiger stakste daraufhin wieder munter Schritt um Schritt. Die Uhr konnte ihr Tag- und Nachtwerk weiter verrichten. (Sie läuft und läuft, und bleibt doch immer an derselben Stelle - alte Uhrmacherweisheit.)

Heute suchte Gregor Wacker nicht nach einer Batterie, es war keine im Haus und auf seiner Einkaufsliste stand seit sechs Tagen: Monozelle für Küchenuhr. Er schüttelte ein wenig verdrießlich den Kopf über seine eigene Nachlässigkeit, die Batterie nicht schon längst gekauft zu haben. Doch es gab Wichtigeres zu tun, als einem ‚Herzschrittmacher‘ für diesen im Akkord zusammengesetzten Zeitmesser nachzulaufen. Andererseits hingen an diesem Keramikteller Erinnerungen. Damals hatten seine Frau und er genau diese Uhr ausgesucht, weil sie zu den Fliesen in der Küchenzeile gepasst hatte. Kleine grünweißgemusterte Fliesen, quadratisch, mit goldbrauner Umrandung.

Der Blick auf die Armbanduhr zeigte ihm den Stand der mitteleuropäischen Winterzeit an: Viertel vor acht Uhr, morgens. Dies bestätigte ihm auch die große Standuhr, in der Wohnzimmerecke. Das Ziffernblatt der Pendeluhr zeigte auch an diesem Morgen, wie seit mehr als einhundert Jahren, die genaue Uhrzeit. Sie war der Grund, warum er sich vor siebenundsechzig Jahren für den Beruf des Uhrmachers entschieden hatte. Die alte Uhr der Großeltern. Nussbaumholz. Die vom Wolf und den sieben Geißlein – genau so eine musste es damals gewesen sein, im Märchenbuch seiner Kindheit. Sechs Geißlein hatte er gefressen, eines aber konnte sich im Uhrenkasten verstecken. Sie schnitten dem Wolf den dicken, vollgefressenen Wanst auf und die Geißlein sprangen lebendig heraus. Steine rein und zunähen, fertig. Er lachte leise über diese einfache Art der märchenhaften Wiedergeburt. Er dachte an das Buch. Das müsste er noch haben. Diese schöne, gebundene Ausgabe von 1925, mit fünf farbigen Bildern.

Schließlich setzte er sich mit einem leisen Seufzer an den Tisch zum Frühstück, blickte noch einmal zur Küchenuhr, dann zum Bild seiner Frau: Was meinst Du – ob es bald Zeit ist? Das Gesicht zeigte ein freundliches Wissen.

Nach dem Abräumen des Frühstücks setzte er sich noch einmal ihr gegenüber, als müsse er sich kurz auf etwas konzentrieren: Johannes.

„Sie treffen sich im Kunsthaus. Johannes mit dieser schönen Frau Seborn."

Den Namen hatte er inzwischen herausgefunden. Schließlich stand er auf, sah noch einmal in ihre dunklen Augen und sagte entschuldigend:

„Schau nicht so, ich muss etwas tun, sonst zerreißt es mich. Er ist schließlich unser Großneffe."

Kamasutra

Antonia hatte schon früh beim Bäcker die in Fett ausgebackenen, knusprig dünnen Scherben geholt. Das traditionelle Fasnetsgebäck überstreut mit Puderzucker. Für die Kinder ohne den Schuss Kirschwasser im Teig. Sie frühstückten zusammen.

Die Faschingsferien hatten sie meist beim Skifahren in den Südtiroler Bergen verbracht. Dieses Jahr wollten die Kinder die Fasnetstage in der Stadt miterleben. Am Nachmittag durften Lena und Linus beim Kinderfasnetsumzug nahe der Altstadt dabei sein. Da Antonia vormittags noch ein wenig shoppen wollte, schlug sie Benjamin vor, dass er nachmittags mit den Kindern zum Kirchplatz käme, wo sie sich vor Beginn des Umzuges treffen könnten. Benjamin selbst wollte den Vormittag für eine Yogastunde nutzen und anschließend den Apfelbaum im Garten schneiden.

Antonia und Johannes hatten sich im Kunsthaus verabredet. Ein idealer Zeitpunkt, um in Ruhe die Meisterwerke buddhistischer Kultur und Kunst zu betrachten, was beide inspirierend und zugleich wohltuend empfanden. Anschließend setzten sie sich gleich dort ins Café. Antonia war wieder sichtlich beeindruckt.

„Was für Kunstwerke! Teils vor so langer Zeit geschaffen."

Johannes nickte ihr zu. „Wenn man bedenkt, was die Taliban in Afghanistan zerstört haben, könnte man heulen."

„Diese phantasievollen Gottheiten, mehrköpfig, vielarmig. Und die Paardarstellungen, anfangs dachte ich, das wären nur erotische Liebesszenen, eine höhere Bedeutung wäre mir nie in den Sinn gekommen. Am schönsten finde ich dieses kleine Figurenpaar, in sitzender Stellung. Diese beiden engumschlungenen, goldenen Figuren. Ob nun göttlich oder königlich, von hohem Adel."

Antonia sprach von der kleinen Skulptur der tibetischen Schutzgottheit Sitasamvara mit seiner Partnerin Vajravarahi aus dem 16. Jahrhundert. Dieses Paar war ihr seit dem ersten Museumsbesuch nicht mehr aus dem Kopf gegangen. Wieder und wieder musste sie an die beiden Liebenden in ihrer vollkommenen Vereinigung denken.

Johannes versuchte seinen Blick unbefangen zu halten. „Im asiatischen Raum, ob hinduistisch oder buddhistisch, gibt es vielfach sehr erotische Darstellungen. Das ist eine Yab-Yum-Skulptur. Die Darstellung einer männlichen und einer weiblichen Gottheit. Diese angedeutete sexuelle Vereinigung findet man häufig im tibetischen Buddhismus. Sie steht jedoch nicht immer, oder nicht ausschließlich für den Geschlechtsakt, sondern vor allem für die mystische Aufhebung von Gegensätzen. Sie zeigt symbolhaft die Überwindung jeglicher dualistischer Wahrnehmung."

„Also das vollkommene Eins Werden in einer solchen Stellung?"

„Wie gesagt, es ist nicht nur die sexuelle Vereinigung, es zielt im Grunde auf eine höhere Ebene, außerhalb unseres Denkens und Fühlens. Yab-Yum bedeutet übrigens Vater-Mutter."

Ihm war, als wolle sie ihn mit dem erotischen Thema ein wenig necken.

„Bei einem perfekten gemeinsamen Höhepunkt ist das doch ähnlich." Er glaubte da ein kokettes ‚Oder nicht?' zu hören.

Seine geschlossenen Lippen bewegten sich zu einem anregenden Lächeln. Ein kurzer Lidschlag, er schwieg.

Sie suchte einen neuen Ansatz: „Stehen diese Darstellungen in einem Zusammenhang mit dem Kamasutra?"

„Mit dem Kamasutra…", überrascht ließ er das Wort merklich auf der Zunge zergehen, musste gleichzeitig kurz nachdenken. „Interessanter Gedanke."

Ihm sei diesbezüglich kein Zusammenhang bekannt. Das Kamasutra gelte als Leitfaden der Erotik und der Liebe, verfasst um zweihundertfünfzig nach Christus in Indien. Über eine Verbindung dieser viel später entstandenen Yab-Yum-Darstellungen habe er noch nie nachgedacht.

Ob er das Buch gelesen habe, wollte sie wissen. Wieder diese neckische Koketterie um ihre Mundwinkel.

Das Kamasutra? Mit einer spitzbübischen Lippenbewegung spielte er ihr Spiel mit. Scheinbar sachlich: Nein, es stünde nicht auf dem Studienplan. Ob sie es denn kenne?

Sie schüttelte den Kopf, ihm war als lag ein Anflug von Errötung auf ihren Wangen.

„Nur Allgemeinbildung. Es heißt, dieser Vatsyayana, der Urheber dieser Liebespraktiken habe selbst eine keusche Lebensweise bevorzugt. Aber, kann es wirklich möglich sein, keusch zu leben und solche sexuellen Phantasien zu entwerfen und diese dann auch noch so wunderbar zu beschreiben, wie davon erzählt wird?"

Sie kannte also den mutmaßlichen Autor des Kamasutra, was ihn tatsächlich etwas überraschte. Da war dieses Knistern, als würden zwei blanke Drähte, die unter Strom standen, sich zu nahekommen. Aus dieser Beinahe-Berührung entstanden Funken, kleine glänzende Sterne. Seine Augen, ihre Augen, die Augen von Yab und Yum, sie alle sahen dasselbe, formten mit den Augen des anderen dasselbe Verlangen. Das alle Sinne überflügelnde Sein im Anderen.

Eine junge Kellnerin war an ihren Tisch getreten mit der Frage, ob es noch etwas sein dürfe – und die Sterne gingen im Licht des Tages unter. Ihre Tassen waren noch halb voll.

Ein Lächeln blieb um ihre Lippenpaare. Antonia nahm den Flyer zur Ausstellung in die Hand und betrachtete das Titelbild. Es zeigte eine im Lotossitz, ganz in sich ruhende Buddha Figur mit einer Krone auf dem Haupt.

Im Buddhismus sei dies zum einen das Bildnis der tiefen Meditation. Zum anderen das Symbol für das Aufheben der

Reinkarnation. Und damit Symbol für die Überwindung des leidhaften, wiederkehrenden Kreislaufes von Geburt und Tod.

„Er sieht hier sehr jung aus, so vital, das blühende Leben."

„Er war fünfunddreißig, als er ‚erwachte'."

„Ich dachte, er war neunundzwanzig".

„Mit neunundzwanzig verließ er das Königshaus, war dann sechs Jahre lang auf der Suche. Eine extreme Daseinserprobung. Wohl die höchste und zugleich tiefste Stufe einer Lebens- und Überlebensübung, die ein Mensch sich auferlegen kann und die ihm Erleuchtung brachte. Von da an lehrte er fünfundvierzig Jahre lang die vier edlen Wahrheiten und den achtfachen Pfad von Tugend, Meditation und Weisheit, der zum Erwachen führen soll."

„Du glaubst nicht daran?"

„Ich denke, man muss es wollen, mit allen Sinnen, mit jeder Faser des Geistigen und Körperlichen."

Sie könnte das nicht, meinte Antonia, all das Schöne im Leben einfach ausblenden, quasi einfach Dasitzen und sich auflösen in Nichts. Oder in die sogenannte ‚Leere'.

Seine leichte Kopfbewegung deutete ein Verstehen an.

„Mit dem Streben nach dem Schönen kommt bei vielen Menschen auch der Gedanke an Macht auf, an Besitztum, Herrschaft, Gottgleichheit. Daher sagte der Buddha Siddhartha: ‚Jener Wahn, der mich zum Gott machen würde, eben jener Wahn ist in mir erloschen'.

„Und was ist mit der Liebe?"

Er sah sie fragend an.

„Ja, zum Leben gehört doch auch die Liebe." Sie lächelte, deutete eine leichte, seitliche Kopfneigung an.

„Natürlich gehört zum Leben die Liebe. Sie ist der wichtigste Faktor für das Leben."

„Und zu Liebe gehören Leidenschaft, Gefühle, Glück und Leid."

„Das ist eine Vorstellung, die sich in unserer Kultur in den letzten zwei Jahrhunderten entwickelte. Jedes Wort des Buddhas spricht von Liebe. Er verbindet Liebe mit Achtsamkeit. Er sagt: Ohne Achtsamkeit kann man die Frucht der Liebe, des Verständnisses und der Befreiung nicht hervorbringen. Wenn Achtsamkeit geübt wird, sind Weisheit und Liebe gegenwärtig.“

Einen Augenblick wirkte sie nachdenklich. „Achtsamkeit.“

Wieder vertieften sich ihre Augen ineinander. Leise sagte er:

„Es ist das Gegenteil …“

Sie nickte unmerklich und fragte dennoch: „Wovon?“

„Du weißt es, vom Spiel …“

Er dehnte den knisternden Moment mit einem tiefen Atemzug. Aus ihren Augen, nein aus jeder kleinen Pore um diese dunklen Augen, um die Wangen und den Mund, erblühte ein zauberisches Lächeln. Selbst in ihrem stillen Atem war es spürbar, etwas von tief innen sich Entfaltendes. Ein Leuchten der Seele, kam ihm für einen Augenblick in den Sinn.

Sie drückte den Kopf etwas in den Nacken. Ihre Hände umfassten die Tasse, er spürte förmlich, wie sich ihr Busen hob und senkte.

„Im Spiel kann man auch achtsam sein.“

Sie ließ die kleine Atempause sich entfalten. „Das Körperliche gehört zwar nicht zwangsläufig zu dem, was zwei Menschen verbindet, das hat nichts mit wirklicher Liebe zu tun. Aber es ist eben der körperliche Ausdruck von zwei sich Liebenden. Im Idealfall kann es auch die Aufhebung von Gegensätzen sein. Daher ist es vielleicht doch eine fehlende Erfahrung, wenn der Mensch dies erst gar nicht erlebt.“

„Der Buddha lehrte lediglich sexuelle Ausschweifungen zu vermeiden. Allerdings kann nur tiefste Versenkung zum Erwachen führen.“

„Der Weg zum Nirwana. Aber was geschieht mit der Seele?“

„Der historische Buddha hat zwar die Wiedergeburt aus dem Hinduismus übernommen, aber er glaubte, dass auch die Seele sich auflösen wird. Im Hinduismus dagegen hat der Mensch eine unsterbliche Seele, Atman. Sie ist mit dem Urgrund der Welt identisch und durchläuft nach dem Gesetz des Karmas viele irdische Existenzen. Buddha Gautama, lehrte, eine Person bestehe aus fünf Elementen, die sich für einen begrenzten Zeitraum vereinigt haben. Das sind: Körper, Empfindungen, Wahrnehmung, Geistesregungen und Bewusstsein. Auch die Seele besteht aus diesen Elementen, außer dem körperlichen, und ist deshalb ebenfalls unbeständig.

„Wie kommt es dann zur Wiedergeburt?"

„Der verstorbene Mensch geht über in ein Bardowesen aus Geist und Bewusstsein. Nach einer Übergangsphase sucht sich das Bardowesen einen neuen Körper, in dem es wieder geboren wird. Wobei man sagen muss, dass der tibetische Buddhismus verschiedene Wiedergeburtserscheinungen lehrt, als Götter, Menschen, Tiere bis zu den Höllenwesen."

„Wie bitte?"

„Ja, je nach deinem Lebenswandel in diesem jetzigen Körper. Ob du ein gutes oder schlechtes Karma aufgebaut hast. Du kannst auch als Schlange wiedergeboren werden."

Er setzte einen schalkhaften Wissensblick auf.

„Äh, danke. Da bleibe ich besser beim Christentum."

„Du meinst die Auferstehung mit Leib und Seele am Jüngsten Tag. Klingt sehr hoffnungsvoll. Schwieriges Thema. Nach katholischer Auslegung heißt das Läuterung des unrechten Lebenswandels im Fegefeuer, dann Paradies. Oder Hölle. Von diesem Szenario haben sich jedoch Luther und die Anglikanische Kirche distanziert. Für die Ostkirche war dies nie ein Thema, da die These vom Fegefeuer erst nach der Kirchenspaltung von Rom proklamiert wurde."

„Echt?"

Scherzhaft fügte er hinzu: „Ein amerikanischer Arzt hat mal versucht, das Gewicht der Menschenseele bei Sterbenden zu ermitteln. Nach seinen Messungen ergaben sich einundzwanzig

Gramm Unterschied. Dies sei ein Hinweis darauf, dass das Gewicht der Seele im menschlichen Körper messbar sei ..."

„Einundzwanzig Gramm! Der Artikel neulich!"

Den Artikel fand sie durchaus Nachdenkens wert, diese Einundzwanzig-Gramm-Theorie jedoch absurd.

„Mir ist dabei das Kürzel aufgefallen. Es könnten die Initialen von Marc Weiss sein."

Antonia sah ihn erstaunt an. „Marc. Dem Marc?"

„Ja. Aber eigentlich unmöglich. Wohl nur ein Zufall."

Antonia trieb eine Frage um: „Sag mal, wenn es einen Schöpfergott gibt - glaubst du, dass er all das geschaffen hat, ich meine den Menschen in seinem ganzen Wesen, oder besser gesagt, das Menschliche: Liebe, Lust, Leid – glaubst du, dass dieser Schöpfergott dies alles erschaffen hat, damit der Mensch lernen soll, genau dies in seinem Leben zu überwinden?"

„Du fragst mich als Wissenschaftler. Im ZEN und bei den Mystikern wird dies so gesehen. Weil eben nur so die vollkommene Annäherung an das Göttliche möglich sei. Buddha hat diese Zusammenhänge so erkannt. Und nicht nur er, auch Jesus und andere ‚Erwachte' sahen in der Enthaltsamkeit den richtigen Zugang zur Vollendung. Da die meisten Religionen aber Familienbildung als Lebensgrundlage voraussetzen, sind Liebe Lust und Leid vorprogrammiert. So gesehen ein Wiederspruch. Oder aber, es ist der Weg der Entwicklung der Menschen. Der Weg durchs Leben zum Erwachen, zur Vollendung, oder vollkommenen Leere."

Ihr ganzer Körper, jede Faser in ihr schien zu widersprechen:

„Nein, das möchte ich nicht glauben. Nein. Also Jesus hat jedenfalls dieses ganze Menschliche durchlebt, da bin ich sicher. Auch wenn das mit der Liebe nicht bezeugt ist, werden doch immer wieder Frauen an seiner Seite erwähnt. Er hatte Freude am Leben. Selbst wenn bewiesen ist, dass die Enthaltsamkeit zu einer höheren Stufe führt – ich würde es nicht wollen! Was ist dann das Leben noch ohne Liebe, Lust und Leid?"

Johannes streifte mit Zeige- und Mittelfinger über ihren Handrücken.

„Wohl eben eine höhere Dimension des Daseins. Mit allerdings gravierenden, globalen Folgen: Ohne den Sexualtrieb würde im Endeffekt die Menschheit ganz einfach aussterben. Ja, nicht nur die Menschheit, ebenso große Teile der Flora und Fauna."

„Und das soll der Plan sein, von Anfang an? Ist es das, was der Schöpfergott will? Aber wozu dann noch einen Gott, wenn es keine Menschen mehr gibt? Ach ja, da wären wir dann wieder beim Buddhismus, beim Nirwana, beim endgültigen Auflösen."

Ihr fiel ein Gedicht von Rilke ein, worüber sie mit Ben einmal gesprochen hatte. Sie sah ihm tief in die Augen.

„Kennst du das: *Was wirst du tun Gott, wenn ich sterbe?"*

Er nickte und rezitierte weiter: *„Ich bin dein Krug – wenn ich zerscherbe…"*

Antonia: *„Ich bin dein Trank – wenn ich verderbe, bin dein Gewand und dein Gewerbe…"*

Johannes vollendete: *„Mit mir verlierst du deinen Sinn."*

Antonia fasste seine Hand. *„Nach mir hast du kein Haus, darin Dich Worte nah und warm begrüßen…"*

Johannes neigte den Kopf vor, nahe an ihr Gesicht:

„Es fällt von deinen müden Füßen die Samtsandale, die ich bin."

Sie spürten das Ungewöhnliche, das nur ihnen beiden gehörte. Als hätten sich zwei Elixiere zu einem Leuchten entfaltet. Zwei Wellen, die im großen Wasser zu einer Woge verschmolzen und sich für Augenblicke als Einheit bewegten. Auf und ab, auf und ab. Als würde der Blick in die Augen des Anderen ihre Seelen offenbaren. Stumm sahen sie sich eine Weile in die Augen. Dann schüttelte Antonia den Kopf, ihre Haare wehten kurz hin und her. Als wäre sie eben aus einem Traum erwacht und müsste sich erst besinnen, wo und in welcher Situation sie sich befand.

„Was tun wir hier eigentlich? Ich weiß gar nicht, wie ich zu solchen Gedanken komme. Jedenfalls genug jetzt, Herr Doktorand. Am besten denke ich darüber erst mal gar nicht nach. Dazu ist das Leben doch viel zu schön."

Sie streifte sich ihr Haar ein wenig über die Schulter. Der Kaffee war längst kalt geworden.

Von ihrem Platz konnte sie über zwei weitere Tische hinweg einen älteren Herrn sitzen sehen, der in einer Lektüre blätterte. Er saß halb abgewandt im Rücken von Johannes, der ohnehin nur Augen für Antonia hatte.

Der ältere Herr schien ganz in ein Heft vertieft zu sein. Seine von Altersflecken gezierten Ohren waren jedoch auf Empfang. Und er war auf der Hut, damit sein Großneffe ihn möglichst nicht sehen sollte. Und wenn doch, so konnte er ja als Ausrede die Buddha-Ausstellung angeben, ein Zufall also, dass sie sich hier begegneten.

Auch Johannes schien hart aufzusetzen aus einer Höhe, in welche sie beide sich gegenseitig in schwebender Kreisbewegung hinaufgeschraubt hatten. Er war hier mit dieser schönen Frau, die in schwarzen, engen Jeans und dem weißen T-Shirt so jugendlich wirkte und mit ihm flirtete. Wie zufällig berührten seine Finger noch einmal ihre Hand, sie ließ es geschehen.

„Entschuldige bitte, manchmal geht das mit mir durch. Wie kann man bloß so dumm sein und mit einer schönen Frau über Seelenwanderung reden. Das kann wohl nur mir passieren."

Gerade dies liebte sie an ihm, diese jungenhafte Ehrlichkeit, ohne Hintergedanken. Zumindest sah sie in seinen Augen nur die ‚guten Hintergedanken' die ihr allzu verständlich schienen. Und gleichzeitig sah sie in ihm den künftigen Professor. Klug und irgendwie immer noch liebenswürdig, der die Welt aus einer ein wenig anderen Perspektive erkannte, als seine Mitmenschen.

„Also“, fügte er lachend hinzu, „ich finde auch, dass wir doch lieber bei unserer jetzigen Körperwelt bleiben.“

Sie schwieg, blickte auf ihre Armbanduhr und meinte:

„Schon so spät. Tut mir leid, ich muss jetzt wirklich gehen.“

Sie winkte der Kellnerin. Ein Abschiedswort von ihm:

„Ich finde es ist schon etwas Besonderes mit dir über solche Themen zu reden. Wann und wo sehen wir uns wieder?“

Feuer

Gregor Wacker war vor ihnen hinausgegangen. Er wollte den Mantelkragen hochschlagen, doch die kalte Luft wurde bereits verdrängt durch eine warme Föhnwelle. Hinter einem Kastenwagen sah er zum Eingang. Zwischen Tür und Gehsteig verabschiedete sich Johannes von Antonia, sie schien ihm noch etwas zu sagen, er stutzte einen Augenblick, sah sie an, dann nickte er. Sie hielten sich für einen Moment an beiden Händen. Ein schlichtes einander Zunicken ohne Umarmung. Schließlich eilte er entgegen der Richtung, welche Wacker erwartet hatte, mit schnellen Schritten davon.

Auf dem Gehsteig vor dem Jugendstilgebäude des Kunsthauses ging es lebhaft zu. Hästräger und bunt maskiertes Volk, darunter viele Kinder, spülten sich durch die enge Straße und neckten Passanten.

„Entschuldigen Sie, ich sah Sie eben mit meinem Großneffen Johannes."

Antonia sah den alten Mann etwas verwundert an.

„Wissen Sie wo er hingegangen ist? Ich wollte eben mit ihm sprechen."

„Nein." In diesem Moment fiel ihr ein, dass dieser ältere Herr eben noch im Café saß. Er sah sie mit festem Blick an, als wolle er sie festnageln.

„Sie kennen Johannes?"

„Ein wenig". Antonia zeigte eine abweisende Haltung, machte Anstalten weiterzugehen. „Entschuldigen Sie, ich muss."

Er stellte sich vor sie hin.

„Ich will mich ja nicht in Ihre Privatsphäre einmischen."

Antonia runzelte die Stirn.

„Zufällig gehe ich öfters an Ihrem Haus vorbei zu der Kapelle. Dort sah ich sie mit ihrem Mann und den Kindern im Garten."

„Worauf wollen Sie hinaus?"

„Nun ja“, er druckste etwas herum, „Johannes hat noch nicht lange eine Trennung hinter sich.“

„Wollen Sie mir gerade etwas unterstellen?“

„Jedenfalls sollte er nicht in eine Affäre hineingezogen werden. Er macht seine Doktorarbeit, solche Ablenkung wäre nicht gut.“

„Ach, spionieren Sie uns nach? Das sollten Sie doch wohl besser mit ihm besprechen.“

„Eben nicht. Eher mit Ihnen“, rief er etwas zu heftig. „Was ist das zwischen ihnen beiden? Sie sind eine verheiratete Frau, haben einen lieben Mann, auch wenn er gerade arbeitslos ist. Und zwei Kinder. Das setzt man doch nicht aufs Spiel. Wie kann man sich da auf andere Männer einlassen, Johannes ist ja nicht der Einzige. Sie spielen mit dem Feuer und andere verbrennen sich daran.“

Bruder Gregor in seinem missionarischen Element.

„Wie bitte? Ich glaub es wohl nicht. Sind Sie ein Stalker? Ich lasse mich nicht mit anderen Männern ein, das stimmt so nicht. Ich verbiete Ihnen, solche Unwahrheiten über mich zu verbreiten!“

Wütend machte sie einen Schritt auf Wacker zu, der trat unwillkürlich zurück, dabei knickte er mit dem Fuß über den Bordstein und fiel seitwärts auf die Straße. Ein Auto vollführte kreischend eine Vollbremsung. Der Wagen kam vor dem auf der Straße liegenden Mann zum Stehen. Antonia war zutiefst erschrocken. Sie stand wie gelähmt da, spürte ihren Puls am Hals klopfen. Der Fahrer war inzwischen ausgestiegen um dem Mann, der auf dem Asphalt lag zu helfen. Der hatte sich bereits etwas aufgerichtet um zu signalisieren, dass ihm nichts passiert sei. Auch Passanten waren hinzugetreten. Eine Frau half ihm, zusammen mit dem Fahrer beim Aufstehen. Es gehe ihm gut, versicherte der alte Herr, dabei prüfte er seinen linken Fuß, ja es gehe ihm wirklich gut, ihm würde nichts fehlen.

„Vielen Dank für Ihre Hilfe." Er wandte sich zu Antonia, die immer noch wie versteinert dastand, dann schüttelte er anklagend den Kopf, bedankte sich nochmals bei den Helfern und ging langsam, ohne sich umzudrehen, weiter.

- - - - -

In Antonias Kopf flipperten die Gedanken, einer stieß den anderen an. Was wollte dieser Mann? Wie kam er auf den Gedanken, sie sei eine ... Woher wusste er das alles über sie und ihre Familie?

Sie brauchte dringend jemanden zum Reden. Sie rief Jule an. Jule stöberte gerade in einer Boutique, sie hatte Mittagspause. Antonia traf sich mit ihr kurz darauf im Café am Marktplatz.

Jule spürte sofort unter welcher Spannung ihre Freundin immer noch stand. Mit behutsamen Worten versuchte sie Antonia zu beruhigen. Wie der Mann denn ausgesehen habe, der sie so attackiert hatte? Antonia beschrieb ihn.

„Kenn ich nicht. Jedenfalls scheint er den Sturz unbeschadet überstanden zu haben."

„Johannes erwähnte ihn einmal. In der Stadt nennt man ihn den Bruder Gregor, da er immer in Sachen christlicher Mission unterwegs ist, seit vielen Jahren. Er ist schon länger Witwer und nimmt wohl das mit der christlichen Ehe sehr ernst, ein tiefgläubiger Christ eben."

„Mach dir jetzt bloß keine Vorwürfe, dazu gibt es keinen Grund."

„Du bist gut! Johannes sei ja nicht der Einzige, warf er mir vor. Wie kommt er bloß darauf?"

„Ach daher diese heftige Anschuldigung. Vielleicht hat er dich einmal mit einem deiner ‚Männer' gesehen, die du begleitest."

Antonia verspürte zum ersten Mal etwas Ruchbares an ihrem ‚Begleiterinnen-Job'. „Puh. ‚Sie spielen mit dem Feuer und andere verbrennen sich daran'. Stell dir mal vor. Das warf er mir einfach so an den Kopf."

Jule versuchte zu beschwichtigen: „Du nimmst jetzt mal ein schönes Stück Torte, dann reden wir in Ruhe."

Ihre Freundin wirkte innerlich bestürzt, als wäre sie bei etwas Verbotenem ertappt worden.

„Plötzlich taucht dieser Mann auf, genau in dem Augenblick… natürlich hat er recht: Ich, verheiratet, zwei Kinder, selbst das von Benjamin wusste er. Das ist doch irgendwie ein schlechtes Zeichen, ein Warnsignal oder so."

Antonia sah auf die Uhr, sie hatte noch gut eine halbe Stunde Zeit, ehe sie sich mit Benjamin und den Kindern treffen wollte.

„Vielleicht sollte ich es lieber lassen."

„Was lassen?"

„Wir haben uns beim Verabschieden für morgen in deiner Apartmentwohnung verabredet. Spontan, ganz gegen meine Art. Weiß gar nicht, was in mich gefahren ist. Zwischen Tür und Gehsteig."

War es ein gereifter Gedankenimpuls oder einfach nur Verlangen? Es habe sich so gut angefühlt in diesem Augenblick, nicht vernünftig, dennoch gut. Dieser Zustand zwischen ihr und ihm, dieses Spiel auf der Töpferscheibe der Gefühle, das könne doch nicht ewig so weiterkreisen.

„Wäre das okay für Dich?"

Jule nickte, musste ihre Antwort jedoch zurückhalten, da eben der Cappuccino und die Tortenstücke serviert wurden.

„Du wirst jetzt nicht wieder zaudern. Natürlich ist das okay. Hey Antonia, genau das bist du: Entscheidungsstark, wie immer. Warum dann plötzlich so verzagt und kleinmütig. Lass dich jetzt bloß nicht von dem Großonkel, diesem Bruder Gregor abhalten, der lebt in einer anderen, vergangenen Welt. Oder plagt dich etwa der Föhnblues? Ihr trefft euch bei mir wie besprochen. Und er wird sich ganz sicher nicht an dir verbrennen."

Antonia sah ihre Freundin immer noch zweifelnd an.

Jule setzte nach: „Nimm es als verspäteten Faschingsflirt. Oder aber als Schritt zur endgültigen Klärung. Glaub mir, das ist der beste und vielleicht einzig richtige Zeitpunkt."

Johannes Berger – Notizen

Auch Johannes Berger war auf diesen ungewöhnlichen Artikel aufmerksam geworden und hatte seine eigenen Gedanken dazu. Er griff nach einem kleinen Buch des persischen Dichters und Mystikers Dschelaleddin Rumi. Rumi war neben Hafis der bedeutendste persische Dichter, sein Hauptwerk ‚Mathnawi' umfasst 26 000 Verse.

Siehe, ich starb als Stein und stand als Pflanze auf.
Starb als Pflanz' und nahm dann als Tier den Lauf,
starb als Tier und ward ein Mensch. Was fürcht' ich dann.
da durch Sterben ich nicht minder werden kann?
Und wenn ich werd' als Mensch gestorben sein,
wird ein Engelsflügel mir erworben sein,
und als Engel muss ich sein geopfert auch,
werden, was ich nicht begreif, ein Gotteshauch.
O lass mich Nichtsein, denn das Nichtsein ruft
mit Orgelton: Zu ihm kehr'n wir zurück.

SPLITTER IM UHRWERK

Mitternacht war vorüber. Albin war dran – und Oswald.

Angelis Finger schwebten in magischer Beschwörung über dem Tablet:

"Wollen doch mal sehen, ob Galileis Zeitmaschine auch richtig funktioniert."

Sie deutete mit einer Kopfbewegung auf die alte Uhr.

"Ob man die über unser Computerchen hacken kann?"

Cherubina fiel vor Schreck vom Seil und plumpste neben Angeli auf den Boden:

"Spinnst du, lass das!"

"Ach Quatsch, ich kann doch mit dem Tablet nicht die göttliche Zeitmaschine lahmlegen. Obwohl, was heißt schon göttlich – das ist ein rein menschengemachtes, altes Meisterwerk, was wiederum die Frage aufwirft, wo wir hier wirklich sind. Aber ... cool wäre das schon. Fragt sich nur, wo steckt hinter all diesen Rädern, Achsen, Federn und Häkchen die künstliche Intelligenz?"

Cherubina erlebte wieder einen Anflug von Panik:

"Cool! Hacken! Das ist ja wieder typisch für dich. Und weshalb wurdest du von einem mutmaßlich vatikanischen Mafioso erschossen? Weil du die Konten der Kardinäle gehackt hattest und die Geldwäschegeschäfte der Vatikanbank der Öffentlichkeit präsentieren wolltest! "

Angeli kicherte im Surffieber abwesend vor sich hin. Ihre Handbewegungen schienen völlig losgelöst von ihrer Person, ein Eigenleben zu führen: Tippen und Wischen nach dem Zwei-

Daumen-Prinzip. Rauf, runter, hin und her. Linkswischer mit dem rechten Daumen, Rechtswischer mit dem linken Daumen.

"Mensch Engel hör‘ auf damit, Herkules dreht durch, wenn er das mitbekommt." Cherubina warf einen Blick zur Wand, kein Kopf zu sehen.

Angeli: "Ah hier."

Eine Stimme aus dem Tablet meldete sich: *Sind Sie sicher, dass Sie eine Änderung vornehmen wollen?*

Cherubina entsetzt: "Nein!!"

Angeli: "Na klar."

Vehement griff die Orientalin ein. Sie versuchte Angeli das Tablet zu entreißen. Angeli wehrte den Angriff ab. Im Gerangel, verbunden mit Angelis Gekicher, flog plötzlich das Tablet durch die Luft. Sie hörten die Computerstimme mit bedauerndem Tonfall: *‚Zu dieser Maschine gibt es leider keiiii...‘* Dann landete das Tablet im Räderwerk der Zeitmaschine. Gequält klangen die letzten Worte aus dem Tablet: *‚...keiiii...en... Zuuu...ang‘.*

Es knirschte und knackte, geschmiedete Zahnräder gegen Kunststoffgehäuse. Das Tablet gab ein letztes Geräusch von sich, es hörte sich an wie das Krächzen eines heiseren Rabens. Ein greller Lichtblitz zackte über das Firmament. Die Seile tänzelten. Tiefes Grollen schob eine dunkle Wolke vor.

Cherubina entfuhr ein leises: "Heiliger Himmel! Was war das?"

Angeli klang nun auch etwas verunsichert: "Keine Ahnung, aber sah aus wie ein echter Blitz."

Beide starrten zum Uhrwerk, als wäre dieser dort ‚hineingefahren‘.

"Hm", äußerte sich die mutmaßliche Hackerin leise. "Mir scheint, das geniale mechanische Ensemble stottert, und das kurz vor Mitternacht."

Der Armenierin schienen sich die schönen schwarzen Locken zu sträuben. "Du! Diese vorsintflutliche Zeitmaschine will den 29. nicht überspringen. Die wird ihn gleich einhaken. Nein!"

Mit einem heftigen Ruck riss sie das Tablet aus dem Uhrwerk.

"Puh, das war knapp."

Bei näherem Hinsehen erkannte sie jedoch, dass ein Kunststoff Teilchen, ein Splitter, sich an diesem Häkchen verklemmt hatte. Das Räderwerk jedoch schien, ungeachtet dessen, seine Zeitschritte gemäß den vorgegebenen Takten fortzusetzen.

Angeli überspielte ihr inneres Flügelflattern in scheinbar chilliger Trockenheit:

"Hey, bleib locker. Wäre doch lustig, wenn sich bei denen da unten mal was Außerplanmäßiges ereignet. Ein freier Tag, den es eigentlich gar nicht gibt. Da können sich diejenigen freuen, denen dauernd die Zeit davonläuft. Was man mit so einem Tag alles machen könnte: Eis essen, die Welt retten, baden gehen".

Cherubina stand mit dem Tablet in den Händen neben der alten Uhr und sah ängstlich zur Wand. Wenn Herkules den Blitz bemerkt hatte …

Von dort schallte unvermittelt wieder einmal das wohlbekannte schräge Duett einer fröhlich meckernden armenischen Bergziege mit dem Orakeln eines offensichtlich betrunkenen sardischen Hausesels.

"Cherubina was ist los mit dir? Dieses Lachen oder besser Geheule, von wo auch immer es kommen mag, das ist doch schon eine alte Leier."

Die Armenierin starrte auf das Pendel, dann wieder auf die Wand. Angeli wollte sie mit sanfter Stimme beruhigen.

"Herkules hat wohl nichts mitbekommen von diesem Blitz. Und wenn, was könnte der uns schon antun?"

Cherubina war immer noch völlig aufgelöst, sie zitterte am ganzen Leib, wendete ihren Blick von der Wand zur hohen

Raumdecke. Blauer Himmel und kleine weiße Wolken, als wäre nichts geschehen. Auch die Taue hingen schlaff an Ort und Stelle. Schließlich stierte sie Angeli bestürzt an:

"Du bringst uns noch in die Hölle mit diesem Unfug, den du da anrichtest."

Sie deutete auf den Chronometer, der gleichmäßig weiter tickte. Zitternd streckte sie ihrer Gefährtin das lädierte Tablet hin, als wäre es eine tickende Zeitbombe.

"Ach was." Angelis Lachen klang etwas verunsichert.

In Cherubina war die alte Wunde wieder aufgebrochen. Folter und unsäglicher Schmerz.

"Nicht ‚ach was'! Ich will da nicht hin. Das hab ich schon hinter mir. Aber du verstehst das ja nicht, du – ein einziger Schuss, eine kleine Kugel, schmerzlos und schnell alles vorbei. Was weißt du schon, wie es anderen erging und immer wieder ergeht. Schlimmer kann auch die tiefste Strafgerichtshölle deines Dante nicht sein."

Angeli nahm ihr das Tablet ab, lief damit nach hinten und schob das schwarze Täfelchen unter die rechte Bank.

"Hey!"

In der Brokatwand, nahe der Lichtsäule, erschien der schwarzgelockte Krauskopf von Herkules. Die großen kastanienbraunen Augen sprangen im Sidestep von rechts nach links und von links nach rechts. Am linken Ohrläppchen zitterte der kleine goldene Knopf.

"Was war das? Ein Blitz?"

Der halb geöffnete Mund erinnerte an den fehlenden Schneidezahn, wodurch ihm bei dem ‚Blitz' ein schleifender Zischlaut entwich.

Cherubina wandte sich ihm zu und versuchte so unbefangen wie möglich ‚Was meinst du denn' zu hauchen.

"Da war ein Blitz, wohl um Mitternacht. Also bei denen da unten müsste es Mitternacht sein. Seid ihr das gewesen? Los, sagt schon!"

Seine Stimme hatte etwas gurgelndes, tief aus einem Gulli der Al-Iman Al-Mahdi Road, der Hauptstraße von Karthum zwischen drei Uhr und fünf Uhr morgens, verbunden mit dem zweimaligen schleifenden Zischlaut.

Das smaragdgrüne Irispaar der Wahlrömerin versuchte es mit Unschuldsblick und schwärmerischer Stimme.

"Ja, ein Blitz kam heruntergefahren, sah toll aus."

Herkules rollte die Augen. Irgendetwas stimmt nicht. Er sah zum Ziffernblatt des Uhrwerkes, welches fünf Minuten nach Mitternacht anzeigte. Das alte Perpendikel vollendete in stoischer Regelmäßigkeit seine Schwingungen von einem Scheitelpunkt zum anderen. Exakt nach Galileis Erkenntnis, wonach die Länge zwischen der Aufhängung und seinem Schwerpunkt die Schwingungsdauer bemisst. So Angelis Gedanken.

"Macht mir bloß keinen Ärger, ihr Empfangsengel", gurgelte er und wollte den Kopf zurückziehen.

"Sag mal, Herkules", begann nun Angeli mit unschuldigem Tonfall, "kannst du nicht mal den Herrn Galileo herschicken, wir würden gerne etwas über diese Uhr erfahren?"

"Wer ist Herr Galileo? Hier gibt es keinen Herrn mehr, außer dem Einen."

"Na, der Wissenschaftler, der sich auch mit Uhren auskennt."

"Ist er etwa ein Heiliger?"

"Nein ganz bestimmt nicht. Aber wenn du kein heiliges Donnerwetter erleben willst, dann wäre es gut, du würdest ihn hierher beamen können. Oder was denkst du, was dieser Blitz zu bedeuten hatte?"

Herkules bewegte seinen Krauskopf vor der Brokatwand hin und her. Dann starrte er seine beiden Engel durchdringend an.

"Wollt ihr mir drohen. Ihr habt was angestellt, ihr beiden, ihr seid gewiss keine Unschuldsengel. Also, was ist los?"

Beide sahen ihn mit Engelsmienen an, schwangen sich auf ihre Seile und beschwichtigten den Herrn der Pforte.

"Immer cool bleiben, Herkules. Aber denk an Galileo."

Aus der Wand drang eine dunkle Hand mit hellen Fingernägeln. Der Guardian wendete die gespreizten Zeige- und Mittelfinger kurz auf seine Augen um sie dann warnend auf die Gehilfinnen zu richten.

"Vorsicht!" Gurgelte und verschwand.

Cherubina hatte Mühe ihre innere Explosion zu kontrollieren. Stumm schüttelte sie den Kopf gegen ihre Schicksalsgenossin. ‚Immer cool bleiben – denk an Galileo'. Angeli, der taffe Halbengel. Journalistin bleibt Journalistin. Immer cool. Sie blieb neben ihrem Seil auf dem Rosenmosaik stehen.

Die Gefährtin sah sie mit einem verständnisvollen Blick an.

"Verzeih bitte. Es ist ja nichts passiert."

Angeli versuchte ihre Engelsgefährtin auf andere Gedanken zu bringen.

"Manchmal denke ich einfach nicht daran, wo wir sind. Ich sehe mich immer noch unten in Raum und Zeit. Und, schau dich hier um, überall Dinge von unten: das Uhrwerk, dieses Rotlicht, zwei Bänke. Das ist alles so normal, so irdisch."

Cherubina schüttelte den Kopf. "Nicht alles."

Sie deutete auf den weißen Lichtkegel mit dem schwarzen Pentagramm. Abraxas, Gott der Gnostiker, kam ihr wieder in den Sinn. Urwesen, Gott über Gott. Versöhnlich wandte sie sich ihrer blonden Kameradin zu.

"Ich kann dich ja verstehen. Wir bestehen immer noch aus Gefühlen und logischem Denken. Jedenfalls nicht aus Nichts, was man hier eigentlich annehmen sollte."

Angeli bemühte ein Lächeln. "Du sagst es, Engelsschwester. Und ich habe immer noch das Verlangen, wieder runter zu wollen. Ich hätte da noch etwas zu klären, mit dem, den sie den irdischen Stellvertreter des Höchsten nennen."

Cherubina versuchte zurückzulächeln. "Um etwa nochmals erschossen zu werden?"

"Nein! Das nicht, gewiss nicht. Aber so lange man denken kann, ist es unmöglich aus dem alten Leben, das sich ja mit uns selber entfaltet hat, herauszuschlüpfen. So wie eine Raupe, um sich dann in einen Schmetterling zu verwandeln. Der Mensch entwickelt sich nun mal in Zeit und Raum. Selbst Herkules hat schon rausgelassen, dass er gerne wieder runter möchte, zu seinen Zeburindern. In ein Land, wo brutaler Bürgerkrieg herrscht."

"Wobei er auch dann seiner Mutter unten nicht den ganzen Lebenslauf erzählen möchte, den er vor uns ausgebreitet hat", ergänzte Cherubina.

"Siehst du", rief Angeli und ergriff das Seil, um sich einmal hin- und herzuschwingen: "Wir müssen zwar nicht essen und nicht trinken, es gibt nicht mehr Tag und Nacht, nur dieses Farbspiel, aber wir denken immer noch irdisch, reden immer von unten."

Auch die Orientalin klammerte sich mit einem Sprung an ihr Seil um mit angewinkelten Beinen hin und her zu schwingen.

"Was wissen wir schon von hier – nichts", klagte sie leise.

"Nur", fügte Angeli mit einem leicht wehmütigen Ton des Bedauerns an, "dass Herkules uns einen Schritt voraus ist."

Cherubina deutete mit einer Kopfbewegung nach vorne.

"Du meinst die Wand?"

"Genau. Diese Wand, durch die ausgerechnet unser nicht gerade intelligenter, von einem Urman eingesetzter Wachtmeister einfach durchgehen kann und wir nicht."

"Wobei er ja meistens nur den Kopf erscheinen lässt und mal eine Hand."

Still schwangen sie durch die Lichtbahnen hin und her. Obwohl sich Cherubina etwas beruhigt hatte, saß die Angst vor den Folgen der versehentlich manipulierten Taktmechanik zutiefst in ihr. Immer wieder blickte sie argwöhnisch auf das Pendel.

"Ob dieses alte Ding, diese astronomische Uhr, ob die wohl immer noch so exakt schlägt wie vor dreihundert Jahren? Und - ob dieses Räderwerk wirklich einen Einfluss auf das Leben da unten hat? Eigentlich kann ich mir das gar nicht vorstellen."

Angeli vollführte eine halbe Drehung, dabei bog sie den Oberkörper weit nach hinten und streckte die Beine aus. Die Füße im Maigrün, den Körper im lichtblau, leuchteten die blonden Korkenzieherlöckchen violett gefärbt. Am Saum ihres Kleides drohten die roten Äpfel aus dem Gewebe zu fallen.

"Man sagt ja, jedem Menschen ist seine Zeit gegeben. Schicksal, Fügung, Bestimmung, wie auch immer. Aber" - sie musste kurz lachen - "dass unser Leben, unser Schicksal, von diesem Kasten voller Mechanik abhängt, das kann wirklich nicht sein."

Cherubina stupste sich in eine Drehbewegung. "Wir wissen ja nicht, ob die Zeit, die diese Maschine darstellt, überhaupt noch mit uns zu tun hat. Oder ob wir bereits zeitlos leben, existieren, ohne es zu erkennen. Und die da unten - oder wo auch immer - leben ihre eigene Zeit. Bei den einen beginnt der Tag, bei den anderen wird es zur gleichen Zeit Nacht."

Angeli sprang ab und sah sie nachdenklich an. "Meinst du, das hier ist alles nur pseudo? Manchmal wirkt es auf mich wirklich wie ein Theater, wie ein Traum. Aber wenn Leute hier ankommen, kannst du dich der Thematik nicht entziehen."

Die Herkunftsarmenierin stoppte ihre Drehung, nickte.

"Ich habe ebenfalls den Eindruck, dass es wichtig ist, dass wir da sind, wenn Leute ankommen und wir sie hier empfangen. Das gibt ihnen wohl ein beruhigendes Gefühl, eine innere Ruhe, um mit der Situation umzugehen, in der sie sich nun befinden."

"Hm, daran hab ich noch nie gedacht, aber es könnte sein."

"Und dann", Cherubina war abgesprungen: "Hast du schon mal daran gedacht, dass uns alle, die herkommen, verstehen. Selbst der Sudanese Herkules, obwohl sie von verschiedener Herkunft sind und andere Muttersprachen haben als wir?"

"Ist mir auch aufgefallen. Ich kann es mir nicht erklären, aber es scheint, dass es hier eine universelle Art der Verständigung gibt, die alle draufhaben, sobald sie hier in diesem Raum sind."

Angeli erinnerte sich: "In der Bibel, genauer gesagt, in der Apostelgeschichte, gibt es eine Stelle, da haben sich auch alle untereinander verstehen können, obwohl sie aus vielen verschiedenen Ländern gekommen waren. Man nennt es das Pfingstwunder."

"Brauchst du mir doch nicht erklären!"

Cherubina hatte plötzlich das Bedürfnis, die Tür der kleinen Pforte hinten zu öffnen. Mit tanzenden Sprüngen durchflog sie den Raum und riss die kleine Tür auf. Ein flammendes, helles Rot schlug ihr entgegen, ein Meer von orange bis glutrot erfüllte den Außenraum.

"Himmel!" Sie schrie ängstlich auf. "Was ist das denn? Das Fegefeuer?"

Angeli war zu ihr geeilt.

"Wow! Que bella aurora! Meraviglioso."

"Was bitte? Ach so." Cherubina nickte.

"Die unten sagen auch Morgenröte", flüsterte Angeli mit einem sehnsüchtigen Klang in der Stimme. "Es ist wohl Sonnenaufgang dort."

Wortlos starrten sie auf das Farb- und Lichtspiel bis ein dichtes herankriechendes Grau sie zwang, das Türchen wieder zu schließen.

Cherubina deutete auf die Uhr:

"Kannst du das Ding nicht einfach wieder aushaken, diesen Splitter rausziehen, so als ob nichts gewesen wäre?"

"Um noch einmal Blitz und Donner zu riskieren?"

14

Aschermittwoch – oder der 29. Februar

Aschermittwochsscherben

Ein flammendroter Horizontteppich bereitete der aufgehenden Sonne den Laufsteg. Fridolin genoss das Naturschauspiel nur für Augenblicke. Eilends stieg er mit der Kamera auf den Dachboden. Verfolgte, aus dem kleinen Dachfenster gelehnt, die Geburt einer leuchtenden Blutorange inmitten eines Flammenmeeres.

Was für ein Morgenrot, dachte er. Doch in die rote Lichtwelle, die über den Südosthimmel flutete, mischten sich schon feine graue Streifen. Der ansatzweise erkennbare, hellblaue Hintergrund würde wohl schon bald von einem grauen Tuch bedeckt. Der Föhn hatte seinen Höhepunkt überschritten, er bescherte eine großartige Sicht auf die teils weit entfernten Bergeshöhen. Hörbares Vogelgezwitscher mischte sich in die kühle frische Morgenluft.

Es war das erste Mal, dass er in der Fasnetszeit nicht zur Arbeit ging. So war er gestern schon frühmorgens unterwegs zum Bäcker, ehe die Schlange sich ausdehnte und die Scherben ausverkauft waren. Fasnetsdienstag und Scherben, das traditionelle Fasnetsgebäck, waren hier gleichbedeutend wie Ostern und Osterhase. Er brachte auch welche für Friedlinde mit. Weizenmehl hin oder her, Tradition schlägt Vernunft, aber nur ein klein wenig, heimlich sozusagen.

Auch fürs Frühstück an diesem Aschermittwoch hatte er gleich welche mitgebracht, was zwar keineswegs mit Tradition zu rechtfertigen wäre, schließlich ist dies ja bekanntlich der erste Tag der christlichen Fastenzeit. Aber als Vorruheständler musste er darauf wohl keine Rücksicht nehmen. Früher mal, ja, da hatte er manchmal den Ehrgeiz, diese zweiundvierzig Tage etwas anders zu leben. Kein abendliches Tütenfutter und kein Rotwein!

Er hatte bereits seinen Kamillentee aufgegossen. Die Kaffeemaschine hechelte und röchelte vor sich hin als wäre sie ein Abkömmling aus der Drachenhöhle, die sie im vorletzten Jahr in Mallorca besucht hatten.

Friedlinde war inzwischen aufgestanden, schaute kurz in die Küche. Ihr glutenfreier Brotersatz in Form von Bioreiswaffeln, dazu Marmelade und Honig standen auf der Arbeitsplatte in der Küche. Die Zeitung lag noch zusammengefaltet auf dem Tisch. Daneben das Körbchen mit den Scherben. Nach der Morgentoilette stand also dem Nach-Fasnets-Frühstück nichts im Wege.

Bevor Fridolin sich mit Tee und Müsli zu Tisch setzte, musste noch ein kleines Ritual vollzogen werden: Das Abreißen des Kalenderblattes mit der großgedruckten Zahl des Monatstages. Neben Sonnenauf- und Untergangszeiten informierte das kleine Stückchen Papier über den oder die Tagesheilige. Sonn- und Feiertags war die Zahl in hellem rot markiert. Auf der Rückseite stand ein Spruch von kirchlichen oder weltlichen Köpfen.

„Nanu! Was ist das denn? 29. Februar? Heiliger Oswald! Haha, ein schlechter Witz und das im kirchlichen Abreißkalender. Wobei", er studierte kurz die Einträge, „die anderen Daten, verglichen mit dem Vortag stimmen dürften: Sonnenaufgang, Monduntergang – alles richtig."

Friedlinde, die diesem Ritual ihres Ehemannes wenig abgewinnen konnte, sah kurz auf und kommentierte spöttisch:

„Ach du heiliger Oswald."

Sie schüttelte den Kopf und wandte sich dem Bestreichen der Bioreiswaffel zu. Diesen despektierlichen Kommentar konnte allerdings der landesbeamtete Vorruheständler unmöglich so stehen lassen. Ob sie denn nicht begreife, was ein solcher Fehler für Folgen haben könnte. Für Geschäfte, Schulen, Kindergärten, Betriebe. Ja, ein Chaos für die ganze Weltwirtschaft. Der kommende Sonntag wäre nicht der vierte März sondern der fünfte März und so weiter.

Friedlinde kommentierte ungerührt. „Ist aber nicht so. Alle anderen Kalender stimmen. Reiß das Blatt ab und wirf es weg. Februar ist vorbei, wir sind im März."

„Von wegen, mit dem Kalender geh ich zur christlichen Buchhandlung, mal sehen, was die dazu sagen. Außerdem heb ich mir das Blatt auf. Wer weiß, kann ja mal bedeutend werden."

„Typisch Mann, jeden Mist musst du aufbewahren. Kaputte Radios, vergilbte Postkarten, leere Kugelschreiber, wofür es keine Minen mehr gibt, selbst rostige Taschenmesser und unbrauchbare Fotoapparate. Wenn ich nur an das Monstrum von Teleobjektiv denke! Tausende Dias die kein Mensch mehr anschaut, mit Bäumen, Landschaft und Blumen und was weiß ich noch alles. Willst du nicht endlich mal den alten Computer, der auf dem Dachboden herumsteht, entsorgen? Und das alte Kassettendeck gleich dazu. Ich hab dir das schon zigmal gesagt!"

Friedlinde hatte wieder mal die Keule hervorgeholt, aber er wollte in Ruhe Zeitung lesen, also erwiderte er nichts. Von wegen jeden Mist - dass sie das einfach nicht verstehen konnte. Dabei sah sie sich die Bilder von dreißig Ehejahren doch auch gerne an, wenn er sich mal wieder aufraffte und die Dialeinwand und den Projektor im Wohnzimmer aufstellte. Das Taschenmesser war noch von seinem Großvater, ein ganz besonderes Taschenmesser, das neben den beiden Messerklingen, lang und kurz, mit einem Sägeblatt ausgestattet war. Und mit einem Pfriem, wie sein Vater diese Ahle genannt hatte. Ein spitz zulaufender Metallstift mit einer Öhre, bestens geeignet für kleine Notreparaturen, wie zum Beispiel am Kummet, am Ledergeschirr der Pferde. Zu einer anderen Zeit eben, als heute. Es war überhaupt nicht rostig. Das Messer war immer noch gut gepflegt.

Interessiert wandte er sich der Spalte mit der täglichen Sterndeutung zu. Neugierig, was da wohl zu diesem nicht vorhandenen 29. Februar prophezeit würde. Das Tages Horoskop, das allerdings den ersten März betraf, besagte für sein Sternzeichen in Sachen Partnerschaft: *Nutzen Sie die gute Stimmung für klärende Gespräche. Miteinander reden hilft.*

Liebe: In Sachen Liebe erwarten Sie heute große Gefühle, aber achten Sie besonders auf den Zeitpunkt.

Beruf: Wenn Sie andere überzeugen wollen, so eignet sich dieser Tag besonders gut. Ihr Schwung und Elan im Kommunikativen erreicht heute einen Höhenflug. Wo ihre Kunst mit Worten nicht ausreicht, kommen Sie mit anderen Spitzen zum Ziel.

„Ha, ha: Ihr Schwung und Elan im kommunikativen Bereich – was für ein Quatsch. Das Horoskop liegt ja wieder mal ganz schön schief", meinte er halb vor sich hinmurmelnd. „Was das denn wohl für andere Spitzen sein sollen? Spitzfindigkeiten vielleicht?"

Friedlinde sah kurz auf, fragte ironisch: „Na, was verheißen sie dir denn, deine Sterne?"

Ihr Hausgenosse und Ehemann zitierte: „In Sachen Liebe erwarten Sie heute große Gefühle, aber achten Sie besonders auf den Zeitpunkt." Er grinste.

„So, so. Na pass nur auf, dass du dich nicht übernimmst", frotzelte sie. Er streckte ihr die Zungenspitze heraus.

„Willst du noch Kaffee? Und Milch?"

Es folgte die übliche Zeitungsstille.

Ben Seborn nahm sich an diesem frühen Mittwochmorgen Zeit für den Tee, hörte im Radio Nachrichten und anschließend Musik. Ein Cellokonzert von Schumann, das ihn irgendwie tief berührte. Antonia war nicht mit ihm aufgestanden. Auch die Kinder schliefen noch. Etwas später als sonst ging er mit Mantel und Bürotasche aus dem Haus. Das Morgenrot prunkte mit einem atemberaubenden Sonnenaufgang.

Antonia bereitete das Frühstück für sich und die Kinder. Die beiden würden, wie abgesprochen, gegen zehn Uhr von Sandra abgeholt. Sie wollten noch einmal in den Ferien mit Sandras Kindern zusammen in die Eishalle gehen. Anschließend dann noch Burger essen. Als Lena aus dem Bad kam und sich an den Tisch setzte, fragte sie ihre Mutter:

„Ist was mit Papa, er ist in letzter Zeit so freudlos." Doch ohne die Antwort abzuwarten begann sie mit ihrem Anliegen:

„Mama, für meine Geburtstagsparty könnten wir doch einen DJ engagieren, ich kenne da einen, der hat auch schon bei Jana aufgelegt. Das wäre echt der Hammer."

„Lena bitte – du wirst zwölf! Jana ist immerhin vierzehn."

„Na und?

Antonia sah ihre Tochter an. „Einen DJ! Und gleichzeitig redest du von Schülern die wegen Klimaschutz freitags auf die Straße gehen."

„Ach, komm schon Mama. Meine Party hat doch nichts mit dem Klimaschutz zu tun. Außerdem sind die vom Klimaschutz auch noch etwas älter als ich. Und das geht ja vor allem gegen die Politiker. Die sollen das endlich besser machen."

Antonia hielt dagegen, dass ihre Tochter sich bereits diese irre teure Konzertkarte gewünscht hatte. „Diese Boygroup aus Asien. Nach Berlin!"

„Das ist nicht irgendeine, Mama, die sind himmlisch, das ist mega, mehr noch, die sind wirklich göttlich, die Jungs."

„Himmlisch, göttlich, sag mal geht's noch?"

„Und wer ist extra nach Rom geflogen zu einem Konzert von Madonna, als ich noch ganz klein war? Und vor zwei Jahren nach Barcelona. Das warst doch wohl du Mama."

Lena zog die Trumpfkarte, ein nahezu unschlagbares Argument. Antonia hatte sich damals über ihr Reisebüro für Mitarbeiterkonditionen zwei Eintrittskarten samt Flug zu Madonna nach Rom geleistet. Für sie und Jule. Lena war gerade fünf Monate alt. Benjamin hatte sie erst gar nicht zu fragen gewagt, der fand Madonna geradezu abstoßend obszön. Damals in Rom, die Popsängerin mit einer Dornenkrone auf dem Kopf an einem riesigen Gitterkreuz. In einer Pose, die sehr stark an die Kreuzigung Jesu erinnerte, was beim Vatikan wie auch bei vielen Besuchern Abscheu und Proteste ausgelöst hatte.

Was denn plötzlich los sei, mit ihrer sonst so aufgeschlossenen Mutter. Das sei doch wohl kein finanzielles Problem. Antonia versuchte es auf andere Weise: Ob ihre Tochter sich vorstellen könne, was bei so einer modernen Konzertshow allein an diesem Abend an Strom verbraucht würde. Da könne man wohl hier die ganze Siedlung ein Jahr lang versorgen. Ein kläglicher Versuch, sie wusste es selbst und bekam dies auch gleich zu hören.

„Äh – das ist jetzt nicht dein Ernst. Darüber machst du dir Gedanken? Warst du etwa bei dem Klimaschutzvortrag vorgestern?"

Antonia versuchte es auf die besänftigende Art: „Liebe Tochter, ich lerne eben auch noch dazu. Also das mit dem DJ muss nicht sein, Lena. Nein wirklich, ihr müsst euch doch nicht mit Musik volldröhnen, ihr könnt so viele andere Dinge tun. Miteinander reden, Mensch das ist doch das wichtigste unter euch Freundinnen. Und über Berlin reden wir mit deinem Vater."

„Ach Mama, ehrlich, so kenn ich dich ja gar nicht. Seit wann bist du denn so spießig."

Hinter der Küchenzeile tauchte plötzlich Linus mit einer Pistole in der Hand auf. Er richtete sie auf seine Schwester und schrie:

„Päng. Tot, du bist tot, ich habe dich erledigt, du falsches Monster."

Lena lachte nur kurz und erhob sich, um zu gehen.

„Linus! Sag mal, musst du uns so erschrecken! Was hast du da für eine Pistole?"

„Das ist eine Power Combat Blaster blue, Mama, das sieht man doch. Mit der vernichte ich alle Feinde."

„Äh – was ist das für ein Ding? Combat Blaster?"

„Eine Kampfpistole in Star Wars", klärte Lena ihre Mutter auf.

„Star Wars? Ach so – Krieg der Sterne".

„Genau". Lena lachte und ging in den Flur um ihre Schuhe anzuziehen.

„Woher hast du die denn?"

„Hat mir Luca geschenkt. Von euch bekomme ich das ja nicht, er hat jetzt eine bessere."

Er richtete seine blaue Blaster auf Lena und rief:

„Päng! Päng! Los, du bist tot."

„Sag mal Linus, was ist tot?" Antonia sah ihn fragend an.

„Na tot halt. Sie muss umfallen, sich hinlegen. Wie schlafen."

„Tot ist also wie schlafen?"

„Jaa. Aber sie spielt ja nicht mit, sie spielt gar nicht mehr mit."

„Linus, wir haben es dir schon oft erklärt, dass man mit Waffen nicht spielt."

„Aber Papa hat auch eine Pistole bei sich."

„Wie bitte?"

„Ja, in der Aktentasche, ich habe sie neulich gesehen."

Antonia war innerlich bestürzt. Sie dachte an den Zwischenfall im Park, als Benjamin so übel zugerichtet nach Hause kam.

Aber dass er deswegen seine Pistole in der Arbeitstasche mit sich trug?

„Mami“, begann nun Linus in einem klagenden Tonfall:

„Wann bekomme ich endlich auch mein eigenes Handy? Alle in meiner Klasse haben schon eines. Die lachen mich aus, von wegen Landei. Selbst Mia aus unserer Nachbarschaft hat schon eines. Und die ist ein Jahr jünger als ich.“

„Ach Linus, du bist neun. Jetzt warte halt mal, das wird schon noch. Es läuft eben nicht immer alles so, wie wir es uns wünschen.“

„Wieso? Es läuft doch alles normal. Oder ist etwas?“

„Nein, aber wir müssen trotzdem noch etwas sparen, unser schönes Haus zahlt sich nicht von alleine. Außerdem: Dein Papa und ich finden, dass du wirklich noch kein Handy brauchst - hatte Lena in deinem Alter auch noch nicht.“

Enttäuschung und Bitte lagen in den kindlichen Gesichtszügen des Buben. Immer dasselbe, murmelte er, entweder sei es das Geld oder er wäre noch zu jung.

„Linus, wenn du mitkommen willst, dann zieh dich jetzt an“, rief Lena, die noch einmal nach oben in ihr Zimmer ging.

„Sandra wird uns demnächst abholen.“

Himmel blass rot

Auf der Straße vor dem Kunsthaus hatte er ihren Namen aufgeschnappt: Jule. Es musste wohl eine Freundin sein. Als Antonia und Johannes sich verabschiedeten, hörte er wie sie ihm zurief: Morgen bei Jule, Magdalenengasse. Leider konnte er nicht hören, um welche Uhrzeit dort etwas stattfinden sollte. Für ihn war klar, dass es sich um ein intimes Treffen handeln würde.

Nach dem unglücklichen Sturz war Gregor Wacker mit leichten Schmerzen an der Hüfte und an der Schulter nach Hause gehinkt. Er rieb die lädierten Stellen mühsam mit Franzbranntwein ein. Die Zubereitung des Nudelauflaufs hatte ihn etwas von diesem Sturz abgelenkt. Kochen, essen, abspülen war für ihn inzwischen zu einer festen Größe geworden, wofür er sich gerne Zeit nahm. Anschließend legte er sich aufs Sofa, auf dem Johannes als Kind schon herumgeturnt hatte.

Am Nachmittag hatte er sich noch einmal aufgerafft - dieses Liebestreffen trieb ihn um. In der Altstadt schob er sich durch johlende, knatternde Fasnetskinder um in die Magdalenengasse zu gelangen. An der Klingel, dritter Stock stand J. Schneider. Die Schmerzen meldeten sich wieder, so dass er von seinem Vorhaben Johannes in dessen Wohnung aufzusuchen abließ und wieder nach Hause ging. Telefonisch konnte er ihn jedoch nicht erreichen.

Vom Fenster aus betrachtete der Witwer den blassroten Streifen, der scharlachrote Sonnenaufgang war bereits Geschichte. Am Osthimmel zogen erste dunkelgraue, flache Wolkenstreifen auf.

„Morgenrot – schlecht Wetter droht“, Wacker kannte die alte Bauernregel. Aber eigentlich haben wir doch noch Föhn. Er machte sich an der Kaffeemaschine zu schaffen, mit Filter und gemahlenem Kaffee, koffeinfrei. Kurz nach dem Tod seiner geliebten Frau hatte er sich eine Kaffeemühle gekauft. Klein, handlich, deutsches Fabrikat mit wohlklingendem Namen. Die Kaffeebohnen frisch zu mahlen wurde damit zu einem Teil seiner Kaffeezubereitung. Diese verlor allerdings ein wenig an Zauber, als er feststellen musste, dass die schöne, kleine Kaffeemühle mit dem deutschen Namen in China produziert worden war. Dennoch bot ihm diese Zeremonie den beruhigenden Start in den neuen Tag: erst Wasser einfüllen, nicht zu kalt, aber auch nicht zu heiß, den Filter unten umknicken, dann drei Einheiten Kaffeelot mit duftendem Kaffeepulver zugeben und einschalten. Und einfach für einen Moment nichts tun. Aber was heißt schon nichts. Aus dem Fenster schauen zum Beispiel, das Geräusch der Kaffeemaschine wahrnehmen. Nach Wintervögeln Ausschau halten, den Himmel beobachten, diese schnell verblassende Morgenröte. Die Wärme der Wohnung genießen. Die Zeitung – heute nicht so ausgiebig.

Es gab Wichtigeres. Dieses Liebestreffen bei Jule musste unbedingt verhindert werden. Er sah sich gezwungen heute zu handeln. Ob als Großonkel oder einfach als aufrechter guter Christ. Nach dem Zusammentreffen mit Antonia gestern erst recht. Er trug es ihr nicht nach, es war ganz sicher keine Absicht von ihr, ihn auf die Straße zu stoßen. Ein unglücklicher Schritt – und ein guter Schutzengel, was das Auto betrifft. Erst jetzt wurde ihm langsam klar, er hätte tot sein können, oder er läge jetzt im Krankenhaus. Antonias Reaktion jedenfalls zeigte ihm, dass sie sich in dieser ‚Beziehung' nicht von ihm dreinreden lassen wolle. Zwar konnte er keinen Beweis einer Liebesbeziehung vorlegen, wie seine Schwester es formulieren würde, aber die Vertrautheiten zwischen den beiden waren offensichtlich. Nein, er konnte nicht länger diesem unmoralischen Treiben von Johannes und dieser verheirateten Frau

Seborn zusehen. Schöne Frau hin oder her, das gehört sich nicht.
Er dachte an Benjamin, der wohl auch heute wieder im Park herumging mit seiner blauen Winterjacke und der etwas altmodischen Arbeitstasche. Oder war er heute zu Hause geblieben, bei den beiden Kindern? Eine Trennung der Eltern ist das schlimmste für Kinder, die bisher in einer guten Familie wohlbehütet aufwachsen konnten. Unwillkürlich schüttelte er den Kopf. Schon Tage zuvor hatte er sich vorgenommen, diesen Herrn Seborn im Park einmal anzusprechen, um die Lage zu erkunden. Doch konnte er ihn gerade in diesen Tagen nicht antreffen.

Er sah zu dem Bild auf dem Kaminsims. Verstehst du, Rosa, ich muss jetzt handeln. Seine Frau blickte ihn mit ihrem Lächeln an. Er nickte ihr zu und versuchte noch einmal Johannes telefonisch zu erreichen, doch es meldete sich wieder die Mailbox. Er legte auf, ohne eine Nachricht zu hinterlassen.

Unruhig zählte er die Herztropfen auf den Kaffeelöffel, kippte einen Schluck Leitungswasser hinterher.

Sie wollte es. Ein einziges Mal. Nach all dem angestauten Frust erst recht. Nein, niemand würde sich an ihr verbrennen. Aber diese Seelenverwandtschaft zu Johannes sollte zu einer Flamme werden, einer schönen Flamme, ein einziges Mal. Der alte Mann hatte nicht das Recht sich in ihre Gefühle, in ihre Träume, ihre gegenseitige Zuneigung, Innigkeit einzumischen. Was weiß er schon, der aus einer anderen Generation und Zeit stammt, vom heutigen Leben mit all seinen Schwierigkeiten. Er sieht doch nur jene von Kindheit an eingetrichterte Moral, dieses rein katholische Sündenregister. Meinetwegen ein Verstoß, ein Abenteuer, das weder ihr Eheleben noch ihr Familienglück zerstören würde. Für ihren Mann war sie seit Wochen nur die mahnende Ehefrau, die immer nur an Wohlstand und den äußeren Schein dachte. Zugegeben, zum Teil hatte er ja Recht, aber so ist es nun mal in der Gesellschaft. Entweder du zählst zu den Gewinnern, den Lachenden, den Erfolgreichen, den Beliebten und Angesehenen oder du wirst in der Scala weiter unten eingestuft, bei den weniger Erfolgreichen, den Glücklosen bis hin zu den Geschmähten.

Aber durch eine Arbeitslosigkeit rutscht man noch lange nicht ab, kein Grund sich wie Ben selbst zu bemitleiden. Das Leben geht weiter, wir sind nicht am Abgrund. Wir könnten trotz dieser Situation Spaß haben, Sex und mal ins Kino gehen. Aber nein, er verkriecht sich lieber und gibt sich die Schuld.

Nein, sie will jetzt nicht darüber grübeln. Und der Föhn hat auch nichts zu bedeuten, er löst sich ja schon bald auf. Er ist nett und gut aussehend – und dazu etwas jünger. Johannes Berger, Wissenschaftler und Philosoph. In ein paar Jahren Doktor und irgendwann Professor. Sie weiß, sie ergänzen sich in vielen Gedankendingen wirklich gut. Aber nein - mehr wird es auf keinen Fall werden.

Jules Appartement war ein perfektes Liebesnest. Gardinen aus transparentem Voile-Gewebe mit grauen Rankenmustern bis zum Boden. Die Wohnlandschaft in Anthrazitgrau mit Gestaltungsmöglichkeiten. Jule hatte diese, bevor sie aus dem Haus ging, in eine riesige Liegefläche verwandelt. Die weiße Wand dahinter wurde zum Großteil von einem Sanddünenbild in ruhig fließenden Erdtönen eingenommen. Ein Poster an der Decke zeigte den Sternenhimmel. Jule hatte außerdem auf dem kleinen runden Glastischchen den Sektkübel mit Eis und der Flasche Sekt, zusammen mit zwei Sektschalen, bereitgestellt.

Johannes gab sich ein wenig befangen gegenüber dieser reifen und schönen Frau in ihrer vollsten Blüte. Ihre ruhige, aufmerksame Art bei jedem Gespräch, in jeder Situation, hellwach im Leben stehend, beeindruckte ihn sehr. Auch ihre Sprache, durchaus über normalem Niveau - ja das war schon eine Frau von Format. Mit einem skeptischen Blick auf den Sektkübel versuchte er den Gedanken zu unterbinden, dass dies alles geplant gewesen sei. Im Hier und Jetzt zu sein, sagte er sich, nichts anderes.

Die Welt draußen, ins Grau verschwimmend, eingerahmt von den Vorhängen im dritten Stockwerk, löste sich auf. Die anzügliche Morgenröte war längst von den Wolken verschlungen.

Ja, sie wollte diese fremde Lust, die ihr eigentlich nicht gehörte spüren, erleben. Dieses Unmoralische, Unerlaubte, Verbotene voll und ganz auskosten. Tief und allumfassend, mit jeder Faser ihres Körpers, mit all den wahrnehmbaren Empfindungen einer Frau. Für ihn war es eher eine Liebesfeier, die er mit jeder Bewegung, mit jeder Berührung intensiv erlebte. Gleichzeitig war er darauf bedacht, dass sie dies ebenso intensiv erfassen sollte. Langsame kaum merkliche Berührungen ihrer Haut mit seinen Fingerkuppen oder mit der flachen Hand; zarte, gehauchte Lippentupfer, dann wieder stürmische Küsse und immer wieder sah er ihr in die Augen. Schon bei der ersten, zögernden Annäherung nahm er diesen fremden, süßen Duft wahr, den er seit ihrer ersten Begegnung im Gedächtnis trug.

Antonia gab sich dem Spiel vollkommen hin. Nur sie beide, sonst nichts. Und doch: Mit einem Mal sah sie ihn unter sich. Sah in seinem lustvoll verklärten Gesichtsausdruck diese Tarot-Figuren. Und sie alle lachten: Der Wagenlenker und die Sphinxen, die Liebenden und der Engel, der Tod und der Beter. Allen war ein so ganz und gar befreites ruhiges Lächeln eigen, ein eher stilles, wissendes Lächeln. Von irgendwo glaubte Antonia ein beschwichtigendes Flüstern zu hören und sie wusste, es klang falsch: Du bist nicht Eva. Sie schüttelte vehement den Kopf, als wolle sie etwas abschütteln. Ihre Haare streiften über seinen Brustkorb. Doch sogleich war sie wieder ganz bei ihm. Um sie herum vernahm sie ein leises Singen und Knistern, als würde ein sanfter Wind über ein reifes Roggenfeld streichen. Sie sah das Wogen im Roggenfeld und die ruhig fließenden Sanddünen. Und sie fühlte tief in ihrem Inneren: So entsteht Leben. Und zugleich dachte sie: Natürlich bin ich Eva! Genau wie Jule, wie meine Mutter und meine Großmutter. Genau wie jenes Urweib, das den Mann verführte und später unter Schmerzen ihre Kinder gebar.

Ein stöhnender Laut, Schrei der Lust, dem des Schmerzes nahe, verfing sich im Voile-Gewebe. Johannes sah die steigernde Gefühlsregung in ihrem Gesicht. Lust, Entrückung. Schließlich das Lösen der Anspannung. Auch in ihm hatte für einen Augenblick alles aufgehört, es gab nur noch dieses eine, alles durchdringende Fühlen. Da war nichts mehr von dieser Welt, mit all ihren Individuen, Millionen von Handlungen und Meinungen. All dem, was sie tagtäglich selbst erlebten oder mit sich herumschleppten, wobei jede Sekunde schon von der Nächsten lebte. All die Hoffnungen, Erwartungen, Probleme, Ängste, ewig neuen Wünsche waren nicht mehr vorhanden. Das Rad des Lebens stand still. Ein Strom hatte sich in ihnen gelöst, als wäre ein Staudamm der Gefühle gebrochen und hatte sie vollkommen überschwemmt. Das einzige Gefühl für etwas außerhalb ihres Selbst galt dem jeweils anderen Teil ihrer Zweisamkeit, sie fühlten so unglaublich tief, als wären sie tatsächlich eins.

Zeitlose Augenblicke. Er sah sich selbst und Antonia als einen stets sich erneuernden Teil der Schöpfung in diesem ewig wiederkehrenden Spiel der Geschlechter. Sah sie beide als einen Körper, und sah etwas von ihnen beiden als ein vereinigtes Wesen über ihren gepaarten Körpern schweben.

Ja, so ist Leben, kam Antonia im Ausklang der vollen Gefühle in den Sinn: Lust der Zeugung und etwas Eigenes beginnt sein Leben. Ein Keim, gebettet in eine sichere Zelle, entwickelt sich, kommt ans Licht - ebenfalls mit einem Schrei wie eben. Ein Wesen, das sich dieser Welt anpasst, das wächst, sich entwickelt. Das selbst wirkt und zeugt, schließlich sich auflöst, das Licht wieder verlässt.

Als sie nebeneinander auf dem Rücken lagen und zu dem großen Poster des Sternenhimmels aufsahen, sagte er leise:

„Du hast es erkannt, nicht wahr.“ Sie regte sich nicht. „Es ist ein Spiel, nichts weiter. Ein Spiel. Der ewige Kreislauf um Liebe, Lust und Leid. Zeugung, Geburt, Tod, Auflösung.“

Antonias Worte stiegen leise zum Sternenhimmel: „Es ist doch dasselbe, wie damals, ganz am Anfang der biblischen Zeit. Auch sie hatten alles, alles was sie brauchten, ja, mehr als genug. Nur nicht diesen einen Baum. Genau wie ich. Ich habe doch auch alles. Warum treibt es uns immer wieder, das Verbotene zu tun? Gerade deshalb, weil es verboten ist? Oder ist es einfach die Vorstellungskraft, die uns treibt?“

Seine Ahnungen und Befürchtungen in Bezug auf die schöne Frau, die neben ihm lag, schienen plötzlich konkrete Formen anzunehmen: Sie habe doch alles und doch tat sie das

Verbotene. Nein, er wollte jetzt nicht darauf eingehen, noch nicht, es musste von ihr kommen.

„Die Vorstellungskraft ist das, was uns als Homo sapiens entwickeln ließ. Das perfekte Paradies war wohl dem Menschen zu wenig, also begann er seinen Lebensraum zu erkunden, auch wenn es verboten war. Gott würde wohl sagen, ich habe Euch mit einem freien Willen ausgestattet, damit ihr Verantwortung für Euch selbst übernehmt. Dabei sollte Vernunft über Begierde stehen. Der Mensch missbraucht dieses Vertrauensverhältnis tagtäglich. Nicht nur gegen Gott, sondern auch gegen sich selbst. Und nun muss er mit den Folgen daraus leben. Er misstraut sich selbst und gibt Gott die Schuld."

Eine Weile betrachteten sie den Sternenhimmel. Antonia deutete auf einen hellen Stern. „Was ist das für ein Stern?"

Er lächelte. „Das soll wohl Spica sein – im Sternbild Jungfrau. Er gehört zu den hellsten Sternen im sogenannten Frühlingsdreieck."

Sie konnte die Jungfrau nicht erkennen. Schließlich drehte sie sich zu ihm, küsste ihn leidenschaftlich.

„Was ist das für ein betörender Duft, der aus deinen Haaren strömt?"

„Ich dachte schon, du fragst nie – meine eigene Haarkur angesetzt mit Aloe, Olivenölelixier und einem Tropfen Jasminöl aus Indien."

Tief sog er den blumig-süßen Duft ein. Noch einmal spielten sie das Spiel der Liebe, als würden sie ein Musikstück im Duo bis zur Perfektion in Klang und Tempi einüben, ganz für sie alleine. Als würde das feine Rosshaar des Geigenbogens die Saiten des Klangkörpers in vollkommene Resonanzschwingung versetzen.

Nach langanhaltendem Ausklang drängte es Antonia das Gespräch wieder aufzunehmen. Leise begann sie:

„Das alte Zehn-Gebote-Prinzip. Du sollst nicht Ehebrechen. Sonst herrscht Chaos."

Es entstand eine kurze Stille. Er sah sie an, sie lagen Gesicht an Gesicht.

„Noch nicht“, sagte er leise. „Einem Verlangen, auch wenn es gegen die Regeln verstößt, einmalig nachzugeben, es sich dann aber versagen, ist das Eine. Auswirkungen auf die Ordnung hat es erst, wenn eine dauerhafte Veränderung eintritt.“

In ihren Augen sah er, dass sie seinen Versuch einer Freisprechung allzu gerne annehmen möchte, doch nicht konnte.

„Ich weiß“, fügte er hinzu, „es ist konstruiert, es gibt keine Legitimation dafür.“

Sie deutete in der Seitenlage ein leichtes Schulterzucken an, wobei ihre Clavicula deutlich hervortrat.

„Der freie Wille, das Begehren will sich aber nicht immer von Vernunft und Moral unterdrücken lassen. Und“, fügte sie leise hinzu: „der Preis dafür ist dann ein schlechtes Gewissen. Und das schon seit der Bibel.“

„Wir sind alle nur Menschen. In unserem Fall gilt es zwar nach christlicher Moral als Sünde. Doch ein Geschlechtsakt ist kein Verbrechen“.

„Wer weiß“, sinnierte Antonia, „in gewissem Sinne vielleicht schon. Ein Ehebruch ist krass gesagt der Tod der Wahrheit. In der biblischen Geschichte, im Paradies, wird dann Eva die Schuld gegeben."

Es breitete sich ein Moment des Schweigens aus, als hätte sich eine gläserne Wand zwischen ihren so nahen Atem geschoben. Sie hatte es zweimal ausgesprochen, was er längst vermutete.

Johannes schüttelte verneinend den Kopf. „Das ist auch nur ein Märchen. Sieh es mal anders herum: Ohne Evas würde es laut Bibel uns alle gar nicht geben. Doch von dieser Geschichte ausgehend, wurde die Schuldzuweisung auf Eva von Kirchenmännern festgelegt. Diese gaben Eva die Schuld, dass durch sie die Sünde in die Welt gekommen sei. Die sogenannte Erbsünde.“

„Und diese Erbsünde soll später Jesus durch seinen Opfertod getilgt haben?“

„So sagt es die christliche Lehre. Der Mensch soll durch Jesus begreifen, dass er von Gott kommt und zu Gott zurückkehrt. Sein Lebensbeispiel weist uns darauf hin, in allem achtsam zu sein, Fehler zu benennen, aber auch verzeihen.“

„Also“, schloss Antonia, „Nächstenliebe und verzeihen. Und darauf hoffen, dass einem verziehen wird.“

„Das ist eine der Grundbotschaften Gottes an den Menschen. Verzeihen und Bereuen. Beides. Verzeihen von Seiten des Geschädigten und Bereuen von Seiten des Schädigers.“

„Und dann – ist dann alles gut?“

„Vollkommenes Verzeihen und vollkommenes Bereuen würde die Ordnung wieder herstellen. Wer diesen Zustand erreicht, hat das Prinzip der Ordnung und der Liebe erkannt – und lebt es auch.“

Antonia wagte einen Gedankensprung: „Yab-Yum, weißt du noch?“, flüsterte sie und sah ihm in die Augen.

Er lächelte, verstand. „Aber nicht so“.

Er stand auf und zog seine Boxer-Shorts an. Antonia schlüpfte in ihren schwarzen Slip.

Es gelang ihm jedoch nicht recht, sich im Meditationssitz hinzusetzen. Er nahm zwei große Kissen, die er als Unterlage auf den Teppichboden stapelte. Im halben Lotossitz fand er eine stabile Sitzposition. Sie setzte sich auf seinen Schoß, schlang die Beine um seine Hüften. Er hielt den Rücken gerade, den Kopf nur wenig nach vorne geneigt. Mit beiden Armen umschlang er ihre schlanke Gestalt, zog sie an sich. Antonia hatte ihre Arme auf seine Schultern gelegt, die Hände hinter seinem Nacken gekreuzt, dabei die Handflächen nach oben gerichtet. Ihren Kopf leicht zurückgebogen sah sie ihn an, hauchte einen Kuss auf seine linke Wange, verblieb ganz nahe an seiner Wange, ohne sie zu berühren.

Er sah die kleine Figureneinheit der Ausstellung vor sich. Sitasamvara mit seiner Partnerin, der Yum, Vajravārāhī. Die männliche Gottheit hatte die Arme hinter dem Rücken seiner erhabenen Partnerin an den Handgelenken gekreuzt. Antonia erkannte, dass Johannes die Hände von ihrem Leib gelöst hatte, nur der Druck der Arme an ihren Flanken war noch fest.

„Denkst du an die Nektarvasen?“, flüsterte sie.

Er nickte. „Und du an die Schalen?“

Sie stimmten sich auf eine ruhige, tiefe Bauchatmung ein, ließen den Atem langsam über die Nase ausströmen. Ein ungekanntes inniges Gefühl erfasste beide. Abgehoben, total abgehoben. Ein wirkliches Eins-Sein. Es hat nichts mit sexueller Stimulanz zu tun, das ist etwas viel stärkeres, dachte Antonia. Das ist irgendwie etwas Heiliges, das über alles hinausgeht. Als wären Herzschlag und Puls gegenseitig übereinstimmend. Vielleicht waren sie es wirklich.

„An nichts denken, nur fühlen und atmen. Konzentriere dich auf deinen Atem“, flüsterte er.

Tief spürten sie ihre körperliche Einheit, das Atmen des anderen. Es schien ihr, als würde sie in den Poren seiner Haut verschwinden. Das Räumliche begann sich in Zeitlosigkeit aufzulösen, sich zu wandeln in eine andere, weite Dimension.

Letztlich waren es Gliedmaßen und Muskeln, welche sich wieder bemerkbar machten, beide an ihre Körperlichkeit erinnerten. Mit einem Mal, als hätte jemand mit den Fingern geschnippt, überkam Antonia das Gefühl, dass sie, bei aller Verbundenheit, nicht mit dem richtigen Partner zusammen war. Es müsste Ben sein, der hier sitzen sollte. Sie atmete noch einmal tief durch und begann sich langsam zu lösen.

Sie blieben still für Minuten nebeneinander auf dem Boden liegen. Er strich mit dem Finger über ihren Nasenrücken und ihre geschlossenen Lippen. Antonia atmete noch einmal tief ein, ließ die Luft langsam aus ihren Lungen strömen. Schließlich begann sie in kurzen Sätzen, leise gesprochen, ihr eigentliches Leben zu entfalten. Umriss die Umstände, die zu dem geführt hatten, was Johannes nun von ihr kannte.

Ja, zugegeben, er habe sich beinahe so etwas Ähnliches gedacht. Aber ehrlich gesagt, habe er einfach nicht weiter darüber nachdenken wollen. Es waren richtig gute Tage und Stunden, mehr als nur schön. Aber jetzt müsse sie wirklich sehen, dass ihr altes Leben mit Ben wieder ins Lot käme.

Sie wirkte nachdenklich.

„Ich wusste immer, dass ich die Familie nie aufgeben würde, aber diese Stunde und auch die anderen möchte ich nicht missen. Sie bleiben bestehen, wenn auch als kleines Geheimnis. Eine kostbare Perle in einer Muschel“.

Antonia stand auf, sie öffnete den verdrahteten Verschluss der Sektflasche und ließ den Korken an die Decke knallen. Es klang beinahe entschuldigend als sie ihm bedeutete, dass der Sekt von Jule bereitgestellt worden war. Es war ihr nicht recht, dass er denken würde, sie hätte für dieses Treffen sozusagen professionell an alles gedacht. Er schlüpfte in die Jeans.

„Meine Freundin wollte wohl etwas zu dieser Stunde beitragen“, sagte sie beinahe verlegen.

Sie füllte die Gläser, reichte ihm eines um anzustoßen. „Auf das, was war – und die Zukunft. Und auf deine Doktorarbeit.“
Die Gläser entfalteten einen satten mittelhohen Klang. Beide sahen sich an und lauschten bis die hellen Oberton Schwingungen verklungen waren.

Nachdem er das Hemd zugeknöpft hatte, sah er sich noch einmal im Zimmer um. Sein Blick blieb am Tagesabreißkalender hängen. Er ging hin und riss das kleine Blatt ab. Darunter kam der 29. zum Vorschein.

„Oh! Aber das kann ja wohl nicht sein, wir haben doch kein Schaltjahr. Antonia!“, rief er lachend. „Du brauchst dir keine

Sorgen zu machen – unser Date hat gar nicht stattgefunden, diesen Tag gibt es nicht, nur in den Kalendern der katholischen Diözese."

Johannes betrachtete noch einmal ihre tadellose Figur. Nachdenklich sah sie ihn an:

„Ein falsches Datum auf einem Abreißkalender. Puh. Wenn das bloß kein böses Omen ist."

„Alles wird gut", er küsste sie zum Abschied auf die Wange und verließ das Liebesnest.

Die ganze Welt lebt von Fehlern

Gregor Wacker saß angelehnt, in Gedanken versunken und etwas ermattet auf der Parkbank. Der alte Uhrmacher war sich seiner Sache nicht mehr ganz sicher. Also wollte er zuerst zum städtischen Friedhof, um sich auf dem Weg dorthin und am Grab seiner Frau Klarheit zu verschaffen. Unglücklicherweise erkannte er weder auf dem Weg dahin, noch am Grab seiner Rosa ein sicheres Zeichen, das ihn endgültig in seiner Mission bestätigt hätte. Und doch war er davon überzeugt, nicht tatenlos zusehen zu können, was die Beziehung seines Großneffen zu dieser verheirateten Frau betraf.

Der Weg zur Magdalenengasse führte durch den Stadtpark. Ein Unwohlsein hatte ihm diese Pause auf dem Weg zu Jules Wohnung abgenötigt. Er atmete tief durch. Ein weißes Schoßhündchen rannte den Weg entlang. Es zog an einer rosa Leine sein Frauchen hinter sich her. Wacker sah erst nur das Zwerghündchen und die rosa Leine vor seiner Bank vorbeiziehen. Am Ende der Leine schlackerte der ausgestreckte Arm einer Frau, die im Eilschritt dem Hündchen hinterherhechelte. Wacker taxierte sie auf Ende Fünfzig, klein, etwas pummelig, in weiter, pinkfarbener Jogginghose - er stufte diese ‚lotterigen Dinger' als Schlafanzughosen ein. Dazu eine mintgrüne Steppjacke mit lila Blumenmuster und ebensolchem Pelzkragen. Ob dies ein verspätetes Karnevalskostüm sei, oder ihre normale Ausgehkleidung, kam ihm dabei in den Sinn. Abrupt blieb der Vierbeiner an einem Busch stehen und hob das weiße Beinchen an. Frauchen bekam Zeit zum Atemholen. Ein Eichhörnchen hoch über der Parkbank klebte still am Stamm eines Ahorns und äugte aufmerksam herunter.

Von der anderen Seite sah Wacker einen Mann auf sich zukommen, dessen dynamischen Gang er gleich erkannte. Die Sonne stand zwischen Wolken halbhoch hinter dessen wogender Gestalt: Graumeliertes, volles Haar, gepflegte Frisur, sportlich modische Kleidung, schwarze Hose, schicke Herrensteppjacke in Anthrazit und orange. Luftpolstersportschuhe in schwarz und ebenfalls orange.

Fridolin Schwab durchschritt wie immer den Hauptweg im Park, als wolle er ihn der Länge nach durchpflügen. Im Kopf jedoch nicht die Messergebnisse bei der Bodenverdichtung durch Traktoren, im Zusammenhang mit der Breite der Traktorreifen, sondern die Zahl neunundzwanzig. Er hatte einen leichten bunten Fahrrad-Rucksack gesattelt, aus dem ein Stück zusammengefaltete Zeitung herausragte. Als er Bruder Gregor sitzen sah, musste er diesmal seine Vierschar-Pflugscharen nicht einziehen. Er hatte bereits auf säen und ernten umgestellt.

„Grüß Gott Gregor", begrüßte er den alten Mann im Herannahen. Dieser erwiderte seinen christlichen Gruß:

„Grüß Gott, Fridolin. Dass es dir gut geht, sieht man schon von weitem. Und deiner Frau? Was macht der Karpatentunnel oder wie der auch heißen mag?"

Fridolin setzte sich zu ihm. Dem Karpaltunnel gehe es gut.

„Schon wieder zu gut."

Eben habe er ihr, also seiner Friedlinde, noch bei allem Möglichen helfen ‚dürfen', nun müsse er wieder aufpassen, dass er ihre exakt bemessenen Haushaltskreise nicht störe. Da verlasse er lieber das Nest und ziehe seine eigenen Kreise.

„Aber", er lachte kurz auf, „diese Woche soll's mir noch besonders gut gehen, wenn ich meinem Horoskop glauben soll."

Gregor Wacker blinzelte in die Sonne, mehr als Scherz gedacht, brachte er seinen missionarischen Einwand an:

„Glauben sollst du an Jesus Christus. Aber - du machst mich neugierig, was verspricht es dir denn, dein Horoskop?"

Fridolin Schwab zog den Zeitungsteil aus dem Rucksack, faltete ihn auf, um auf die erwähnte Rubrik zu zeigen.

„Bitte – da steht's: In Sachen Liebe erwarten Sie große Gefühle. Aber achten Sie dabei besonders auf den Zeitpunkt. Na, des isch doch was! Bloß, des mit dem Zeitpunkt versteh' ich net, weil meine Friedlinde hat immer die gleichen Zeiten, da könnt' ich die Uhr danach stellen."

Fridolin grinste, ein Ausdruck routinierter Erfahrung gepaart mit einem Schuss Verlegenheit. „Alles Gewohnheit, aber was will man machen - nach dreißig Jahren Ehe, da wird halt auch die Liebe zur Gewohnheit."

Der alte Herr glaubte, etwas klarstellen zu müssen: „Also den Teil von Liebe, den du gerade meinst, der hat ja bei dir nur noch Unterhaltungswert. Ist zwar auch wichtig fürs männliche und weibliche Wohlbefinden, aber die wahre Liebe ..."

„Ja, ja, ist ja schon gut Gregor, ich weiß, was du meinst."

„Mensch Fridolin, sei froh, dass es noch Liebe gibt. So oder so. Und gegen die Gewohnheit musst du dir halt mal etwas Ungewöhnliches einfallen lassen. Jetzt wo du Zeit hast. In der Kirche singt man auch nicht immer dieselben Lieder."

Fridolin traf es wie ein Blitz aus heiterem Himmel. „Sapperlott, etwas Ungewöhnliches!"

Er wiederholte es auf schwäbisch: „Ebbes Oog'wöhnlichs. Ja, ja – schon. Aber, des isch net so einfach. Wie soll ich bei meiner Friedlinde urplötzlich mit irgendwelchen Neuigkeiten daherkommen? Ich mein' in Hinsicht auf, äh, Liebe. Da schöpft die höchstens Verdacht, wie ich wohl auf solche Ideen komm. Die meint am Ende, ich treib' mich mit einer herum."

Er überlegte kurz, sinnierte: „Ebbes Oo'gwöhnlichs – des tät heut grad passe. Weil heut ist nämlich gar net heute!"

Der alte Herr meinte lachend, bloß weil sich seine Phantasie zu regen beginne, müsse er ja nicht gleich ganz aus dem Zeitrahmen fallen.

„Heut ist immer noch heut."

„Eben nicht, lieber Bruder im Herrn", erwiderte Fridolin und holte aus seinem Rucksack den kleinen Tagesabreißkalender heraus. „Da – schau mal auf unseren christlichen Kalender. Da kommt nämlich heut‘ der 29. Februar zum Vorschein. Ich hab ihn extra gleich mitgenommen um damit in den Buchladen zu gehen, wo ich ihn gekauft hab."

Das Lachen blieb dem alten Herrn zwischen den Mundwinkeln stecken:

„Was? Was soll das! Zeig mal her!"

Am Himmel über ihnen wurden einzelne dunkle Wolken ostwärts geschoben, Vögel zwitscherten unbeirrt weiter, Leute gingen an ihnen vorbei, eine Frau mit Kinderwagen und Hund; eine Kirchenglocke schlug die Stunde, das Tageslicht passte exakt zu der angeschlagenen Uhrzeit. – Alles war ganz normal. Bis auf diese eine Kalenderzahl. Und Fasnet war vorbei. Nein! Nein, das könne einfach nicht sein. Gregor Wacker sah ungläubig auf die Zahl, dann auf die schmunzelnden Mundwinkel seines Nebenmannes.

„Aber das ist ja unmöglich! Wie kann das denn passieren? Im kirchlichen Kalender! Bei all den Skandalen, die durch die Presse gehen, jetzt auch noch das!"

Bruder Gregor spürte sein Herz pochen. Fridolin hingegen nahm es gelassen, als einer, der es gewohnt war, dass Menschen Fehler machen. Schließlich hatte er genug Erfahrung im Landwirtschaftsamt sammeln können. Ein Kollege von ihm hatte einmal in einem Schreiben an die Jägervereinigung darauf hingewiesen, dass Raben und Elstern abgeschossen werden dürfen. Was zur Folge hatte, dass die landauf-landab überhandgenommene Elstern- und Rabenplage kurzzeitig etwas entlastet wurde. Allerdings hatte er bei seinem Schreiben ein einziges Wörtchen vergessen. Es sollte nämlich heißen: ‚nicht abgeschossen‘ werden dürfen.

Oder der Kollege Beller vom Dezernat Kleintierhaltung: Er hatte eine Verordnung herausgegeben, wonach jeder Hundehalter und jede Hundehalterin zu einem zweitägigen Sozialdienst verpflichtet würden, in dem Herrchen oder

Frauchen in erster Linie lernen sollten, alle Hundehäufchen aufzusammeln, die Tag für Tag anfallen. Kollege Beller hasste Hundehalter, die ihre Vierbeiner überall hinkacken ließen und weiterspazierten, als ginge sie der hinterlassene Kot nichts an. Das brachte ihm allerdings eine Versetzung zur statistischen Auswertung von Antibiotika im Hähnchenmastfutter ein. Er hatte in seinem Eifer und seiner Abneigung gegen Hunde und Hundehalter nicht an seine Dienstvorgesetzte, die Frau Rüdinger gedacht, die selbst eine Dogge und einen Dalmatiner besaß.

Die ganze Welt lebt eben Tag für Tag von Fehlern. Von Irrtümern, Falschaussagen, Fehlinterpretationen und so weiter. Der ganz normale Alltag, das war für Fridolin schon lange klar.

„Ein Fehler halt bei der Kalendergestaltung. Oder ein himmlischer Scherz. Mir ist das egal, ich will jedenfalls mein Geld zurück. Aber - Gregor, jetzt reg dich net auf, des isch gar net gut für dein altes Herz."

Der alte Ehrenamtsmissionar war aufgesprungen, in ihm hüpften die Gedanken auf und ab, hin und her.

„Ja - du bist gut. Denk doch mal: Fast alle Leute unserer Kirchengemeinde, ja die Leute in der ganzen Diözese haben doch diesen Kalender! Stell dir diese Blamage vor. Die bringen mich mit so einem Fehler ja noch um meine letzten treuen Seelen. Ich muss sofort mit dem Bischof reden. Unglaublich, ein Druckfehler! Und keiner hat es bis jetzt bemerkt!"

Gregor Wacker wollte am liebsten gleich losstürmen, doch hielt er einen Augenblick inne, überlegte kurz, sah Fridolin fest in die Augen und fragte ihn in gewichtigem Tonfall:

„Könntest du für mich jetzt gleich eine Mission erfüllen? Es ist wichtig."

„Eine Mission? Oha. Ja – was denn für eine?" Fridolin sah ihn fragend an.

Bruder Gregor ließ sich wieder auf der Bank nieder. Er presste kurz die Lippen zusammen und erzählte, dass er eigentlich auf dem Weg in die Magdalenengasse sei. Zu einer gewissen Antonia, deren Mann seit einiger Zeit arbeitslos ist.

„Dabei führen sie für die Kinder, die Nachbarn und Verwandten immer noch den gehobenen Lebensstil."

Fridolin deutete ein Kopfnicken an. „Naja, wenn sie es sich leisten können".

„Von wegen", entgegnete Wacker heftig. „Weil nun vermutlich das Einkommen nicht mehr reicht, verdient die Ehefrau neben ihrer Halbtagsarbeit ein sündiges Geld dazu."

Fridolin, der eben etwas abgelenkt einer Joggerin in Papageien buntem Outfit und Headset nachblickte, wurde hellhörig.

„So, so. Ein sündiges Geld. Ja was tut sie denn?"

„Na das kannst du dir als Mann doch wohl denken", meinte Wacker und fügte fast flüsternd hinzu: „Sie geht mit gut situierten Herren aus."

„Und was ist daran Sünde?" Fridolin sah seinen Banknachbarn fragend an. „Also wenn ich an die Skandale in deiner Fakultät denke, erscheint mir das als ein ganz normales ehrliches Geschäft."

„Ihr Mann, ich glaube Benjamin heißt er, wird davon sicher keine Kenntnis haben. Wer weiß, was sie ihm erzählt, wie und mit wem sie ihre freien Stunden verbringt."

Fridolins Gesicht zeigte tiefe Stirnfalten an. „Und was willst du jetzt tun?"

„Ihr ins Gewissen reden, ihr klarmachen, dass sie dabei ist, ihre Ehe und ihre Familie zu zerstören."

„Mein lieber Bruder Gregor, meinst du nicht, dass du da etwas zu weit gehst, mit deinem missionarischen Eifer. Ganz ehrlich: Das geht dich eigentlich nichts an."

„Das geht mich sehr wohl etwas an, wenn sie nun auch noch mit meinem Großneffen etwas anfängt. Ich hab dir doch von Johannes erzählt."

„Dein Doktorand, ich weiß. Trotzdem, meiner Ansicht nach solltest du dich da lieber raushalten. Also ich denk jetzt mehr an deine Gesundheit."

Wacker reagierte heftig: „Raushalten? Im Gegenteil, ich will sie davon überzeugen, dass sie das sofort beenden soll."

Fridolin legte ihm die Hand auf den Unterarm. „Mal langsam Gregor, merkst du denn nicht, wie sehr dich die Sache aufregt? Des isch des pure Gift für dei' Herz. Du glaubst, du müsstest eine Ehe retten, dabei riskierst du deine Gesundheit. Oder geht es dir um die Ehre deines Großneffen?"

„Ach was. Die beiden lieben sich doch. Also ich meine Antonia und ihr Mann, das hab ich gesehen im Sommer, in ihrem Garten. Bloß weil er nun arbeitslos ist, setzt man nicht gleich seine Ehe aufs Spiel. Denk mal an die Kinder. Er geht jeden Morgen mit seiner Bürotasche aus dem Haus, damit die Nachbarn und die Kinder denken, er ginge zur Arbeit. Meist geht er hier durch den Park oder sitzt am See. Ein großgewachsener, schlanker Mann."

Fridolin Schwab ließ seine Blicke schweifen, konnte jedoch niemand sehen, auf den diese Beschreibung passen würde. Schließlich kam er auf den Kern von Bruder Gregors Anliegen zurück. Was denn dies nun für eine ‚Mission' sein solle.

Gregor Wacker sah sich kurz um, dann erklärte er seinen Plan: Fridolin solle an seiner Stelle zu ihr gehen, denn er müsse nun dringend zum Bischof, das mit dem Kalender dulde wirklich keinen Aufschub.

„Und wenn dein Johannes bei ihr ist?"

„Dann wirst du beiden in meinem Auftrag ins Gewissen reden, damit sie, also vor allem *sie*, wieder auf den Pfad der Tugend und der Familie zurückkehrt, ehe es zu spät ist."

Der agile Jungrentner druckste mit Kopf und Schultern hin und her, ehe er antwortete: „Also ehrlich Gregor, ich glaub des isch nix für mich, des musst du schon selber machen. Net, dass da was schiefgeht. Du weißt ja, bei Föhn spielen manche Leut', besonders Frauen, verrückt."

„Quatsch. Fridolin", appellierte der alte Mann, „eben beklagst du dich, dass dich dein Rentnerdasein nicht so recht ausfüllt und bei der ersten Aufgabe willst du schon kneifen?"

Fridolin nestelte am Reißverschluss seines Rucksacks.

„Aber ich hab doch net die Autorität wie du. Des nimmt die mir nie ab, die verklagt mich womöglich auf Verleumdung. Und wenn des mei' Friedlinde erfahren tät ..."

„Mensch, Fridolin, sei doch nicht so kleingläubig. Du handelst ja in meinem Auftrag, du kannst dich voll auf mich berufen. Sie wird auf dich hören, glaub mir."

Fridolin ließ die angestaute Luft ausströmen. „Dein Wort in Gottes Ohr, oder vielmehr in ihren Ohren."

Noch einmal sah er sich um, als hätte er eben einer Spaziergängerin die Handtasche gestohlen. „Wie heißt die nochmal?"

„Antonia. Also machst du es?"

Fridolin versuchte sich ein letztes Mal herauszuwinden, er wisse wirklich nicht so recht. Und ob es nicht doch Zeit hätte bis morgen.

„Weil heut", er deutete auf sein Horoskop, „Große Gefühle."

Bruder Gregor sah, dass er etwas energischer werden musste:

„Nein, nein. Morgen kann es zu spät sein. Ja, ich fühle das, glaube mir. Dein Horoskop verspricht dir große Gefühle. Ja, aber die sind halt anders als du dir das vorgestellt hast. Fridolin, mach' es, wie ich dir gesagt hab, dann wird sie zur Vernunft kommen. Du tust damit wirklich ein gutes Werk."

Fridolin lenkte ein. „Und wo find ich diese Antonia?"

„Wie gesagt, sie hat ihr Liebeszimmer bei einer Freundin in der Magdalenengasse zwanzig. J. Schneider steht an der Klingel. Dieser Freundin werde ich wohl auch mal ins Gewissen reden müssen."

Fridolins Gespür für unangenehme Situationen bestand auf einem letzten Einwand. Er kratzte sich mit den Fingernägeln im dichten angegrauten Haar.

„Also, mir isch bei dem Auftrag überhaupt net wohl. Möchtest du des net doch lieber selber...?“

In Beziehungsprobleme wolle er sich net einmischen, des bringe bloß Ärger. „Ich weiß des von meinem Vetter, der …“

Gregor Wacker musste den Sack nun zuschnüren: „Vertrau mir, Fridolin. Vertrau mir einfach. Du kannst das. Es wird alles gut werden. Geh in Gottes Namen, nur Mut! Ich muss mich noch kurz ausruhen, dann eile ich zum Bischof. Hoffentlich hat der Zeit für mich und schiebt nicht wieder irgendwelche, ach so wichtigen Angelegenheiten vor. Los, geh schon.“

Fridolin steckte seinen Kalender und die Zeitung ein und durchpflügte tief in Gedanken versunken wieder den Park, diesmal im neunzig Grad Winkel zur bisherigen Richtung.

Der alte Mann blickte ihm nach, nickte mehrmals heftig mit dem Kopf, als wolle er sich selbst Mut zusprechen und blieb mit angelehntem Rücken auf der Bank sitzen.

GALILEO HAT KEINE ZEIT

Herkules hatte sich unversehens im Raum materialisiert. Weder der Drudensternlichtkegel noch die Falten im Vorhang zur Unendlichkeit zeigten den Windhauch eines Zitterns. In voller Größe stand er da.

War es die Beschaffenheit der Wand, die keine absolute Trennung bewirkte, wie die beiden Engel schon anfangs feststellen mussten oder konnte er sich wirklich entmaterialisieren? Immer wieder hatten sie darüber gerätselt. Nein, Vorhangstoff war dies nicht. Es fühlte sich irgendwie anders an. Anders als das Holzgestell der Uhr und deren Metallteile, anders als die Seile, die Lampe oder die Pforte. Eine unbekannte Materie, jedenfalls kein herkömmliches Stoffgewebe. Und diese reihenweise liegenden, blassgoldenen Achterschleifen waren mit den Fingerkuppen nicht zu ertasten. Für sie blieb es eine reale Wand, kein Durchkommen für Empfangsengel.

Er habe nachgesehen, was diesen Galileo beträfe. Es gäbe ihn tatsächlich, Galilei würde er heißen. Aber er habe keine Zeit. Er habe überhaupt keine Zeit mehr.

Keine Zeit mehr? Angeli reagierte als erste. "Was tut er dann den ganzen Tag, auf welchem Stern sitzt er denn?"

Für ihn existiere die Zeit nicht mehr, habe er ihm zu verstehen gegeben. "Er ist wohl sehr, sehr klug. Äh, gewesen – oder auch immer noch. Außerdem - er klang sehr verärgert - meinte, ihr solltet noch einmal in die Schule gehen, da ihr offensichtlich keine Ahnung hättet, wer er wirklich gewesen sei. Damit ihr keinen Unsinn verbreitet."

"Ja, stimmt", musste Angeli zugeben, denn sie hatte erkannt, dass sie, was die Uhr betraf, bei Galileo knapp daneben lagen. Galileo war zwar der mit dem Pendel. Die Uhr hatte dann sein Sohn versucht zu bauen, wirklich gebaut hatte sie jedoch ein anderer, ein Holländer, was aber hier oben, nach Angelis Meinung, eigentlich nicht von Belang sein dürfte. Sie zuckte entschuldigend mit den Schultern. Er solle es bloß nicht so persönlich nehmen, der Herr Wissenschaftler.

Urmans Torwächter wiederholte sich: Es gäbe hier keine Herren. Jedenfalls habe der Galilei keine Lust an so alten Dingern herumzuschrauben, das könne jeder gute Uhrmacher.

"Und dann sagte er noch etwas von einem gefälschten Schalttag. Er sei schließlich nicht senil. Und die Stümper, welche das verursacht haben, sollen es auch wieder rückgängig machen. So lange noch Zeit sei, betonte er!"

Herkules sah seine Gehilfinnen prüfend an, als könne er bis in deren hinterste Gehirnwindungen vordringen. Nur lesen konnte er darin nicht.

"Was meint er damit? Schalttag? Und so lange noch Zeit sei, wenn doch für ihn die Zeit nicht mehr existiert? Überhaupt, wieso sollte er an unserer Uhr herumschrauben? Die stimmt doch, läuft wie immer."

Angeli hatte zuvor noch einmal versucht, den Splitter, welcher den Schalttag ausgelöst hatte, herauszuziehen, was ihr jedoch nicht gelungen war. Also mussten sie es weiter versuchen um das Problem noch rechtzeitig zu lösen.

Zunächst galt es jedoch Herkules zu beruhigen. Ihre smaragdgrünen Augen blitzen ihn hypnotisierend an. Das sei schon alles im Takt, wie er ja selber sehe. Von Herumschrauben habe sie nichts gesagt. Aber es wäre durchaus interessant mal mit ihm, dem Professor und Universalgenie zu plaudern. Zum Beispiel über die katholische Kirche Anno 1632 und die angebliche Ketzerei, wofür sie ihn gezwungen hatten, seine Erkenntnisse über das heliozentrische Weltbild zu widerrufen. Herkules sah sie an, als würde eben ein Zeburind einen Esel gebären.

Blondengel trumpfte mit aller Klugheit auf: "Na, dass eben nicht Helios, die Sonne täglich um die Erde herum kreist, wie damals die gescheitesten Köpfe der katholische Kirche fest behaupteten, sondern, dass die Sonne der Mittelpunkt des Planetensystems ist. Also unseres Planetensystems."

"Ist ja schon gut, intellektueller Empfangsengel, ist ja schon gut."

Er schüttelte beleidigt den Kopf und ebenso unversehens wie er aufgetaucht war, verschwand der ganze Kerl durch die Wand.

Angeli wandte sich wieder dem Uhrwerk zu.

Zu spät alter Mann

Antonia hielt noch das Kalenderblatt vom Vortag in der Hand, als Johannes die Tür hinter sich zugezogen hatte. Sie sah hinüber auf den kleinen Zahlenblock an der Wand, betrachtete die 29 und schüttelte noch einmal den Kopf. Gedanken und Gefühle trudelten in ihr durcheinander wie Bienen auf dem Hochzeitsflug die Königin umschwirren.

Die Bilder der letzten Tage tanzten vor ihren Augen. Angefangen mit dem Zauber dieser Yab-Yum-Skulptur in der Buddha Ausstellung, die tanzenden Schneeflocken, der Helikopterkuss. Ihre scheinbar vollkommene Ordnung, ihr ganzes Leben, war durcheinandergeraten. Aber - es ist vorbei! Es musste vorbei sein! Ben und die Kinder, das war ihre Familie. Sie hatte sich zu weit vorgewagt. Über die Grenze hinaus. Auch ließ es sich nicht einfach als Fasnetslaune bemänteln. Das war so durchsichtig wie ihr verführerisches, schwarzes Negligee, das neulich zum ersten Mal seine angestrebte Wirkung verloren hatte. Sie würde diese Verdienstmöglichkeit beenden, ebenso wie die kleine, intensive Affäre mit Johannes – welche sich jetzt schon in ihr zu einer schönen Erinnerung verkapselte. Eine Erinnerung, die sie manchmal im Stillen wie eine Muschel öffnen würde, um nachzusehen, ob die Perle noch drin liegt. Eine Perle, deren Wert nur ihr allein bewusst bleiben würde. Sie ansehen und mit einem wohligen Stich im Herzen wieder verschließen. Was geschehen war, lag hinter ihr, blieb ein kleines, süßes Geheimnis. Doch jetzt galt es für sie, ihren Mann in allem zu unterstützen, dass er wieder der Ben würde, den sie geheiratet hatte. Ein Familienvater, wie ihn sich eine Frau nur wünschen konnte. Auch die Kinder benötigten ihre ganze Aufmerksamkeit für die nächsten Jahre.

Benjamin, sagte sie leise vor sich hin. Sie versuchte zu verdrängen, wie es sein wird, wenn sie beide sich wie alltäglich, für Augenblicke tief in die Gedanken des anderen versenkten. So tief und wissend, wie sich nur Augen von Menschen, die sich bis ins Letzte vertraut sind, wortlos austauschen können. Und sie wusste, dass sie es nicht vor ihm würde verheimlichen können. Nein, sie musste es ihm bekennen, eine Art Beichte. Aber bloß nicht jetzt, in dieser angespannten Phase. Es würde sich später Gelegenheit finden, um alles zu erklären.

Vielleicht sollte sie Jule anrufen, sich mit ihr austauschen. Um dort wieder beginnen zu können, wo sie vor einigen Tagen vom Weg abgebogen war. Sie griff nach dem Handy, schaltete dabei das Radio ein. Aus den Lautsprechern hörte sie die raue und doch rauchzarte Stimme mit diesem feinen Kratzen: Bryan Adams. Antonia lauschte betroffen, sang leise mit: *Don't tell me it's not worth fighting' for ... You know it's true, everything I do, I do it for you.* Unser Lied. Konzert in Basel.

Es klingelte an der Wohnungstür.

„Ist offen“, rief sie wohlgelaunt, während sie Handy und Kalenderblatt auf das Tischchen legte. „Hast du etwas ...“

Fridolin stand vor ihr, ebenfalls mit staunendem Mund. Antonia griff im ersten Schreck nach dem T-Shirt um es vor ihren Busen zu halten und fauchte ihn an:

„Was wollen Sie hier!“

Fridolin drehte sich diskret halb zur Seite und sagte:

„Moment, nicht was sie denken. Ich wurde geschickt von jemand. Bitte bleiben Sie ruhig, ich tu Ihnen nichts.“

Warum musste er gerade jetzt an sein Tageshoroskop denken, das mit den großen Gefühlen. Mann! Was für eine tolle Frau. Antonia hatte sich inzwischen das T-Shirt übergezogen, das einen hellen Streifen Haut zwischen dem weißen T-Shirt und dem schwarzen Slip geradezu verstohlen aufreizend preisgab.

„Ruhig! Sie haben Humor. Von wem geschickt, von Jule?“

„Von Jule? Äh, nein, von einem Herrn.“

Antonia beschlich ein leiser Verdacht, und sie verspürte eine fast schon spielerische Neugierde. Sie schaltete das Radio aus, lud ihn ein, sich zu setzen: Ein gutaussehender, sportlicher Herr in den besten Jahren. Macht einen soliden Eindruck. Beinahe souveränes Auftreten; angesichts der Situation aber eben doch irgendwie ein wenig verlegen oder befangen. Aber warum er als Bote? Sie dachte plötzlich an Benjamin.

Fridolin war überrascht – und verärgert. Diese Peinlichkeit, er ein Voyeur. Der Überbringer einer mahnenden Moralbotschaft. Was nützt es da, sich auf den Bruder Gregor zu berufen. Mitgefangen, mitgehangen. Dabei war er allerdings davon ausgegangen, dass sein Botengang an der Türsprechanlage bereits enden würde. Keinesfalls wollte er in irgendeine prekäre Situation hineinplatzen. Nein, das war so nicht vorgesehen. Es war diese Frau, die ihn beinahe aus der Fassung brachte. Ihre Erscheinung, ihre Natürlichkeit. Er verspürte einen Zauber, ja eine Faszination in ihrem Wesen, die ihn, ob seines Auftrages, beschämte. Er kam sich nun wirklich wie ein Voyeur vor, ein heimlicher Beobachter. Einen Augenblick blieb er unschlüssig stehen, entschuldigte sich für sein Eindringen.

In diesem Moment wirkte er auf Antonia wie ein kleiner beschämter Junge, der bei etwas Verbotenem ertappt wurde. Sie erkannte, dass ihn sein Auftritt peinlich berührte, was sie ein klein wenig genoss. Der ungebetene Besucher druckste verlegen herum, wie er es ihr erklären solle, wollte mit seinem Auftrag nicht recht herausrücken. Unterdessen überlegte er, ob er noch rechtzeitig gekommen war, oder ob besagtes Stündchen bereits hinter ihnen lag. Der junge Mann, der eben unten hinausging und ihm quasi die Haustüre öffnete? Er sah das Glastischchen mit dem Sektkübel und den beiden leeren Schalen. Wollte sie ihn so empfangen, oder war alles vorbei? Anscheinend war sie dabei, sich anzuziehen. Also war er schon gegangen. Klar, er musste schon weg sein. Schließlich sah er ihr offen in die Augen: Ob sie einen Johannes Berger kenne.

Ach! Ob er ein Detektiv sei? War dieser Herr, der ihn vorgeschickt hatte etwa mittelgroß, graue Haare, zirka achtzig?

Sie ließ einen ärgerlichen Zischlaut hören. Zugleich fühlte sie den wohligen Schauer in der Brust. Zu spät, alter Mann, zu spät. Wir regeln das auch ohne deine Moral. Laut entrüstete sie sich:

„Also, was wollen Sie? Wollen Sie überhaupt zu mir, ich wohne nämlich nicht hier."

Freilich konnte sie sich sein Aufkreuzen hier zusammenreimen. Aber warum kam der Alte nicht selbst? War allerdings besser so. „Ein Glas Sekt?"

Sie spielte die Überlegene, holte eine weitere Schale aus der Vitrine, füllte sie, bis der Schaum über den Glasrand perlte.

„Dann redet es sich leichter." Sie reichte ihm die Schale und bot ihm an, sich auf einen der beiden Cocktailstühle zu setzen. Sie selbst platzierte sich, noch immer in schwarzem Slip und weißem T-Shirt, auf die Wohnlandschaft.

Jetzt wusste Fridolin endgültig, dass die Sache bereits gelaufen war. Dennoch konnte er sich der prickelnden Situation nicht entziehen. Warum also nicht, eine kleine Entschädigung für diesen peinlichen Auftrag.

„Danke."

„Was wollen Sie von Johannes Berger?"

„War er hier?"

„Spielen wir jetzt: Wer hat mehr Fragen als Antworten?"

„Nun?"

„Er ist eben gegangen, sie müssten sich doch begegnet sein."

„Ach, der junge Herr."

„Kennen Sie ihn nun, oder nicht?"

„Nein. Das ist alles so verquer und kompliziert."

„Und das hat mit diesem Bruder Gregor zu tun?"

Er nickte.

„Na dann, sehr zum Wohl, Herr Agent."

Magnolienbaum

Johannes Bergers Gang durch Straßen und Gassen glich eher dem Schweben auf einer Duftwolke aus Jasmin und Aloe, denn er musste sich geradezu zwingen, auf Objekte wie Menschen, Autos, Ampeln zu achten. Ihm schien, als wären eben zwei Sterne von einer unbekannten Macht in eine neue Umlaufbahn gelenkt worden, auf der sie sich schließlich miteinander zu einem einzigen großen Licht vereinigten. Ein pures, reines Licht, das jedoch mit dieser Verschmelzung bereits zum Erlöschen verurteilt war. Wenn es ein irdisches Gegenstück zum zeitlosen Erwachen eines Buddhas gibt, dachte der ‚Schwebende', dann hatten sie dies eben erlebt. Vollkommene Eins-Sein, Yab-Yum, für eine nicht messbare Zeitspanne, das Aufleuchten einer Supernova, welche danach erlöschen muss.

In seine Wohnung zurückgekehrt bereitete er sich ein schnelles Essen: Gemüsesuppe mit Reis aus der Dose. Zum ‚Dessert' eine Banane und abschließend einen Schokoriegel zum Espresso. Er griff nach dem achteckigen Aluminiumkännchen mit dem schwarzen Kunststoffgriff. Das Unterteil der Kanne mit Wasser füllen, in den Trichtereinsatz das Espressopulver geben, mit dem Teelöffel ‚glattklopfen', Siebdeckel drauflegen und Oberteil aufschrauben. Kleine Kochplatte einschalten, den Wecker auf zwei Minuten, zwanzig Sekunden einstellen. Schließlich warten, bis das verdampfte Wasser per Überdruck das Kaffee Pulver durchdringt und durch die kleine Säule emporsteigt um sich im Oberteil zu sammeln. Ein liebgewonnenes Zeremoniell, das er seit der Studentenzeit beibehalten hatte.

Er stand auf, betrachtete vor dem Fenster die anschwellenden Knospen der Tulpenmagnolie. Die Blütenknospen hatten ihre Ansätze bereits im vergangenen November gebildet. In der festen, haarigen Umhüllung konnten sie den Winter gut überstehen. In den nächsten Tagen würde sich die samtene Schutzhülle öffnen, ein unscheinbares helles Grau wird zum Vorschein kommen. Doch innerhalb weniger Tage, manchmal nur Stunden, werden sich die weißen und rosaroten Blütenblätter in noch halbgeschlossene Kerzen verwandeln, ehe sie sich schließlich zu spiralförmig angeordneten Tulpenblüten entfalten. Die pure Poesie der Natur. Leider, dachte er, ist diesem herrlichen Blütenkleid nur eine kurze Zeit der Prachtentfaltung vergönnt. Werden und Vergehen liegen hier nahe beieinander. Verwandlung eben, der ewige Wandel. Metamorphose.

Inzwischen hatte sich die Wolkendecke am Himmel fast vollständig geschlossen, doch in diesem Augenblick drang ein Sonnenstrahl hindurch. Wie ein Spotlicht flutete er den Magnolienbaum.

Seelenflug

Katrin Ruhl wurde am Vormittag aus der Klinik entlassen. Benjamin, der sie noch einmal besuchen wollte, bot sich an, sie nach Hause zu begleiten, wenn sie es wünsche. Sie nahm dankend an. Von diesem Besuchsvorhaben hatte er Antonia nichts erzählt. Wozu auch, sie war seit zwei Tagen so mit sich selbst beschäftigt, dass sie die Familie gar nicht recht wahrnahm. Das hatte er schon am Sonntag bemerkt, bei diesem Tod-Artikel. Erst recht gestern als sie etwas zu spät zum verabredeten Treffen vor dem Umzug eintrudelte, während er und die Kinder nach ihr Ausschau hielten. Sie war auch heute wieder in der Stadt unterwegs. Wollte ‚ein wenig für sich sein', shoppen, Kaffee trinken, wahrscheinlich mit Jule. Sie wirkte nervös, irgendwie ‚neben der Spur', was so gar nicht zu ihr passte. Vielleicht doch wieder mal ‚Escort Lady'? Irgendetwas stimmte mit ihr nicht. Er würde sie am Abend zur Rede stellen, so konnte es nicht weitergehen.

Die Genesene trug ein knielanges Kleid in braunorange mit dunkelroten Blumenmustern, das ihre Figur dezent betonte. Der blaue Fleckensaum, dunkel umfasst, erinnerte ihn an einen Schmetterling. Benjamin half ihr in den leichten Wintermantel und legte ihr den beigen Schal um. Sie ließ es sich gerne gefallen, mochte seine zurückhaltende freundliche Art, wie sie ihn bei all den Terminen im Arbeitsamt erlebt hatte. Nur, dass seine Zuversicht von Mal zu Mal ein wenig geschwunden war. Sie hatte oft an ihn gedacht in diesen Tagen seit der Attacke in ihrem Büro.

Er trug ihre Sporttasche, sie wollte dafür seine Arbeitsmappe nehmen, doch er klemmte sie sich unter den Arm und meinte, dass es schon gehen würde. Ob er sie stützen sollte? Nein, nein, es ginge ihr wirklich wieder gut. Nur der Föhn bereite ihr etwas Kopfweh.

Unterwegs dachte er darüber nach, dass niemand sie abholen gekommen war. Sie saßen nebeneinander in der Straßenbahn, er überließ ihr den Fensterplatz. Benjamin dachte, wenn Antonia ihn jetzt sehen könnte, sie würde verwundert den Kopf schütteln, ihn aber doch verstehen. So ist er eben, mein Ben, würde sie wohl denken. Aber in seinen Gedanken war auch etwas anderes aufgekeimt, etwas zwischen Mann und Frau. Ein Gedanke, eine Regung wie er es, seit er mit Antonia zusammen war, bei keiner anderen Frau mehr bemerkt hatte.

Vor den Fenstern sahen sie die Müllmänner bei der Arbeit, wie sie die überall verstreuten Reste der Fasnacht einsammelten. Flaschen, bunte Papierfetzen, Mützen und Kappen, ein offener, leerer Geldbeutel steckte auf einem Hexenbesen. An einem Laternenbogen schaukelte ein BH im leichten Morgenwind. Sie sahen sich an und lachten amüsiert. Wie der wohl da rauf gekommen sei. Ob *Er* seine *Sie* auf die Schulter genommen hatte, beide splitternackt, oder Räuberleiter?

Er meinte, es sei doch schade, dass sie dieses Jahr die Fasnachtstage nicht mitfeiern konnte, stattdessen in der Klinik liegen musste. Sie erwiderte, dass ihr wenig läge an Fasnacht. Nicht mehr. Benjamin nahm an, dass es dafür einen bestimmten Grund gab. Ihm würde auch nicht viel an diesem närrischen Treiben liegen.

Erst in ihrer Wohnung wurde ihr bewusst, dass sie eigentlich in einer Bäckerei etwas zum Kaffee kaufen wollte. Irgendwie war sie durch ihn ein wenig befangen, so dass sie es vergessen hatte. Sie entschuldigte sich, hätte aber noch etwas Kekse, vielleicht mit Honig? Er nickte nun ebenfalls verlegen. Sie nahm ihm die Sporttasche ab und sagte einladend:

„Legen Sie doch ihren Mantel und die Mappe ab. Vielleicht auch die Weste, die Wohnung ist ja gut geheizt."

Ob er die Kaffeemaschine bedienen könne. Sie würde sich gerne umziehen. Er nickte bejahend. „Für mich Cappuccino", fügte sie hinzu. Für sich wählte ein den einfachen Milchkaffee.

Er blickte sich im Zimmer um, sah das Bücherbord und entdeckte schnell den Hyperion von Hölderlin. Ein winziger Schauer zog über seine Stirn. Ob sie ihn wirklich gelesen hatte?

Im Bad prüfte sie ihr Spiegelbild, kämmte sich die Haare. Bald darauf kam sie in türkisfarbenen Leggins und weißem, körperbetontem T-Shirt zurück.

Er sprach sie auf das Buch an. Mit siebzehn habe sie es gelesen, teils verschlungen, Hyperion und Diotima. Genau wie ich, der Gänsehautschauer wiederholte sich. Auch sie sah ihn überrascht an. Für einige Minuten schenkte ihnen die Erinnerung an Hölderlins hohe Form der Poesie Gemeinsamkeiten. Er liebte ihr Lachen, das so von innerer Freude zeugte. So angenehm, als würde ihn ein süßer Frühlingsduft streifen. Die Zeit verging für sein Empfinden viel zu schnell. Die Tassen standen leer nebeneinander. Er wollte unter keinen Umständen aufdringlich wirken, andererseits war da ein Gefühl von Nähe und Weiblichkeit, das ihn geradezu fesselte. Sie saßen sich an einem kleinen, runden Tisch, der ans Fenster gerückt war, gegenüber. Wenn er keine dringenden Termine hätte, meinte sie beiläufig, dürfe er gerne noch bleiben. Er zögerte. Sie sagte leise, sie müsse sich erst mal an die Wohnung und das Alleinsein gewöhnen. Aber sie wolle ihn natürlich nicht aufhalten. Ihre Augenpaare drangen tief ein in das offene Gegenüber.

Sie hatte die Ellbogen aufgestützt, die Hände angehoben ineinander verschränkt. Er umschloss ihre Hände, sie neigte den Kopf vor, ihre Lippenpaare strömten eine pulsierende Wärme aus. Sie begann ein zartes Spiel mit der Zunge. Einem Impuls folgend standen sie ruckartig auf, nahmen sich in die Arme, küssten sich weiter. Komm, sie zog ihn durch eine Tür, sie landeten auf dem Bett, sie auf dem Rücken. Benjamin kam sich vor wie in einem Fernsehfilm. Wobei er über diese spontanen, überfallartigen Sexszenen unter Umgehung jeglichen Vorspieles, als Ausbruch der ungezügelten Lust, immer wieder im Stillen den Kopf schütteln musste. Klischee.

„Aber ich bin … ich habe zwei Ki …"

„Ich weiß", flüsterte sie. „Dieses eine Mal …"

Sie streifte geschickt das T-Shirt über den Kopf, zog ihn zu sich herab.

Dieses eine Mal, ging ihm wie ein Gedankenblitz durch den Kopf und er vergaß alles, was ihn seit Monaten belastete. Was an ihm nagte und zerrte, was ihm schlaflose Nächte bereitete. Was ihn so zermürbt hatte, dass er nicht mehr der war, den alle kannten. Es gab nur noch dieses Meer der Gefühle, diese so wohltuende Berührung.

Wieder hatte Katrin Ruhl für einen Augenblick diese Vision, diese Sehens Weise, welche sie vor wenigen Tagen, direkt nach der Attacke im Büro zum ersten Mal wahrgenommen hatte. Sie sah ihn und sich. Zwei sich umschlingende Körper. Aber sie fühlte nicht nur das Körperliche, den gemeinsamen Höhepunkt, das Eins-Werden im Geschlechtsakt. Es gab da noch eine andere Ebene. Ihr war, als sei dies eine Art Seelenflug, ohne Zeit und Raum.

Später, als sie nebeneinander auf dem Rücken lagen, drehte sie sich nach einer Weile zu ihm, strich ihm über die Wange und hauchte ein leises 'Danke'. Er ließ die flache Hand von ihrer Taille über die wohlgeformte Hüftrundung gleiten. Verharrte kurz, strich wieder aufwärts. Seine Finger glitten über ihren Schoß, weiter über den Bauchnabel, streiften die feste Knospe ihrer Brust. Er nahm die weiche Brust zärtlich wiegend in die gewölbte Hand, als wolle er sich vergewissern, dass er dies alles nicht geträumt hatte. Ihre Lippenpaare tauschten noch einmal

Gefühlsströme aus. Langsam trennten sie sich wieder. Er sah sie an, es klang nach einem Abschiedswort, sanft und doch fest:

„Auch danke“.

Katrin Ruhl fühlte seine warme Hand auf ihrem Busen, doch war er nun nicht mehr wirklich bei ihr. Kurz erzitterte sie bei dem merklichen Ruck, den er sich gegeben hatte:

„Tut mir leid, aber es ist besser...“

Sie nickte bedauernd, aber wohl wissend. „Ich finde was für dich, ich hoffe bald.“

Er besann sich einen Augenblick bis er begriff, was sie meinte. Sie waren wieder zurück, zurück im Alltagsleben.

Sie schlüpfte in ihren Slip und zog das T-Shirt über, dann schaltete sie das Radio ein. Der Raum schien sich zu weiten im Song von Bryan Adams: *Everything i do, i do it for you.* Katrin Ruhl lächelte zu ihm hinüber, er starrte stumm auf das Radio, war plötzlich irgendwo, ganz woanders, sah blicklos zum Fenster hinaus. Er musste an Antonia denken. Vor fünf Jahren, Konzert in Basel. Damals, das erste Mal, dass sie beide einen Tag und eine Nacht ohne die Kinder weggegangen waren. Basel im September war schön. Historisches Zentrum, das Konzert, die gemeinsame Nacht im Hotel. *Don't tell me it's not worth fighting for'...I can't help it, there's nothing' I want more, You know it's true, Everything i do, i do it for you.*

Sie spürte seine plötzliche Abwesenheit, wollte diese jedoch nicht stören. Leichtfüßig ging sie zum Tageskalender und begann die einzelnen Blätter abzureißen.

Tage, die, seit sie das Haus verlassen hatte, bereits Geschichte waren. Mitten in ihrer Alltagsroutine traf sie dieser unbeherrschte Angriff, Schock und Schmerz. Dann die wohltuende Stunde als er sie besuchte, aber auch lange Nachmittage und unruhige Nächte. Erstaunt blieb ihr Blick an einer Zahl hängen, sie schüttelte ungläubig den Kopf und sagte zu ihm:

„Du schau mal!“

Sie lachte herzlich, zeigte auf den Abreißkalender, dessen Tagesblatt mit der Neunundzwanzig. Er musste sich erst besinnen, schien halb abwesend, irritiert. Sie ging zu ihm, legte die linke Hand an seine Schläfe und strich ihm mit der flachen rechten Hand über die Wange. Beruhigend flüsterte sie ihm ins Ohr, wie eine Mutter die ihr gestürztes Kind sanft streichelnd tröstete: Es ist nichts passiert, weder für die Welt, noch für die Zeit, nur für uns.

Spaziergänger, die den tief in sich versunkenen Bruder Gregor kannten, grüßten ihn im Vorbeigehen. Eine Melancholie hatte seine Gedanken überzogen. Eine große, dunkle Wolke, die ihn mit Zweifeln überschattete. Im Grunde hatte Fridolin ja Recht. Er, der Bruder Gregor kann eben nicht die ganze Welt retten. Dennoch - für ihn war es eine Pflicht, eine gute Familie vor einer Katastrophe zu bewahren. Und dies nur wegen einer vorübergehenden Krise.

„Grüß Gott Bruder Gregor. Darf ich mich zu Ihnen setzen?"
Wacker sah in die Augen von Benjamin Seborn. Für einen Augenblick war er so überrascht, dass er nicht wusste, was er sagen sollte. Da hatte er sich tagelang bemüht, diesen Mann zu einer passenden Gelegenheit anzusprechen, nie war es ihm gelungen, und nun stand er vor ihm, im Mantel, mit der Arbeitsmappe unter den Arm geklemmt.

Nach dieser schönen Stunde musste Benjamin sich zu einem geordneten Rückzug zwingen. Für den Arbeitssuchenden war dies eher das Davonschleichen eines Kämpfers, der zwar eben einen kleinen wunderbaren und unverhofften Sieg errungen hatte, auch gegen sich selbst, aber im selben Augenblick sich einer viel größeren Niederlage bewusst wurde. Er fühlte sich innerlich leer und doch so voller Gedanken und Gefühle. Er spürte das Pochen an den Schläfen als würde das Blut das Gehirn geradezu überschwemmen wollen. Ohne nachzudenken hatte er den Weg in den Park eingeschlagen. Allmählich spürte er wieder den Boden unter seinen Füßen. Wie kann etwas so Schönes Sünde sein? Aber ja, du bist doch verheiratet, und zwar mit einer ganz tollen Frau, Mutter deiner Kinder. Was nun?

„Ja, was nun?“, sagte er leise zu sich selbst. Dann sah er den alten Mann auf der Parkbank sitzen, Bruder Gregor, wie er genannt wurde. Ein Wink des Schicksals.

„Darf ich mich einen Augenblick zu Ihnen setzen?“

Im Kopf des alten Uhrmachers wirbelten die Gedanken durcheinander. „Ich wollte gerade ... aber nun ja. Bitte. Wie geht es? Ich sah Sie in letzter Zeit öfters hier im Park.“

Benjamin setzte sich zu ihm. Er hatte die Mappe auf den Schoß gelegt, mit beiden Händen umgriffen.

„Schlecht, um ganz ehrlich zu sein. Und ich habe das Gefühl, dass ich mit jemand reden muss.“

Nein, nicht über diese glühend heiße, eben vergangene, so schnell verflossene Stunde, als könnte er diese im Rückblick gar nicht anfassen. Nein, darüber nicht. Nicht über eine kleine Stunde Glück, sondern über Monate mit angehäuftem Frust. Reden mit einem, der zuhört, der Mitgefühl zeigt.

„Seit drei Monaten dieses Getue.“

„Was meinen Sie?“

„Dass ich wie ein angeschossenes Tier durch diesen Park streife. Dass ich tagtäglich morgens das Haus verlasse, unser Eigenheim, als ginge ich zur Arbeit, dabei bin ich arbeitslos. Nicht mehr auszuhalten, dieses Spiel. Dieses Versteckspiel wegen der Kinder, der Nachbarn und Bekannten. Die es jetzt sowieso herausbekommen haben.“

Manchmal komme er gereizt und aggressiv nach Hause. Ein Tag wie der andere. Leer und ohne die Befriedigung, für seine Familie sorgen zu können. Und das nur, weil plötzlich die Arbeit, die man geleistet hat, nicht mehr gebraucht wird.

Wacker schenkte ihm seine ganze Aufmerksamkeit.

„Ja, ich dachte mir so etwas. Das macht einem Ehemann und Familienvater schwer zu schaffen. Aber Sie sind doch noch jung – grade mitten im Leben. Sie finden ganz sicher wieder was. Nur Mut. Man darf sich nicht unterkriegen lassen.“

Wie dumm von mir, dachte er sogleich, das hat er in den vergangenen Monaten schon so oft gehört, dass es ihm zu den Ohren heraus kommt. Entsprechend die Antwort:

„Ja, ja – Kopf hoch. Gut gemeint. Das sagt sich so leicht, von außen betrachtet. Anfangs hatte ich dies auch gedacht. Kurze Auszeit und weiter. Aber nun …“, Benjamin verstummte.

Bruder Gregor drehte sich zu ihm, um ihm in die Augen zu sehen: „Gerade diese Phase schenkt Ihnen doch ungewollt neue Perspektiven: Sie haben Zeit. Nützen Sie diese Zeit. Sehen Sie sich um in der Welt, auch in dieser kleinen Welt um Sie herum, es gibt viel zu entdecken. Vieles, was Sie noch nicht wahrgenommen haben. Und es bleibt Ihnen mehr Zeit für Ihre Frau und Ihre Kinder. Das ist etwas ganz Kostbares. Seien Sie nicht pessimistisch, diese Welt hat so viel zu bieten. Kopf hoch lieber Mann, Sie haben das Leben noch vor sich. Was Sie daraus machen, das liegt vor allem an Ihnen selbst.“

Während er auf den Ehemann und Familienvater einredete, dachte er an dessen Frau, an Fridolin und Johannes. Und dass diese Ehekrise nun gerade bei ihm aufeinander zu prallen schien.

Ben konnte und wollte es eigentlich nicht mehr hören. Dieses ‚vorwärts, immer vorwärts, nur Mut, nicht verzagen‘ und so weiter. Vielleicht war er es auch satt, sich zu rechtfertigen, also schwieg er. Bedachte die Worte des alten Mannes und schwieg.

Dieser glaubte irgendwie weiterreden zu müssen. „Bei mir“, fügte er hinzu, „ist es gerade umgekehrt: Ich möchte noch so viel Gutes tun, doch mir rinnt die Zeit durch die Finger.“

Benjamin nickte ihm anteilnehmend zu. Er habe wohl ganz andere Zeiten, Krisen und Höhepunkte in seinem Leben erlebt. Manches wohl auch erleiden müssen.

„Ich bin noch vor dem Krieg geboren, als Kind habe ich schreckliche Dinge miterlebt. Aber in jungen Jahren vermag man Schicksalsschläge leichter zu überwinden. Dann kamen gute Jahre. Schöne Jahre. Nur, man kann die Zeit nicht anhalten. Die Zeiten und Ereignisse kommen und gehen. Die schönen wie die schweren."

Er musste Luft holen, sah den Jüngeren eine Weile schweigend an ehe er fortfuhr:

„Mit den Jahren wird man demütig, versucht zu verstehen, warum das eine oder andere gerade so oder so kommen musste. Aber auch dankbar, für all das Gute und Schöne. Oft bekommt man erst viele Jahre später eine Ahnung über die Zusammenhänge, wie alles gekommen ist. Wenn man die Dinge vom Ende her betrachtet, bekommt alles einen klaren Sinn."

Aufmunternd fügte er hinzu: „Da steht Ihnen noch vieles bevor, glauben Sie mir. Und ganz sicher auch viel Gutes."

„Wissen Sie, was es heißt, in diesen von Haben, Wollen und Besitztum gesteuerten Zeiten arbeitslos mitten im Leben zu stehen? In einem Gesellschaftsmodell, das ausgerichtet ist auf: erfolgreich im Beruf, gehobener Lebensstandard, hohes Ansehen, dazu noch perfekte Kindererziehung. Kurzum Erfolg auf möglichst allen Ebenen. Wo bleibt dabei das Sein? Zeit für das Wesentliche des Menschseins? Denn all diese unausgesprochenen, gesellschaftlichen Ansprüche bedeuten, dass du eigentlich gar keine Zeit haben darfst. Je weniger Zeit du zu haben scheinst, umso höher wirst du bewertet. Denn wenn du Zeit hast, bist du ein armes Schwein. Weiß doch dann jeder, dass irgendetwas nicht stimmt! Nicht einmal Rentner haben Zeit. Sie vielleicht Herr, ja. Aber mancher in Ihrem Alter sucht wegen der schmalen Rente noch einen Job. Tausche Job gegen zu viel Zeit!"

Ben Seborn hatte sich in Rage geredet, war aufgewühlt.

Wacker nickte still. Da sprach dieser junge Familienvater etwas an, was er selbst erst im Alter erkannt hatte: Wo bleibt in all diesem Lebensgetriebe das Sein? Und was ist wichtiger, das Haben oder das Sein? In all den Jahren seit dem Tod seiner Frau hatte er sich diese Fragen oft gestellt. Und er hatte seine Antwort darauf gefunden.

„Generell können sie als Mensch in dieser Welt Ihr eigenes Sein nicht leben, wenn Sie nicht ein Mindestmaß an Haben akzeptieren. Und dieses Mindestmaß genügt auch nur für Sie allein. Einer Ehefrau und den eigenen Kindern können Sie ein solches Mindestmaß nicht zumuten. Gegen den Strom können Sie auf Dauer nicht schwimmen, aber Sie können durchaus ein wenig selbst steuern. Wenn Ihnen die Familie wichtig ist, dann nehmen Sie das Sein in ihrer Rolle als Vater und Ehemann wahr."

Seborn sah den Alten nachdenklich an. Er hatte ja Recht.

Wacker fuhr fort: „Lassen sie sich nicht entmutigen. Sicher, wir leben in einer von Äußerlichkeiten diktierten Zeit. Vieles ist und war schon immer so, auch in meiner Kindheit, primitives Klischeedenken. Diese Art Lebensgalopp, mit dem sich nun ihre Generation gegenseitig aufstachelt um darin eine Bestätigung zu erlangen ist nicht neu. Da muss man drüberstehen. Man muss wirklich nicht im Hamsterrad mitrennen. Und man darf keine Angst haben, seinen Standpunkt gegen die allgemeine Meinung zu vertreten. So schaffen Sie sich Inseln in diesem Strom. Zeit, jede Zeit kann man wirklich sinnvoll nutzen. Man muss sehr achtsam dabei sein, sehr achtsam, sonst gerät einem das Spiel aus den Händen."

Benjamin stutzte, dachte an die vergangene Stunde, sah ihn fragend an, ging jedoch nicht auf eine mögliche Anspielung ein. Inseln der Achtsamkeit.

„Für mich ist jeder Tag vergeudete Zeit. Ich hatte meine Arbeit und ein gutes Einkommen. Ich will wieder arbeiten, verstehen Sie? Möchte, dass meine Kinder stolz auf mich sind, auch meine Frau. Mit dem Zeitstrom kann ich umgehen."

„Wenn Sie nur hadernd durch den Park tigern, kommen Sie aber nicht von der Stelle, es sei denn, Sie entwickeln dabei geniale Ideen."

Wacker sah ihn dabei kritisch an. Er musste jetzt auf den Punkt kommen, ihn von seinem Selbstmitleid herunterholen.

„Wie kommen Sie denn mit den finanziellen Einbußen klar? Da muss die Familie wohl auf manches Angenehme verzichten."

Benjamin schien für einen Augenblick gedanklich weit weg zu sein, er musste sich besinnen.

„Welchen Verzicht? Ach so ja. Antonia, meine Frau will, dass alles so weitergeht wie bisher. Sie sieht das wie alle anderen – außer mir: Eben eine kurze Leerlaufphase. Den Kindern haben wir es verschwiegen. Es soll ja möglichst alles so weitergehen wie bisher. Der Urlaub ist schon wieder gebucht. Wer gibt schon gerne zu, arbeitslos zu sein."

Benjamin entfuhr ein bitteres Lachen. „Meine Antonia will dies nicht zulassen. Es ist die Angst, dass die Leute über einen reden könnten. Und dass die Kinder den Respekt vor dem Vater verlieren. Ich sei doch das Vorbild für sie."

Er dachte an seine Frau und ihr ‚Geschäftsmodell'. Nach kurzer Pause reflektierte er: „Wenn mir diese Leerphase etwas gebracht hat, dann die Erkenntnis, wie sehr wir beide doch unterschiedlich ticken. Ich meine Antonia und ich. Sie ist so, so schnell in allem, nimmt alles so spielerisch, als gäbe es die täglichen Probleme gar nicht. Wo ich lange nachdenke, hat sie das auf ihre pragmatische Art längst hinter sich gelassen. Sie ist inzwischen so extrem selbstständig geworden, weiß über Alles und Jedes in der Welt Bescheid."

Bruder Gregor bereitete den nächsten Schritt vor:

„Trotzdem werdet ihr euch etwas einschränken müssen."

„Eben nicht. Seit einiger Zeit hat sie zu ihrer Halbtagsarbeit im Reisebüro noch einen weiteren Job angenommen, damit kein finanzieller Engpass entstehen soll."

Benjamin färbte den ‚Job' mit einem geringschätzigen Unterton.

„Das scheint Ihnen nicht zu gefallen?"

„Welchem Mann kann es schon gefallen, wenn seine Frau mit anderen Männern ausgeht. Gesellschaftsdame, Ausgehdame für gut situierte Herren, zu Ausstellungen, Gesellschaftsereignissen, und so weiter. Das ist der Job."

„Ach so", entfuhr es dem passionierten Stadtmissionar. Er sah den Mann in seiner dunkelblauen Winterjacke überrascht an. War seine Meinung über Antonia falsch? Ist alles vielleicht doch nicht so, wie er es sich eingebildet hatte?

„Bloß um mehr Geld zu verdienen, statt dass sie sich um die Kinder kümmert. Nein", Ben korrigierte sich, „stimmt eigentlich nicht, sie ist trotzdem eine gute Mutter. Und es liegt ja auch an mir, ich weiß. Aber - irgendwelche Geschäftsleute begleiten, manchmal die halbe Nacht. Das ist doch kein Job für eine Ehefrau und Mutter. Dazu sieht sie sehr gut aus, meine Antonia. Weiß ich, was da wirklich geschieht? Ich meine, ich weiß nicht, was Antonia in der letzten Stunde gemacht hat. Solcher Art Dienste – wenn ich mir das recht überlege", Benjamin war erregt aufgesprungen, blickte zu dem alten Mann hinunter, „das ist doch ... ich meine mit Geschäftsleuten, mit irgendwelchen Männern ... wieso ist mir das eigentlich noch nie so richtig in den Sinn gekommen?"

Wacker überlegte noch, wie er nun einhaken könnte, ohne mit der Tür ins Haus zu fallen.

„Vielleicht weil Sie es einfach nicht wahrhaben wollten."

Benjamin nickte, schien wieder völlig ruhig, doch für einen Moment weit weg zu sein. Da war wieder dieses helle Leuchten in seinen Augen. Gedankenverloren sagte er mit einem leisen Seufzer:

„Was soll's, ich bin ja auch nicht besser."

Sein Blick folgte einem bunten Schmetterling mit blaugeflecktem Saum, der sich eben auf einen Zweig im niedrigen Gebüsch niederließ. „Frau Ruhl, Katrin." Er dachte an ihr buntes Kleid. „So allein, so schutzbedürftig. So liebenswürdig, freundlich."

Wacker sah ihn verwundert an, zog die Augenbrauen zusammen: „Wie meinen Sie das? Auch nicht besser?“

„Ein Kleiner Fuchs, wie schön“, rief Benjamin. Für einen Augenblick weilte er ganz bei dem Falter. Er betrachtete den hellblauen, gefleckten Saum um seine Flügel. „Genau wie Katrins Kleid.“

„Wer ist denn Katrin?“ Bruder Gregors Stirn legte sich in Falten. Irritiert sah er zu dem großen, schlanken Mann auf, musste sich innerlich bemühen ruhig zu bleiben.

Ohne den alten Mann anzusehen antwortete dieser: „Ich habe sie von der Klinik heimbegleitet, sie hatte eine Stichverletzung, eigentlich meinetwegen.“

„Ihretwegen?“

Benjamin nickte, immer noch gedankenversunken.

„Sie haben diese Frau nach Hause begleitet? Na gut“, es lag etwas lauerndes, unruhiges in der Stimme des Alten.

„Sie wollte eben die ersten Stunden nicht alleine im Hause sein. All die Male, die ich bei ihr im Arbeitsamt war, hab ich nie erkannt, wie hübsch sie ist, und so liebenswert“.

Wacker schwante nun, worauf dies hinaus zu laufen schien.

Sein Gesprächspartner sprach mit leiser Stimme, mehr zu sich selbst, als dachte er eben an einen schönen Traum. Es klang wie ein tiefer Seufzer:

„Es war, hm - einfach schön.“ Er blickte dem Falter nach, seine Augen folgten dem auf und ab der herbstbunten Flügel. Für einen Moment hatte er die einstige Raupe vor Augen, ein unscheinbares Ding, das sich in einen schönen Falter verwandelte. Dann sah er Katrin und Antonia, beide wollten den Schmetterling erhaschen.

„Sagen Sie jetzt nicht, dass Sie mit dieser Frau...“, der alte Uhrmachermeister spürte das heftige Pochen seines Herzens, als wolle der ermüdete Muskel plötzlich den Brustkorb sprengen. Benjamin blieb stumm, wich dem fragenden Blick aus.

„Sie sagten doch: Zeit soll man sinnvoll nutzen“.

„Mensch! Mann! Machen Sie jetzt bloß nicht denselben Fehler wie Ihre Frau, oder haben Sie …?“

Ben sah den Alten überrascht an. In diesem Moment zerfiel das in Jahren entstandene Traumbild seiner Frau in tausend kleine Schnipsel. Er wirkte wie elektrisiert. Als hätte jemand die in ihm schwelenden Ahnungen über Antonias neuerliches Tun mit einem Fingerschnippen zu einem schändlichen Bild zusammengefügt.

„Wieso? Wie meine Frau?“

Er war an den Sitzenden herangetreten, starrte auf den alten Mann herab. „Denselben Fehler? Antonia! Mit wem? Was wissen Sie?“

Völlig außer Kontrolle schüttelte Benjamin den Alten heftig an den Schultern, dabei war seine Mappe zu Boden gefallen. Die Pistole kam zum Vorschein.

„Oh Gott, was haben Sie vor!“ Wacker sah ihn schockiert an.

„Nichts, die ist nur zum Schutz vor diesen Rechtsradikalen. Also - was wissen Sie?“

„Mein Großneffe“, brachte der Alte schwer atmend leise hervor und griff sich an die Brust. „Magdalenengasse. Aber ich habe schon Fri …“.

„Bei Jule! Ich hab es geahnt, wer weiß wie lange das schon geht!“

Benjamin griff nach der Mappe, schob dabei die Pistole wieder hinein, und stürmte aufgewühlt davon. In seinem Kopf löste eine Flipperkugel verzerrte, anstößige, böse, obszöne Bilder aus. Jede Berührung brachte ein irres Gelächter hervor, bis die Kugel, die Antonias Augenfarbe hatte, zwischen den Kickhebeln im Nichts verschwand um gleich wieder in die verschlungenen, blinkenden Bahnen hinein katapultiert zu werden.

Der alte Gutmensch hob beschwörend die Hand und stöhnte.

„Oh Gott“.

Er versuchte sich zu erheben, doch es gelang ihm nicht. Laut rief er, ohne die zwei Jogger zu beachten, die eben hilfsbereit stehenblieben. „Oh Herr – was für ein Missgeschick, was für ein Unglück!“

Mit einer Handbewegung bedeutete er den Joggern, dass er keine Hilfe benötigte. Sie winkten ihm zu und rannten weiter.

Hilflos stammelte er vor sich hin: Das wollte er nicht. Das gerade nicht! Den Gedanken, dem großen, schlanken Mann hinterherzueilen verwarf er jedoch sogleich wieder. Dazu war er gar nicht in der Lage. Panik und Verzweiflung erfassten ihn. Ein stummer Aufschrei entrang seiner Brust: Fridolin, Johannes! Antonia! Jetzt hilft mir nur noch beten.

Er sank ein wenig in sich zusammen, seine Hände suchten Halt an der Parkbank. Die Schirmmütze lag am Boden.

Ist ihnen zu warm

„Ist Ihnen zu warm, ziehen Sie doch die Jacke aus."

Fridolin hatte den bunten Rucksack neben den Cocktailstuhl gestellt. Immer mehr schien die schöne Frau diese Situation wie einen Sieg zu genießen. Bewusst ließ sie ihre Jeans über der Stuhllehne hängen. Sie standen sich für einen Augenblick gegenüber, er fühlte sich geschmeichelt, gab ihr die Jacke.

Sportlich, modisch, schick, dachte Antonia.

„Ach!", rief er unvermittelt. „Sie haben auch diesen Kalender! Mit dem falschen Neunundzwanzigsten."

„Äh, ja." Antonia dachte an Johannes und sah ihren unangemeldeten Besucher fragend an.

„Nun ja, deswegen bin ich ja zu Ihnen geschickt worden. Der Herr Berger, Johannes Berger…"

„Ja, was ist denn nun mit ihm?"

Er habe einen Großonkel.

„Weiß ich doch."

Sie reagierte etwas zu heftig. Antonia, die sich eben wieder setzen wollte, spürte den Kloß im Hals, hatte die Situation vor dem Kunsthaus wieder vor Augen. Erst die Wut auf die Bloßstellung durch diesen alten Herrn, dann der Schock, wie der Mann auf die Straße stürzte.

Der Bote zeigte sich irritiert. „Sie kennen ihn?"

„Nein! Ja, einmal getroffen."

Sie schüttelte unwillig mit dem Kopf. Was sollte das jetzt werden? Spielt dieser Alte nun das Kindermädchen oder den besorgten Onkel, der sich nicht traut selbst zu erscheinen um sein Anliegen vorzubringen?

So sei es eigentlich nicht.

Sie bedeutete ihm mit einer Handbewegung, sich wieder zu setzen, während sie sich selbst erneut auf die Wohnlandschaft platzierte und die Beine übereinander schlug.

Also, wie denn dann – ‚eigentlich'?

Langsam entfaltete Fridolin die Geschichte. Antonia schüttelte immer wieder den Kopf. Ihr Spiel war einem ungewollten Ernst gewichen.

„Er hat uns also nachspioniert. Als wären wir Kriminelle, nein in seinen Augen wohl eher Sünder. Aber was geht unsere Beziehung diesen alten Moralgeist an?"

Der ungebetene Besucher zuckte mit den Schultern. Das sei wohl dessen anerzogene christliche Grundhaltung. Antonia versuchte demonstrativ Ruhe zu zeigen. Fridolin dagegen musste sich zwingen, die Augen von diesen Beinen zu heben. Was für eine seltsame Mission, die ich mir da andrehen ließ, dachte er. Einerseits. Andererseits - aus den Augenwinkeln sah er wieder auf die übereinandergeschlagenen Frauenbeine.

Man nenne den alten Herrn nicht umsonst in der ganzen Stadt den Bruder Gregor.

„Und wieso kommt er nicht selbst? Oder besser, wieso redet er nicht einfach mit seinem Großneffen, dieser fromme Bruder?"

„Er meint es wohl nur gut. Er denkt an Sie und an Ihre Familie."

„An mich und meine Familie! Gut meinen! Ja, das tun viele. Und dabei kommen die chaotischsten Geschichten zu Tage."

Trotz allem Ärger breitete sich in ihr wieder das Gefühl des Sieges aus, gegenüber dieser selbsternannten moralischen Instanz. Ein alter Mann, der sich in ihr Leben geschlichen hatte, der glaubte ein wenig Beziehungswächter spielen zu müssen. Aber es hat nicht sollen sein. Du bist zu spät gekommen, alter Mann. Das Spiel ist bereits gespielt.

Fridolin wurde es im Laufe der Geschichte heiß und heißer. War es bloß die Zimmertemperatur, die ihm viel zu hoch erschien, oder die Nähe dieser supersexi Frau mit ihren phantastischen Beinen? So viel jünger war die ja gar nicht wie er. Was sind schon fünfzehn Jahre, wenn überhaupt. Er wischte sich die Stirn, öffnete etwas umständlich den Stehkragen seines karminroten Microfaserhemdes, italienischer Schnitt, sowie zwei weitere Knöpfe. Das Hemd gefiel ihr. Es war sicherlich nicht der Grund für seine gefühlte Hitzewallung.

„Na, Sie sind mir ja einer! Nicht, dass Sie so weitermachen. Trinken Sie einen Schluck, wenn es Sie beruhigt."

Sie wirkte wieder so überaus souverän. „Also weiter."

„Weiter womit?" fragte er, um nach dem dritten Knopf zu greifen, dabei zauberte er ein verschmitztes Grinsen ins Gesicht.

„Na, na. Immer schön ruhig bleiben, mein Herr."

Sie lachte, stellte das Glas Sekt ab und strich sich anmutig die Haare zurück. Dabei schlug sie die schönen Beine andersherum übereinander, dass es Fridolin beinahe schwindelig wurde.

„Also weiter mit Ihrer Story, womit denn sonst!"

Sie kokettierte, genoss wieder das Spiel. Fridolin erzählte von der Begegnung mit Wacker im Park. Schmückte sogar ein wenig aus, um das Zusammensein mit der Schönen noch etwas länger genießen zu dürfen. Er kam auch auf sich zu sprechen - dass er sich fit halte mit Fitnessstudio und wandern. Wobei das mit dem Fitnessstudio übertrieben war, das geisterte bisher nur in seinen Vorfrühlingsgedanken. Und dass er fotografiere, wenn ihm etwas Schönes vor die Linse käme. Gerne hätte er hinzugefügt: ‚So, wie Sie'. Sie verstand auch so.

Sie hörte aufmerksam zu, nippte zuweilen am Sektglas, strich sich wieder die Haare zurück, lächelte mal gerührt. Während des Gespräches hatte auch Fridolin die traute Zweisamkeit durchschaut und spielte mit. Er ‚musste' sich die Hemdsärmel hochkrempeln. Seine Temperatur schien sozusagen den Siedepunkt zu erreichen.

„Sie sitzen hier so lässig und luftig da und ich komme gehörig ins Schwitzen. Ist irgendwie ungerecht, finden Sie nicht auch?" Antonia tat so, als bemerke sie erst jetzt, dass sie die Jeans noch nicht angezogen hatte.

„Ach, entschuldigen Sie bitte".

Mit graziösen Bewegungen flossen die formvollendeten Beine in die Jeansröhren. Mit einem kleinen Hüpfsprung verschwand der knappe schwarze Slip. Der Metallknopf vorne schloss sich am körperbetonten Hosenbund.

„Besser?“ Wieder dieses schnippische Lächeln.

„Nein, keinesfalls.“ Was sich aus seiner Sicht allerdings auf die Hose bezog.

„Wenn es Ihnen wirklich zu heiß ist, ziehen Sie eben Ihr schickes Hemd aus. Schön übrigens, steht Ihnen.“

Es klang neckisch, fast schon, als wolle sie mit ihm flirten.

„Vielleicht ist es ja auch der Föhn, der so manches durcheinanderbringt.“

Betont umständlich schälte er sich aus dem aufgeknöpften Hemd, das sportliche, weiße Unterhemd kam zum Vorschein. Er nahm noch einen Schluck, sie schenkte nach. Fridolin brachte nun, scheinbar erleichtert, eine Episode seines Jungrentnerdaseins zum Besten, er wusste selbst nicht, wie er darauf kam. Die Sache mit dem Wäschewaschen ohne Waschpulver und dem Aufhängen der Wäsche. Sie amüsierte sich.

Auch Fridolin lachte manchmal über seine Berichterstattung. Dabei ließ er immer wieder anklingen, dass er hier eigentlich das Opfer sei, völlig unschuldig in diese Sache hineingeraten. Er, also der Herr Wacker, sei ja eigentlich ein guter Mensch, der schon vielen geholfen habe, nun aber sei er selber etwas hilfsbedürftig. Da er so ein aufrechter Christ sei, könne man seine Beweggründe schon verstehen. Johannes, fügte er hinzu, sei so etwas wie sein Lieblingsneffe, wenn auch Großneffe.

Im Laufe der Geschichte wurde sie ernster und ernster. Da war es wieder dieses Eva-Gefühl. Ja, es gab da nichts zu beschönigen an dieser Affäre, der alte Mann hatte Recht: Sünderin. Schließlich war sie es, die sich erklären wollte. Diesem sympathischen Frührentner, der sich mit seiner Friedlinde um das Wäschewaschen hakelte. Antonia hatte plötzlich Erklärungsbedarf, Schuldgefühle. Fühlte sich schlecht, war blass im Gesicht.

Er bemerkte ihre Veränderung. Sie solle es sich nicht so zu Herzen nehmen, versuchte er zu trösten. Dieses eine Mal. Und angesichts der schwierigen Ehe Lage könne man das doch auch verstehen. Er sah sie mit einem bewundernden Blick an. Er, also er, hätte da auch nicht nein gesagt, Friedlinde hin oder her. „Entschuldigung."

Sie musste lachen, wirkte kurz befreit. „Tut gut mit Ihnen zu reden", bekannte sie. „Seit mein Ben arbeitslos ist, hat er mich nicht mehr angerührt. Das ist so - das ist so daneben. Aber, warum erzähl ich das gerade Ihnen?"

Die kurze Stille hatte etwas Knisterndes, eine Leere, die nicht lange erträglich war. Fridolin suchte das Dramatische zu entschärfen:

„Was für ein Tag!", entfuhr es ihm. „Ein Tag, den es eigentlich nur im Kirchenkalender gibt. Isch des net wie ein Wink des Himmels, dass Bruder Gregor grade mich zu Ihnen geschickt hat? Also da bin ich ihm glatt dankbar dafür." Schnippisch fügte er hinzu: „Des werd' ich ihm nie vergesse."

„Na, na. Nicht schon wieder übermütig werden. Aber im Ernst, Sie waren nun sozusagen das Ausrufezeichen hinter einem Schlussstrich, der mir sehr schwergefallen ist."

Sie wirkte entschlossen, als sie sagte: „Es muss endlich wieder anders werden."

Antonia stand auf, auch er erhob sich. Mit kurzem Schritt trat sie an ihn heran und küsste ihn auf die Wange. „Danke."

Eine fremde, süße Wolke umgab ihn plötzlich, ein blumiger, exotischer Hauch, Duft aus Kamasutra.

„Oh, oh, jetzt müssen Sie aber aufpassen schöne Frau, dass meine Temperatur nicht überkocht."

„Wir halten am besten beide den Deckel drauf. Aber ganz ehrlich", beinahe bittend sah sie ihm in die Augen: „Können Sie mich mal ganz fest in die Arme nehmen. Äh, wie heißen Sie eigentlich?"

„Fridolin."

„Fridolin." Sie ließ die Silben sanft über die Lippen gleiten.

„Klingt gut." Dabei tönte in ihr der Silbenklang: Benjamin.

Er nahm sie in die Arme, drückte sie an seinen Brustkorb, Platz zum Atmen schien dabei nicht mehr vorhanden zu sein.

- - - - -

„So verdienst du also unser Familiengeld. Schämst du dich nicht!"

Ben Seborn war still eingetreten. Er kannte Jules Wohnung, hielt sie schon immer für ein aufreizendes Liebesnest. Auch diesen Duft kannte er wohl. Der Duft mit dem sie immer aus dem Hause ging zu ihren Auftraggebern. Er sah, dass er im richtigen Augenblick gekommen war. Seine Frau in den Armen eines anderen.

Über Fridolins Schulter sah Antonia ihren Mann. Sie konnte sich im ersten Moment vor Schreck nicht rühren. Wie in Trance flüsterte sie tonlos:

„Benjamin, oh Gott! Wie kommst du hier her?"

Fridolins kleine Glückseligkeit geriet zur Pein. Er fuhr herum und blickte in die Mündung einer Pistole.

„Ist doch egal. Aber dass du so etwas tust. Ich glaub es nicht!"

„Aber das verstehst du völlig falsch!"

Dabei wusste sie, dass er es richtig deutete, wenn auch mit dem falschen Mann.

„He, He, spinnst du", rief Fridolin. „Tu die Waffe weg. Ich hab damit nichts zu tun!"

„Bitte Benjamin ich kann es dir erklären. Aber lass ihn gehen!"

„Ach, du willst ihn schützen, vor mir? So weit ist es schon. Wofür hat er dich denn offiziell engagiert? Für den Besuch einer Sektkellerei?"

„Nein! Jetzt leg' das Ding weg. Oder willst du das", sie deutete auf die Pistole, „etwa den Kindern antun?"

„Lass bloß die Kinder aus deinem Liebesspiel. Und ich dachte immer, du liebst mich."

„Tu ich doch auch. Mensch." Sie wollte es nicht, aber es musste endlich einmal raus: „Aber du … du willst ja von mir nichts mehr wissen, seit deiner Kündigung."

„Kannst du das nicht verstehen? Ich hab halt noch ein Ehrgefühl. Du anscheinend nicht mehr."

Fridolin erkannte, dass seine Auftragsmission in ein Eifersuchtsdrama zu münden drohte. Um selbst aus der Nummer herauszukommen versuchte er zu schlichten.

„Hey, jetzt isch aber gut, macht des unter Euch aus, aber friedlich."

„Halt den Mund, bleib stehen wo du bist!"

Benjamin trat an das Tischchen, nahm die Flasche Sekt in die linke Hand, stellte sie gleich wieder ab. Er schnüffelte in die parfümierte Luft und schaute sich um, wobei er weiterhin die Waffe auf beide gerichtet hielt. Dabei verspürte er eine Macht, die von dieser kleinen Pistole ausging. Nie hatte er ein solches Gefühl wahrgenommen, solange er auf Kreise gezielt und abgedrückt hatte. Niemals hätte er daran gedacht, dieses ‚Spielzeug' auf einen Menschen zu richten, geschweige denn …

Wieder sah er vor sich den Mann die Treppe herunterstürzen, das Messer in der Hand. Sein Gesicht, sein so entschlossener Blick und doch dahinter die Angst. Nein, das hier war kein Spiel, auch wenn er nun so tat als ob, indem er verächtlich sagte:

„Sekt und Jasminduft, wie im Paradies. Aber es ist ein falsches Paradies. Ha! – und dazu noch dieser falsche Kalender."

Für einen Augenblick dachte er an Frau Ruhl. Katrin. Er bewegte kurz den Kopf hin und her, als wolle er etwas abschütteln, dann wandte er sich heftig seiner Frau zu, starrte sie an:

„Hat er das Geld, das ich nicht verdienen kann?“

Ben Seborn war bei aller äußerlich gespielten Ruhe innerlich völlig außer Kontrolle. Er konnte sich kaum beherrschen, wusste nicht, wie er diese Situation zu einem guten Ende führen konnte, ohne selbst dabei nochmals der Verlierer zu sein. Da war für einen Augenblick der Gedanke, dass ihn eben nur das vordergründige, männliche Ego antreiben würde. Eine Illusion - denn: das hier bist nicht du. Und trotzdem, genau dieses trieb ihn an, hier, vor Antonia und diesem Kerl. Jetzt bloß nicht das Gesicht verlieren.

Fridolin wurde dieses Drama, bei dem er eindeutig der falsche Mann war, zu bunt.

„Jetzt reicht es aber. Schluss mit der Komödie!“, rief er und trat einen Schritt vor.

Der Schuss löste sich mit einem harten, trockenen Knall.

Nur der Föhn

Der Fahrer chauffierte den Kastenwagen durch den Park. Das Signalhorn hatte er bereits abgeschaltet, nur die Warnleuchte ließ ihr blinkendes Licht kreisen. Leute wichen zur Seite, sein Augenmerk galt den tiefhängenden Ästen der Blutbuche und der Roteiche. Unwillkürlich zog der Sanitäter auf dem Beifahrersitz den Kopf ein. Leute winkten, ein Mann hockte zusammengesunken auf der Parkbank.

Der Arzt sprach sogleich den schwer Atmenden an, er wirkte abwesend. Als er wieder zu sich kam, brachte er stoßweise hervor: „Er hat eine Pistole bei sich."

„Wer?"

„Antonias Mann."

Gregor Wacker blickte sich um, erkannte niemanden.

„Herr im Himmel hilf. Er darf nicht schießen."

Der Arzt stellte die üblichen Fragen, Name, Geburtsdatum, dazu kleiner Seh- und Hörtest, prüfte körperliche Reaktionen, Bewegungsfähigkeit. Schließlich Blutdruckmessung.

„Also Herr Wacker, Sie dürfen sich vor allem jetzt nicht aufregen. Sie hatten einen Schwächeanfall, mit Herzrhythmusstörungen. In Ihrem Alter ist dies höchst bedrohlich. Wir nehmen Sie erst mal mit in die Klinik."

„Aber nein! Ich kann jetzt nicht … ich muss meinen Neffen erreichen. Und", fügte er dringlich hinzu: „und den Bischof."

„Haben Sie eine Handynummer?"

„Nein, nicht dabei. Hören Sie, es geht mir schon wieder besser. Das mit meinem Herz ist sicherlich nur der Föhn."

„Herr Wacker! Sehen sie mich an. Sie dürfen das nicht auf die leichte Schulter nehmen. In der Klinik können Sie alles in Ruhe klären. Von dort wird gleich Ihre Familie benachrichtigt."

„Aber Johannes, mein Neffe! Da kann es schon zu spät sein. Es geht vielleicht um Leben und Tod!"

Der alte Mann rang nach Atemluft.

„Ohne Handynummer können wir leider nichts tun. Wir legen Sie jetzt auf die Fahrtrage und ab zur Klinik.“

Mit gezügelter Motordrehzahl fuhr der Wagen im Schritttempo aus dem Park.

- - - - -

Johannes Berger nahm nach Essen und Espresso den Weg durch den Park, suchte Ruhe zum Nachdenken. Intuitiv steuerte er die Lieblingsbank seines Großonkels an. Sie war unbesetzt. Ein Krankenwagen fuhr eben mit Blinklicht, jedoch ohne Signalhorn aus dem Park.

Was für ein Date! Was sind Worte und Weisheiten der Gelehrten und Bücher, Beschreibungen, Darstellungen von Liebenden gegen das, was sie eben erleben durften.

Berger setzte sich auf die Bank, bemerkte die Wärme, die vom Holz ausging. Die Wärme eines Menschen, der vor kurzem noch hier saß. Er dachte an Opa Gori und daran, dass Antonia ihm erzählt hatte, ihr Mann würde manchmal im Park spazieren gehen. In dunkelblauer Fleece-Futter-Winterjacke mit einer braunen, etwas altmodisch wirkenden Arbeitstasche. Einmal sei er schwer geschlagen worden von radikalen Typen, weshalb er nun seine Sportpistole mit sich herumtrage. Letzteres wusste Antonia allerdings erst seit heute. Gerade heute. Höhepunkt und Schluss ihrer einzigartigen Begegnung.

Sie würde das mit ihrem Mann hinbekommen, da war sich der Doktorand sicher. Letztendlich gab er ihr recht: Auch für ihn würden diese Stunden als kurzes, schönes Märchen in Erinnerung bleiben. Zu schön um in dieser Welt von Dauer zu sein.

LASCIATE OGNI MUNDI

In die Stille des Raumes drang ein Klopfen. Erst zaghaft leise, dann ein etwas festeres Pochen.

"Herkules", rief Angeli, "da ist jemand an der Pforte."

Cherubina lief zu ihr nach hinten und meldete ebenso laut:

"Es sind zwei. Mann und Frau."

Angeli stellte bei näherer Betrachtung fest: "Beide ziert ein kreisrundes Loch."

Cherubina präzisierte mit einem weiteren Detail: "Ein schönes rundes Löchlein. Mitten im Herzen. Die Armen."

Angeli entfuhr, einer Laune folgend, ein Begrüßungswort, abgewandelt aus Dantes Divina Commedia: *‚Lasciate ogni mundi, voi ch' entrate'.*

Cherubina sah sie mit zusammengepressten Lippen kopfschüttelnd an. Angeli zuckte mit den schmalen Schultern, zeigte ein selbstbewusstes Lächeln. Beider Blicke richtete sich nun auf die Wand mit ihren aufgereihten Unendlichschleifen.

Dort erschien ein klassischer, afrikanischer Männerkopf. Nein, keine Erscheinung - er ragte deutlich aus der Wand. Dichtes, gekräuseltes Kurzhaar und große dunkle Augen, welche zielgerichtet das smaragdgrüne Irispaar der Blondgelockten anpeilten. Stumme Gedankengefechte schienen ausgetragen zu werden, ehe der Krauskopf mit entschlossener Miene wieder verschwand.

\- - - - -

Fridolin war außer sich. Er sah sich zwei weiblichen Wesen gegenüber. Schwarze, dichte Naturlocken die eine, blonde Korkenzieherlöckchen die andere. Beide in merkwürdigen, für Frauen eher unmodischen kurzen Kleidern. Dazu buntgeringelte, enganliegende Dreiviertel-Hosen. Und: Was sollte dieses mitleidige Lächeln in ihren Gesichtern?

Antonia! Ein Gedankenblitz fuhr ihm durch den Kopf, den er sogleich unwillkürlich herumriss. Ja - sie stand neben ihm.

"Was war das? Wo sind wir denn hier überhaupt?"

Aus den schönen Mündern der beiden weiblichen Wesen erklangen vier Silben wie im Chor. Fridolin glaubte etwas von ‚Himmelspforte' verstanden zu haben. Die Damen versuchten ihr noch nicht perfekt-synchrones Empfangslächeln, was gerade in diesem Moment nicht die angestrebte, beruhigende Wirkung erzielte. Im Gegenteil. Der irdische Jungpensionär war zutiefst bestürzt und wütend zugleich.

"Hemmelsdoor" - entfuhr es Fridolin in seinem schwäbischen Dialekt. Die beiden Gelockten sahen sich vielsagend an, nickten und zeigten ein recht unengelhaftes Grinsen.

"Hat der… dieser eifersüchtige Kerl, hat der etwa geschossen?"

Fridolin beklopfte seinen Körper, alles gut, doch dann bemerkte er sein offenes Mode Hemd und ein kleines Loch in seinem neuen weißen Designerunterhemd, mitten auf der Brust. Sein erster Gedanke war: Wie erklär ich das Friedlinde? Antonia schluchzte leise, sagte nichts.

"Ja momentmal. Ich bin doch jetzt nicht...?"

Fridolin war außer sich. Er stampfte mit dem Fuß kräftig auf den Boden, um wahrzunehmen, ob er den Tritt selbst auch spürte. Ja, durchaus, der Körper war funktionsfähig. Die beiden Gelockten in ihren Kleidchen und den Regenbogen-Capri-Hosen zuckten überrascht zusammen. Mitleidsvoll hoben sie die flügellosen Schultern, als könnten sie ihn verstehen.

Das alles ist doch nur ein Traum!

Antonia schüttelte stumm den Kopf.

"Ihr beide" - er betrachtete diese weiblichen Wesen mit kritischem Blick - "ihr sollt wohl Engel sein, eher Engelchen, ganz hübsch zwar in dieser Kostümierung, aber ganz bestimmt nicht echt. Oder haben sie euch die Flügel gestutzt?"

Angeli beobachtete den aufgebrachten Ankömmling aus den Augenwinkeln. Etwas stimmte nicht. Der Mann war nicht zu beruhigen. Auf ihre Antwort, sie seien die Empfangsengel an der Pforte, wiederholte er sarkastisch: Empfangsengel! Er sei wohl im falschen Film, das sei bestimmt Show. Welche Pforte?

Schließlich rief er, immer noch außer sich:

"Wo ist er, der Brandner Kaspar?"

Cherubina entfuhr ein kurzes unterdrücktes Kichern.

"Wer bitte?" Angeli sah den Ankömmling entgeistert an.

Das sei wohl ein abgekartetes Spiel. Aber er lasse sich nicht austricksen, er nicht. Schließlich ginge es um sein Leben.

Die beiden Empfangsengel bewunderten den geradezu überirdischen Widerstand des Neuankömmlings. Das hatten sie hier noch nicht. Eine Art himmlischer Revolutionär. Ein echter Protestler, nicht bloß irgendein Mitläufer. Das würde eine harte Nuss für den sudanesischen Exboxer. Dieser hier ging garantiert nicht so schnell k.o.

Sie warteten bis er die gröbsten ‚Hallelujas' abgelassen hatte. Angeli versuchte den energiegeladenen Mann wie zufällig zu berühren, indem sie ihm beschwichtigend ihre Hand auf seinen Unterarm legte. Doch zuckte sie sofort wieder zurück.

In erzwungen ruhigem Ton sagte sie:

"Bitte setzen Sie sich für einen Moment" - obwohl hier normalerweise niemand ‚per Sie' angesprochen wurde. Sie führten die Ankömmlinge zur Sitzbank links der Pforte. Angeli zog Cherubina zur Seite unter das ewige Lichtlein und flüsterte:

"Du, die sind nicht so, wie sie sein sollten."

Cherubina sah sie rätselnd an: "Wieso?"

"Die sind echt, nicht so feinstofflich, wie alle anderen."

"Echt?"

"Ja, alles dran."

Mit einem sehnsuchtsvollen Blick betrachteten sie die Neuen. Cherubina hatte gleich erkannt, was es mit dem Brandner Kasper auf sich hatte. Mit dreizehn oder vierzehn hatte sie den alten Film damals zusammen mit ihrem Opa im Fernsehen angeschaut. Obwohl sie nur die Hälfte der bayrischen Dialoge verstanden, fanden beide den Film sehr lustig. Bayrische Paradieskomödie, sagte lachend der Großvater.

Fridolin rief ihnen von der Bank aus zu: "Ja, und jetzt?"

Die Engel stellten sich vor den Sitzenden auf. "Jetzt warten wir auf Herkules."

Der flotte Typ mit den schwäbischen Wurzeln legte sogleich wieder nach – wer bitte, sei denn nun Herkules?

Sie präsentierten erneut ihr schönstes Synchronlächeln. Diesmal beinahe perfekt, wieder in Verbindung mit einem unschuldigen flügellosen Schulterzucken.

"Und was macht dieser Herkules? Bin ich jetzt etwa bei den griechischen Göttern, oder gar im Hades gelandet?"

Fridolin holte tief Luft. Ja, es gab hier ganz normale Luft, obwohl sich sein Brustkorb nicht auszudehnen schien.

Herkules habe die Liste. Also das Verzeichnis.

"Ach, wir sind auf einer Liste."

"Vielleicht, vielleicht auch nicht", bemerkte Angeli.

Fridolin schüttelte wiederholt den Kopf, murmelte etwas von einer absurden griechischen Tragödie. Fehlte bloß, dass dieser Herkules den Fährmann Charon spielt.

Antonia sah ihn konsterniert an: Wie er angesichts der Situation auch noch sarkastisch sein könne.

Engelsblondie und ihr schwarzes Lockenpendant hockten sich auf ihre Steinrosenmuster, die Lianen hingen neben ihnen schlaff herab. Sie zeigten den Neuankömmlingen den Rücken, vertieften ihre Blicke in das Muster der goldenen Unendlichschleifen, welche die Neuankömmlinge von hinten nur schemenhaft erkennen konnten.

Nach einiger Zeit flüsterte Antonia: Es ist alles meine Schuld.

Fridolin sah sie mit ernster Miene an. Unsicher geworden murmelte er leise: Sind wir jetzt wirklich, äh … oben?

Mit einer Mischung aus Ergebenheit und Ärger antwortete sie:

"Ach Fridolin, es tut mir so leid, dass du durch mich da hineingeraten bist."

Unbeabsichtigt sprach sie ihn dabei mit ‚Du' an, fügte deshalb hinzu:

"Ich denke das ‚Sie' ist hier wohl nicht gängig, das können wir vergessen." Ihr entfuhr ein bitteres Lachen:

"Dabei gehöre ich doch ganz bestimmt nicht hierher. Die lassen mich sowieso nicht hinein. Mein dummer Ben! Aber im Grunde konnte er ja nichts dafür."

Fridolin erinnerte sich. Er schüttelte langsam den Kopf um sich einzugestehen: "Was bleibt ist also dieser wunderbare Augenblick, in dem ich eine wunderschöne Frau in die Arme nehmen durfte - und ein süßer Wangenkuss. Man könnte auch sagen, da war ich kurz im siebten Himmel."

Antonia seufzte: "Und ich war es ebenfalls. Mit Johannes. Dieses eine und einzige Mal, dann sollte es vorbei sein."

Johannes Berger – Notizen

Johannes Berger saß wieder an seinem Schreibtisch, dachte nach. Das Verbotene tun, wurde damals als Sünde hingestellt, ein Verstoß gegen das einzige göttliche Gebot. Diese Geschichte im Paradies wurde im Nachhinein zur Erbsünde erklärt.

Erbsünde

Als Sündenfall bezeichnet die christliche Theologie den Verzehr der verbotenen Frucht vom Baum der Erkenntnis des Guten und des Bösen. (AT, Gen 3 EU.) Der Apostel Paulus entwickelte eine Theologie der Sünde, die als Grundlage der späteren christlichen Erbsündenlehre gilt. (Röm. 5,12 EU.) Paulus stilisiert das Übertreten des Verbotes Gottes als die erste Sünde des Menschen und damit die Abkehr von Gott. Dem gegenüber stellt er den Tod von Jesus als Erlösungstat - von allen Sünden - für die ganze Menschheit und Rückführung zu Gott dar.

Auch für Augustinus ist der Mensch durch den Sündenfall in der Erbsünde verfangen. (Siehe Prädestinationslehre.) Er benötigt zur Erlösung die Gnade Gottes. Die Erlösung erlangt der Mensch durch das Sakrament der Taufe, da der Getaufte nicht mehr der Erbsünde unterliege. Wer an Jesus glaubt und getauft ist, kann somit das ewige Leben im Reich Gottes erreichen.
Martin Luther dagegen: Jeder Mensch ist sündig und bedarf der Erlösung. Doch durch die Taufe kommt es zu keiner Aufhebung der Erbsünde; der Christ wird von Gott gerecht gesprochen, nicht gerecht gemacht. Der Mensch erlangt das Heil allein dank der Gnade Gottes.

Nach der Orthodoxen Kirche ist es nicht die Sünde Adams, die vererbt wird, sondern die Folge aus dieser Sünde - nämlich der Tod. Die Angst vor dem Tod wird zur Triebfeder weiterer Sünden. Doch Menschen

sind fähig gute Taten zu vollbringen - wie sie ihrer ‚gottgewollten' Natur entsprechen.
Anmerkung: In den Evangelien sprechen weder Jesus noch die Evangelisten über den Sündenfall - auch nicht davon, dass dieses Vergehen/Sünde durch Jesus aufgehoben werden soll. Muss man da nicht erst der Frage nachgehen: Wollte Jesus tatsächlich die Menschen durch seinen Tod von den Sünden (und denen ihrer Vorfahren) erlösen? Oder sah er sich als „Erleuchteten", der die Beziehung aller Menschen zu Gott neu begreiflich machen wollte?

Im Judentum gibt es den Begriff Erbsünde nicht. Die Ausweisung aus dem Garten Eden gilt als Bestrafung für das Übertreten von Gottes Gebot. Der Verzehr der verbotenen Frucht löste in den Menschen einen unheilvollen Trieb aus, welcher sie in ihrem Denken und Handeln beeinflusst.

Auch der Islam kennt keine Erbsündenlehre. Zwar sind im Koran der Sündenfall und die Vertreibung aus dem Paradies verzeichnet, doch keinesfalls als Erbsünde. Im Koran, Sure 2, Vers 36 wird ausdrücklich erwähnt, dass Allah Adam bereits verziehen habe, weswegen das christliche Dogma von der Erbsünde dem islamischen Dogma vom allverzeihenden Gott gegenübersteht. Jeder einzelne Mensch wird nach islamischer Lehre nur für seine eigenen Taten zur Verantwortung gezogen. Eine Vorherbestimmung Gottes (Prädestinationslehre) wird im Islam abgelehnt: Niemand sollte seine Sünden mit der Behauptung rechtfertigen können, dass er dazu gezwungen sei, weil Gott die Sünden im Menschen vorherbestimmt habe. Und: Wenn ein Mensch schlechte Taten aufrichtig vor Gott bereut und um Vergebung bittet, so wird ihm diese zuteil.

Karma
In den indischen Religionen ist die Lehre des Karmas eng mit dem Glauben an Samsara, dem Kreislauf der Wiedergeburten, verbunden. Karma ist ein Begriff für jegliche Handlungen des Menschen. Nach

dem Gesetz des Karmas hat jede Handlung, physisch wie geistig, unweigerlich eine Folge. Diese Folge, Ursache-Wirkungs-Prinzip, muss nicht unbedingt im gegenwärtigen Leben wirksam werden, sondern kann sich auch erst in einer der nachfolgenden Generationen manifestieren.
Nach der buddhistischen Lehre der Wiedergeburt bekommt der (wiedergeborene) Mensch das Karma seiner Vorfahren mit. Seien es nun die guten oder die schlechten Taten. Auch die Gedanken der Eltern, Großeltern oder weiter zurückliegender Generationen. Das käme der Übertragung von in früheren Leben begangener Sünden oder auch Wohltaten gleich. Karma entsteht durch eine Gesetzmäßigkeit und unterliegt keiner Beurteilung durch einen Gott. Da Karma nicht als Sünde oder gar Erbsünde angesehen wird, geht es hierbei auch nicht um „Göttliche Gnade" oder „Strafe".
Ziel des buddhistischen Glaubens ist es, kein Karma mehr zu erzeugen und somit diesen Kreislauf Samsara hinter sich zu lassen, welcher im Zustand von Parinirwana beendet wird, dem endgültigen Eingehen in die große Leerheit. (Siehe auch Jainismus.)

Im Jainismus (indische Religion) wird Karma nicht einfach nur als Ursache-Wirkungs-Prinzip verstanden, sondern als etwas ‚Substanzielles' aufgefasst. Jains sprechen in diesem Zusammenhang von feinstofflichen, nicht wahrnehmbaren „Karma-Partikeln" oder auch von „karmischer Materie". Die Lehre von den „Neun Wirklichkeiten" zeigt, wie dieser Karmaeinfluss aufzuhalten, sowie das vorhandene Karma abzubauen ist, um dadurch die endgültige Befreiung vom Kreislauf der Wiedergeburten zu erlangen.

DIE HÖRNER DER ZEBURINDER

"He", rief Fridolin nach einer Zeit der Stille. "Wieso dauert das denn so lange?"

Ohne sich umzudrehen konterte Angeli ebenfalls ein wenig genervt. "Nur die Ruhe, ihr kommt noch früh genug in den Himmel, oder wie das auch heißen mag. Falls ihr reindürft."

Cherubina schüttelte wieder einmal mahnend den Kopf, worauf Angeli zurückflüsterte, es sei doch wahr, warum die Leute immer so ungeduldig sein müssten. Dabei war Angeli Zeit ihres irdischen Lebens selbst nie ein geduldiger Mensch gewesen.

In der Brokatwand erschien das runde Gesicht von Herkules. Fridolin konnte es jedoch nur undeutlich erkennen.

"Wie! Ein Schwarzer?" Er sprang auf, als gälte es einen guten Start beim Schäferlauf hinzulegen.

Ehe er sich versah, stand dieser ‚Schwarze' auch in voller Größe vor ihm. Ein Hüne, bekleidet mit einer Art antikem enganliegendem Pullover aus hellbraunem, feinem Fellstoff, der seinen muskulösen Oberkörper betont zur Geltung brachte. Er trug eine ockerfarbene Lederhose und rotbraune Mokassins. In seiner Linken hielt er ein höchst irdisches Notizbuch, in der Rechten einen roten, langen Stift.

Alte, irdische Wertarbeit. Fridolin dachte dabei an einen Zimmermannsbleistift. Dann erst vergegenwärtigte er sich, dass dieser Hühne eben wohl durch die Wand gekommen war. Einfach durch die Wand. Der Kerl mit dem goldenen Knopf im linken Ohr wandte sich an Fridolin, fragte nach seinem Namen.

Dieser sichtlich beeindruckt von der athletischen Gestalt des afrikanischen Herkules antwortete leise:

Er wisse nicht, wieso er hier gelandet sei, das müsse ein Missverständnis sein. Dabei sei es eben, noch vor wenigen Augenblicken so schön gewesen. Er heiße Fridolin Schwab.

Der große Schwarze, Linkshänder, notierte ohne dass der Ankömmling irgendwelche Zeichen erkennen konnte. Beiläufig fragte er mit menschlicher Anteilnahme, was denn eben noch so schön gewesen sei. Doch genau dieses Menschliche wollte ihm Fridolin nicht abnehmen. So wie der eben durch die Wand kam, konnte einfach nichts Menschliches in ihm sein.

"Ach nix", erwiderte er daher und fügte eher ungewollt hinzu, das verstehe er sowieso nicht.

"Nix verstehen? Ha!"

Um die vollförmigen, tiefdunklen Lippen begann sich ein geradezu überirdisches Grinsen breit zu machen. Aus jedem noch so winzigen Fältchen, jedem einzelnen Wimpernhaar, jeder Pore der dunklen Haut schien es zu leuchten, genau wie seine hochglanzpolierten Zähne. Wobei allerdings die Zahnlücke als schwarzes Nichts etwas von seiner ebenso tiefdunklen Zunge preisgab. Ruhig wiederholte der Hüne mit seiner sonoren Stimme:

"Aber du glaubst zu wissen, zu verstehen. Dann erkläre mir mal, warum du hier bist."

Fridolin antwortete unsicher, dass er dies auch gerne wissen würde. Wo er denn nun wirklich sei? Und: Wer denn Er sei?

Viele Fragen, viel Nixwissen. Herkules stellte erst einmal klar, dass er es sei, der die Fragen stellte. Das hatte er sich aus einem Kriminalfilm gemerkt, als der Kommissar den Verbrecher verhörte (Inspektoren Regel Nr. 1). Das klang einfach, kurz und überzeugend. Dennoch gab er dem Neuankömmling Antwort. Dieselbe Antwort, die sie beide vom Hilfspersonal bereits vernommen hatten. Er sei Herkules, der Wächter der Pforte. Seine Stimme hatte etwas gurgelndes, als käme der Ton aus einem Gulli. Sie stünden hier an der Pforte des Guten. An der Schwelle zur Ewigkeit.

"Also doch Hemmelsdoor!" Laut und klar sprang die Feststellung aus des Schwabens Mund.

"Aber des kann überhaupt net sein. Im Gegenteil: Des muss ein Irrtum sein, wir stehen schließlich noch mitten im Leben."

Herkules nickte, verriet ein heimliches Schmunzeln um die Mundwinkel. "Genau, Hämmelsdoor."

Er richtete einen prüfenden Blick auf die beiden weißen Shirts, genauer auf das jeweilige Mal mitten auf der Brust.

"Das wollen wir ja nun klären. Ich frage mal so: Welche Umstände haben euch denn zu uns geführt?"

Auf diese höfliche Anfrage entgegnete Fridolin: Das ginge ihn gar nichts an.

Für seine dreiste Antwort bekam er von der sitzenden Antonia einen Ellenbogenstoß in den Oberschenkel. Unbeirrt wollte der langjährige schwäbische Beamte seinem angestauten Ärger weiter Luft verschaffen: Er habe keine Lust irgendwelche Quizfragen zu beantworten. Er wolle auf der Stelle ...

Fridolin sah sich plötzlich etwas abgehoben, Auge in Auge mit dem Athleten, denn Herkules quittierte die vorlaute Antwort auf seine Weise: Er nahm sein Gegenüber, trotz Notizblock und Zimmermannsbleistift zupackend an den Enden der Schulternähte seines karminroten Microfaserhemdes, italienischer Schnitt, und hob ihn leicht an:

"Nicht frech werden, ja! *Ich* spiele hier dieses Spiel, nicht du. Außerdem muss ich so fragen. Also was willst du hier?"

"Ja, was werd‘ i, Fridolin Schwab, schon wolle‘. Runter will i, einfach wieder runter, zusammen mit Antonia!"

Erst jetzt bemerkte Herkules das körperliche Gewichts des aufmüpfigen Kerls, so dass er ihn beinahe vor Schreck fallen ließ, obwohl er mit dieser Gewichtsklasse ‚Fahnenschwenken‘ spielen könnte.

"Ei, was ist das denn? Du bist ja gar nicht ..."

Er wandte sich leise an Angeli:

"Ist der echt?" Angeli nickte.

Herkules hielt ihn immer noch hoch. "Runter will er, habt ihr das gehört, ihr Praktikanten? Er will wieder runter. Alle Welt will hier hinein, er aber will wieder runter."

Abrupt stellte er den Kerl auf die Füße.

"Oder" - fügte Fridolin nun leise hinzu: "Wir kommen beide zusammen da rein."

"Spinnst du?" Antonia sprang auf, sah ihn bestürzt an.

Fridolin meinte beschwichtigend, das sei ein Scherz gewesen.

"Aha, du machst Scherz! Bei den formvollendeten Hörnern meiner heimatlichen Zebu-Rinder: Mir scheint: wieder mal so ein chaotisches Liebesdrama."

Der Hüter notierte.

Wo denn seine Heimat sei, wollte Fridolin wissen, die Heimat der Zebu-Rinder. Viehwirtschaft gehörte zu seinem Fachgebiet.

Herkules wich kurz vom Protokoll ab und schwärmte vom Südsudan und seiner Heimatstadt Bor. Vom weißen Nil, von den Savannen und dem tropischen Regenwald, einer riesigen Sumpflandschaft; beschrieb die großen Ölfeldern der chinesischen Ölgesellschaften.

Ob man den Kühen die Hörner nicht entfernen wolle, wenn das so lange Dinger seien. Der Mann aus dem Südsudan sah den ehemaligen Landwirtschaftsbeamten an, als käme dieser von einem anderen Planeten.

Dumme Frage. Ob man ihm vielleicht auch etwas abschneiden sollte, die Ohren oder vielleicht die Nase?

Der Ankömmling versuchte das Thema zu wechseln. Irgendwie erinnere Herkules ihn an einen bestimmten Typen mit dem er einmal zu tun hatte.

"Der sah aus, wie du. War auch so was wie ein Wächter, allerdings im städtischen Erotikschuppen."

Worauf der ehemalige Türsteher ihn zunächst baff ansah und ein leises Zähneknirschen von sich gab, ehe er erwiderte:

"Lenk jetzt nicht ab mit irgendwelchen Vergnügungen. Du treibst dich also im Puff herum?"

Der amtliche Sachbearbeiter versuchte klarzustellen: Das sei sozusagen dienstlich gewesen. Als Beamter des Landwirtschaftsministeriums. Da wollte er nur mal die Samenbank überprüfen.

"Aha!"

Zwei verschmitzt dreinblickende Augenpaare, eines blau, das andere braun tauschten daraufhin maskuline Gedankenwelten aus. Der Mann vom weißen Nil mit Berufserfahrung als Ordnungsbeauftragter in einem Khartumer Edelbordell hatte Mühe sein Lachen zu unterdrücken:

"Samenbank. Wie jetzt? Etwa deine?"

"Aber nein, die im Luna. Also nur allgemein."

"Aha. Samenbank prüfen im Erotikschuppen. Nur so allgemein. Und das hast du überlebt?"

"Ja. Bin mit einem blauen Auge davongekommen."

"Und was hast du deiner Frau gesagt?"

"Dass ich eine Kartoffel draufbekommen hätte, die aus der Erntemaschine geflogen kam."

Der dunkelhäutige Kommissar blickte kurz zu Antonia.

"Nein." Fridolin schüttelte den Kopf – diese hier sei nicht seine Frau. Und sie würde auch nicht im Erotikschuppen arbeiten.

"Aha!" Herkules tippte Fridolin mit dem umgedrehten Bleistift auf die Brust. "Du bist also von der Samenbank direkt zur Kartoffelernte übergegangen."

"Sozusagen. Wobei Kartoffeln nicht mein Fachgebiet waren."

"Sondern?"

Es ging um die Breite der Traktorreifen, genauer gesagt um den Druck auf den Ackerboden. "Verstehst du wohl nicht."

Hm. Herkules sah ihn pikiert an. Sein roter Stift senkte sich wieder zum Notizbuch. "Also, woher?"

Fridolin: "Wie? Woher?"

Herkules: "Ja - woher stammst du? Aus dem Geschlecht der Schwaben, hab sogar ich begriffen – wie heißt dein Dorf?"

"Ich komme vom Trollberg."

"Trollberg??? Ist das nicht in Norway? Und weshalb bist du hier? Du hast doch was angestellt, nicht wahr? Ihr beide. Sag schon, was habt ihr angestellt? Man kommt in eurem Alter nicht freiwillig hier her."

Fridolin ging höchst ungehalten zum Gegenangriff über:

"Von wegen. Bloß weil einer auf mich geschossen hat, bin ich noch lange nicht der Böse. *Du* musst doch wissen, warum ich, Fridolin Schwab, kaum in Frühpension versetzter schwäbischer Landesbeamter, hier erscheinen muss. Und das völlig zu Unrecht."

Die großen Augen sahen Fridolin an, wie die Augen eines neugeborenen Zebukälbchens. Ich müsste das wissen? Das runde Gesicht des Sudanesen bildete ein großes Fragezeichen. Die hohe Meinung des Neuen schmeichelte ihm. Bin ich Urman? Oder zumindest beinahe?

Leider musste der Hüne zu seinem eigenen Bedauern den Kopf schütteln, dabei versuchte er etwas abzulenken:

"Hast du dein Personaldokument dabei?"

Fridolins Blutdruck, den es seiner eigenen Meinung nach gar nicht mehr geben dürfte, schnellte in die Höhe:

"Meinen Personalausweis? Ja spinn ich denn! Willst du mich vielleicht ver... vermutlich belieben Herr Herkules zu scherzen. Oder ist dies am Ende doch alles bloß Theater?"

Der Pförtner strahlte wie der Vollmond bei klarstem Himmel über seinen ersten und gleich sehr gelungenen Scherz an der Himmelspforte. Grinsend antwortete er:

"Theater in der Samenstation - kleiner Scherz am ‚Hämmelsdoor', wie du das nennst."

Er kratzte sich mit dem Riesenbleistift am Schädel und stierte auf seinen Notizblock. Nachdenklich grübelte er vor sich hin: Es sei nicht ersichtlich, zu welchem Termin sie beide angemeldet sein sollen, was Fridolin noch mehr in Rage brachte.

Impulsiv polterte er, was das für ein Laden sei. Ob man hier keine Buchführung habe. Von wegen himmlischer Ordnung, das wäre ja das letzte Chaos, wenn er sich so etwas in seinem Berufsleben geleistet hätte.

Herkules konnte seinen Neuankömmling verstehen, wenn er auch die Sache mit der Ordnung etwas anders sah, aus südsudanesischer Sicht betrachtet. Aber der Herr käme ja aus Teutschland. Dabei fiel ihm ein, dass Urman ihm wiederholt eingetrichtert hatte, hier oben gäbe es keine Herren und Damen. Nur Wesen, die bisher Menschen waren und mit ihrer Rückkehr hierher im Begriff standen, die weiteren Stufen zu durchlaufen. Jedenfalls in Urmans Verzeichnis seien sie beide für den heutigen Tag nicht eingetragen.

"Aha. Urmans Liste" - wiederholte Fridolin bedeutungsvoll. Das sei die Frage, um die sich alles drehen würde. Mit Listen kannte sich Fridolin Schwab bestens aus. Listen erstellen und ausfüllen waren sein halbes Leben. Allerdings musste der Herr aus Teutschland nachdenklich bekennen:

Zu der Frage an welchem Datum sie ‚abgegangen' seien, könne er dem Herrn Kontrolleur leider keine konkrete Antwort geben. Ob es nun der 29. Februar oder eben der 1. März war. Aber eines sei sicher: Sie beide gehörten nicht hierher.

Oh, oh, das sei ihm zu kompliziert, rätselte Herkules. Da müsse er nun wirklich Urman fragen. Sprachs und verschwand durch die Wand. Der eigenwillige Neuankömmling setzte sich wieder auf die Bank neben seine Begleiterin.

Oma Hilda rief ihren Neffen an. Opa Gori befinde sich im Krankenhaus, ob er mal nach ihm sehen könnte.

„Jetzt gleich?"

„Ja, wenn es dir möglich ist, damit wir Klarheit haben – und melde dich bei mir."

Johannes nahm die Treppen im Laufschritt, vier Stockwerke. Im breiten Treppenhaus der Klinik war kein Mensch unterwegs. Am Glasfenster der Station erhielt er die Kurzfassung bezüglich der Einlieferung. Auf sein Klopfen glaubte er ein ‚Herein' zu hören. Schwungvoll öffnete er die Zimmertür, blieb jedoch sofort stehen und schaltete auf leise. Ein Zweibettzimmer. Er nickte dem Zimmergenossen, den sein Blick zuerst erfasste, einen Gruß zu, doch dieser schien zu schlafen. Sogleich wandte er sich dem Großonkel zu. Der alte Herr trug ein weißes Krankenhaushemd mit halblangen Ärmeln, vermutlich hinten offen. Eine Flasche mit Infusionslösung hing an seinem Krankenbett, der dünne, transparente Schlauch führte zum Handrücken.

Er schien unruhig zu schlafen, ruckte dabei mit dem Kopf hin und her, um kurz darauf wie aus einem Traum hochzufahren. Er blickte benommen um sich, erkannte den Großneffen und seufzte erleichtert, als hätte sich eben eine schwere Last aus seinem Brustkorb verflüchtigt.

„Ah, Johannes, Gottseidank du lebst!"

Johannes sah den Großonkel irritiert an. Hallo, was das denn für eine Frage sei, etwa schlecht geträumt? Gregor Wacker sah ihn still mit einem weiteren, tiefen Seufzer an. Irgendwie erschien ihm seine Verhinderungsaktion, für die er auch noch Fridolin eingespannt hatte, peinlich.

„Du denkst an mich? Du bist hier der Kranke, lieber Opa Gori, du."

Johannes versuchte einen fürsorglichen Ton anzuschlagen. „Was ist denn passiert?"

„Ein Schwächeanfall. Ich weiß es selbst nicht genau. Ja, ich träume tatsächlich so wirres Zeug. Im Aufwachen sind dann nur noch irgendwelche Schattenfiguren erkennbar. So, als würde ich sie durch den Schleiervorhang der Wimpernhaare schemenhaft sehen. Auch verschwinden sie dann sehr schnell."

Prompt bekam der alte Herr den Standartsatz zu hören, dass er wohl wieder zu wenig getrunken habe. Und was habe dieser Schwächeanfall damit zu tun, dass er, Johannes, lebe?

„Denn mir geht's gut."

Ob er in der Magdalenengasse gewesen wäre. Die Frage traf Johannes völlig unvorbereitet, wie ein heißer Stich in die Brust. Er hatte das Gefühl, als wäre er bei etwas Verbotenem ertappt worden. Seine Gegenfrage stand ihm ins Gesicht geschrieben: Woher? Der Lieblingsneffe fand keine Zusammenhänge in Bezug auf den Großonkel und Antonia, einzelne Fäden zwar, aber kein erkennbares Muster, einzelne Schneeflocken, jedoch keine weiße Fläche.

„Woher weißt du?"

Wie eine milde Ermahnung kam die leise Antwort:

„Frau Seborn ist verheiratet, hat zwei Kinder. Entschuldige, ich wollte, dass du das weißt, ich kann halt nicht anders."

„Schon gut. Noch einmal die Frage woher?"

Bruder Gregor benötigte Sprechpausen, Atempausen. Beinahe beschwichtigend dann: Ein Zufall, es sei ein Zufall gewesen. Ja sogar zweimal. Im Café und bei der Skihütte. An diesem schönen Tag letzte Woche. Die Ausstellung erwähnte der alte Uhrmacher nicht. Auch nicht das heftige Zusammentreffen mit Frau Seborn. Nein, ihre Familie kenne er nicht näher, nur eben flüchtig, das sei nicht von Belang.

Johannes begann langsam zu verstehen. „Und aus diesen erdachten Zusammenhängen befragtest du mich, erst kürzlich, nach Ehescheidung im Buddhismus?"

„Ich wollte nicht mit der Tür ins Haus fallen."

Atempause.

Er drehte sich zu seinem Bettnachbarn um, der schien fest zu schlafen, dennoch flüsterte er Johannes zu:

„Habt ihr …?"

„Was? Ach, ob ich mit Antonia … Lieber Opa Gori, das musst du nicht wissen, nur eines: Sie hat mir alles erzählt und das, was sich nun als Affäre herausgestellt hat, ist beendet. Und um es klar zu sagen: Ja, es war etwas ganz Besonderes. Aber du solltest deine Vorstellung von der Welt heute dringend aktualisieren: Die Welt ist eben nicht immer nur schwarz und weiß. Das war sie noch nie. Schwarz, das Böse und der Tod. Weiß das Licht und die Reinheit. Und blau für Wasser und Himmel. Sie war schon immer bunt. Und rot steht nicht nur für Liebe, sondern auch für Blut, grün nicht nur für Natur, sondern auch für Gift, gelb für Sonne, aber auch für Neid. Und dazwischen gibt es noch weitere Farben und zahllose Farbtöne. So ist es auch mit menschlichen Beziehungszuständen. Mit den Regungen, den Gefühlen, Gedankenverbundenheiten, Seelenverwandtschaften, den Sehnsüchten und Begierden, all diesen Zuständen zwischen himmelhochjauchzend und zu Tode betrübt."

„Junge, das weiß ich doch alles, mehr als du dir vorstellen kannst. Aber ihr beide solltet eben nicht …"

Er brach unvermittelt ab und fragte, ob denn Fridolin sie beide nicht erreicht hätte.

„Fridolin?" Johannes sah den Großonkel stirnrunzelnd an.

Langsam kamen Satz für Satz die Parkbankgespräche zwischen Wacker, Fridolin Schwab und Benjamin Seborn zutage. Immer wieder, immer heftiger schüttelte Johannes den Kopf. Immer längere Pausen benötigte der alte Herr. Johannes wollte ihn eben bitten, die Geschichte abzukürzen, da platzte ihm ein lautes ‚Pistole' heraus, so dass beide wieder zum Nachbarn hinübersahen, der jedoch keine Reaktion gezeigt hatte.

„Die Pistole? Ach ja!" Er erinnerte sich an Antonias Worte. Aber es sei ja alles vorbei gewesen. „Er, also dieser Fridolin, er hat uns nicht angetroffen", fügte er flüsternd hinzu.

„Aber der Ehemann könnte annehmen, dass mein Bote Fridolin der Liebhaber ist, schließlich kennt Seborn dich nicht."

Bruder Gregor japste nach Luft. „Mein Gott, was hab ich da angerichtet!"

„Opa, Opa", entfuhr es Johannes, „beruhige dich".

„Du musst nochmals hingehen, Johannes, das verhindern."

„Aber das ist doch schon Stunden her, seit du ihn dorthin geschickt hast. Es wird bald dunkel. Der ist bestimmt schon längst zu Hause. Und Antonia und ihr Mann wohl ebenfalls."

„Trotzdem, bitte geh da nochmals hin, damit ich beruhigt bin, ich habe so ein ungutes Gefühl. Ach noch etwas. Suche mir doch bitte über dein Handy die Nummer vom bischöflichen Ordinariat und schreibe sie mir auf einen Zettel."

Das Sprechen fiel ihm sichtlich schwer. „Oh, Gott ich bin so müde, als hätte ich Blei in den Adern."

„Beruhige dich, schlaf eine Weile. Ich kläre das."

KOPFTUCH

So unvermittelt wie er verschwunden war, stand Herkules auch wieder vor den beiden gewichtigen Neuankömmlingen.

Fridolin zeigte sich dieses Mal nicht allzu sehr beeindruckt. Er stand auf und fragte den Torwächter, wo ER denn nun bleibe.

Wen meinst du - gab dieser die Frage zurück.

Na, diesen Urman, von dem du gesprochen hast.

Der hat keine Zeit sich damit zu befassen. Herkules klang verschnupft. "Gib mir mal die Hand."

Fridolin sah ihn fragend an, legte seine weiße Hand in die dunkle Pranke des ehemaligen Boxers und drückte diese kräftig. Herkules zuckte kurz zusammen, zu ungewohnt waren für ihn diese Wärme und dieser Druck, doch er erinnerte sich. Er versuchte seine Verwirrung mit sachlichen Worten zu überspielen:

"Es ist, wie soll ich sagen, mir noch nicht vorgekommen, dass dieses Verzeichnis nicht korrekt ist. Und ich kann wirklich nicht jeden kennen, der hier anklopft. Schon gar nicht, wenn gleich zwei, wie es scheint, außerplanmäßig hier ankommen."

Fridolin glaubte zu spüren, wie seine Haare sich aufrichteten.

"Außerplanmäßig! Oog'wöhnlich also! Aha! Ja dann tu was, dass ich wieder runterkomme; also ich meine wir beide. Aber net grad in dieses Apartment, wo es zwar sehr schön war. Lieber auf die Parkbank. Es ist wegen meiner Friedlinde, die wartet womöglich schon mit dem Abendessen."

Herkules schüttelte genervt den Kopf. "Hast du es immer noch nicht kapiert? Du hast hier nichts zu fordern. Gehilfinnen, herbei."

Fridolin wollte nicht klein beigeben, inspizierte noch einmal kritisch die Empfangsdamen.

"Ach ja, diese beiden Hübschen. Aber sag mal, das ist doch eine Türkin, unverkennbar. Und die Blonde trägt jetzt ein Kopftuch. Ja, was ist denn das für ein Himmel, oder Vorhimmel?"

Fridolins Zweifel an der Rechtmäßigkeit dieser Institution schien jedoch in der breiten Brust des großen Schwarzen eine eher entspannte Seelenlage zu erzeugen. Im kellertiefen Timbre seiner Stimmlage entgegnete er:

"Mag sein, dass du Spezialist für Traktorreifen und Kartoffelernte bist, bei Menschen hilft deine Begriffsschublade nichts. Cherubina ist Armenierin. Und ein Kopftuch hat auch die Mutter des Meisters getragen. Übrigens ist dieses Tuch von Angeli nur eine Kopftuchkopie von dem Original, welches Sophia Loren in einem Film getragen hat."

Was allerdings nicht stimmte und was Herkules auch sehr wohl wusste. Als Angeli bei ihrer Ankunft mit dem Kopftuch vor ihm stand, erklärte ihr der afrikanische Torwächter, dass so ein Kopftuch die schöne Schauspielerin Sophia Loren in einem Film getragen hatte. Ob dies eine Kopie davon sei, oder gar das Original? In seiner Jugend hatte er einen Film mit der jungen Sophia Loren gesehen, in die er sich sogleich unsterblich verliebt hatte. Sein Traum war so ein offener weißer Sportwagen, in dem sich einem wie ihm die Welt in einer völlig neuen Dimension offenbaren musste. Am besten mit so einer Frau mit Kopftuch, neben sich als Begleiterin. Den Sportwagen, wenn auch in Rot hatte er zwar in Karthum gefunden, auch mal gemietet, doch leider ohne eine solch schöne Begleiterin mit Kopftuch.

Angeli erklärte ihm jedoch, das Kopftuch sei nicht von dieser berühmten Schauspielerin, aber von der mindestens ebenso berühmten Sängerin Madonna. Diese habe das Tuch bei dem

Konzert in Rom gleich anfangs ins Publikum geworfen und sie habe es sich schnappen können.

Das hätte sie besser nicht erwähnt. Der große Kerl machte plötzlich ein finsteres Gesicht und schüttelte den Kopf, als wolle er etwas abschütteln. In Rom?

Sie nickte, ahnte schon, was jetzt kommen musste. So bekam die neuangekommene Ex-Journalistin gleich eine Strafpredigt:

Er verabscheue diese provokante Sängerin wegen dieser ‚schändlichen Gotteslästerung' mit dieser Dornenkrone an diesem Gitterkreuz. Dass diese dabei auch noch die zwölf Millionen Aids-Infizierten in Afrika für diese Show benutzte, fand er grotesk. Den Namen der heiligen Mutter wolle er hier in Bezug auf diese Künstlerin nie mehr hören. Und sie würden sich darauf einigen, dass dieses Kopftuch eine Kopie von jenem Kopftuch sei, das Sophia Loren getragen habe. Soviel zu diesem.

Auch Antonia betrachtete das weiße Tuch mit den roten Rosen sehr genau. Die erklärenden Worte des Türstehers ließen auf ihrer Stirn einige kritische Fältchen hervortreten. Sie sagte jedoch nichts.

"Bringt mir das Namensbuch!"

Die beiden Hübschen, um bei Fridolins Redensart zu bleiben, tippelten zu einer bestimmten Stelle in der Brokatwand und brachten von dort ein dickes, etwas abgegriffenes Buch mit. Sie vollführten vor Herkules einen spöttischen, formvollendeten Knicks und säuselten gemeinsam:

"Hier bitte, Herr Herkules." Und schwirrten mit Flügelarmen zurück an ihre Plätze.

Der Guardian vertiefte sich in die Schriftzeichen, blätterte eifrig, suchte mit dem Zeigefinger, schüttelte den Kopf.

"Hier steht auch nix von einem Fridolin Schwab!"

Fridolin witterte Oberwasser und trug gleich dick auf:

"Wie – da steht nix? Ein Fehler? Im himmlischen Buch! Wie im irdischen Kalender. Macht zwei Irrtümer. Und dann auch

noch der dritte Irrtum, der mit dem Schuss. Du lässt mich abmurksen in der schönsten Stunde meines Lebens!"
Herkules Kubabwes Gullistimme ertönte in tiefer Oktav:

"Ich vermute mal, in deinem Alter hat die schönste Stunde deines Lebens wohl nix mit deiner Ehefrau zu tun."

Er stützte sich dabei auf seine Lebenserfahrung im Arbeitsbereich Nobelbordel in Khartum. Eine Ehefrau hatte er dort nur ein einziges Mal erlebt. Wie diese ins Haus gekommen war, wusste niemand zu sagen. Jedenfalls hatte sie ihren Ehemann lautstark aus dem Separee geprügelt. Was willst du da machen als Ordnungshüter? Ehefrau bleibt Ehefrau, ob nun fürsorglich liebevoll, Furie oder Drachen. Am besten bleibst du unsichtbar. Herkules sah von Fridolin zu Antonia.

"Hättet ihr beide euch nicht einmal etwas anderes einfallen lassen können, statt diesem ewigen Sex? Zum Beispiel einen Thom zu tanzen."

Die Thom ist eine sechssaitige Schalenleier, zugleich aber ist Thom auch ein individueller Tanz der Nuer im Südsudan.

Antonia wollte das Missverständnis klarstellen, doch ihr versagte die Stimme. Fridolin dagegen, aufklärerisch mit der ganzen Inbrunst seiner Überzeugungskraft:

"Blödsinn, da war gar nix. Jedenfalls nix Verbotenes. Im Gegenteil, ich hätt' sie vor einem Fehler bewahren sollen. Versteh doch bitte: Ich bin das Opfer! Und zugleich war dieser Augenblick so schön. Übrigens kann ich nicht tanzen."

"Mit Tanzen hättest du deine Seele tatsächlich zu einem Höhenflug geführt, und zwar ohne erschossen zu werden. Aber sei jetzt still, ich muss das nachprüfen. Vielleicht hilft uns ein Test weiter. Gehilfinnen, bringt mir mal die Tüte."

Sie wussten nichts von der Tüte, sahen erst sich, dann ihn fragend an. Herkules genoss den kleinen Triumph, weihte sie ein. Die beiden eilten daraufhin noch einmal zu besagter Stelle in der dunkelroten Wand, begleitet vom fragenden Blick des vermeintlichen Liebhabers. Fridolin konnte jedoch wiederum nicht erkennen konnte, was oder womit die Flügellosen dort herumhantierten. Gleich darauf brachten die beiden eine phosphorgrüne Gazetüte mit.

Knicks. Säuseln: Hier bitte, Herr Herkules.

Der drohte mit dem Finger wegen des anzüglichen ‚Herr'.

Der schwäbische Neuankömmling in dieser fremden Sphäre schien sich inzwischen über nichts mehr zu wundern. Betont sachlich fragte er:

"Offensichtlich weißt du nicht, warum wir hier oben sind. Weißt du wenigstens, ob meine Frau schon Kenntnis davon hat, dass ich .... ich meine, äh, sozusagen abgegangen bin."

Herkules ebenfalls sachlich bis kühl:

"Weshalb du hier bist, das wollen wir gerade klären. Also die Sache mit eurem überraschenden ‚Direkttransfer'. Und ob deine Frau Bescheid weiß? Nur wenn sie deinen, sonst wohl noch ganz intakten Korpus irgendwo da unten liegen sehen würde."

Fridolin entfuhr ein ‚Heiligs Blechle!'

Worauf Herkules spontan antwortete: "Ja, ja – Heiligs Blechle und ‚Auf der schwäbische Eisebahn'."

"Wie? Woher kennst du denn das Lied?"

"Hat einer gesungen, auch Schwabe. Er sagte immer Hämmelsdoor anstatt Himmelspforte."

Seine Assistentinnen kicherten: Hämmelsdoor.

Der Schwabe aus Trollberg fand dies jedoch nicht komisch.

"Ist euch eigentlich nicht einmal der Tod heilig?"

Sie verstummten augenblicklich.

"Wie soll ich das bloß meiner Friedlinde erklären?"

Herkules wiegte bedenklich mit dem Krauskopf. "Also ich fürchte, du wirst dich von hier aus leider nicht rechtfertigen können."

"Ja, das ist es eben! Oh Mann, wenn die mich dort findet! Meine Friedlinde denkt sich Wunder was ich für ein Hirsch gewesen bin. Und dabei hatte ich in unserer dreiunddreißigjährigen Ehe bloß eine einzige schwache Stunde – und das war meine letzte. Und das nur wegen dieses Kalenderfehlers."

"Kalenderfehler?" Herkules hob irritiert den Kopf, ging jedoch nicht auf den Kalenderfehler ein. Auffordernd hielt er dem Außerplanmäßigen das Gazegewebe vor den Mund und sagte beiläufig:

"Hauche bitte mal in die Tüte."

Der schwäbische Beamte sah den Pfortenkommissar entgeistert an.

"Was soll ich? Noch ein Scherz am Himmelstor? Erst Personalausweis und nun pusten."

Fridolin versuchte ein abgeklärtes Grinsen: "Keine Sorge, ich hab heute noch keinen Schluck Alkohol getrunken."

Kaum ausgesprochen fiel ihm jedoch der Sekt ein, den er zusammen mit der sexy Antonia geschlürft hatte.

Herkules blieb sachlich: "Hauchen, nicht pusten."

Es würde mit der Seele zusammenhängen. Jeder bekäme am Anfang seines Lebens eine Seele mit. Fridolin blieb ein verwundertes ‚Echt' beinahe im Mund stecken. Er hauchte hörbar ins phosphorgrün, wo sich ein undefinierbares, nebelartiges, Fötus ähnliches Gebilde entwickelte.

Herkules gab die Tüte samt Anweisungen Cherubina, sie eilte damit zur Brokatwand. Fridolin erinnerte dieses Gebaren an die Messdiener in der Kirche. Die Gazetüte schien in der Wand zu verschwinden und gleich darauf kam Cherubina mit einem Dokument zurück, das Herkules nachdenklich überflog.

"Tja – die Identität stimmt haargenau. Trotzdem gehörst du heute nicht hierher. Setzt dich wieder da rüber."

Er deutete zur linken Bank. Auch Antonia musste in eine Gazetüte hauchen. Auch in ihrem Fall irritierte das Dokument den Torwächter. Wieder blätterte er in seinem dicken Buch, dann fand er etwas. Verwundert sah er zu Fridolin hinüber:

"Da haben wir's - du bist tatsächlich am 29. Februar dran."

Fridolin sprang auf.

"Am neunund... aber den gibt es dieses Jahr nicht. Das ist nur ein Kalenderfehler von der Diözese da unten! Wer weiß in welchem Schaltjahr ich dran bin! Ich bin schließlich total fit!"

Herkules sinnierend:

"Im Buch steht Gre-go-i-us, Gre-go ...schlecht lesbar und mit einem unleserlichen Vermerk versehen."

Fridolin ging ein Licht auf: "Eine Verwechslung! Natürlich! Der Bruder Gregor mit seinem Herzleiden! Der ist ja eigentlich Schuld, dass wir beide hier sind. Der Bruder Gregor mit seinem missionarischen Eifer. Ich habe ja gleich zu ihm gesagt, dass ich dafür nicht der richtige Mann bin. Aber nein, er musste ja dringend zum Bischof, und ich sollte unbedingt in die Magdalenengasse."

Herkules nachdenklich: "Hier gab es noch nie eine Verwechslung. Aber: Wie war das? Du sagtest etwas von einem Kalenderfehler? Ein Zeitenfehler?"

Die Stirnfurchen deuteten auf ein angestrengtes Nachdenken des Torwächters: Da war doch ein Blitz! Gestern – oder schon heute?

Fridolin schüttelte den Kopf:

"Ein Blitz? Nein, es war ein Schuss. Von einem Blitz weiß ich nichts. Ich glaube immer noch, das ist nur ein Traumzustand."

Phantasien im Flügelhemd

„Herr Wacker! Geht es Ihnen nicht gut?“

Gregor Wacker blinzelte mit den Augenwimpern, deren einzelne Haare lang und schwarzgrau sich mit seinen dichten, grauen Augenbrauen ergänzten. Die faltige Haut der Augenlider schob sich endgültig nach oben.

„Antonia?“

„Nein, ich bin es, Schwester Anja.“

Sein Bettnachbar hatte die Schwester gerufen, als er wieder zu stöhnen und zu phantasieren begann.

Der alte Mann war schweißgebadet. Langsam kam er wieder zu sich. Sie befühlte seine Stirn, konnte jedoch keine erhöhte Temperatur feststellen.

„Wo… ? Ach ja - Klinik. Entschuldigung.“

„Sie haben wohl schlecht geträumt.“

Ja, er habe wohl geträumt, wisse jedoch nichts mehr davon. „Ich bringe die Bilder nicht mehr zusammen. Wieso kann man sich manchmal an einen Traum erinnern und manchmal ist sofort nach dem Aufwachen alles weg? Nein, nicht alles – ich weiß, dass ich geträumt habe, aber mehr nicht mehr. Ich habe schon von Begegnungen geträumt, wobei ich dachte diese körperlich erlebt zu haben. An die ich mich nach dem Aufwachen bis ins kleinste Detail erinnern konnte. So genau, als wäre es kein Traum gewesen, sondern Realität.“

Sie glaubte ihn über Träume aufklären zu müssen. Sie seien die Sprache der Seele - habe sie irgendwo gelesen. Allerdings glaube sie dies nicht so recht, sie seien wohl eher die Sprache des Unterbewusstseins.

„Vielleicht ist einfach der Föhn daran schuld.“

Schwester Anja ging zum Waschbecken, befeuchtete ein Papiertuch und wischte ihm über die Stirn. Da er stark verschwitzt war, meinte sie wohlwollend, ihn erst einmal umziehen zu müssen. Sie meinte damit, das Wechseln des uniformierten Flügelhemdes mit den halblangen Ärmeln, das er partout nicht angezogen haben wollte.

„Kann ich dann morgen meinen normalen, frisch gewaschenen Schlafanzug anziehen, meine Schwester wird mir die Sachen bringen?“

Könne er, besser sie bringe mindestens zwei, falls er immer noch so schwitzen würde. Nach dem Waschen und Wechseln des Flügelhemdes hielt sie es für angebracht, ihn etwas aufzumuntern, nach dem Motto: am besten schlechte Träume abhaken und an etwas Schönes denken. Er würde wohl auch bald wieder nach Hause dürfen.

Das schönste wäre wohl, in seinem Alter nach einem schönen Traum, oder besser gesagt in einem schönen Traum, einfach in den ewigen Schlaf überzugehen. Sozusagen in den Armen Gottes wieder zu erwachen.

Plötzlich fiel ihm etwas ein: „Hat sich denn Herr Berger schon gemeldet?“

„Der junge Herr der vor einer Stunde gegangen ist? Nein.“

„Und Fridolin? Ach nein, der weiß ja gar nicht … Aber – ich muss jetzt dringend telefonieren, ganz dringend.“

Man könne ihm ein Telefon schalten, geringe Kosten.

„Ich werde das veranlassen, in einer halben Stunde haben Sie Ihr Telefon. Bis dahin schlafen Sie noch ein wenig, das tut Ihnen gut.“

Mit eingeübten, sanft bemessenen Schritten ging sie zur Tür, welche sie sachte hinter sich zuzog.

Die Müdigkeit umfing ihn wie ein warmer Mantel.

Johannes Berger - Notizen

Johannes Berger war am späten Nachmittag nochmals zur Magdalenengasse geeilt. In seinem Kopf formten sich dramatische Bilder, die er immer wieder zu verdrängen suchte.
Auf sein Klingeln zeigte sich keine Reaktion. Ein Kind, das aus dem Haus kam, bot ihm die Möglichkeit zur Wohnungstür hinaufzugehen. Sie war verschlossen, drinnen schien alles still zu sein, keinerlei Anzeichen einer Auseinandersetzung oder gar eines Verbrechens. Auf sein Rufen und Klopfen reagierte schließlich die Nachbarin, die meinte, da sei um diese Zeit normalerweise niemand zu Hause. Berger beruhigte sich mit dem Gedanken, dass jener Fridolin die Wohnung bereits verlassen hatte, bevor der Ehemann hier eintraf. Und dass Antonia sich nun mit Benjamin auf dem Heimweg befand.

Der Wissenschaftler strebte daraufhin seiner Wohnung zu. Er stand vor dem Bücherregal, überlegte einen Augenblick. Er dachte an Opa Goris Träume und die Schattenfiguren, welche dieser sah. Dann griff er nach einem Büchlein über die Ureinwohner Australiens. Er suchte etwas zur Traumzeit der Ureinwohner, der Aborigines.

Traumzeit

Traumzeit - Schöpfungsglaube der Aborigines

Seit der Besiedlung Australiens vor 40.000 Jahren begannen die Menschen in Traumzeit-Legenden von der Erschaffung der Welt zu berichten.
Nach ihrer naturverbundenen Weltanschauung ist alles in einem ewigen Kreislauf miteinander verbunden: Von der Pflanzenwelt über

die Tiere bis hin zum Wetter, dem Nahrungskreislauf und den Menschen.

Sämtliche Wesen der Natur haben ihren Ursprung in der Traumzeit.

Mit Traumzeit bezeichnen die Aborigines die „spirituelle, natürliche und moralische Ordnung des Kosmos“. Die Traumzeit steht für die Schöpfung und die Zeit, in der Erde und Menschheit entstanden sind, aber sie gilt auch als eine heilige, fortdauernde Schöpfungsgegenwart.

Träumen bedeutet für sie die kollektive Fähigkeit, die Welt und ihre Zusammenhänge richtig zu verstehen.

Die Aborigines glauben, dass ihre unsterbliche Seele ein „Funke“ ihrer Ahnenwesen aus der Traumzeit ist, der nach dem Tod eines Wesens in die Traumzeit, also zum Ursprung der Schöpfung zurückkehrt.

WELCHER TAG IST HEUTE

Herkules stand in der Mitte des Raumes, zwischen schwefelgelb und maigrün. Er grübelte. Ein Zeitenfehler? Da war doch ein Blitz?

Er ließ seine beiden Empfangsengel antreten. Wohl ahnend, dass wieder mal ‚Feuer im Busch' sei, wie Cherubinas Großvater zu sagen pflegte, wenn Ärger zu erwarten war, verständigten sich die beiden mit einem schnellen, beschwörenden Augenkontakt.

Der Blick des Boxers, wenn er die ‚Zwölf', das Kinn des Gegners anvisiert, nagelte sie fest. "Schaut mich an."

Er machte eine kleine Pause, um seinen Worten mehr Gewicht zu verleihen (Inspektoren Regel Nr. 2).

"Ihr habt den Blitz gesehen?"

Beide: "Ja, sah toll aus!"

"Und vorher: Ihr seid an eurem Täfelchen gewesen."

Sie versuchten es mit der kleinlauten Masche. Cherubina:

"Ein bisschen."

"Und was habt ihr da gemacht?"

Schwarzengel: "Nur die neuen Engelmodelle angesehen. Oder ist das schon wieder einige Tage her?"

Blondengel Angeli stand ihr zur Seite: "Schon möglich. Das mit der Zeit ist hier ja so eine Sache. Hits haben wir runtergeladen von No Angels und Mad..."

Eine heftige Bewegung von Schwarzengel ließ ihren Wortschwall verstummen.

"Seid ihr etwa im Zeitenprogramm gewesen? Falls es so was überhaupt gibt? Angelina!"

Herkules hatte ihren vollständigen Namen im Verzeichnis gelesen, hielt sich jedoch an die Kurzform, welche der sehr schlanken, temperamentvollen Südländerin, seiner Meinung nach weit besser gerecht wurde.

"Berichte! Ich bekomme es sowieso heraus."

Angeli beteuernd: "Aber, nein. Wie sollen wir denn da hineinkommen, ist doch alles verschlüsselt. So ein Programm kann man mit unserem einfachen Tablet bestimmt nicht knacken."

Wie man sich geschickt mit Worten herauswinden konnte, hatte sie in ihrer kurzen Journalistenkarriere gelernt.

"Wo ist das Teil?"

"Welches Teil?"

"Das Täfelchen, das Tablet."

"Ist kaputt, runtergefallen."

"Runtergefallen! Ihr verspielten kleinen Kinder. Und dann?"

"Dann hat es geblitzt und es kam: Schwerer Ausnahmefehler."

"Aha – geblitzt! Also doch! Und dann?"

"Haben wir ausgeschaltet. Äh, also genau gesagt, es ist erst runtergefallen und dann war das Ding aus."

Herkules schüttelte den Kopf.

Jetzt, dachte Cherubina, ist es Zeit, Herkules etwas abzulenken.

"Sag mal Herkules, äh, wir kommen da nicht so ganz klar, wer heute der oder die Tagesheilige ist. Weißt Du es denn?"

Herkules sah sie verwundert an und erklärte ihr, dass er es sei, der hier die Fragen stelle. Sie solle bloß nicht versuchen ihn abzulenken. Um eine Kostprobe seines Heiligengedächtnisses zu geben fügte er hinzu:

"Heute ist Albin von Angers, Bischof. Gestorben 1. März 554. Er stellte die religiöse Zucht in seiner Diözese wieder her und wurde durch Wundertaten bekannt. Bei dem solltet ihr beide einmal in die Lehre gehen."

Blondengel konnte es sich nicht verkneifen zu erwidern:
"Wundertaten, aha. Aber wenn du dich da nur nicht täuschst."
"Was meinst du damit - den Tag oder den Bischof Albin?"
"Ach nichts, ist nur so ein Gedanke."
Er wirkte verunsichert. Gab es da etwas, das er nicht wusste?
"Hat das etwa mit dem Zeitenfehler zu tun?"
"Vielleicht."
Cherubina und Angeli tanzen um ihn herum und frohlockten leise: Armer Herkules. Er hat es noch immer nicht begriffen. Stai calmo, amico, bleib gelassen, Mann!
Sie setzen sich auf ihre Bodenplätze. Cherubina faltete aus dem Dokument von Antonia einen Papierflieger. Herkules drehte sich langsam im Kreis, sah über die Farbschleier in den blauen Himmel, als käme von dort eine Erleuchtung.

Fridolin war mit diesem schleppenden Verfahren nicht einverstanden, ungeduldig sprach er den Vorsteher an:
"Was ist denn nun mit uns? Kannst du uns nicht einfach wieder hinunterbeamen?"
Herkules schüttelte den Kopf, ein ratloses Fragezeichen.
"Vielleicht ein ...Missgeschick?"
"Ein Missgeschick! Die da oben, oder die da hinten lassen mich in meiner schönsten Stunde hierher befördern und keiner weiß warum?"
Der Hüne trat wieder zu ihm heran, versuchte abzulenken:
"Was war denn nun so schön?"
"Ach, das verstehst du wohl nicht. Manchmal glaube ich selber, dass es nur ein Erlebnistraum war. Bis plötzlich dieser heillos überforderte Vorabendprogrammtäter, sprich Ehemann, in der Tür stand, wie irre mit der Pistole herumfuchtelte und dabei versehentlich an den Abzug kam – päng."
Unwillkürlich sah Antonia nun auf ihr weißes T-Shirt und das kleine, runde Loch und bestätigte tonlos: "Päng."
Herkules: "Aha – Päng!"

Seine Engelsnovizinnen hinter ihm wiederholten ebenfalls:

"Päng!"

Alle kannten dieses Geräusch und seine möglichen Wirkungen. Fridolin sah von Herkules zu Cherubina und zu Angeli. Zuletzt zu Antonia, nickte und wiederholte beinahe tonlos:

"Ja - päng. Einfach so."

Die beiden Lockenköpfe sahen zu Antonia und kommentierten mit einem bedauernden: "Oh-Oooh."

Antonia schüttelte gegen Fridolin gewandt heftig den Kopf, erwiderte jedoch nichts.

Dieser fuhr leise fort: "Am Ende sagen sie dann immer: ‚Es war ein Unfall, ich wollte das nicht'. Immer dasselbe im Fernsehen. Nein und nochmals nein! So doch nicht. Ein schlechter Witz. Das kann es doch nicht gewesen sein. Nicht so eine billige TV-Tragödie."

Nein, so wollte er gewiss nicht enden. So nicht.

Herkules versuchte es mit dem salbungsvollen Standardspruch seines einstigen Stadtpfarrers: "Ja, ja. Die Wege des Herrn sind unergründlich."

Was allerdings den zu Unrecht erschossenen Nicht-Liebhaber erst recht wütend machte. Er solle keinen solchen Unsinn daher plappern, was ihm allerdings spontan in seiner schwäbischen Mundart über die Lippen kam: ‚schwätz kein' Bäpp raus'. Was wiederum Herkules nicht einordnen konnte.

„Es geht hier nicht um die Wege des Herrn. Für dieses Zeitproblem bist schließlich du, Herkules, verantwortlich."

Und Fridolin bohrte weiter: "Diese Engel ohne Flügel tanzen dem Herrn Türvorsteher wohl auf der Nase herum."

Der ehemalige südsudanesische Ordnungsbeauftragte kannte diese Redewendung nicht, er fasste sich verwundert an die Nase und sah Fridolin an.

Der machte einen drohenden Schritt auf die Flügellosen zu.

"Wie war das mit dem Tablet-PC? Ja, ich bin mir fast sicher, dass ihr beiden schuld seid an der ganzen Misere. Ihr habt mich um mein Leben betrogen!"

Der Torwächter sann und sann, sah sich am Tiefpunkt seiner Himmelstorkarriere. Wieder einmal vom Schicksal aus dem Ring geboxt ohne dass ihm eine Chance zur Gegenwehr gegeben wurde. Seine beiden Assistentinnen blieben ungerührt sitzen. Sie grinsten sich an und sangen leise zwei Worte, vier Silben, die Fridolin nach einigen Wiederholungen folgendermaßen interpretierte:

"Spermien-Wolke? Seid ihr etwa high?

Herkules lachte indessen, zeigte seine weißen Zähne samt Zahnlücke.

"Nimm das nicht ernst, was diese Kindsköpfe da trällern. Es gibt hier keine Spermien-Wolke."

Cherubina wusste es anscheinend besser: "Doch, gibt es. In der bayrischen Paradies-Komödie."

Sie gab dem Papierflieger einen schwungvollen Stoß, er segelte aufwärts – und war plötzlich verschwunden. Angeli sah Fridolin belustigt an und erklärte ihm mit einem schnippischen Unterton:

"Alle ungeklärten Liebesdramen kommen auf eine Spermien-Wolke. Ja - in der paradiesischen Himmelskomödie. Cherubina hat sie gesehen. Und du vielleicht auch."

Diesem blieb das Wort im offenen Mund stecken. Er sah sie entgeistert an und musste tief Luft holen. Derweil hüpften plötzlich die Empfangsengel in wilden Verrenkungen, gleich einem Regenmachertanz, dreimal um ihre Seile herum. Abrupt hielten sie inne und setzten sich stumm, in sich versunken, jede auf ihr zartrosafarbenes Fliesenmosaik im Schachbrettboden. Nur ihre leisen Stimmen waren noch vernehmbar:

Auf die Wolke, bis geklärt ist, ob sie rein dürfen in den Kamasutrahimmel - oder nochmals zurück müssen.

"Unsinn", donnerte Herkules in gurgelndem Tonfall, "was habt ihr halbirdischen Engel bloß für Phantasien."

Um zu zeigen, dass er Herr der Lage war, gebot er dem streitbaren Neuankömmling: "Setz dich wieder."

Doch Fridolin blieb stehen, versuchte es mit einem neuen Ansatz: Kamasutrahimmel höre sich zwar verlockend an, aber der könne auch noch etwas warten. Ob er denn nicht mal beim ‚Juniorchef' anklopfen könne, der habe ja so viele Wunder getan. Damals.

Herkules sah ihn erschrocken an, als hätte sein Gegenüber eben ein Beben ausgelöst. Nur flüsternd gab er das Wort wieder: ‚Juniorchef'. Wie er bloß so respektlos daherreden könne!

"Juniorchef! Das Wort Erlöser kennst du wohl gar nicht. Bist du vielleicht gar kein Christ, ein Barbar? Oder noch schlimmer, ein Atheist? Also du – du gehörst wohl wirklich nicht hierher. Denn Jener", flüsterte der eingesetzte Guardian und deutete mit dem Zeigefinger über die Wand ins wolkenbemalte Himmelblau, "den dein loses Mundwerk hervorbringt, wie die Karnickel ihre Jungen", Herkules musste Luft holen und vollführte dabei ein Kreuzzeichen, "befindet sich in der höchsten Ebene."

Da habe ein kleiner Himmelstorwächter wie er, so ein kleines Lichtlein, keinen Zugang. Dennoch schien er sich plötzlich zu einem Entschluss durchgerungen zu haben. Mit fester Stimme verkündete er, dass er die Sache nun an Urman übergeben werde. Sprachs und verschwand in der Wand. Fridolin setzte sich zu seiner vermeintlichen Geliebten auf die, von der Brokatwand aus gesehen, linke Bank. Antonia betrachtete Angeli von hinten, explizit das Kopftuch, das Angeli nun um den Hals geschlungen hatte. Sicher könnte es möglich sein, dass Sophia Loren ein solches Kopftuch in einem Film getragen hatte, schon, aber dieses Kopftuch kannte sie genau. Unhörbar sagte sie zu sich selbst: Rom.

Vor ihnen flüsterten und kicherten die beiden Engel. Wortfetzen waren zu hören: Himmlisches Theater… bei meinen Zeburindern… was machen wir bloß? So ein Missgeschick! Armer Herkules! Er nimmt immer noch alles viel zu ernst. Aber er wird schon noch begreifen. Das mit dem Personalausweis war ein guter Anfang. Immerhin, was für eine Karriere! Vom Rausschmeißer im Bordell zum Empfangschef am Himmelstor.

Von irgendwoher hörten alle plötzlich ein lautes, höchst skurriles Gelächter. Fridolin fuhr erschrocken in die Höhe:

"Donnerw... Äh – was war denn das?"

Cherubina erklärte die verbale Bekundung der angeblich Erhöhten ohne sich umzudrehen auf ihre Weise: "Gefriergetrocknetes Lachen."

Angeli fügte hinzu: "Duett aus dem fröhlichen Meckern einer armenischen Bergziege und dem Orakeln eines offensichtlich betrunkenen, sardischen Hausesels."

Der liebe Gott und sein Kalender

Mit fröhlich-aufmunterndem Gesichtsausdruck trat Schwester Anja ein. Sie trug das Telefon, als wäre es ein Geburtstagsgeschenk.

„So, Herr Wacker, gleich kann es losgehen."

Sie drückte den Stecker in die Telefonbuchse, hob den Hörer ab, wählte eine Zahlenkombination und nickte zufrieden.

Was denn so dringend sei, fragte sie möglichst beiläufig. Bestimmt die Familie. Ihr Patient machte eine verneinende Kopfbewegung. Den Bischof, den Bischof müsse er erreichen, dringend.

„Den Bischof, warum nicht gleich den Papst", kommentierte sein Bettnachbar spöttisch.

Das sei kein Witz. Wacker las die Nummer vom Zettel, den Johannes ihm hingelegt hatte und tippte die Zahlen ein. Der sanfte Freizeichenton, den Bruder Gregor im Ohr hörte, verwandelte sich auf Bischofs Vorzimmerbürotisch in ein enthusiastisches Händel-Halleluja. Viermal, fünfmal, sechsmal. Eine männliche Stimme fragte nach dem Begehr.

Begehr? Den Herrn äh – seine Eminenz Herrn Bischof, bitte dringend.

Der Herr, äh, – Sie sind der Bruder Gregor, nicht wahr? Wieder mal dringend: Wie gesagt, er sei der Sekretär, werde bei seiner Eminenz anfragen, Moment bitte. Pause, zweimal knacken in der Leitung, dann eine andere, abwesend klingende Stimmlage.

Oh, Herr Bischof!

Gregor Wacker richtete sich mit dem Oberkörper auf, der Bettnachbar sah ihn nun mit einer gewissen Spannung an. Ob seine Eminenz denn von diesem Kardi … Bruder Gregor unterbrach sich schnell, denn diesen falschen Kalendertag als ‚Kardinalsfehler' zu bezeichnen, wäre äußerst unpassend gegenüber dem Bischof. Ob seine Eminenz von diesem Fehler wisse, er meine eben diesen falschen Tag im Kalender. Heute!

Ach den. Die Antwort schlüpfte in heiterer Schwingung durch die Leitung. Sie klang nach einem gelungenen Streich, als hätten die Ministranten Pfarrers Messwein ausgetrunken und hinterher Birnenmost eingefüllt.

Das sei schon länger bekannt, man werde eine Erklärung, eine Stellungnahme dazu abgeben.

Wacker konnte kaum glauben was er eben vernommen hatte. Ob ihm, dem Herrn Bischof, seiner Eminenz denn nicht klar sei, was das für schwerwiegende Folgen haben könne, für die Kirche, aber auch für persönliche Schicksale.

In der Leitung entstand eine kurze Stille. Der Laienseelsorger, wie Bruder Gregor von manchen Zeitgenossen etwas spöttisch genannt wurde, glaubte den Finger in die Wunde gelegt zu haben, doch die weitere Antwort hüpfte ebenso entspannt aus dem Telefonhörer:

Das könne er sich nicht vorstellen, beschwichtigte der Bischof und begründete dies damit, dass heutzutage die Mehrheit leider nicht mehr an den lieben Gott glaube. Noch viel weniger an seinen Kalender. Immerhin käme dadurch einmal mehr der gute Bischof Albin in Erinnerung. Er möge sich beruhigen – oder gäbe es etwa Grund zur Sorge? Ob es ihm denn gut gehe, er sei ja immerhin auch nicht mehr der Jüngste. Nein, nicht gut? Sie sind in der Klinik?

Gregor Wacker, der sich selbst als die Stimme des Bischofs im Volk wahrnahm, verstand in diesem Augenblick seine Glaubens Welt nicht mehr. Das konnte doch nicht wahr sein. Hatte da etwa der Teufel seine Hand im Spiel?

Aber, es gäbe doch schließlich immer noch viele treue Gläubige, die dies nicht einfach als kleinen Fehler abtun würden. Für diese Schäflein sei so etwas eine peinliche Katastrophe, mit der sie wieder einmal von allen Nichtgläubigen und den Evangelischen aufgezogen würden.

Am liebsten hätte der treue Kirchgänger scharf geantwortet, dass man ihn, also den Bischof, dann ja wohl nicht mehr benötigen würde, wenn sein Glaube darin bestehe, dass die Mehrheit ohnehin nicht mehr an den lieben Gott glaube.

Wacker schluckte diesen Teil jedoch hinunter, wie man einen Löffel Lebertran hinunterwürgt.

Er könne ihn ja gut verstehen, meinte der Bischof in versöhnlichem Ton, aber Fehler würden eben passieren, da müsse man einfach dazu stehen.

„Gott mit Ihnen, lieber Bruder Gregor, Gott mit Ihnen. Schlafen Sie sich gesund.“

STERNZEIT 3.2018.1.

An der kleinen Pforte hatte sich jemand bemerkbar gemacht. Das Empfangsengelpaar ging in Anbetracht ihrer ‚Gäste', still nach hinten um nachzusehen. Ein unterdrücktes ‚Ach' war zu hören, dann flüsternder Wortwechsel. Es gab wohl Klärungsbedarf. Im Grauschleier erkennbar zwei bedenklich hin und her bewegte Engelshäupter, dann wurde wohl der Einlass gewährt.

Der großgewachsene Mann im Mantel hielt in der rechten Hand eine Pistole. Zögerlich und still trat er ein. Die beiden Lockenköpfe verständigten sich mit einem ‚Alles-klar-Blick', nahmen ihm die Pistole ab und verwiesen ihn sogleich auf die freie Sitzbank, von der Wand aus gesehen, rechts der Pforte. Dort hockte er sich, in, wie es schien, furchtsamer Erwartung nieder.

Antonia und Fridolin hatten von der linken, äußeren Bank aus, die kleine Szene nicht bemerkt. Außerdem gab es diese nebulöse Sichtbarriere, den Grauschleier zwischen den beiden Sitzbänken. Der schwarzgelockte Engel gebot dem Neuankömmling mit strengem Blick und erhobenem Zeigefinger, sich still zu verhalten. Als kämen sie eben von einer Gebetsstunde setzten sich die beiden Engelswesen ebenfalls geräuschlos auf ihre Rosenmosaikplätze. Es kostete sie einige Mühe selbst still zu bleiben, angesichts der neuen Situation, die da auf Herkules zukam. Doch wollten sie keineswegs dem Lauf der Dinge vorgreifen.

Trotz des Gebotes stand der große Mann wieder auf, trat einige Schritte vor und blickte sich um. Einen Kubus, konstatierte der

Informatiker. Aber was ist hinter dieser Wand? Er musterte die weinrote Vorhangwand mit der gleichmäßigen Anordnung dieser Unendlich-Symbole. Goldfäden glaubte er zu erkennen. Alt, sehr alt. Dann vertiefte er sich in das Muster der liegenden Achten. Reihe für Reihe ging er sie durch, als würde er in einem Buch lesen. Falte für Falte, Schleife für Schleife. Er dachte dabei an ein Drei-D-Bild und versuchte es mit einem ‚leeren Blick' darauf, doch konnte er keine dritte Dimension darin erkennen.

Schließlich wandte er sich der alten Uhr mit ihren babylonischen Zahlen zu. Er besah sich die exzentrischen Ringscheiben, die Ziffernblätter und Zeiger. Das äußerste und damit größte Ziffernblatt zeigte eine Einteilung mit vierundzwanzig Stunden. Weitere Ziffernblätter und Ringscheiben stellten den täglichen Umlauf der Sterne, der Sonne und des Mondes in Bezug zur Erde dar. Allerdings aus der Sicht des mittelalterlichen, Geozentrischen Weltbildes. Auch die Drehung des Himmels wurde dabei nachgebildet. Eindeutig ein astronomisches Uhrwerk. Seine Hand tastete den alten Eichenholzrahmen ab, um sich zu vergewissern, dass dies alles echt sei.

Er begutachtete den Mosaikboden auf dem er stand, wusste schließlich nicht, wie er den blauen Himmel darüber einordnen sollte. Deckenimitat oder echter Himmel.

Die Lianen bei den sitzenden Engeln zogen seine Blicke an. Er suchte die Haltepunkte, an denen sie oben festgemacht waren. Irgendwo in diesem tiefen Blau, oder den Wölkchen, wo sie immer dünner werdend schließlich verschwanden. Er spürte etwas Mystisches. Diese farbigen Lichtkorridore, der ganze Raum schien ein Mysterium.

Drüben, auf der anderen Seite, dem Uhrwerk gegenüber, sah er ein rotes Lichtlein schimmern. Schließlich wandte er den Kopf noch weiter nach rechts, nach hinten. Dort zeichneten sich undeutlich zwei Gestalten ab, die auf einer Bank saßen.

Seine heftige Körperbewegung machte in diesem Moment Antonia auf ihn aufmerksam. Sie sah die Umrisse einer großen, schlanken Gestalt, sprang überrascht auf, starrte wie versteinert zu ihr hinüber. Ehe nun auch Fridolin darauf aufmerksam wurde, war die Gestalt wieder hinter der Sichtblockade verschwunden. Antonia hatte in einer überstürzten Reaktion diese unbewusst durchschritten und stand vor ihrem Mann.

"Du hier! Wieso?" Sie flüsterte.

Die Engel hatten die Situation erkannt, sie richteten ihren Blick auf Fridolin. Dieser war durch Antonias Reaktion aufgestanden und wollte ihr folgen, doch Cherubina stand plötzlich vor ihm und deutete stumm, dass er sich wieder setzen solle. Fridolin, von dieser merkwürdigen Stille erfasst, fügte sich ohne seine üblichen Kommentare anzubringen.

Gleichzeitig stand Angeli bei den Eheleuten und wies sie an, sich erst einmal gemeinsam auf die Bank zu setzen.

Eine furchtbare Ahnung durchzuckte Antonia:

"Hast du dich etwa selbst auch...?"

Benjamin nickte erst stumm, dann sagte er leise: "Ach Liebste, es kommt mir vor wie ein Traum…"

Antonia, hin und hergerissen zwischen Wut, Anklage und Schuldgefühl, schüttelte den Kopf. "Du sagst Liebste zu mir? Mörder", schleuderte sie ihm entgegen.

"Und du! Liebesdame!"

Trotz aller Erbitterung wählte er eine mildere Form der, seiner Meinung nach angebrachten Bezeichnung Dirne. Auch wenn der Schuss sich durch ihn gelöst hatte - an dieser Tragödie fühlte sich der Ehemann nicht alleine schuldig.

"War das deine Einkommensaufbesserung auf Grund meiner Arbeitslosigkeit?"

"Du hast ein falsches Bild, ein völlig falsches Bild, es war nicht so. Und ja: Ich wollte, dass es uns gut geht – so wie eben all unseren Bekannten und Freunden."

"Dass es uns gut geht! Uns ging es gut - nur mir nicht!"

Antonias Gedanken erfassten inzwischen das Ganze:

"Oh Gott, unsere armen Kinder! Waisen! Oh nein! Das darf doch nicht sein."

Benjamin trieben diese Worte geradezu hoch. Als wäre er aus einem Traum erwacht, versuchte er erst einmal die augenblickliche Situation zu ergründen:

"Ich weiß nicht mehr, was Wirklichkeit ist. Wo sind wir denn hier? Das hier ist doch weder Himmel noch Hölle? Oder gibt es am Ende gar keinen Unterschied?"

Er sah sich demonstrativ um. Von seiner Bank aus konnte er Fridolin auf der anderen Seite nicht sehen. Auch Antonia erkannte dies nun voller Verwunderung.

"Sind wir etwa im Bardo? Mit all den karmischen Illusionen?"

"Was meinst du - Bardo?"

"Bardo ist ein Zustand zwischen zwei Leben, zwischen eben eingetretenem Tod und der nächsten Wiedergeburt. So wird es im tibetischen Buddhismus gelehrt. Ich hatte dir davon erzählt."

Antonia dachte an die Bardowesen aus Geist und Bewusstsein, welche sich einen neuen Körper suchen. Johannes hatte auch davon gesprochen. Sie schüttelte den Kopf:

"Zwischenzustand? Das hier, dieser Raum? Die Engel sagen, wir sind an der Pforte, an der Schwelle und Herkules bezeichnet es als Himmelstor."

Nach kurzer Stille drängte es Benjamin sich zu erklären.

"Als ich dich mit ihm sah, packte mich ein unbändiger Zorn. Das war es also, dein Zusatzverdienst. Ich arbeitslos, quasi ein Mensch zweiter Klasse und du eine Aphrodite in den Armen solch sportlich und schick aufgemotzter Typen, wie er."

Antonia kam das alles plötzlich so banal, ja fast lächerlich vor. So voller menschlich-irdischer Irrtümer. Beschämt und zugleich verbittert klärte sie ihren Mann auf, dass er den Falschen erschossen habe, zusammen mit ihr, just in dem Moment, wo sie ohnehin diese kleine Affäre bereits beendet hatte. Auch ihrem Nebenjob - ich war keine Escort Lady - den sie wirklich sehr interessant finde, habe sie in diesem Moment, zusammen mit dieser Affäre, endgültig abgeschworen. Obwohl, fügte sie hinzu, ihr dies nicht leicht gefallen sei, denn diese Engagements hatten ihr eine neue Lebensqualität eröffnet.

"Neue Lebensqualität", äffte er sie nach.

"Ja. Denn wir lebten seit einiger Zeit wie in einer trüben Blase. Dir schien das nichts auszumachen, ja du hast dich quasi darin eingerichtet. Ich aber musste raus aus diesem engen, freudlosen Nebeneinander."

Es quoll aus ihr heraus. Angestautes, Unterdrücktes, Enttäuschung, all die vergeblichen Versuche ihm Mut zu machen, ein Herzstich nach dem anderen. Er musste sich wieder setzen. Den Falschen erschossen.

"Ach Benjamin, ich hab es doch nur gut gemeint – für uns alle. Der Bub wünscht sich zu Weihnachten ein Handy, das Lena geht gerne Reiten. Hätten wir sagen sollen ‚alles gestrichen‘ weil ihr Vater arbeitslos ist? Denk doch an den letzten Skiurlaub in Kanada, von dem die Kinder jetzt noch schwärmen."

Für einen Moment ließ er sich in dieses Karussell hineinziehen, dann begann er jedoch ihr schönes, durchorganisiertes Familienleben zu entblättern: Die Raten für das neue Auto, die Zahlungen für ihr schönes Haus, die Jahreskarte fürs Fußballstadion – Antonia, der Fußballfan - die Musicalkarten, das Fitnessstudio, die neuen Urlaubspläne ...alles getaktet.

Antonia hielt sich die flachen Hände an die Ohren. Er solle damit aufhören, sie wollte einfach nicht vor den Nachbarn und anderen Leuten als asozial dastehen.

"Außerdem habe ich es ja auch verdient!"

An diesem schmutzigen Geld könne er sich nicht erfreuen. Wer denn der Richtige gewesen wäre?

Wie er das meine.

"Na, wenn ich den Falschen erschossen habe. Wer ist dann der Richtige?"

Antonia sprang auf. "Noch einmal: Ich war weder Escort Lady

noch sonst ‚Irgendeine'! Dieses eine Mal mit Johannes hat damit nichts, rein gar nichts zu tun."

"Aha, Johannes."

"Ja, es waren wunderbare Gespräche mit ihm, er hat mir gut getan, hat mich umworben. Da ist es eben passiert."

Ehe er hier einhaken konnte, wiederholte sie wütend, was ihren Nebenjob beträfe, da sei nichts, überhaupt nichts daran schmutzig gewesen. Sie habe ihren Lohn für ganz legale, saubere Gesellschafterinnendienste bekommen. Das habe mit Johannes nichts zu tun gehabt. Und nochmal:

"Erkläre mir, wie sollten unsere Kinder damit fertig werden, wenn ihre Mitschüler sie hänseln, ihr Vater läuft jeden Tag im Park spazieren, mit der Büromappe unterm Arm. Und in dieser schönen braunen Ledermappe liegt neben dem Vesperbrot auch noch eine Pistole. Was, wenn ihr edles Papabild Risse und Knitterfalten bekommt, weil die Nachbarn und alle unsere Bekannten über uns reden?"

"Stopp! Hör auf!" Er packte sie verzweifelt an den Schultern, rang nach Worten.

Antonia sagte leise: "Ich weiß – im Grunde trifft dich keine Schuld – es ist alles meine Schuld."

Ihr Mann schüttelte bedächtig den Kopf.

"Du bist gut – keine Schuld, dabei hab *ich* getötet. Deshalb sind wir doch wohl hier gelandet. Und das ist es nicht allein. Es gibt noch eine andere Schuld."

Was für eine andere Schuld, wollte Antonia wissen.

Doch ehe Benjamin antworten konnte, erschien der Kopf des Guardians in der Wand. Sein Blick richtete sich auf die von ihm aus gesehen linke Bank, dort stand Fridolin, der auf die andere Seite starrte. Vor ihm hatte sich Cherubina aufgebaut.

Irritiert schwenkten die Side-Step-Augen des Hühnen nach rechts hinüber, wo er Antonia und Benjamin vor der Bank stehen sah. Angeli schien die beiden abzuschirmen.

Herkules war plötzlich ganz da, stand in der Raummitte, zwischen die herabhängenden Stricke und beorderte sein Empfangspersonal zu sich. Energisch gebot er Fridolin an seinem Platz zu bleiben.

"Wieso ist die Frau jetzt dort drüben". Zischte es durch die Zahnlücke.

Sie zuckten mit den schmalen Engelsschultern. Auf die Frage, ob die Sichtbarriere aktiv sei, nickten sie. Der Pfortenwächter wies Cherubina an, wieder ihre Position bei dem ‚Rothemd' einzunehmen und schritt mit Angeli zu den beiden anderen hinüber.

"Wer ist Er?"

Antonia leise: "Mein Mann."

Benjamin ebenso leise: "Ich bin Benjamin. Das ist meine Frau."

Herkules neugierig: "Ach - du bist der Ehemann. Und der dort drüben, ist der... Hm. Aha. Und du kommst ausgerechnet am selben Tag? Unfall?"

Benjamin tonlos: "Ich, ich hatte eine Pistole."

Der Torwächter zeigte sich entsetzt: "Was? Unglaublich! Seht ihr denn nicht, was in der Welt los ist? Soviel Leid und Elend, und ihr bringt euch wegen, wegen einer Liebesgeschichte um."

Benjamin zuckte hilflos mit den Schultern.

Herkules im Klagemodus: "Heiliger Himmel, bekomme ich jetzt alle Problemfälle aufgeladen? Ich bin kein Zeburind, mein Kreuz ist nicht so riesengroß. Aber das bade ich nicht alleine aus! Ihr bleibt hier sitzen. Immer diese schrecklichen Dramen, bloß wegen Liebe. Das war schon im Nachtclub so."

Plötzlich erinnerte sich der ehemalige Ordnungsbeauftrage an einen Grundsatz im Rotlicht-Milieu: Immer zeigen, wer der Boss ist. Klare Kante. Klagegeschrei ist etwas für alte Frauen in den Nildörfern.

Der Boss des Raumes richtete sich kerzengerade auf, spielte kurz mit den Schultern, fester Blick auf die zusammengehörigen Eheleute: "Hinsetzen – und sitzen bleiben. Und du kommst mit", wies er Blondengel an, worauf er seine Mittelposition zwischen schwefelgelb und maigrün einnahm. Mit einer einrollenden Zeigefingerbewegung, die jedes Kind auf der Welt von klein auf kennenlernt, zog er Cherubina, die vor dem ‚Rothemd‘ stand, noch einmal zu sich heran. An beide gerichtet gurgelte der Befehl: "Bringt mir diesen Eigenwilligen vor das weiße Licht."

Er deutete auf Fridolin.

"Stopp! Noch etwas: Die Sichtsperre hinten bleibt aktiviert. Besser, ihr legt erst die beiden in einen Schlafnebel, ich will hier vorne keine wilden Streitereien zwischen Ehemann und diesem aufmüpfigen Lover."

Der Befehlston erzwang in ihnen ein Kopfnicken, beinahe hätte sie noch dazu salutiert.

"Klingt wie bei Raumschiff Enterprise - dachte Angeli und wollte losgleiten, doch der Commander war noch nicht fertig:

"Stopp! Dann überprüft ihr die Daten dieses Fremdlings."

"Äh?"

Blondengel blickte verdutzt zu ihrer Gefährtin. Ihre Augen, ein smaragdgrünes Fragezeichen: Wer? Wir?

"Äh-okay. Abgleich mit dem Logbuch."

Knappes Nicken von Boss Commander. Los, ab.

Während sie nun doch ihren Knicks vollführten, flüsterte Angeli ihrer Gefährtin zu:

Jawohl Captain Picard! Sternzeit 3.2018.1. Den aggressiven, roten Irdischen vom rechten Flügel vor die Kommandozentrale beamen - Sichtsperre weiterhin aktiviert- den Fremdling im linken Flügel auf intergalaktische Verbindungen checken. Und in Schlafnebel legen!

Steine im Kopf

Hilda Halm betrat nach dem Anklopfen das Krankenzimmer. Sie nickte dem Bettnachbarn einen stummen Gruß zu.

Gregor Wacker hatte die Augen geschlossen. Er schien zu schlafen. Sie stellte die Sporttasche ab, betrachtete sein Gesicht, das unruhige Züge aufwies, als würde er träumen.

Eine mit Altersflecken verzierte Hand ragte marmoriert aus dem weißen Hemdsärmel, als gehöre sie nicht zu diesem Körper. Sie wollte ihre Finger sachte auf diese Hand legen, doch sie zögerte.

Der Kranke machte eine heftige Kopfbewegung, stöhnte kurz auf. Er fuhr mit dem Oberkörper hoch, blickte dabei nach rechts zum Fenster. Die Welt draußen zog sich mit dem beginnenden Dämmerschleier langsam zurück. Der Bettnachbar blickte zu ihm herüber und deutete ihm mit einer Kopfbewegung an, dass da etwas oder jemand wäre. Gregor Wacker sah in das Gesicht seiner Schwester. Tiefe Furchen durchzogen seine Stirnfalten, die Pupillen suchten nach einem Halt.

„Gregor, was machst du für Sachen?"

Freundliche Anteilnahme und tiefe Sympathie schwangen in ihrer Stimme. In ihrem Lächeln lag ein Ausdruck leiser Aufmunterung.

Eine kaum wahrnehmbare Erschütterung ging durch Kopf und Körper des Kranken, als würde er erst jetzt wirklich aufwachen. Seine Gesichtszüge entspannten sich etwas.

„Ach Hilda, liebe Schwester."

Sie sah ihn mit fürsorglich-zärtlichem Blick in die Augen. Tief dahinter verborgen, da war etwas, das nicht so recht zu seinem Zustand im Krankenbett passte. Angst oder große Sorgen.

„Was schleppst du für Steine in deinem Kopf herum? Sorgen? Um wen? Um die Welt im Großen und Kleinen?"

„Hat Johannes dich geschickt? Wie geht es ihm?"

„Aha, Johannes also, du kannst es nicht lassen. Wieso fragst du, wie es ihm geht? Ich denke gut, er hat mich angerufen. Du sorgst dich um deinen Großneffen? Gibt es etwas, das ich wissen müsste?“

„Was hat er gesagt? Wo er ist, was tut er gerade?“

So aufgekratzt hatte sie ihren Bruder noch nie erlebt. „Was ist los, du verheimlichst mir etwas.“

Er schüttelte den Kopf. „Es ist kompliziert. Was sagte er?“

„Dass du einen Schwächeanfall hattest im Park. Und was meint der Arzt?“

„Genau das – es ist kein Infarkt.“

„Was willst du nun von Johannes?“

„Nichts. Soll er dir selbst erzählen. Diese dumme Liebesgeschichte, du weißt ja.“

„Aha. Und deshalb bekommst du einen Schwächeanfall? Ich hatte dir geraten, dich rauszuhalten.“

„Ach, wenn Du wüsstest.“

„Na, es wird sich ja nicht zu einem Romeo-und-Julia-Drama auswachsen, ich kenn doch meinen Enkel.“

„Wer weiß. Aber nicht nur deshalb. Es hängt auch mit dem falschen Kalenderdatum zusammen.“

Hilda Halms Lachen klang ein wenig nach Schadenfreude.

„Ach ja, darüber hab ich heute Morgen auch schon geschmunzelt. Peinlich für die Erzdiözese, die den Kalender herausbringt. Oder wer ist sonst dafür verantwortlich?“

„Na der Bischof letztendlich. Mit dem hab ich schon telefoniert.“

„Du hast mit dem Bischof telefoniert – wegen des Kalenderfehlers? Ich glaub es ja nicht. Und was meinte er?“

„Er nimmt es wie du. Lacht darüber. Unglaublich. Aber es ist da noch etwas anderes. Ich weiß nicht so recht, ich hab wohl schlecht geträumt. Ich, ich dachte ich wäre schon oben.“

„Oben?“

Wacker deutete mit dem Zeigefinger zur Decke. Seine Schwester schüttelte verwundert den Kopf.

„Ach. Ganz oben! Erst mit dem Bischof diskutieren über Kalenderfehler und dann der Traum von oben. Und wie war‘s?“

„Frag nicht so schnippisch. Weiß ich nicht mehr.“

„Bruder, muss ich mir Sorgen machen?“

„Ach was, nein!“

Inspektorin Hilda fasste zusammen: „Johannes hat also eine Affäre, von der wir ja beide wissen, die nun plötzlich mit dem falschen Kalenderblatt zusammenhängt. Wie auch immer. Und dann träumst du von, also von der Himmelspforte. Nein, mein Lieber, das ergibt kein Bild.“

Wacker war diese Befragung äußerst peinlich, er musste da irgendwie rauskommen.

„Ich hab es ja schon vor vierzig Jahren gesagt, an dir ist eine Kriminalkommissarin verloren gegangen. Und das hat er von dir. Das Analytische, das um-die-Ecke-denken.“

„Wer?“

„Na unser Religionswissenschaftler. Aber lassen wir das. Erzähl mir von dir und deinen Orchideen.“

„Lenke nicht ab. Weißt du mehr über diese Affäre?“

„Bitte versteh, das soll er dir selbst erzählen - wenn er will.“

„Gut, ich will nicht, dass du dich noch mehr aufregst. Hier, ich habe Dir einige Sachen mitgebracht. Schau, dass du gesund wirst, dann werden wir zusammen mit Johannes mal bei einer Tasse Ceylon-Tee darüber reden. Schlaf dich erst mal gesund, und immer auch das Trinken nicht vergessen mein Lieber.“

Johannes Berger - Notizen

Suizid-Daten

Bei unserer letzten kleinen Kaffeestunde mit anregenden Gesprächen berichtete Oma Hilda über die Beisetzungsfeier eines alten Bekannten, eine Erdbestattung.
„Nur die üblichen, abgegriffenen Standartsätze des Pfarrers", kommentierte sie in ihrer trockenen Art.
„Alles recht steif, wie schon vor fünfzig Jahren. Vielleicht aber auch, weil jener sich selbst das Leben genommen hat, mit vierundachtzig Jahren. Das durfte natürlich nicht erwähnt werden, sonst hätte der Pfarrer Probleme bekommen, den Verstorbenen überhaupt auf dem Friedhof zu bestatten."
Ich war überrascht von der Tatsache, dass dieser ältere Mensch, von dem keine Krankheitsprobleme bekannt waren, sich das Leben genommen hatte. Aus diesem Anlass wollte ich etwas mehr über statistische Daten zum Suizid wissen.

Die durchschnittliche Selbstmordrate in Deutschland 2015 belief sich auf 11,67 Suizide je 100.000 Einwohner. Laut OECD liegt die Rate, in allen Ländern, bei den Männern mehr als dreimal so hoch wie bei den Frauen. Nur in China liegt die Suizidrate der Frauen höher als bei Männern. Spitzenreiter waren Litauen und Russland mit Raten von 33 und 30 je 100.000 Einwohner. In Deutschland haben sich Suizide seit Beginn der Achtzigerjahre halbiert. Doch im Vergleich sterben jedes Jahr immer noch rund 10.000 Menschen durch Selbsttötung. Das sind mehr als alle Opfer von Verkehrsunfällen, Drogen und HIV zusammen.
Gründe für den Rückgang seien effektivere Vorsorgemaßnahmen und verbesserte Aufklärung. Auch die Verkleinerung von Packungsgrößen starker Medikamente - so dass eine Selbsttötung mit dem Inhalt einer Packung ausgeschlossen ist, trage zur Reduktion der Zahlen bei.

Bemerkenswert: Suizide steigen mit dem Alter deutlich an: Bis zum Alter von 45 Jahren liegen sie unter dem Durchschnitt. Bis zum 70sten Lebensjahr sind es rund 15 Personen pro 100.000 Einwohner, in der Altersgruppe der über 85-Jährigen über 30 Personen!

Grönland *(höchste Suizidrate, in der Statistik nicht geführt)*
In den 1970er-Jahren begann die Suizidrate zu steigen. 1986 war Suizid in mehreren Siedlungen die Haupttodesursache, z. B. in Sarfannguit. 1990 bis 1994 erreichte die Suizidrate in Grönland die höchste weltweit mit 107 Suizidfällen bei 100.000 Menschen pro Jahr. Während der Sommermonate traten vermehrt in den Regionen nördlich des Polarkreises Suizide auf. Forscher begründen das mit Schlafstörungen, ausgelöst durch den ununterbrochenen Sonnenschein. Als weitere Gründe für die extrem hohe Suizidrate in Grönland gelten: Alkoholsucht, Depression, Armut, konfliktreiche Beziehungen mit dem Ehepartner, Probleme innerhalb der Familie.

Nachtrag bezüglich Bestattung:
Die sterblichen Reste von Opfern von Gewalt und Kriegsverbrechen werden noch nach Jahrzehnten ausgegraben, um sie in geweihter Erde zu bestatten.
Selbstmörder – was für ein Wort! – dürfen nach katholischem Kirchenrecht jedoch nicht in geweihter Erde bestattet werden.

IM PENTAKELKREIS

Sie eskortierten Fridolin nahe an den weißen Lichtkreis. Im Zentrum des Lichtes stand nun ein einfacher, antiker Stuhl mit Armlehnen. Weder die Irdischen, noch die Flügellosen hatten bemerkt, wann und wie er dort hingelangt war.

Herkules trat in den Lichtkreis, stellte sich aufrecht hinter den Stuhl, ein Pergament, zusammengerollt in der Hand. Die altertümliche Sitzgelegenheit schürte allgemeine Erwartungen. Fridolin musste unwillkürlich an Holzwurm denken. Den Engeln kribbelte plötzlich die Kopfhaut. Hier bahnte sich etwas Außergewöhnliches an. Nach kurzem Blickwechsel setzten sich die Enterprise Gefährtinnen auf ihre Plätze. Der Auftrag von Captain Picard, das Checken der beiden Fremdlinge im linken Flügel auf intergalaktische Verbindungen konnte sicher warten. Mann und Frau saßen jedenfalls aneinander gelehnt auf der Bank und schliefen tief und fest.

Jetzt aber wollten sie IHN sehen, einen von ‚denen da hinten', der sich auf diesen Stuhl setzen würde.

Eigentlich könnte es ja auch eine Frau sein, dachte Angeli. Fridolin wollte an den großen Schwarzen herantreten, der hielt ihn jedoch mit abwehrender Handgestik auf Abstand am Rande des Pentakelkreises. Das Symbol beschäftigte den Ankömmling, er wusste etwas darüber, aber nichts Konkretes. Irgendetwas Mystisches. Drudenstern! Genau, und dann war da noch ein uraltes jüdisches Symbol. Und es hat irgendetwas mit einer Ziege zu tun! Dennoch wollte sich der Irdische dadurch nicht ins Bockshorn jagen lassen.

Halblaut formulierte er seine ungeduldige Frage:

"Nun Herr Pförtner, was sagt der Oberaufseher?"

Herkules sah ihn streng an und antwortete etwas gedämpft:

"Rede nicht so daher, als wolltest du deine Frau fragen: Wo bleibt heute mein Espresso nach dem Essen."

"Äh, woher weißt du?"

"Einfache Boxerweisheit. Im Übrigen kann man auch im Südsudan Espresso trinken."

"Ach, du warst tatsächlich Boxer?"

Die Brust des Guardians schwoll merklich an: "Ich war im Olympiakader der sudanesischen Mannschaft. Und jetzt bist du besser nicht mehr so vorlaut."

"Was ist los? Bekommst du Ärger? Unseretwegen? Wo ist eigentlich Antonia?"

"Nicht weit, aber weit genug, dass es hier nicht noch mehr Ärger gibt. Ja, deinetwegen. So streng wie die mich angeschaut haben. Aber der Herr – äh, Urman will dich nun doch sprechen."

Neugierig hakte Fridolin nach: "Urman? Wer ist Urman?

"Nach deinen Regeln gemessen – mein Chef. Bei dir vermutlich der Landwirtschaftsminister. Er gehört zu denen, welche wir Christen wohl als Heilige bezeichnen, andere sagen Erleuchtete oder Verwandelte. Aber dahinter, er deutete zur Wand, gibt es weder Rang noch Titel."

Ein alter Mann stand plötzlich neben Herkules. Hatte die Lichtsäule kurz gezittert? Angeli erinnerte dieses uralte Gesicht an das Selbstbildnis von Leonardo da Vinci, Rötelzeichnung auf Karton. Hohe Stirn, tiefliegende Augen, die spröden Lippen außen leicht nach unten gebogen. Das lange weiße Haar bildete mit dem ebenso langen weißen Barthaar eine Einheit. Cherubina sah darin das klassische Bildnis von Gottvater.

Erst jetzt bemerkten alle, dass die weiße Lichtsäule fehlte, als wäre sie abgeschaltet worden. Das Pentagramm mit seinem umschließenden Kreis schimmerte nun in mattschwarz. Der alte Mann trat vor, warf einen kurzen Blick auf Fridolin, dann wandte er sich an Herkules:

"Wie kann es sein, dass hier Unklarheiten herrschen? Hier wird gewogen und befunden. Und es gibt Entscheidungen."

Er ließ sich bedächtig auf dem Stuhl nieder. Herkules trat vor ihn und verneigte sich.

"Verzeihung Erleuchteter, alles war bisher gut, alles. Aber dann kommen diese beiden und erklären: ein Fehler – bei uns – ich weiß nicht weiter. Ein Zeitfehler? Und dann noch ...äh, das Gewicht."

Der ehrwürdige Alte deutete eine kleine Handbewegung an. Herkules verstummte. Mit einer weiteren Handbewegung verlangte er die Pergamentrolle, die ihm sein Wächter übergab. Nach kurzer Durchsicht forderte er:

"Die andere auch."

Cherubina sah betroffen zu Angeli, die jedoch grinsend aufstand und das ausgewiesene Antonia-Papier dem Wächter übergab. Dieser reichte es an Urman weiter, der es sorgfältig studierte. Schließlich besah er sich den Neuankömmling.

"Ungewöhnlich, höchst ungewöhnlich. Reiche mir mal die Hand."

Fridolin trat vorsichtig in den Kreis. Er streckte ihm die Rechte entgegen und drückte dessen linke Hand merklich. Urman zuckte kurz zusammen und sah erst Fridolin, dann Herkules verwundert in die Augen.

"Sollte man noch an Wunder glauben?"

Das Pergament als Grundlage der Fakten blieb ihm die Antwort auf die Frage, warum und wie sie überhaupt hierher kamen, schuldig. Die männliche Person im roten Hemd versuchte der Unkenntnis des Erleuchteten einen Ausweg anzubieten:

"Vielleicht ein Zeitfehler im System?"

"Ein - was? In welchem System? Du sprichst in Rätseln. Du bist getaufter Christ?"

Fridolin wollte spontan erwidern, dass er sonst ja wohl nicht hier gelandet wäre, oder ob dies der muslimische Himmel sei, oder der Jüdische. Doch konnte er seine schnelle Zunge gerade noch zügeln und nickte nur eifrig.

Urman strich sich bedächtig über seinen langen Bart.

"Ja, tatsächlich – ein Rätsel. Vielleicht ein Gleichnis?"

Die buschigen weißen Augenbrauen zogen sich näher zusammen, die hohe Stirn verwandelte sich in horizontale Gräben und Faltenstränge. Wohl um seine Ratlosigkeit zu verbergen, oder aber aus eigenem Interesse wechselte er erst einmal das Thema.

"Nun, wenn ich schon einmal hier bin", er beschrieb mit der offenen Hand eine Kreisbewegung die über den Pentakelkreis hinausging, "an diesem Ort zwischen den Welten, und du dich so ganz und gar irdisch gebärdest, erzähle mal."

"Erzählen?"

"Ja, von unten. Von den Menschen und was sie tun. Gibt es die Römer immer noch? Also, ihre Nachkommen."

Fridolin musste sich vergewissern: "Ich denke, Ihr wisst über alles Bescheid."

"Aber nein. Dort drinnen", der alte Urman deutete auf die Brokatwand, "hat sich Geschichte in Nichts aufgelöst. Hier aber, sozusagen in der Schleuse, könnten wir Anteil nehmen an euren Schicksalen." Beinahe flüsternd raunte er ziemlich menschlich:

"Yinga dagegen will, dass wir das hinter uns lassen. Endgültig. Aber mich interessiert es noch, die menschliche Entwicklung. Wie der Mensch mit seinem Mitmenschen lebt und arbeitet. Wie Völker zueinander stehen. Wie Menschen und Völker mit ihren vielen verschiedenen Religionen umgehen. Es war schon zu meiner Zeit schwierig, da gab es die Zoroastrier mit ihrem Zarathustra. Dieser lehrte drei wichtige Grundsätze: *gute Gedanken - gute Worte - gute Taten.* Die Babylonier dagegen hatten an Bedeutung verloren. Ich kannte auch den jungen Meister, den sie Messias nannten. Ein höchst ungewöhnlicher

Wissender. Er kannte die Gesetzmäßigkeiten beider Welten. Zu Nächstenliebe und Barmherzigkeit hatte er sie aufgefordert, als junger Prophet. Ich habe diese Zeit erlebt: die Juden mit ihrer alten, die Christen mit ihrer neuen Religion inmitten der Römer und Griechen mit all ihren Göttern. Seltsam, dass mir das nun wieder einfällt. Also sag: Hat sich die Menschheit seither geändert? Ihr lebt ja immer noch im selben Fische-Zeitalter."

Fridolin sah den alten Mann lange an, er wusste nicht, was er davon halten sollte. Hinter dieser Wand, das war wohl klar, das musste die sogenannte Ewigkeit sein. Aber dieser ehrwürdige Greis, der von dort kam, fragte nun ihn, Fridolin, der noch nicht hier hergehörte, nach irdischen Aktualitäten. Als wäre er eben selbst noch unter den Sterblichen gewesen. Hier in diesem Raum, dieser Schleuse, wie Urman, der Überirdische andeutete, in dieser Zwischenwelt wird wohl der Übergang geregelt. Der Übergang in welche Welt auch immer. Entschieden ist das vermutlich schon längst, in der Summe der guten und schlechten Daten auf dem Lebenskonto. Aber wir beide, Antonia und ich, sind ja angeblich nicht verzeichnet.

Fridolin witterte eine gewisse Chance, die er nutzen wollte. Er wogte gewichtig mit dem Kopf hin und her und antwortete mit einer Feststellung:

"Ihr kennt die platonische Weltzeitberechnung?"

"Diese und vieles mehr."

Der Halbirdische versuchte mitzuhalten:

"Ob wir uns aber noch im Fische- oder schon im Wassermannzeitalter bewegen, darüber streiten die Gelehrten und die Esoteriker. Aber dies ist der unbedeutendste Streit. Was Liebe und Völkerverständigung betrifft, ja da gibt es durchaus Bemühungen, aber vielmehr gibt es Kriege und Hass. Ehrwürdiger Herr, es ist etwas viel für einen einfachen Menschen wie mich, dies in Kürze und doch treffend zu beschreiben. In unserer Welt, wie soll ich sagen, da ist überall der Teufel los. Äh – das sollte ich wohl besser anders formulieren."

"Du hast es vermutlich genau richtig gesagt."

"Es gibt immer noch Kriege, teils mit politischen, teils mit religiösen Hintergründen, teils alles zusammen. Natürlich geht es um Macht, Korruption, Geld. Auch um das, was wir unter Gerechtigkeit verstehen und Ungerechtigkeit. Und es sterben überall viele unschuldige Menschen."

Urman nickte. "Wie schon bei uns. Aber zu meiner Zeit gab es wenigstens noch das Ideal, für den Glauben zu sterben."

Der Mann im roten Hemd schüttelte mit bitterer Miene Kopf.

"Solch Verrückte gibt es heute noch. Aber die wollen alle in einen anderen Himmel, nicht in Euren. Die wurden so erzogen, dass sie diesen Wahnsinn vom Märtyrertod glauben."

Das Gesicht des Alten verfinsterte sich, streng blickte er Fridolin in die Augen und stellte klar: "Wieso Wahnsinn? Den Märtyrertod gab es auch bei uns. Es war eine Ehre!"

Fridolin versuchte beschwichtigend aufzuklären:

"Aber nicht, wenn sich junge Männer eine Bombe um den Leib schnallen und sich selbst und viele andere damit töten. Die Welt ist verseucht von Fanatikern, Lügnern und Verbrechern. Auch unter den religiösen Würdenträgern. Vor allem aber gibt es die Ahnungslosen. Ich glaube, die Mehrheit hat in diesen zweitausend Jahren nichts dazugelernt. Täglich wächst die Zahl derer, die nicht mehr an den paradiesischen Himmel im Jenseits glauben. Die sind vielmehr überzeugt, dass man versuchen muss, das Paradies bereits auf Erden zu erreichen. Auf Kosten anderer und auch der Umwelt."

"Wie? Die wollen gar nicht mehr hier herein?"

"Ich würde sagen, sie hätten gerne beides: Erst das Paradies auf Erden und dann das richtige Paradies."

Urman schüttelte den Kopf: "Ach, wenn ihr wüsstet - wenn ihr das Ganze erfassen könntet. Aber wir können es euch ja nicht einmal hier an diesem Ort plausibel erklären."

Fridolin versuchte einzuhaken. "Schade, das hätte mich interessiert. Neulich", hob er an, "hab ich mit meiner Frau einen Film gesehen, wie es aussehen könnte, da im Himmel."

Der Erleuchtete sah ihn irritiert an.

"Ich weiß nicht, was ein Film ist, aber darstellen kann das niemand, nicht einmal wir. Das kannst du getrost alles vergessen. Das wirst du ja ohnehin."

"Wie – alles vergessen? Ist das wahr?"

"Sicher, was willst du dort noch mit all dem Ballast deines alten Lebens? Vielleicht noch einmal durchlaufen?" Er deutete zur Wand. "Das ist vorbei."

"Aber Ihr, Erleuchteter, wisst doch auch noch alles."

"Mich darfst du nicht als Maßstab nehmen."

"Schade. Im Film war es so, dass sogar diejenigen, die erst sich sträubten, schließlich doch rein wollten."

"Das ist doch normal. Alles Irdische will hier hinein."

"Also was die Menschen betrifft, eben net, Herr Urman. Wie schon gesagt, heutzutage glauben die Leute nicht mehr, dass es im Himmel schöner sein könnt‘ als auf der Erde. Viele interessieren sich nicht mehr für ihre Religion, ihren Glauben. Die Menschen glauben bloß noch an das Geld. Zum einen Spaßgesellschaft und zum anderen Arbeitslose. Leben im Überfluss oder Armut und Not. Aktien, Wohlstand und ein Gewehr daheim. Oder eine Pistole."

Der ehrwürdige Alte hatte aufmerksam zugehört, manches zwar nicht verstanden, aber: "Spaßgesellschaft, interessant. Und du gehörst zu dieser Spaßgesellschaft, zu den Reichen. Geld und Vergnügen?"

Verlegen versuchte sich Fridolin zu rechtfertigen. "Ich? Aber ich habe doch bloß..."

"Und der andere, der dich hierher befördert hat, der gehört zu diesen Arbeitslosen, den Armen? Ist es so?"

Fridolin bekannte kleinlaut. "Eigentlich net. Des isch viel komplizierter. Und sowieso ganz anders."

Urman stellte fest: "Da gibt es also die kleinen Sünder, wie sie es schon immer gab. Dann die etwas größeren Sünder, die mit den Bomben um den Leib. Und schließlich die Großen. Die Herrscher. Und zwischen den Guten und den Bösen die Menge der Ahnungslosen. Alles wie schon damals."

Der irdische Zeitgenosse nickte. "Nur die Methoden wurden angepasst. Nicht mehr Mann gegen Mann auf dem Schlachtfeld. Heute wirft man Fassbomben und chemische Stoffe auf die Zivilbevölkerung, bombardiert sogar Hospitäler. Die Gräueltaten der Frontkämpfer sind allerdings noch dieselben wie früher. Angebliche Gotteskrieger zum Beispiel benutzen Kinder als lebende Schutzschilde um im Straßenkampf ihr eignes Leben zu schützen. Und ja, die großen Bösewichte sind dieselben wie damals, sie haben nur andere Namen. Und sie sind immer schön im Hintergrund, die kriegt man nicht."

Urman schwieg.

"Vielleicht ward Ihr einst auch in Syrien, diesem schönen, schon seit Urzeiten hochkultivierten Land. Ich sage Euch, Ihr würdet vor Schaudern den Glauben an den Höchsten verlieren, wenn Ihr heute dieses Land sehen würdet."

Fridolin musste tief Luft holen, philosophierte weiter:

"Da fragt man sich wirklich, was für einen Sinn hat das Ganze? Wir haben in Jahrtausenden nichts dazugelernt. Nichts. Trotz aller hochtechnisierter Entwicklungen, einschließlich künstlicher Intelligenz. Oder gerade deshalb. Wir schaffen es nicht einmal, den Hunger in der Welt zu besiegen. Oder dass Kinder keine schweren Arbeiten verrichten müssen. Von Friedenschaffen ganz zu schweigen."

Flügelhemdträume

Wenn Gregor Wacker in seinen Träumen geschüttelt wurde, stöhnte er in langgezogenen Lauten. Er stieß unverständliche Silben aus, die auf Worte wie Schuld hindeuteten.

An all das konnte er sich nach dem Erwachen nicht mehr erinnern. Nassgeschwitzt versuchte er dann einfach ruhig zu liegen. Manchmal benötigte er eine gewisse Zeitspanne, ehe er erkannte, wo er sich befand. Nach jeder dieser Traumattacken musste die Schwester ihn abtrocknen und ihm ein neues „Flügelhemd" anziehen. So blieben Traumbilder als verworrene Sequenzen in seinem Kopf zurück.

Der Bettnachbar hatte wieder einmal den Notruf gedrückt. Schwester Anja trat zu ihrem Lieblingspatienten ans Bett. Er zeigte unruhige Bewegungen im Schlaf, Zuckungen, stöhnte, schrie auf, Schweißperlen auf der Stirn.

„Er phantasiert. Mal ruft er nach Fridolin, mal nach Johannes. Mal redet er von Schuld. Bestimmt träumt er wirres Zeug."

Schwester Anja überprüfte die Infusionsflasche und die Tropfenbewegung im dünnen, transparenten Schlauch. Auch den Sitz der Nadel, die in seinen Handrücken eindrang. Alles normal. Nicht aber sein Unruhezustand. Die Fiebermessung im Ohr ergab eine deutlich erhöhte Temperatur.

Es wäre gut, wenn ein Priester käme.

Da sie von seinen missionarischen Aktivitäten wusste, dachte die gläubige Katholikin an Krankensalbung.

„Ein Pfarrer?" Der Bettnachbar blickte sie misstrauisch an. Sie rauschte davon.

Stationsschwester Anja informierte noch einmal Wackers Schwester Hilda Halm über den besorgniserregenden Zustand des Verwandten. Frau Halm meinte, dass dies wohl nicht nötig sei - letzte Ölung. Sie sei doch eben erst bei ihm gewesen, vor kaum zwei Stunden.

Sein Zustand habe sich stark verschlechtert, er rede im Fieber. Schwester Anja schlug vor, dass sie einen Besuch des Priesters doch bitte mit dem Großneffen Johannes Berger besprechen sollte. Unwillig stimmte sie zu.

Johannes war anderer Meinung als seine Oma. Er sandte ein beinahe sichtbares Stirnrunzeln durch den Äther: „Ich glaube ja auch nicht, dass es so schlimm um ihn steht, aber warum nicht? Opa Gori ist ein gläubiger Mensch. Vielleicht hilft es ihm wieder gesund zu werden. Schließlich dient eine Krankensalbung ja in erster Linie der Heilung."

„Aber", klang es überrascht vom anderen Ende zurück: „Es ist doch eigentlich ein Sterbesakrament."

„Nur dann, wenn der Mensch tatsächlich im Sterben liegt", klärte sie der junge Gelehrte auf. Nur dann. Aber das, so denke er, sei bei Opa Gori seiner Meinung nach nicht der Fall.

„Im Übrigen: das mit der Krankensalbung solltest du eigentlich wissen."

Er solle mal nicht so dick auftragen mit seinem Wissen. Schließlich gab sie in ihrer pragmatischen Art sozusagen ihren Segen zu dieser Maßnahme, nach dem Motto: Nun ja, schaden kann es ja wohl nicht.

„Wir treffen uns bei ihm. Kläre das bitte mit dem Seelsorger."

ZARATHUSTRA UND DIE ANDEREN

Fridolin Schwab versuchte weiterhin sein philosophisches Klagelied über zweitausend Jahre Fische-Zeitalter in Kurzform zu pressen. Der greise Urman lauschte ihm aufmerksam.

Indessen kamen vereinzelt Menschen an die Pforte, so dass sich Herkules und seine beiden Empfangsengel gezwungen sahen, ihrer Aufgabe nachzugehen. Der Guardian musste deshalb nach hinten, um die neue Tagesliste zu holen. Mit dieser ‚Amtsbefugnis' in den Händen setzte eine ernste Controllermiene auf und machte kaum merkliche Kopfbewegungen in diese oder jene Richtung. Daraufhin bewegten sich die Einen, begleitet von Angeli oder Cherubina zur rechten Seitenwand und verschwanden, die Anderen zur Linken und verschwanden ebenfalls.

Fridolin konnte es sich nicht verkneifen: "Des isch schon ziemlich gewöhnungsbedürftig - hätt ich zumindest net erwartet."

"Was meinst du?"

"Na ja, ein Afrikaner als Wächter hier. Seid Ihr in Euerm alten Leben denn einmal einem dunkelhäutigen Menschen begegnet?"

"Schon." Urman sah ihn herausfordernd an. "Warum, hast du ein Problem damit?"

"Also ich net. Aber die sogenannte ‚Weiße Rasse' hat sich da wohl im Sprachgebrauch ein Problem geschaffen, das sie jetzt wieder loswerden will. Eine verbale Diskriminierung der Afrikaner. Für mich gibt es menschlich gesehen, ob schwarz oder weiß, keine Klassifizierung."

Urman sah ihn streng an. "Bist du dir sicher?"

"Na ja. Es ist halt so, dass sie irgendwie anders sind."

"Vorurteile? Vielleicht sehen die sogenannten Schwarzen das ebenso in Bezug auf die Weißen. Diese haben sich schließlich in den vergangenen Jahrhunderten nicht gerade wohlwollend ihnen gegenüber verhalten. Nicht einmal die Missionare."

"Ihr wisst Bescheid?"

"Oh ja."

Die beiden Flügellosen mit schwingendem Lockenhaar eskortierten einen Neuankömmling zu Herkules. Diesem entfuhr ein lautes Räuspern, so dass Urman und Fridolin zu ihnen hinübersahen. Der Wächter zeigte deutliche Vorbehalte gegenüber dem Mann, dessen Äußeres auf zentralasiatische Herkunft schließen ließ. Herkules setzte dazu einen eindringlichen Polizeiblick samt Augenrollen ein.

"Moment", rief Fridolin plötzlich, als der Guardian den Mann mit einer strengen Gebärde zu kontrollieren begann. Dunkler, Typ, schwarze Haare, schwarzer Bart.

"Aber, das ist doch ein Moslem! Das ist ein Islamist! Der gehört doch keinesfalls hierher!"

Der alte Weise widersprach ihm freundlich: "Oh doch, wie alle anderen Menschen. Junger Freund, bist du ein wahrer Christ?"

"Ein wahrer Christ?"

Er? Fridolin? "Auf jeden Fall!"

Dann folgte die Belehrung von ‚himmlischer Seite'.

"Es geht hier nicht darum, welchen Gott der Mensch ‚unten' im Leben angebetet hat, sondern allein darum, wie er gelebt hat. Hat er sich an die allgemein gültigen Regeln gehalten, hat er Nächstenliebe praktiziert - das gilt für alle Menschen gleich."

"Ja, aber ..."

"Kein aber. Das gilt auch für dich, mein halbirdischer Freund. Aber sei beruhigt, so wie du hab ich als Mensch auch einmal aufbegehrt, als ich hier ankam. Es ist nun einmal so: Hier endet jede Glaubensüberzeugung. Hier zählt nur noch das gelebte Leben. Und glaube mir, hier siegt das Gute gegenüber dem Bösen. Hier gibt es für keinen Menschen Vorteile oder Nachteile, keine Überredungskünste, keine Bestechlichkeit."

Der halbirdische Freund schüttelte ungläubig den Kopf. "Und der muss nicht zu seinem Allah?"

"Doch, vermutlich schon. Es ist jedoch nicht so, dass es für jeden einen eigenen Himmel gibt. Aber, um dir deine irdische Vorstellung vom sogenannten Jenseits nicht ganz zu zerstören: Stell dir einfach vor, es gibt verschiedene Provinzen hier, die kenne ich auch nicht alle. Muss ich auch nicht kennen. Allah hat wohl eine große Provinz. Aber Allah und wie sie alle heißen, das sind doch nur Namen und Begriffe für eine höchste Gottheit, welche die Erdenbewohner anbeten, ohne dass die Menschen sich wirklich etwas darunter vorstellen können. Für fast alle ist es das persönliche Gottesbild, das man sich macht. Das persönliche DU eben, zum sogenannten Höchsten. Auch wenn es eigentlich ganz anders ..."

Fridolins katholische Glaubenswelt erschien ihm plötzlich ganz klein.

"Das hier", fügte der alte weise Mann hinzu, "das hier ist eine von vielen Himmelspforten. Und, unter uns gesagt, hier ist normalerweise selten ein größerer Andrang zu erwarten, deshalb habe ich auch Herkules mit dieser Aufgabe gerade hier betraut, samt den beiden phantasiebegabten Novizinnen."

Der ehemalige Sachbearbeiter im Landwirtschaftsministerium glaubte sein Kopf gleiche einer Kartoffelerntemaschine in der die Erträge des ganzen Jahres durchgeschleudert wurden.

"Wie soll das gehen? Ein einziger Himmel mit Provinzen? Aber die Religionsstifter wie Zarathustra, Jesus, Mohammed, Buddha und so weiter, das sind doch Archetypen, die sich als von Gott gesandt sahen. Vielleicht auch Konfuzius, Lao-Tse - der mit dem Tao-te-king und wie sie alle heißen."

Fridolin las jeden Tag in einem immerwährenden Spruchkalender ein Zitat von einem der großen Philosophen und Denker.

Der Weise nickte bedächtig.

"Ja, du kannst sie alle aufzählen. Es gab schon immer Menschen die dem Höchsten sehr nahe verbunden waren, durch welche er seine Weisheit und Güte weitergeben konnte. Auch heute noch. Sie alle hatten und haben eine Verbindung, sagen wir mal, nach oben. Zu diesem Allerhöchsten, dem Letztendlichen, dem großen Ganzen. Die einen nennen es Königreich Gottes, andere Paradies, wieder andere nennen es einfach Leere oder Leerheit. Sie alle erfuhren Erleuchtungen, hatten oder haben zumindest Teile dieser allumfassenden Ordnung erkannt."

Fridolins Gottesbilder schleuderten durch die Kartoffelerntemaschine und rutschten in die Sortieranlage:

"Aber wir können doch nicht Jesus und Konfuzius in einen Topf werfen, da weiß ja niemand mehr, an wen er nun glauben soll."

"Denk nach und verstehe. Jeder sollte mit Überzeugung seinen Glauben leben, und ihn auch tatsächlich ausüben, nicht nur als Lippenbekenntnis oder öffentliche Zurschaustellung von Frömmigkeit. Mit Herz und Verstand. Mit Achtsamkeit in allem was ihr tut. Das haben all diese Propheten und Philosophen gelehrt. Denk an Zarathustra: *gute Gedanken, gute Worte, gute Taten.* Jedoch, bei allem Eifer: Ihr solltet die Religionen der Anderen als gleichberechtigt anerkennen!"

Fridolin sah nur noch Kartoffeln. Gelbe, braune, rote und sogar schwarze. "Also sind alle Religionen gut?"

Urman nickte. "Wenn sie der ewigen Wahrheit und der irdischen Wahrhaftigkeit entsprechen, also die Menschen mit der Schöpfung, dem Ursprung in Einklang bringen - ja."

Fridolin musste seine Sortieranlage kurz anhalten.

"Mit Verlaub, Erhabener – ist dann überhaupt eine Religion wirklich gut? Ich meine, sind denn nicht alle Religionen ein wenig, nun ja, eben auf sich selbst bedacht."

Urman lächelte weise: "Nun, der Kern der Religionen ist jedenfalls gut."

Der irdische Sachbearbeiter sah seine Sortieranlage endgültig überfordert:

"Aber wenn es nur einen Himmel gibt und gleichzeitig viele Religionen, gibt das hier nicht ein riesiges Durcheinander?"

Der weise Alte in seiner geduldigen Art erklärte ihm auch dies: "Jeder Gläubige kommt in jene Sphäre, an die er sein Leben lang geglaubt hat."

Fridolin wechselte zu den Saatkartoffeln: "Na da bin ich ja irgendwie beruhigt. Aber nach Euren Worten muss ich davon ausgehen, dass es auch in Zukunft Erleuchtete geben wird, sie sogar auch heute gibt?"

"Sicher. Aber selbst, wenn ich möchte, ich kann dir keine Namen nennen. Das müsst ihr Irdischen selber erkennen, welches die echten Propheten oder Prophetinnen sind und welches die Falschen. Dazu habt ihr schließlich Geist empfangen."

Während des Gespräches führten die Engel den vermeintlichen Islamisten in Richtung des ewigen Lichtes. Dabei schritt dieser direkt auf Fridolin zu, der unwillkürlich ausweichen wollte, doch der Mann ging einfach durch ihn hindurch und verschwand hinter dem ewigen Licht durch die Wand.

Mea culpa

Der alte Mann fühlte sich müde, als hätte er Schwerstarbeit verrichtet, die jedoch statt Gutes das Gegenteil bewirkt hatte. Todmüde, kam ihm in den Sinn. Etwas drückte ihn - ungreifbar auf dieses Krankenbett. Erschöpft, dem Schicksal ergeben? Nein! Gewiss nicht. Und auch nicht gewillt, wieder in jene unguten Träume zu versinken.

Doch mühte er sich vergebens gegen diese in ihm heraufkriechende Betäubung. Der Schlaf ist ein heimlicher Besucher. Ganz leise, unmerklich löst er den eben noch denkenden Menschen von seinen Problemen. Doch merkwürdige Alpträume sind sein schrecklicher Gegenspieler. Bald darauf schreckte Wacker kurz hoch und rief:

„Ich bin schuld an diesem Unglück!"

Sein Bettnachbar versuchte ihn zu beruhigen.

„Nein mein Lieber, Sie trifft bestimmt keine Schuld, wenn die katholischen Schäflein ihren Bischöfen und Kardinälen davonlaufen.

Gregor Wacker sah sich irritiert nach ihm um, bis er begriff: Aber so meine er das nicht. Er mache sich Vorwürfe, weil er es gut gemeint hatte, aber das war eben nicht gut.

„Welch ein Unglück. Und ich bin an allem schuld. Was habe ich da bloß angerichtet! Jetzt hilft nur noch beten."

Der Bettnachbar kommentierte spontan: „Aber bitte leise."

- - - - -

Bruder Gregor zu Jule: Du bist schuld, du hast Antonia animiert diesen Job anzunehmen. Und dann hast du auch noch das Liebesnest zur Verfügung gestellt.

Jule zu Wacker: Sie sind auch schuld. Was spionieren Sie ihr nach. Senden Fridolin zu ihr, nur um das eigene Gewissen zu beruhigen. Und dann machen Sie noch den Fehler Benjamin alles zu erzählen.

Fridolin zu Gregor: Ja du bist schuld. Ich konnte ja gar nichts dafür, hatte damit überhaupt nichts zu tun.

Benjamin zu Johannes: Sie sind schuld. Sie haben sie mir weggenommen, ihretwegen hätte sie mich verlassen.

Johannes zu Benjamin: Ich bin nur ein Teil in diesem Puzzle. Sie haben genau so viel Schuld. Um es klar zu sagen: Antonia hat nicht Sie verlassen, sondern mich.

Benjamin: Pah - Sie. Aber das alles wäre nicht passiert, wenn mich der Chef nicht entlassen hätte.

Antonia zu Benjamin: Der Chef ist an deiner Entlassung schuld, aber nicht an dem, was dann passiert ist. Mit dir, mit uns. Außerdem entscheiden über ihm Aufsichtsräte, ein Vorsitzender, der ganze Konzern.

Benjamin zu sich: Keine Arbeit, kein Geld, ein Mensch zweiter Klasse. Und die Aktionäre?! Die alle nur darauf aus sind, dass ihre Aktien Gewinne abwerfen! Aber - das sind doch zum Teil auch gerade die einfachen Menschen wie wir – die Aktienbesitzer! Womöglich sind es wir einfachen Leute, die sich ihre Arbeit selbst wegrationalisieren? Sind wir etwa am Ende selbst schuld?

Jule: Die Firma ist schuld, sie hat Benjamin entlassen.

Die Firma: Ich bin nicht schuld, die Wirtschaft ist schuld.

Die Wirtschaft: Nein, – die Weltwirtschaft ist schuld.

Die Weltwirtschaft: Falsch, das System ist schuld.

Das System erklärt: Mich trifft keine Schuld. Ich wurde von Menschen geschaffen, nicht etwa von Gott. Also seid ihr alle schuld.

Stille.

Cherubina: Die Politiker, die Machtmenschen sind schuld an allem. Und Erdogan - fügte sie leise hinzu.

Angeli: Der Vatikan ist schuld, die Korruption. Die Lüge.

[Der Vatikan schweigt]

Herkules: Ja, die Machtgier ist an allem schuld. Und die Glaubensfanatiker. Dafür lassen sie töten, Kinder schänden, alles im Namen der Politik, der Macht, im Namen der Religion.

Wacker flüsterte Fridolin zu: Ich sah es als meine christliche Pflicht, Antonia und ihre Familie zu schützen.

Fridolin ebenso leise: Willst du jetzt Gott die Schuld geben?

Bruder Gregor: Aber nein.

Johannes unterbreitete ein Resümee: Sicher ist, dass alles mit allem zusammenhängt. Wir Menschen mit allem was wir sind und was wir tun. Auch der Mensch und das Göttliche hängen zusammen. Doch welcher Gott ist gemeint? Glaubst du, oder du, dass es einen Gott für die Christen, einen für die Moslems, einen für die Juden und so weiter gibt? Und welcher ist dann der Richtige, der da regiert? Der die Welt geschaffen hat, der Mitschuld haben soll? Ist vielleicht ‚Nhialic' schuld, der Hochgott der Dinka? Die Dinka, das ist eine ethnische Gruppe im Südsudan. Dort lebt auch das Volk der Nuer. Auch diese glauben an einen einzigen Gott. ‚Kwoth' heißt er bei ihnen. Er ist Vater und Schöpfer der Welt und Beschützer der Menschen. Unsichtbar, aber überall in der Welt anwesend, beziehungsweise im Himmel.

Antonia: Sei still, bitte.

Johannes fuhr unbeirrt fort: Wer weiß wie viele Namen es noch gibt für diesen Einen oder dieses Eine. Aber ein Gott kann niemals Schuld haben, das ist nur etwas rein Menschliches.

Fridolin: Ist ja gut. Hören Sie auf. Das passt doch gar nicht.

Johannes war noch nicht am Ende: Versteht bitte: Ob große Weltreligion oder kleine Religion einer Volksgruppe, das alles sind regionale, kulturbezogene Gottesdeutungen. Namen, nichts als Begriffe, an denen sich jeder festmachen darf. Statt so einem Begriff kann man auch sagen: Gott - das ist das Universale Ordnungsprinzip. Und nach diesem Ordnungsprinzip gibt es keinen Schuldigen. Es gibt nur Gegensätze. Das ist das Spiel des Daseins mit allem was wir Gut und Böse nennen. Gott oder wie ihr ihn auch nennen wollt, ist letztendlich der Seinsgrund für alles Existierende.

Benjamin: Seinsgrund. Hören Sie endlich auf mit ihrer Religionsphilosophie.

Herkules (leise): Sag nichts gegen Kwoth.

Bruder Gregor: Religionswissenschaftler ohne Basis.

Jule: Kluge Thesen die nicht weiter helfen.

Antonia: Du bringst nur alles durcheinander.

Fridolin: Genau! Seinsgrund. Das ist alles nur Theorie, eben für Wissenschaftler. Was soll ein normaler Mensch damit anfangen? Aber - jemand muss doch schuld sein!

Benjamin: Ich bin auch schuld, leider Antonia.

Antonia sah ihn fragend an und zuckte mit den Schultern.

DIE GUTEN UND DIE BÖSEN

Fridolin stand fest im Pentakelkreis. Er wollte mehr, wollte möglichst alles wissen.

"Darf ich noch etwas fragen?"

"Nun?"

"Ich weiß ja nicht, ob ich das hier vielleicht alles nur träume. Wir sind hier jedenfalls nicht im Himmel. Ist das so eine Art Vorhimmel? Eine Art Prüfstelle. Wird hier geprüft und entschieden, wer wohin geschickt wird?"

Der Erleuchtete blieb bei seinem Lächeln aus den tiefliegenden Augen.

"Du meinst die Guten und die Bösen? Die menschliche Vorstellung, die ausgleichende Gerechtigkeit gegenüber dem irdischen Glück oder Leid?"

"Nun ja, schließlich wird es uns so beigebracht."

"Die Zusammenhänge in der Schöpfung sind simpel und einfach und doch weit komplexer, als der Mensch es sich vorstellen kann."

"Aber Herkules und diese Engel teilen die Ankömmlinge ein, wenn auch sie die Entscheidungen nicht selbst treffen."

"Das bringt schon jedes Leben selber mit sich. Herkules befolgt lediglich die Weisungen nach dem Urgesetz."

"Und das besagt?"

"Es gibt nur die Verwandlung. Und diesen Augenblick erfährt jeder Mensch für sich allein."

"Ich denke, wir kehren zurück zu Gott."

"Guter Gedanke."

Fridolin dachte an die Sortiermaschine.

"Also sind unsere Vorstellungen vom Paradies, wie es wohl alle Religionen anpreisen, allesamt falsch?"

"Das sogenannte Paradies ist eine menschliche Vorstellung, es kennzeichnet lediglich den Ort an dem die ersten Menschen einmal gelebt hatten."

"Ist denn Ursprung der Menschheitsgeschichte ein Ort – oder etwas Wesenhaftes? Wir sagen ja, der Ursprung liegt bei Gott."

"Einfach gesagt: Ja."

"Und genauer? Darüber will der Mensch doch reden, will wissen, was danach kommt. Ob es eine ausgleichende Gerechtigkeit gibt, besonders für all diejenigen denen himmelschreiendes Unrecht durch Menschen widerfährt."

"Siehst du, da wären wir wieder beim irdisch-menschlichen Denken und Wollen: Jeder will das, was er für richtig erachtet. Und daraus entsteht leider oft Chaos. In der Umwandlung wird all dies abgestreift, wie eine Raupe ihren Kokon abstreift und etwas Neues entsteht."

"Und dieser Umwandlungsprozess geschieht, wenn man durch diese Wände hindurchgeleitet wird?"

Fridolin sah eben Cherubina einen Menschen nahe der Uhr durch die Seitenwand führen.

"Die Wände sind wie Filter, sie lassen hier die Einen durch, und dort die Anderen."

"Das heißt Antonia und ich können weder rechts noch links durch? Gut. Ihr aber, Ehrwürdiger und Herkules, ihr geht vorne durch die Vorhangwand mit diesen Unendlich Zeichen."

"Es gibt Ausnahmen, die, sagen wir mal: zur allgemeinen Regelung notwendig sind."

Fridolin bohrte weiter:

"Also die Guten gehen nach rechts zum ewigen Licht und die anderen nach links, wohl in Richtung Hölle oder Fegefeuer?"

Der Alte strich sich durch den langen Bart.

"Es lässt dich immer noch nicht los – die Guten und die Bösen. Paradies und Fegefeuer."

"So wurde es uns schon als Kinder gelehrt. Was bleibt dann noch übrig? Also nach dem Fegefeuer."

"Na eben das Feinstoffliche oder wenn du so willst - die Seele. Eben das Wesen in Euch, das Wesent-liche. Auch das wird euch Irdischen gelehrt."

Fridolin ging nicht auf das Wesentliche ein. "Und die Seelen der ganz Bösen, die kommen dann wohl in den Hauptofen? Vielleicht ist das Purgatorium ja das Krematorium für die bösen Seelen?"

Der Erleuchtete sah, dass dieses Fragespiel den noch immer irdisch verhafteten Ankömmling auf einen für ihn ungünstigen Weg führen würde.

"Deine Fragen führen dich nicht wirklich weiter."

"Warum nicht? Ich bin doch genau auf dem richtigen Pfad, das ist es, was mich interessiert."

"Du hättest dein ganzes irdisches Leben lang Zeit gehabt, dies zu begreifen, wie alle Menschen. Um dich zu schützen, musst du deine Sinne anders, neu ausrichten. Dein altes Leben und Denken lass jetzt hinter dir. Vergiss es. Konzentriere dich auf dein wirkliches Wesen. Auf das jetzt."

Fridolin ging nicht auf den alten Weisen ein. Er wollte weitere Antworten. Nachdem der Weise schwieg, setzte er seine Kombinationen fort:

"Und was macht Luzifer mit dieser vielen Hitze? Wo sind diese Feueröfen überhaupt? Die können doch eigentlich nur mitten in der Erde sein! Ja, genau! Ha, das würd‘ ja heißen, dass wir Menschen die Erde selber heizen, wenn es besonders viele schlechte Menschen und böse Taten gibt?"

"Löse dich von Vergangenem. Es ist die falsche Richtung, dein alter Pfad. Willst du etwa diesen Weg noch einmal gehen – wozu? Wieder und immer wieder?"

Fridolins Phantasie jedoch verfolgte weiter diesen Gedanken:

"Wenn es vermehrt Vulkanausbrüche gibt - heißt das, dass eine große Menge Leute in die Hölle gekommen sind?"

"Hör auf damit! Erkenne wo du hier bist. Lass diese ewigen Kreislaufgedanken. Achte auf die Lichtbahnen, sie weisen dir deinen Weg. "

Doch Fridolin ging nicht auf die angedeutete überirdische Farbenlehre ein, seine Vorstellungskraft, gepaart mit der Logik des ehemaligen Landwirtschaftsbeamten sprudelte weiter:

"Angenommen: es würden alle Menschen in den Himmel kommen – was wohl nie der Fall sein wird, aber angenommen: dann müsste doch unser schöner Planet langsam kalt werden? Stimmt's?"

Der Alte blieb bei seinem ablehnenden Kopfschütteln, antwortete nicht.

"Und umgekehrt – ganz klar: wenn die Schlechten, Bösen, die Verbrecher auf der Welt immer mehr zunehmen – zurzeit wird er ja immer wärmer, der Planet…"

"Das ist deine alte Welt, sie liegt hinter dir. Lass los."

Fridolin ließ den Kopf einmal bedächtig hin und her pendeln und spulte seinen Gedanken unbeirrt weiter:

"Eigentlich ganz klar: Erderwärmung, Vulkanausbrüche! Erdbeben. Und das alles wegen Machtwahn und Kriegen! Wegen Geld, Habgier, Raffgier, Lug und Trug. Wahnsinn!"

Der Weise resignierte: "Das müsstest du alles längst wissen.“

Der ehemalige Sachbearbeitet überprüfte seine Messergebnisse und kam zu dem ultimativen Schluss:

"Nur wenn das Gute und das Böse sich die Waage halten, ist die Erde im Gleichgewicht. Klingt logisch, aber - ich betone: aber - besonders genial scheint mir das nicht zu sein. Denn, dass man einen gewissen Anteil von Bösen benötigt, um die Welt im Gleichgewicht zu erhalten ist meiner Meinung nach kontraproduktiv."

Urman sah den Halbirdischen erstaunt an: "Kontrapro…."

"Hat deswegen der Höchste, der ohne Namen, hat ER oder ES darum Mann und Weib geschaffen – damit immer neue Generationen nachkommen? Damit sich die einen verlieben und die anderen umbringen? Denn sonst würde es euch irgendwann nicht mehr geben, oder? Gut und Böse als Antrieb für die Welt *und* für den Himmel!"

Der Himmlische erkannte, dass seine Bemühungen, den Ankömmling von sich selbst zu befreien erfolglos blieben.

"Ich glaube nicht, dass deine oder meine Phantasie dazu ausreicht, dies zu beurteilen. ER oder ES wird schon wissen, weshalb die Welt gerade so geschaffen wurde."

"Fragt sich bloß, wer da die Guten und die Bösen sind. Ich zum Beispiel, ehrwürdiger Weiser: Ich habe mich geopfert um etwas Gutes zu tun - und bin erschossen worden. Wenn das meine Friedlinde erfährt. Dabei ist der Kerl nicht einmal ein wirklich Böser. Ich kann ihn ja verstehen. Wenn ich so eine schöne Frau hätte und fände sie in den Armen eines anderen, dann wäre es schon gut, wenn ich gerade keine Pistole in der Hand hielt."

Urman ging erneut auf ihn ein. "Du hast dich also geopfert? Und jetzt möchtest du Gerechtigkeit."

"Freilich! Runter möchte ich wieder und Antonia auch. Da ist etwas schiefgelaufen mit eurer Zeitrechnung."

Der Weise horchte auf: "Mit unserer Zeitrechnung? Wie kommst du darauf?"

Fridolin erläuterte seine These: "Es hängt es mit dieser Uhr zusammen und – wie ich vermute - mit den beiden Engels Lehrlingen. Ich weiß nur nicht wie."

Urman sah prüfend hinüber zur alten Uhr. Das Pendel vollführte unablässig dieselbe Schwingung. Sein ostafrikanischer Torwächter, der gerade bei seinen Assistentinnen in Blickrichtung zu ihm stand, richtete sich noch etwas gerader auf. Die Flügellosen vollführten einen Knicks in Richtung des Erleuchteten. Der schüttelte verwundert den Kopf. Ohne zu antworten begann er sich mit einiger Mühe, zu erheben.

"Herkules!"

Er gab seinem Pförtner ein Zeichen, worauf beide durch die Wand verschwanden.

Fridolins überraschte Blicke verirrten sich im Nahtlosmuster der goldenen Schleifen.

"Was hat er denn plötzlich? Und: wo ist eigentlich Antonia?"

"Keine Angst, sie ist schon noch hier", beschied ihm Angeli.

Sie eskortierten den wissbegierigen Schwaben zur Bank.

"Sitzen bleiben!"

Anschließend kurvten sie im Flügelschritt, mit ausgestreckten Armen zur Mitte des Raumes. Die Lichtsäule hatte wieder ihren weißen Schleier über dem Pentakel aufgebaut.

Cherubina breitete ihre Arme zu einer Waage aus, die sich mal nach links, mal nach rechts senkten oder hoben:

"Die Guten und die Bösen im Gleichgewicht", dann griff sie nach ihrem Seil und schwang sich hin und her. Angeli streckte das Tauende ihres Seiles zum Mund hin, nahm eine Haltung an, als würde sie Feuer speien oder schlucken, dabei fauchte sie:

"Vulkanausbrüche. Puff, zisch, alles aus – armer Luzifer. Krematorium statt Purgatorium."

Das atonale Gelächter hinter der Wand klang, als würde es aus einem Blecheimer schallen.

Brief an einen Freund, *bezüglich meiner Meinung nach dem ‚richtigen Glauben'. (Beispiel Bahai-Religion)*

Lieber Freund,
rein sachlich bewertet, ist es gleichviel, an welchem religiösen Glauben Du Dein Leben festmachen willst. Auch in Hinsicht eines Seins nach dem Tod. Ob es einer der vielen Namen ist, für den einen Gott und den Himmel oder ob es Universale Ordnung genannt wird, nach den Vorstellungen meines Professors. Für die meisten Menschen ist es einfacher, wenn sie ihren Gottbegriff an einem personalen Gott, z. B. als Vaterfigur festmachen. Die verehrten Gottesnamen wie JHWH, Gott, Allah, Brahma, Manitou oder Bab, sind alles Begriffe, an die wir Menschen uns klammern, eine Vorstellungshilfe. Und wenn eine Mutter zu ihrem Kind vom ‚Lieben Gott' oder vom ‚Himmelpapa' spricht, dann ist das in Ordnung. Wir müssen nur wissen, dass es sich dabei um Namen, um Begriffe handelt für etwas, was wir nicht beschreiben können.

Der bekannte ZEN-Meister Willigis Jäger schreibt:
„Jede Religion hat heilige Schriften, Rituale und Gebote. Sie sollen dem Menschen helfen, das zu finden, was mit Gott, Gottheit usw. bezeichnet wird. Wer Gott erfahren will, muss Bücher, Rituale und alles mentale Begreifen übersteigen. Darum suchten alle Religionen Wege, die in die Erfahrung der letzten Wirklichkeit führen sollen. Im Buddhismus entwickelten sich Zen und die tibetischen Wege. Bei den Hindus entstanden die verschiedenen Formen des Yoga. Im Islam entfaltete sich der Sufismus, im Judentum die Kabbala und im Christentum die Kontemplation. Es sind das spirituelle Wege, die in die Erfahrung dessen führen sollen, was die Heiligen Schriften der verschiedenen Religionen lehren".

Um dir ein Beispiel zu geben, habe ich einige wesentliche Glaubenssätze der Bahai-Religion beigefügt. Bahai deshalb, weil sie die kleinste Religion unter den sogenannten Weltreligionen darstellt. Die drei ewigen Wahrheiten der Bahai-Religion sind: Die Einheit Gottes, die Einheit der Religionen und die Einheit der Menschheit.
Auch im Glauben der Bahai gibt es einen Schöpfergott. Er hat die Welt und die Menschen aus Liebe erschaffen und einen Bund mit ihnen geschlossen. Die Bahai sind davon überzeugt, dass die Religionsstifter Zarathustra, Mose, Krishna, Buddha, Jesus Christus, Laotse, Konfuzius, Mohammed, Bab und Bahā ullāh (Bahai) Boten Gottes waren. Durch sie hat Gott nach ihrem Glauben immer wieder zu den Menschen gesprochen, sie dazu aufgefordert, die Gesellschaft und Kultur weltweit weiter zu entwickeln, zu verbessern. Bahai nennen sie ‚Offenbarer' oder ‚Manifestationen Gottes'. Sie spiegeln für sie das göttliche Licht und den Willen Gottes wider.
In der Bahai-Religion gelten Bab wie auch Bahā ullāh als Manifestation Gottes. Ihre Lehre besagt, dass Menschen das Wesen Gottes nicht erkennen können. Nach Bahā ullāh soll sich auch niemand vorstellen, wie Gott aussieht.
Nach dem Glauben der Bahai steht der Mensch von allen Schöpfungswerken Gott am nächsten, da er mit einem freien Willen, mit Vernunft, einer unsterblichen Seele und der Fähigkeit ausgestattet wurde, Gott zu erkennen und einen Bund mit ihm einzugehen. Nach dem körperlichen Tod lebt die menschliche Seele weiter – in einer Welt, die weder räumlich noch zeitlich begrenzt ist, von körperlichen Begrenzungen befreit. Himmel und Hölle sind für die Bahai Symbole für die Nähe oder Ferne zu Gott. Eine gewisse „Einheit" mit Gott kann der Mensch bereits zu Lebzeiten erlangen. Das Leben in dieser Welt ist dazu bestimmt, geistige Fähigkeiten zu entwickeln, die für das Leben im Jenseits benötigt werden. Als geistige Fähigkeiten gelten Tugenden wie Nächstenliebe, Dankbarkeit, Gottvertrauen, Demut und Geduld. Dagegen werden Selbst-kasteiungen, Einsiedelei und harte Askese ebenso abgelehnt wie ein Leben im Überfluss. Ein zentraler Grundsatz der Bahai ist, dass Religion nicht der Vernunft und

der Wissenschaft widersprechen dürfe. Als wichtigstes Element der Religion gilt die Nächstenliebe.

All die wichtigsten Tugenden und Lehren kannst Du auch im Christentum und anderen Religionen finden. Auch im Koran - denk nur an Rumi, über den du ja selbst forschst. Seine bildreichen Verse von der Menschenliebe bis zur allumfassenden Liebe zu Gott sind einzigartig. (‚Die Religion der Liebe steht über allen Religionen'.)

Die buddhistischen Religionen gehen zwar einen anderen Weg, um in einer endgültigen Auflösung das Rad der Wiedergeburten (und der Bardowanderungen) zum Stillstand zu bringen, aber die Tugenden auf dem Weg dorthin sind dieselben.

Realistisch betrachtet muss auch gesagt werden: Wir reden hier von der reinen Lehre. Das heißt, dass sie selbst für Menschen, welche sich täglich in der Glaubensausübung bemühen, im ‚normalen Leben' nur eingeschränkt umgesetzt werden kann. Im Grunde geht es immer um die Frage, wie kann ich mein Leben heute nach den (positiven) Grundsätzen einer religiösen Lehre im Wesentlichen gestalten.
Bedenke auch, dass Du Religion nur in Gemeinschaft wirklich ausüben kannst. Sei es in kleinen Gruppen, den Sanghas im Buddhismus, dem Yoga der Hindus, dem Freitagsgebet der Muslime oder einer christlichen Gemeinschaft im Rosenkranzgebet, wie auch im Gottesdienst. Hier wird der religiöse Glaube gelebt. Es geht im Glauben nicht um Organisationen und Institutionen, auch muss man nicht nach Mekka pilgern oder eine Audienz beim Papst oder dem Patriarchen erhalten, um ein wirklich religiöser Mensch zu sein. Es geht um den gelebten Glauben in der Gemeinschaft vor Ort, dort wo man lebt. Religion allein macht nicht wirklich den Gläubigen. Die Religionsgeschichte zeigt, dass Religionen missbraucht und instrumentalisiert werden können – auch heute noch.

Jeder Mensch muss seinen Glauben für sich selbst entdecken, aus dem eigenen Inneren heraus. Die religiösen Lehren, Vorgaben, Praktiken und Gebete können eine Hilfe sein. Den Weg zum tiefen Glauben muss der Mensch mit all seiner Kraft selber finden und gehen. Das ist jedenfalls meine Überzeugung – gerade, oder weil ich selbst auch noch ein Suchender bin.

Einen Anhaltspunkt über die verschiedenen Religionen bietet die Broschüre Weltreligionen – Weltfrieden – Weltethos'. Sie offenbart in wie weit die acht aufgeführten Weltreligionen in grundlegenden Lebensregeln übereinstimmen.

Die Goldene Regel dabei (gleichzeitig auch die Goldene Regel in der Philosophie) ist mir schon als Kind zum Leitsatz des Lebens erklärt worden:

> *„Was du nicht willst, das man dir tu,*
> *das füg' auch keinem andern zu."*

Traumbilder

Sie hatten sich mit dem Pfarrer in der Sitzecke im Flur vor der Station verabredet. In Anbetracht seines tiefgläubigen Großonkels bestand Johannes darauf, dass der katholische Pfarrer diese Krankensalbung durchführen sollte.

Ein jung wirkender Mittvierziger kam in einem schlichten, doch wie es schien, maßgeschneiderten dunklen Anzug auf sie zu. Ein winziges silbernes Kreuzchen am Revers wies auf seine Berufung hin. Gerade diese Berufung erzeugte bei den beiden Wartenden ein Gefühl der Betroffenheit, etwas Ernstes, als stünde eine schwere Operation bevor. Pfarrer Wieler kannte den ‚Bruder Gregor' zwar erst seit wenigen Monaten, da er neu eingesetzt worden war, doch wusste er um seine ehrenamtlichen christlichen Bemühungen, die auch Krankenbesuche in der Klinik mit einschlossen. Ein verlegenes Lächeln versuchte den Anlass seiner Anwesenheit zu mildern. Johannes führte ein kurzes Gespräch mit ihm. Frau Halm blieb wortkarg, wirkte sichtlich bekümmert.

Er hatte einige Utensilien dabei. Johannes wusste, es war seine Stola, etwas Weihwasser und geweihtes Öl. Schwester Anja nickte ihnen von der Station zu. Sie hatte den Bettnachbarn darüber informiert, worauf dieser nun das Zimmer im Morgenmantel verließ.

Als sie leise eintraten schien der Kranke zu schlafen. Die indirekte Beleuchtung verbreitete angenehmes, warmweißes Licht. Er atmete gleichmäßig und ruhig. In einem Moment der Unschlüssigkeit standen sie an seinem Bett. Sie betrachteten sein Gesicht, das sich urplötzlich verzerrte, der Körper schüttelte sich in kurzen Zuckungen. Worte wie Warnrufe oder Bitten drangen aus dem offenen Mund. Sein Kopf bewegte sich ruckartig hin und her. Betroffen sahen sich Johannes und Oma

Hilda an. In diesem Augenblick schreckte der alte Mann aus seinen Fieberträumen auf und glaubte, sie alle um sein Bett tanzen zu sehen, tanzen und lachen: Fridolin, Benjamin, Antonia, Jule, Johannes, zwei Engel und ein Mohr, wie der von den Heiligen Drei Königen.

„Nein, nein, ich bin schuld!“, schrie er. Den Kopf angehoben, versuchte er den Oberkörper aufzurichten, was ihm nur ein Stück weit gelang. Er blinzelte mit den halb geöffneten Augen, sah schemenhaft die Gestalten um sich herum und sank wieder auf sein Lager zurück. Die Augen geschlossen sagte er ruhig:

„Ein Fehler, das ist alles nur ein Traum! Nein, ich bin noch nicht so weit. Was wollt ihr denn hier. Verschwindet, ihr trügerischen Gestalten. Lasst mich in Ruhe. Dieser Traum muss ein Ende haben.“

Die Stationsärztin wurde gerufen, sie überlegte, ob sie dem Patienten eine Spritze geben sollte, doch er hatte sich bereits beruhigt, fiel wieder in ruhigen Schlaf. Immer noch unschlüssig standen die Krankenbesucher um das Bett, der Pfarrer hatte die Hand erhoben, zum Zeichen, sie sollten etwas abwarten.

Hilda Halm setzte sich auf den Stuhl bei dem kleinen Tisch an der Wand. In ihrem Gesicht spiegelten sich abwechselnd Anteilnahme und Ärger. Dass ihr Bruder nun im Sterben liegen sollte, widersprach ganz und gar ihrem Gefühl für ihn. Nur gedanklich versuchte sie ihn zu fragen und ihm zu sagen:

‚Spielst du uns etwa eine Komödie vor? Aber wehe du machst dich davon‘.

Minuten wandelten sich zu einer zeitlosen, intensiven Phase der stillen Kommunikation zwischen Besuchern und dem Kranken.

DIE HAARNADEL DES ENGELS

Cherubina starrte erwartungsvoll auf den Brokatvorhang, die Zeichen begannen vor ihr zu tanzen, sie schüttelte den Kopf. Trotz aller Aufmerksamkeit konnte sie wiederum nicht wahrnehmen, in welchem Moment Herkules die Wand passierte. Ob sich dabei der Vorhang kurz teilte oder ein diffuses Flimmern zu erkennen war. Nichts. Er war einfach da, stand bei Angelina und nahm ihr das Seil ab.

"Lass das. Ihr seid doch keine Clowns. Benehmt euch wie anständige Engel."

Beide vollführten einen Knicks.

"Habt ihr die Daten?" Er deutete mit einer Kopfbewegung in Richtung Antonia und Benjamin.

Daten? Cherubina und Angeli schauten sich an, schüttelten ihre Locken, drehten sich dann zu Herkules und zuckten mehrmals mit den Achseln.

"Keine Daten abgreifbar."

Die beiden streckten ihm ihre offenen Handteller entgegen.

Sein Blick starrte abwechselnd in ihre Augenpaare. Pokerface. Unmerkliches Nicken. Dacht‘ ich mir. Commander Cool.

"Weckt die beiden Schlafenden und bringt sie vor den Kreis."

Die himmlischen Boten geleiteten Antonia und Benjamin vor die Lichtsäule des Pentakelkreises. Anschließend setzten sie sich auf ihre Steinrosenplätze. Herkules nahm seinen Platz neben dem Stuhl ein. Alle standen oder saßen in Erwartung neuer Geschehnisse. Es rührte sich nichts. Nach einer Weile der unruhigen Stille bedeutete Herkules den Irdischen, samt seinen

Engeln zu warten und verschwand noch einmal durch die Wand. Fridolin bekam davon nichts mit.

Wie das Aufleuchten eines Feuerkörpers, platzte das schaurige Gelächter wieder einmal in den Raum, als käme es aus einem alten Grammophonlautsprecher und wurde sogleich wieder abgeschaltet. Ein irres Getöse, weit bizarrer, als sie es bisher kannten.

Antonia wandte sich verwundert zu den beiden Engeln: "Was sind das bloß für schauerliche Töne? Lachen oder Heulen?"

Cherubina antwortete gelangweilt. "Laut Herkules sind es die Himmlischen. Aber ich glaube, er hat selbst keine Ahnung."

"Die Himmlischen?"

Angeli klärte sie auf. "Ja, von denen er dauernd schwärmt. Erwachte, Heilige, Erhöhte, Verwandelte, wie ihr wollt."

Statt wohliger Wärme fühlte Antonia einen kalten Schauder.

"Klingt eher höllisch. Gibt es die wirklich, diese Heiligen?"

Schwarzengel bestätigte mit ihrer eigenen These:
"Klar. Solange Menschen ihre Geschichten weiter erzählen, solange wird es sie geben. Heute ist Albin dran."

Blondengel fügte hinzu: "Oder Oßwald. Oder beide?"

"Und je schwerer das Schicksal dieser ‚Heldinnen und Helden‘ bei euch dort unten eingestuft wird, desto höher steigen sie auf."

Angeli vollendete: „Oder solange ihre Musik gehört wird, ihre Lieder gesungen werden, ihre Gedichte zitiert werden, ihre Gemälde bewundert werden - solange werden sie als ‚fast Unsterbliche‘ weiterbestehen. Trotzdem glaube ich auch nicht, dass dieses schauerliche Hohngelächter von den Himmlischen kommen kann."

Antonia ging einige Schritte auf die Blonde zu.

"Dieses Kopftuch, das du umhast, das kenne ich. Das ist doch von Madonna."

Angeli war aufgesprungen und hatte ihr mit einer raschen Bewegung Stillschweigen geboten. Bitte sag nichts. Herkules besteht darauf, dass es von Sophia Loren ist. Die Pop-Madonna ist für ihn ein rotes Tuch.

"Das war in Rom", flüsterte Antonia. "Du warst wohl direkt hinter mir. Ich glaubte das Tuch schon in den Händen zu halten, dann war es weg."

Die Wahlrömerin sah die wenige Jahre ältere, attraktive Frau mit großen Augen verwundert an. "Du warst…?"

Antonia nickte.

Angeli fasste sie an beiden Händen. Wieder zuckte sie dabei kurz zusammen. Cherubina legte ihnen von hinten schwesterlich die Arme auf die Schultern. Auch Benjamin trat zu ihnen heran.

An der Rückwand hatte sich derweil Fridolin von seiner Strafbank erhoben. Ihm war etwas eingefallen wonach er umgehend den Weisen befragen wollte. Mit seinem Gedanken beschäftigt, schlurfte er in Richtung Lichtsäule. Er durchschritt die Sichtbarriere, erkannte dabei die Umrisse von Personen.

"Äh – ich hätt da noch eine Frage an Urm ..."

Er sah erst Antonia, dann den langen Kerl.

"Des glaub ich jetzt net! Ein Trugbild? Der hier!"

Fridolin stürzte geradewegs auf ihn los und packte den um einen Kopf größeren am Mantelkragen.

Benjamin ebenfalls im Angriffsmodus. "Pass auf du geiler Gockel, mit dir hab ich noch ein Hühnchen zu rupfen!"

Auch der Große packte zu. Zwei Körper verhakt in vier Armen, die Köpfe mal oben, mal halb unten, mal links, mal rechts. Kein klassischer, aber heftiger Ringkampf. Schnaufen, rangeln, drücken, ziehen, sich verbiegen, lösen und wieder von vorne. Der Platzhirsch und sein Herausforderer. Das Schachbrettmuster als Ringermatte. Weiß gegen schwarz. Bauer gegen Bauer. Oder König gegen König?

Fridolin wollte den Gegner eben gebückt übers abgewinkelte Knie werfen, da stand Herkules bei ihnen, griff sich den im

Abschwung befindlichen Seborn und stellte ihn auf die Beine. Dabei bemerkte er, dass auch dieser lange Kerl noch sein Normalgewicht besaß. Doch wunderte er sich nicht mehr. Die Kampfhähne mussten Luft holen, pumpen. Antonia mühte sich um Benjamin. Ein erneuter Angriffsstoß von Seiten des agilen Frühpensionärs wurde vom hünenhaften Exboxer mit ausgestrecktem Arm gestoppt.

Also ging es verbal weiter. Fridolin hatte als erster Luft um zu kontern: "Von wegen geiler Gockel! Du hast ja keine Ahnung" - (nochmal durchschnaufen). "Erst legst du dir selbst ein Zölibat auf, wie ein Heiliger, dann", (durchschnaufen) "erschießt du auch noch den Falschen. Den Falschen!"

Er deutete auf das kleine Loch in seinem Designerunterhemd.

"Außerdem hat mich der Bruder Gregor beauftragt. Jawohl, beauftragt! Und sowieso..."

Benjamin entgegnete vehement: "Schieb es nicht auf Bruder Gregor. Denn *deine* Mission hab ich deutlich genug erlebt. Wenn ich gewusst hätte, dass du hier oben landest, hätt' ich dir besser ins Knie geschossen. Wahrscheinlich hast du dich dem guten alten Herrn Wacker aufgedrängt – oder warum ist er nicht selber zu Antonia gegangen?"

"Warum! Ja – wegen dem 29. Februar. Jetzt reicht's mir aber. Wer hat denn hier wen erschossen?"

Antonias Ehehälfte zeigte sich irritiert.

"Was hat das mit diesem ominösen 29. Februar zu tun?"

"Weil die da", Fridolin schien Blondengel mit ausgestrecktem Zeigefinger aufspießen zu wollen, "weil die an der alten Uhr herumgeschraubt haben. Ja, und dazu hat auch noch der kirchliche Abreißkalender einen 29. Februar! Den Tag den es dieses Jahr überhaupt net gibt."

Benjamin im Angriffsmodus, ebenfalls von Herkules mit dem noch freien Arm abgeblockt.

"Ach nein! Erst ist Bruder Gregor Schuld, dann die Engel, und schließlich die Kirche mit ihrem falschen Kalenderblatt. Nix da!

Du wolltest sie rumkriegen – meine Antonia! Du mit deinem Jungseniorencharme. Sportliche Designklamotten, rotes Modehemd. Natürlich kein Problem wenn man jeden Monat seine schöne Pension überwiesen bekommt. Nur was tun mit dieser plötzlich brachliegenden Manneskraft, weil man sich ja nun nicht mehr zum Amt schleppen muss und nicht mehr weiß wohin damit. Geh halt ins Sportstudio, Mann!"

Fridolin, ganz entspannt, zeigte ein süffisantes Grinsen.

"Des bläht dich, was! [Das ärgert dich wohl] Und wenn du mich hundertmal verschiescht [erschießest] - des Gefüühl, diese Glückseligkeit", schmachtend überbetont, "kannst du mir nicht aus den Rippen schießen."

Der vermeintlich Gehörnte versuchte mit gespreizten Händen nach dem Hals des angeblichen Playboys zu greifen, doch Antonia hielt ihn fest. Benjamin rief empört:

"Da hörst du es jetzt. Der ist schuld, dieser... dieser..."

"Was für ein Höllenlärm!"

Urmans weißes Haupt mit Rauschebart leuchtete mitten im sanften, warmweißen Schein der Lichtsäule. Er war nicht allein. Eine weibliche Person stand bei ihm.

Das muss Yinga sein - flüsterte Angeli.

Als wäre der Film angehalten worden, standen sie alle wie erstarrt. Die Frau, deren Alter sie nicht bestimmen konnten, hatte ein schönes Gesicht, dunklen Teint. Ihre Haare waren unter einem blauen Kopftuch verborgen. Sie trug ein langes türkisfarbenes Wickelkleid.

Herkules ließ die ausgestreckten Arme sinken, versuchte ehrerbietig eine Verbeugung, welche ihm jedoch nur halb gelang. Im Pentakelkreis stand ein zweiter Stuhl, wieder hatte niemand bemerkt, wann und wie er hierhergekommen war. Ein schöner, heller Armlehnstuhl, dessen vordere Füße aus gezwirbeltem Holz bestanden. Die Sitzfläche gepolstert, mit weißem Leder überzogen. Ein Meisterstück dieser Stuhl, dachte

Fridolin, aber wer mag die Frau sein, die Urman nun zu Hilfe geholt hatte.

Yinga.

Cherubina nickte ihrer Gefährtin zu. Herkules wartete ehrfürchtig, bis sich die beiden Himmlischen gesetzt hatten, dann stellte er sich seitlich der Stühle in Position. Die Lichtsäule erlosch, das Zeichen am Boden schimmerte wieder in matt-schwarz. Urman wandte sich an seinen Guardian:

"Welch ein Geschrei ist das hier! Dies ist der Ort des Friedens und nicht ein Kampfplatz für Streithähne. Sind nun alle versammelt?"

Der Wächter nickte unterwürfig.

Fridolin, in hochemotionaler Phase, zeigte sich jedoch keineswegs friedfertig.

"Was ist das für ein groteskes Spiel? Jetzt ist dieser Kerl auch noch hier. Dabei gehören wir alle gar nicht hierher. Wer weiß", glaubte er anfügen zu müssen, "der da vielleicht schon."

Ben Seborn spürte den Druck von Antonias Hand, die ihn zurückhielt: Mit einer Kopfbewegung deutete Fridolin nach hinten zum Empfangspersonal auf ihren Rosenplätzen.

"Die sind schuld, diese Beiden, Engel sind das jedenfalls keine. Die haben am Zeitrad gedreht."

Geradezu überfahren von der Offerte des aggressiven Kerls sah Yinga stumm zu Urman. Den Augenblick der Stille nutzte Antonia. Sie nahm ihren ganzen Mut zusammen, trat in den Pentakelkreis und wandte sich aus weiblicher Intuition heraus an die Frau.

"Ach Herrin, irgendetwas scheint wirklich nicht überein-zustimmen. Vielleicht hängt es mit diesem Uhrwerk oder dem Kalendertag zusammen. Ich würde mich ja in mein Schicksal fügen, aber der Gedanke an unsere Kinder lässt mir keine Ruhe. Und wenn doch ein Fehler vorliegt, könnt Ihr uns nicht allein um ihretwillen helfen?"

Yinga sah sie erstaunt an, blieb scheinbar unbeeindruckt und wandte sich an ihren älteren Begleiter:

"Fehler? Was meint sie mit der Zeit? Und dem Kalender?

"Ach - nur menschliche Fehlschlüsse. Irdisch eben."

Fridolin widersprach heftig: "Nein, nein. Der da", er zeigte auf Herkules, "hat doch selbst zugegeben, dass hier heute eigentlich ein Gregorius erwartet würde - nicht wir. Und bloß weil diese Pseudoengel an eurer Weltuhr ‚rumgehackt' haben, stehen wir jetzt alle hier."

In Cherubinas Schoß lag von allen bisher unbemerkt, das an einer Ecke malträtierte Tablet, was jedoch nur bei näherem Inspizieren auffallen würde. Absichtslos spielend drehte sie das ‚Täfelchen', hielt es hoch, so als halte sie einen Spiegel vors Gesicht. Fridolin konnte die Bewegung aus dem Augenwinkel wahrnehmen. Er drehte sich um, sah seine Vermutung bestätigt und polterte weiter:

"Da! Genau damit haben sie es gemacht", rief er. "Manipuliert, gehackt. Die beiden!"

Yinga musterte den Revoltierenden streng: "Wie kannst du nur behaupten, zwei Engelskinder könnten mit ihrem Spielzeug die Weltzeit manipulieren? Außerdem ist dieses alte Uhrwerk lediglich ein Requisit."

Cherubina barg das ‚Täfelchen' in ihrem Schoß, öffnete die Arme zum Zeichen der Unschuld, wackelte dabei mit dem Kopf. Herkules schien seinen Schwarzengel mit den großen Augen verschlingen zu wollen, gab jedoch keinen Ton von sich. Nur innerlich grollte das dumpfe Gurgeln, als käme es tief aus einem Gully der Al-Iman Al-Mahdi Road, der Hauptstraße von Karthum zwischen drei Uhr und fünf Uhr morgens.

Fridolin gab nichts auf dieses Theater, er erwiderte: "Warum? Weil ich mir sicher bin, Herrin, da sehen sie es doch. Alles deutet darauf hin."

Er betonte das ‚Herrin' ein wenig, und legte dabei eine kleine Pause ein, um abzuwarten, ob sie ihn bezüglich des Titels zurechtweisen würde, schließlich hatte Herkules deutlich gemacht, dass es hinter der Wand weder Namen noch Titel gäbe. Die Frau im türkisfarbenen Gewand zeigte weiterhin keine Regung, durchbohrte den vorlauten Kerl mit ihrem strengen Blick.

Der ehemalige Beamte im Landwirtschaftsministerium ließ sich nicht einschüchtern, er versuchte sich als sein eigener Strafverteidiger.

"Bedenken Sie, wenn Jugendliche es schaffen ins Computersystem der größten Abwehrzentrale der irdischen Welt einzudringen – warum sollte es dann nicht möglich sein, diese einfache Apparatur zu manipulieren?"

Yinga ging nicht darauf ein. Sie antwortete ohne Betonung in ihrer Alt-Stimme:

"Eure Zeit hat ihren vorbestimmten Lauf. Die Erde dreht sich immer noch mit gleichbleibender Geschwindigkeit. Ihre orbitale Bahn, um die euch zugeordnete Sonne, stimmt exakt. Jegliche Abweichung ist folglich allein ein Produkt eurer Einbildung. Was sollten wir an eurer Zeit verändern wollen? Sie existiert für uns nicht mehr. Nur eben hier in diesem Raum wird sie wahrgenommen."

Benjamin trat vor, stellte sich neben Antonia.

"Bilden wir uns etwa bloß ein, hier zu sein? Eine Täuschung? Ein Traum?"

Yinga mit einem Hauch von emotionalem Timbre:

"Eure Zeit kommt und vergeht. Ihr lebt zum einen von Erinnerungen, zum anderen aber von eurem unentwegten Wollen nach dem, was ihr nicht habt oder immer wieder haben wollt. Ihr hängt mit euren Gedanken an euren Wünschen. Liebe und Hass – all das spielt sich in euren Köpfen ab. Und gerade jetzt habt ihr es an euch selbst erfahren: Der Hass kann nur zerstören, allein die Liebe ist Leben."

Währenddessen war Cherubina von hinten an die drei Irdischen herangetreten und flüsterte ihnen zu: "Viel mehr Herzschmerz, ihr müsst sie erweichen mit Wehklagen, mit Jammern und Bitten."

Fridolin war nicht nach Herzschmerz: "Liebe, Leben, genau das wollen wir. Aber wie kommen wir wieder zurück?"

Yinga sah den alten Weisen kopfschüttelnd an. Urman zeigte ein Bedauern in seinen greisen Gesichtszügen.

"Es geht nicht. Ewigkeit ist die andere Seite des Augenblickes, jenseits von Liebe und Hass. An dieser Schwelle steht ihr."

Fridolin suchte einen weiteren Ansatz, er drehte sich um und deutete zur Pforte: "Das da, da hinten, das ist eine Tür, nicht wahr. Eine schmale Pforte zwar, aber eine Tür mit zwei Angeln, wie es unzählige bei uns gibt. Wenn auch ohne Klinke, aber auch das gibt es bei uns. Und durch jede Tür kann man eintreten und auch austreten. Das sind die zwei Seiten einer jeden Tür. Also muss man auch durch diese Tür hinaustreten können."

Mit festem Blick schaute er den Alten an. "Ist es so?"

Das Tribunal sah sich zu einem erneuten Blickwechsel gezwungen. Yinga deutete eine unmerkliche Verneinung mit dem Kopf an. Urman antwortete dennoch. "Es ist so. Und doch ist es anders als du es dir vorstellen kannst."

Fridolin änderte seine Taktik, versuchte es nun mit schwäbischer Bauernschläue: "Drunte isch uff alle Fäll‘ der 1. März. Und niemand hätt‘ dort bemerkt, dass wir uns ganz kurz einmal hierher, an die Schwelle verirrt habet. Es isch doch ein Leichtes für Euch, uns wieder in unser altes Leben zu versetzen. Oder soll ich jetzt etwa auch noch so eine Art Besinnungsbeichte ablegen?"

Antonia: "Ja, bitte tu es für uns alle!"

Fridolin: "He, des war ein Witz. Was glotzt ihr mich auf einmal so an? Bereuen brauch ich gar nix!"

Benjamin tat einen energischen Schritt auf ihn zu, hielt dann aber inne.

"Und auch nix anders machen, als bisher ... gar nix."

Der vermeintliche Lover sah dabei den gehörnten Ehegatten provozierend an. Der war im Begriff erneut auf ihn loszugehen, doch Antonia hielt ihn fest. Alle richteten ihre Augen auf Fridolin.

"Ja, was denn! Jeder ist schließlich Mensch und jeder Mensch macht Fehler, aber das war kein Fehler."

Er besann sich einen Augenblick. "Ja gut, ich hab es begriffen. Ich weiß wohl, wo mein Platz ist, bei meiner Friedlinde. Und das mit Antonia war vielleicht bloß ein schöner Traum. Und träumen darf man als Mensch ja schließlich noch."

An Benjamin gerichtet betonte er.

"Es war wirklich nichts. Nichts als ein Kuss, ein einziger Kuss. Auf die Wange, Mann!"

Er streckte Benjamin die rechte Hand entgegen: "In Gottes Namen eben, äh" - er legte die linke Hand auf seine Lippen, als hätte er eben etwas Ungehöriges gesagt.

"Ich meine, tut mir leid, dass ich dich vorhin so angegriffen habe.

Ben zögerte einen Moment, doch seine Frau gab ihm einen leichten Stoß, so dass er einschlug.

Der schwarzgelockte Empfangsengel Cherubina wiederholte hinter Antonia flüsternd noch einmal: "Weiter, Herzschmerz!"

Antonia trat noch einen Schritt näher an die Sitzenden heran.

"Könnt Ihr nicht verstehen, dass wir zurückwollen? Unsere Kinder sind unten. Ihr seid doch auch einmal unten gewesen."

Benjamin schüttelte resignierend den Kopf. "Je mehr ich das Ausmaß meines Verbrechens erkenne, umso tiefer wächst die Erkenntnis meiner Schuld."

"Ach Ben, mach es nicht noch schlimmer." Sie umarmte ihn, er schloss ebenfalls seine Arme um ihre Schultern.

"Aber, wie kann ich als Doppelmörder und Selbstmörder womöglich hier eingelassen werden, während meine Kinder und deren Kinder ihr Leben lang geächtet bleiben werden, wegen meiner Untat?"

Yinga antwortete ohne Regung im Tonfall: "Es ist immer dasselbe. Hinterher kommt die große Reue. Aber die Frage der Schuld wird hier nicht nach irdischem Maßstab gemessen."

Der alte Weise ließ einen leisen Seufzer hören.

"Hier werdet ihr gelöst von all eurer irdischen Last. Von Gut und Böse, Schuld und Sünde, von Angst und Freude. Von allem was euch anhängt und euch trennt von der Ewigkeit."

Aus dem unsichtbaren Grammophontrichter schallte wieder das schaurige Gelächter. Yinga runzelte angewidert die Stirn, sah vorwurfsvoll zu Urman. Es schien, als hätte sie für einen Moment den Kopf schütteln wollen, doch sie behielt Haltung.

Cherubina nutze den Augenblick, raunte den beiden zu:

"Noch mehr Emotion."

Benjamin gab sich entschlossen einen Ruck, er löste sich sanft von seiner Frau und richtete sich in voller Größe auf. An Yinga und Urman gewandt, klagte er:

"Ich habe ein Strafgericht erwartet, stattdessen habt Ihr nur ein grausiges Lachen für mich."

Während Antonia und ihr Mann auf die beiden Sitzenden einredeten, war Angeli von hinten an Fridolin herangetreten und gab ihm einen Stoß, um ihn auf die alte Uhr aufmerksam zu machen. Der verstand zunächst nicht. Vor dem Tribunal versuchte Antonia die Emotionen weiter zu schüren:

"Ja - jetzt erst wird auch mir das Ausmaß meiner Verfehlung bewusst. Mir ist, als hätte ich das Ganze bisher als ein Spiel erlebt, wie einen Film. Dabei ist es doch meine lässliche Schuld, die dich zum Mörder werden ließ!"

Cherubina hatte sich von den anderen gelöst und war zum Uhrwerk hinübergeschlichen. Sie gab Angeli einen Wink, worauf diese Fridolin noch einmal verstohlen auf das historische Chronometer hinwies.

Benjamin nun in höchster Emotion: "Nein, nein! Dich trifft keine Schuld, Liebste."

Er wandte sich an Yinga und Urman, fiel vor ihnen auf die Knie. "Selbst wenn Ihr meine Tat nicht ungeschehen machen könnt und Antonia hier bleiben sollte, so fordere ich dennoch meine Rückkehr ins Irdische, denn meine Tat kann nur im Irdischen – an mir – gesühnt werden."

Yinga und Urman sahen sich kopfschüttelnd an.

Antonia richtete Benjamin auf, nahm ihn bei den Händen.

"Ach Ben, ich mag einfach nicht glauben, dass unser Leben so enden soll und unsere Kinder mit unserer Schuld ihr Leben lang gestraft sein werden. Ja, auch mit meiner Schuld. Dies könnte ich nur gut machen, indem ich leben würde."

"Und ich, Benjamin, will es ebenfalls wieder gut machen – mit all meiner Kraft."

Fridolin war inzwischen still und leise von Angeli durch die Farblichtzonen ins dunkle Perlrubinrot zur Uhr gezogen worden, wo ihre Gefährtin wartete. Sie selbst glitt mit möglichst unauffälligen Bewegungen wieder zurück zur Gruppe an den Pentakelkreis. Herkules hatte die Aktion zwar bemerkt, doch blieb er unbewegt stehen, da von Seiten der Herrschaften auch keine Reaktion kam.

Drüben wies Cherubina den Revoluzzer im roten Hemd auf den Splitter im Zahnräderwerk hin. Der wusste jedoch nicht was das zu bedeuten hatte. Schwarzengel hielt ihm die flache linke Hand vor Augen und beschrieb mit dem Zeigefinger der Rechten darauf die Zahl 29.

Ah, entfuhr es Fridolin leise und er begann sich die Sache im düsteren Licht genauer anzusehen.

Derweil suchte der mutmaßliche Mörder und Selbstmörder Benjamin nach Worten um weitere Wehklagen und Bitten vorzubringen, als erneut dieses bizarre Schauerlachen wie ein heftiger Windstoß durch den Raum fegte. Die beiden Sitzenden reagierten unterschiedlich. Yinga mit geradezu versteinerter Miene. Der Alte neben ihr schien sich eher zu amüsieren. Alle, bis auf ihn, ließen wie erstarrt dieses scheppernde Gelächter über sich ergehen.

Schließlich äußerte sich der große schlanke Mann mit einem leisen Vorwurf an die beiden vor ihm Sitzenden:

"Da Ihr unsere Welt überwunden habt, mag dieses Lachen zu Euch gehören…"

Yinga zeigte eine kleine Reaktion. Man sah es der Frau im türkisfarbenen Wickelkleid förmlich an, dass sie am liebsten entgegnet hätte: ‚Es gehört nicht zu uns, dieses höllische Gelächter', doch wieder behielt sie Haltung.

Benjamin fuhr mit einem Seufzer fort: "Mag sein, dass es in Eurer Welt einen Zustand der Glückseligkeit geben mag, den wir nicht einmal erahnen können. Mögt Ihr in dieser Welt glücklich sein. Ich aber will mit solch einer Tat nicht hinübergehen, in welche Welt auch immer. Ihr selbst habt doch ein Leben lang mit großem Eifer gerungen um das, was Ihr für das Gute gehalten habt. Auch Ihr habt Fehler gemacht. Fehler gehören zum Menschen. Ebenso kann ich sagen, dass ich nur das Gute für Antonia und mich wollte. Und für unsere Kinder. Besessen von diesem Übereifer habe ich in einem einzigen unbeherrschten Augenblick mein Glück zerstört. Aber: Wie kann ein einziger schwacher Augenblick im Leben eines Menschen alles bisherige Gute und Wohlbehütete zerstören? Ich bitte Euch um eine zweite Chance für uns beide. Um Vergebung. Ich weiß jetzt: jeder muss seinen Platz im Leben finden und annehmen – und das Beste daraus machen."

Während Benjamins Plädoyer hatte Fridolin in seine Hosentasche gegriffen. Tatsächlich, das alte Taschenmesser seines Großvaters mit dem Holzgriff war da. Griffig lag es in seiner rechten Hand. Er versuchte es mit der langen Klinge. Cherubina

schirmte ihn ab, Angeli platzierte sich am Rand der Gruppe so, dass für Herkules die Sicht zur Uhr einigermaßen verdeckt war. Fridolins operative Eingriffe schlugen jedoch fehl.
Antonia versuchte es noch einmal mit anrührenden Worten:

"Er hat Recht. Jetzt erst, durch deine Worte, lieber Mann, begreife ich, wo mein Platz wirklich ist. Jetzt erst erkenne ich die erfüllende Aufgabe, die mir zugefallen ist: Die der Mutter und Ehefrau mit ganz normaler geregelter Halbtagsarbeit. Freude und Sorgen in Einklang zu bringen, als Leben in der Familie. Mit dir und den Kindern. Das Schwere und die Liebe miteinander teilen."

Mehr Emotion geht nun wirklich nicht, dachte sie dabei.

Yinga sah die schöne Frau mit einer leisen Anteilnahme im Blick an, sagte jedoch nichts.

"Ich hab noch eine Frage", ließ Ben ruhig und vernehmlich seine Stimme hören. Sie schauten ihn überrascht an.

"Was bedeutet das: der zweite Tod? Ich habe das auf einer Tafel gelesen."

Urman zögerte einen Augenblick, ehe er antwortete:

"Es ist das vollkommene Loslassen von allem Ich, von allem was menschlich-irdisch ist. Nicht bloß das Sterben und der Augenblick des Todes, wie ihr euch das vorstellt. Es ist das vollkommene Auflösen des Selbst mitsamt seinem Bewusstsein. Der eigentliche Übergang. Dazu muss der Mensch aus sich selbst heraus vorbereitet und auch bereit sein."

Ben Seborn dachte in diesem Augenblick an Bardo.

Mit einem tiefen Seufzer fügte der Alte hinzu: "Und genau dazu seid ihr drei anscheinend nicht bereit."

Yinga unterbrach seine Belehrungen mit einem Blick, als würden ihre Augen durch alle und alles hindurchsehen und doch gleichzeitig alles wahrnehmen, weit mehr als all das, was die drei Irdischen, Herkules und die Engel sich vorstellen konnten. Schließlich sah sie hinauf ins Wolkenblau. Aus dem rätselhaften Himmel fielen plötzlich einzelne Lichttropfen. Sie sanken langsam wie Schneeflocken nieder, verbreiteten auf dem gesamten Boden sanft schimmernde, weiße Flämmchen.

Während diese nach und nach erloschen, füllte eine Spanne der Lähmung den Raum. Die Irdischen, aber auch Herkules und die Engel sahen sich betroffen an. Antonia, Eheweib, Mutter und Eva war es, die sich als erste wieder gefasst hatte, die nicht aufgeben wollte. Sie vollführte einen Kniefall vor Yinga:

"Herrin – Ihr seid es, die uns beschützen und uns helfen kann. Ihr habt Macht bekommen von unserem Herrn. Ich bitte Euch. Ich weiß, Ihr könnt uns helfen – ich glaube fest daran."

Yinga blieb ungerührt, doch ein Mitgefühl schwang in ihrer Stimme: "Ein großes Wort, das du eben ausgesprochen hast, dessen Bedeutung du nicht im Entferntesten erahnen kannst. Aber du brauchst mir nicht zu schmeicheln, Weib, deine Worte sind nicht füglich, eure Schuldprobleme zu vergeben."

Urman bedauernd: "Tut uns leid, aber wir können euch nicht helfen, selbst wenn wir wollten. Das ist hier nicht vorgesehen."

Yinga sah ihn dafür streng an.

Benjamin wiederholte mit vorwurfsvoller Stimme Fridolins eingangs vorgebrachten Einwand: "Aber laut Plan gehören wir noch nicht hier her. Wir sind hier und heute laut eurem Verzeichnis nicht vorgesehen!"

Yingas Blick, den sie auf den Alten richtete, verriet eine gewisse Verwunderung: Was...?

Urman flüsterte seiner Begleiterin etwas ins Ohr.

Yinga gab Antonia ein Zeichen, sie solle zu ihr kommen, forderte sie auf, ihr die Hand zu geben.

Auch die überirdische Richterin zuckte bei der Berührung zusammen, schien einen Augenblick wie verwandelt. Einen kleinen Augenblick.

In diesem Moment - geschah es durch Yinga? – rieselte von oben eine grelle Lichtflut auf den Pentakelkreis herab, die im ersten Augenblick alle blendete. Antonia taumelte, sank zu Boden.

Im selben Moment, als alle ihre Blicke auf Antonia richteten, zog Angeli Ben durch die Farbschleier zu Fridolin an das Uhrengestell. Herkules kümmerte sich um die gekrümmt, in Seitenlage am Boden liegende Antonia. Er versuchte sie aufzurichten, was ihm zunächst nicht gelang. Auch Urman und Yinga schienen ihre Aufmerksamkeit der gestürzten Frau zu widmen.

Drüben zog Fridolin den Großen zu sich heran, deutete auf den Splitter im Uhrwerk. Benjamin begriff nicht, Cherubina malte wieder die Neunundzwanzig auf die Handfläche, Fridolin flüsterte ihm etwas zu. Ben verstand nur: raus. Dabei versuchte er den spitzen Pfriem des alten Messers unter den Splitter zu platzieren. Ben zuckte hilflos mit den Schultern. Cherubina nestelte in ihren langen schwarzen Locken, dann hielt sie ihm eine Haarnadel hin. Benjamin nahm sie und nickte. Die beiden Männer hantierten nun mit anhaltendem Atem zu zweit.

Herkules konnte inzwischen Antonia im grellen Lichtkegel in eine sitzende Haltung aufrichten. Yinga war aufgestanden und gab Urman ein Zeichen. Er begann sich zu erheben. War da ein Wimpernschlag von Ungeduld in ihren Augen, mit denen sie seine Bewegungen zu unterstützen schien? Schließlich wandten sich beide entschlossen in Richtung Brokatwand, als wollten sie der Szenerie hinter ihnen keine weitere Beachtung mehr schenken.

Irritiert starrte ihnen der Wächter der Pforte nach, während Antonia sich aus eigenen Kräften vollends erhob und ihnen ebenfalls nachblickte. Mitten in der Bewegung drehte sich die Frau in ihrem Wickelkleid noch einmal um. Antonia sah in das helle, strahlende Gesicht der Erhabenen, es schien als würde sie der ‚Irdischen' einen ermutigenden Blick schenken, ehe sie sich endgültig umwandte. Die Goldfäden der Unendlichkeit ließen beide Gestalten unbewegt durch die Wand verschwinden.

Herkules hatte sich inzwischen aufgerafft, um noch mehrere tiefe Diener zu vollführen. Nachdem die beiden verschwunden waren, sah er Antonia zu den anderen hinübereilen. Ihre

Gestalt floss durch die Farbschleier. Das weiße T-Shirt verwandelte sich chamäleongleich von schwefelgelb in pastellorange um schließlich das sanfte rubinrot anzunehmen. Für Augenblicke war der Torwächter von diesem Farbspiel so fasziniert, dass er einfach nur dastand und schaute.

Dann erst erkannte er, dass die beiden Männer, vor kurzem noch Täter und Opfer dieses irdischen Liebesdramas, sich gemeinsam an der Weltzeituhr zu schaffen machten.

Wütend schrie er: "Bei meinen heimatlichen Zeburindern, was tut ihr da! Lasst die Finger von dem Ding, ich will nicht noch mehr Ärger bekommen, wegen euch!"

Angeli und Cherubina verständigen sich mit einem Blick. Sie sprangen Herkules entgegen, vollführten tanzend mit den Armen weit ausgreifende, flügelartige Bewegungen. Herkules blieb einen Augenblick irritiert stehen. In diesem Moment gelang es Benjamin mit der Haarnadel die Spitze des Splitters ins Öhr des Pfriems zu bugsieren. Fridolins rechte Hand mit dem Messer seines Großvaters ging behutsam nach oben, zeigte schließlich gestreckt gen Himmel.

Ein kleines, schwarzes Kunststoffteilchen fiel zu Boden. Das Zahnräderwerk reagierte mit einem winzigen Ruck, verbunden mit einem taktlosen Schnippen, so als hätten zwei Finger einen Nasenpopel weggeschnippt. Ein heller Blitz fuhr durch den Raum, dem jedoch kein wahrnehmbarer Donnerhall folgte. Das grelle Licht der Lichtsäule breitete sich nun mehr und mehr aus, begann den Raum zu fluten.

Gleichmütig setzte das Räderwerkkollektiv der Uhr sein stoisches Klacken fort.

Ich sah in seine Augen

Mit einem Seufzer erwachte er, schlug unvermittelt die Augen auf. Er sah den Priester mit Stola - und Johannes. Verwundert, mit klarem Blick und klarer Stimme sprach er seinen Großneffen an:

„Was ist denn los?“

„Du hast im Schlaf geredet, Fieberphantasien.“

Gregor Wacker bemerkte, dass er wieder völlig durchgeschwitzt war.

„Was denn?“

„Namen“, ergänzte seine Schwester von ihrem Stuhl aus. Jetzt erst nahm er sie wahr.

„Hilda, du auch hier. Welche Namen?“

„Antonia, Benjamin, Fridolin, auch seinen Namen: Johannes.“

„Keine Ahnung. Ein Alptraum eben. Aber deshalb müsst ihr hier nicht so ein Aufgebot veranstalten.“

Er hob die Augen zu dem hinter Johannes stehenden Pfarrer.

„Grüß Gott, Herr Pfarrer Wieler. Schön, dass Sie mich besuchen, aber soweit“, er deutete auf die Utensilien, „soweit bin ich noch nicht.“

„Sag ich doch“, murmelte Hilda Halm.

Ja, er habe ihn vor Augen gehabt, gab Wacker zu verstehen.

Etwa den Tod, entfuhr es seiner Schwester.

Nein.

Wen er denn meine.

Den Herrn, ja die ganze Szene. In einem Traumbild.

„Es war das Gleichnis von Jesus und der Ehebrecherin. Ich sah sie mit ihren heuchlerischen Gesichtern, wie sie vor den Meister hintraten. Die Pharisäer, die Gelehrten. Sie zerrten eine Frau mit und stellten sie vor ihn hin. Sie sei eine Ehebrecherin, nach Moses’ Gesetz gehöre sie gesteinigt!

‚Und was sagst du‘ - fragten sie ihn mit ihren listigen Augen. Jesus erkannte die Falle, die sie ihm stellen wollten und kritzelte scheinbar unbeteiligt mit einem Stöcken Zeichen in den staubigen Erdboden. Sie hielten die Steine schon in den Händen, mit denen sie auf das Weib werfen wollten. Auf ihr Gedrängel antwortete er endlich: Wer von euch ohne Sünde ist, werfe als Erster einen Stein auf sie. Und er kritzelte weiter.“

„Beziehst du das auf diese Antonia?“, kommentierte die Kommissarin.

„Natürlich. Er verurteilte die Sünde, nicht aber die Sünderin. Das ist Barmherzigkeit, wahre Liebe. Nächstenliebe. Es geht immer um diese Liebe. Verzeihen, nicht verdammen und verurteilen.“

„Es ist gut Gori“, versuchte seine Schwester ihn zu beruhigen.

„Versteht ihr nicht? Dieser Traum ist ein Hinweis. Ich habe einen Riesenfehler gemacht! Das muss ich wieder gutmachen!“

„Nichts musst du, das erledigt sich von alleine.“ Schwester Hilda konnte es nicht fassen.

„Kaum hast du einen klaren Gedanken, willst du schon wieder die Welt retten. Du musst nur gesund werden, sonst nichts. Der Traum ist ausgeträumt. Ende.“

„Es war alles falsch. Was bin ich für ein eingebildeter Dummkopf. Ich muss wissen was mit ihnen ist, mit Antonia und Fridolin – und Benjamin. Wenn da ein Unglück geschehen ist, mein Gott, das könnte ich mir nie verzeihen.“

Es klopfte an der Tür. Auf das kräftige „Herein“ vom Krankenbett aus, öffnete sich diese und Fridolin stand im Türrahmen. Er sah drei Menschen, die er nicht kannte. Befangen suchte sein Blick das Krankenbett.

„Ach Fridolin! Gott sei Dank!“ rief ihm der Kranke entgegen.

„Ich habe gehört, dass du hier bist. Ich wollte dir nur sagen – äh, Entschuldigung, wie geht es dir denn überhaupt?“

Wacker winkte ab. „Es geht mir gut, aber erzähle.“

Fridolin räusperte sich, es war ihm unangenehm vor fremden Leuten, dazu noch ein Pfarrer, von seinem Auftrag zu berichten.

„Vielleicht besprechen wir das ein anderes Mal."

„Wie! Spann mich nicht auf die Folter, sag schon."

Fridolin sah zu Johannes, zu der Frau und dem Priester, dann wieder zum Kranken. Den jungen Mann glaubte er zu erkennen. War er es, der bei Jule Schneider aus dem Haus kam, als er seine Mission antreten wollte? Nein, er glaube wirklich, das sei jetzt nicht der richtige Moment dafür.

Kommissarin Hilda wurde hellhörig. „Was ist das für eine Geschichte, ich denke, die geht uns alle an."

„Ja bitte Herr, äh Fridolin", äußerte sich nun Johannes, „das geht uns wohl wirklich alle an."

Fridolin zeigte plötzlich eine sehr ernste Miene, die sich gegen den Mann im Krankenbett richtete.

„Ich hätte tot sein können!"

Der Kranke bekam plötzlich Atemprobleme, musste Husten, durchatmen. Schließlich keuchte er: „Was ist geschehen?"

Diesen Herrn, um dessentwillen er ihn hingeschickt habe, den habe er nicht angetroffen. Fridolin wollte besagte Adresse nicht nennen, vermied einen Blick auf den jungen Mann.

„Der war schon weg! Und obendrein: Die schöne Frau hatte wohl selbst ihren Fehler eingesehen und die Sache beendet."

Da niemand etwas einwenden wollte, begann er zu erzählen. Ja - es habe ihr gut getan, dieser Frau, gut getan mit ihm, dem Boten, zu reden. So habe er ihr zugehört. Wacker atmete auf.

Wie er diese prickelnde, beinahe frivole halbe Stunde genossen hatte, ließ er geflissentlich weg. Jedenfalls sei dann ein Verrückter aufgetaucht, der ihn für den Liebhaber hielt.

Was! Wie! Aha! Klang es der Reihe nach von Johannes, Gregor Wacker und letztlich von Hilda Halm.

„War wohl der Ehemann. Völlig durchgedreht. Hat erst sie beschuldigt, auf welche Art sie Geld verdienen würde, dann auch noch mich, als ob ich sie bezahlt hätte, wie eine

Prosti…naja, sie wissen schon. Dabei hatte der Kerl eine Pistole in der Hand. Hat geschrien und getobt, damit herumgefuchtelt wie ein Besessener. Ich sah in seine Augen. Sie waren grün, nein phosphorgelb."

Die Dramatik der Situation konnte nur auf diesem Wege bei seinem Publikum ankommen, dachte er. Johannes Berger hörte mit banger Sorge die vorgetragene Schilderung. Am liebsten hätte er dazwischengerufen: Was ist mit Antonia?

Fridolin würzte nun eine weitere Theatralik in seine Schilderung, dabei zentrierte sich sein Blick auf diesen einen Punkt, als sehe er direkt in den Lauf einer Waffe.

Aus diesem kleinen Metallröhrchen habe plötzlich der Tod gegrinst. Ein heimliches, hämisches Grinsen. Nur einen halben Zentimeter Zeigefinger entfernt, an einem kleinen Häkchen. So einfach, Päng – und alles wäre vorbei. Völlig von Sinnen sei er gewesen, der lange Kerl. Keifte, ob sie, also seine Frau, bei dieser Art von Verdienst nicht an ihre Kinder denke.

„Nun - wir, sie und ich, haben dann gemeinsam versucht, ihn in aller Besonnenheit zu beruhigen. Aber das Adrenalin kochte bereits, die Herzfrequenz raste - das Stresshormon blockiert bekanntlich die Vernunft."

„Äh – was denn nun?" Die Kommissarin hakte nach.

„Na ja: du kannst nicht mehr denken, du machst irgendeine Bewegung – und Päng!"

Fridolin musste Luft holen, legte zur Akzentuierung eine kleine Kunstpause ein. Er sah aller Augen auf sich gerichtet, angespannte Gesichtszüge, offene Münder. Den kribbelnden Moment der Stille, den er geflissentlich genoss, unterbrach Hilda Halm mit einem weiteren trockenen:

„Und?"

„Dann hat sich der Schuss gelöst." (Stumme Pause.) Johannes glaubte selbst getroffen zu sein.

„Er traf die Sektflasche direkt neben mir." (Ah-Pause.)

„Die zersplitterte, direkt neben mir." (Oh-Pause.)

„Die Kugel blieb dann im Kalender mit dem falschen Datum stecken.“ (Ach- Pause.) „Der Kerl, ich glaube Benjamin heißt er, war offenbar selbst geschockt, dass sich ein Schuss gelöst hatte, die Frau wankte und sank langsam zu Boden, ich dachte sie sei getroffen.“

„Antonia!“, entfuhr es dem Doktoranden.

„Ja genau! So rief er.“ Fridolin sah kurz zu dem jungen Mann.

„Und, als wäre der lange Kerl plötzlich aus einem Traum erwacht, entfuhr ihm ein Schrei, herzzerreißend. Er warf die Pistole weg, um die langsam hinsinkende Frau aufzufangen. Dann sanken beide auf die Knie.“

Auf Fridolin zentrierten sich alle Augen, allein dafür hatte sich der peinliche Botengang gelohnt. Angst habe er keine verspürt, es sei ihm quasi keine Zeit geblieben, um Angst zu haben vor diesem eifersüchtigen Ehemann. Nachdem er seine Blickrunde abgeschlossen hatte, setzte er seinen Bericht fort.

„Der Benjamin hielt seine Frau nun fest in den Armen. Diese hatte sich wieder gefasst, schloss nun ebenfalls beide Arme um ihn. Geschluchzt haben sie und sich gegenseitig getröstet, es war zum mitheulen. Jedenfalls Versöhnung, das war ersichtlich. Er sah mich noch kurz über ihre Schulter an, seine Augen waren übrigens braun. Sie deuteten eine Entschuldigung an.“

„Und du, Fridolin?“

„Was soll ich noch sagen: Auftrag hatte sich erledigt.“

Er habe seine Sachen gepackt und sei gegangen.

Ein tiefes Aufatmen ging durch das Zimmer. Die Erleichterung ließ den alten Mann beinahe über seinem Krankenbett schweben. „Gott sei Dank!“

Langsam ließ er sich zurücksinken. Er brauche jetzt wirkliche etwas Ruhe. Wohl auch, um weitere Fragen bezüglich des Auftrages zu unterbinden.

Die Besucher verabschiedeten sich auf unterschiedliche Weise: Genesungswünsche vom Großneffen, von Seiten der professionellen Seelsorge ein frommer Segensgruß. ‚Auf bald im

Park' meinte der heroische Bote. Kommentar der Kommissarin: „Mach das nie wieder, so ein Theater, mein lieber Bruder."

„Tut mir leid, ich brauche jetzt Ruhe, geht schon."

Nachdenklich tasteten sich seine Augen durch die Dämmerung. Draußen rüttelte ein starker Wind an den Zweigen einer Kastanie. Tiefdunkle Wolken verdeckten den Abendhimmel.

Erneut klopfte es an der Tür. Antonia und Benjamin traten zögernd ein. Der alte Uhrmacher kam für einen Augenblick aus dem wiedergewonnenen Takt. Sein Pendel schlug zwischen Schuld und ‚das Gute gewollt zu haben'.

Antonia trat mit einem warmherzigen Lächeln zu ihm ans Bett und entschuldigte sich für die heftige Reaktion vor dem Haus der Kunst. Ob denn der Sturz, den sie verursacht hatte, wirklich ohne Folgen geblieben sei.

So ganz ohne nicht, doch habe es nicht unmittelbar mit dem Sturz zu tun.

Auch Benjamin bedauerte sein unbeherrschtes Verhalten an der Parkbank. Bruder Gregor winkte ab. Das Ganze sei ja von ihm ausgegangen, er müsse sie um Verzeihung bitten.

„Erst jetzt habe ich alter Kerl meine Lektion gelernt. Ein Gleichnistraum stellte meinen missionarischen Eifer vom Kopf auf die Füße: Wenn man besessen davon ist, etwas gut zu meinen, kann es leicht in das Gegenteil umschlagen."

„Vielleicht ist es auch das Wetter, dieser Föhn, der einem übel mitspielen kann und manchen aus dem Gleichgewicht bringt", so Benjamin.

Wacker sah ihn nachdenklich an. „Hm, Inversionslage. Das Wetter spielt genauso verrückt, wie diese vergangenen Faschingstage. Hierzulande nennt man den Februar auch ‚Narrenmond'. Tage an denen man auch mal über die Stränge schlagen darf, schließlich bietet die anschließende Fastenzeit genug Gelegenheit zur Besinnung."

Alle nahmen im Dunkel des Fensterrahmens den hell leuchtenden Blitz wahr, draußen in der schwarzen Nacht.

„Ein Wintergewitter am meteorologischen Frühlingsanfang", entfuhr es Gregor Wacker. „Ja, das passt jetzt noch dazu."

Unwillkürlich horchten sie, sahen sich betroffen an - es war kein Donner zu hören.

„Merkwürdig", setzte der alte Mann hinzu und schüttelte den Kopf. „Das Wetter spielt wirklich verrückt."

Antonia stellte die Blumenvase mit den bunten Freesien auf das kleine Tischchen.

LICHTBLUMEN

Das grelle Licht über dem Pentakelkreis hatte inzwischen den Raum bis in alle Winkel geflutet.

In der Ecke hinten, rechts der kleinen, offenen Pforte, lagen eine Pistole und eine Haarnadel, ein altes, offenes Taschenmesser, ein Kopftuch und ein goldener Ohrknopf auf dem alten Steinboden. Im Pulsschlag des Chronometers strich ein leichtes Lüftchen über die Fliesen, Tendenz anschwellend.

Die Brokatwand begann sich zu regen, ihre Falten schaukelten über dem Mosaikboden. Windgeräusche mischten sich unter die Taktschläge. Im ewigen Licht verriet die Flamme ein unruhiges Züngeln.

Der Behang formierte sich mehr und mehr zu einer rhythmischen Schunkelbewegung, als wären die Falten eine Reihe von eingehakten Don Kosaken, die das alte Wolgalied summten, dabei die Oberkörper nach rechts und links schoben. Seite an Seite. Überdies begann die Garde nun: rechtes Bein nach vorne und zurück, linkes Bein nach vorne und zurück. Auf und ab. Der Vorhang wogte und schwappte. Immer stärker, immer schneller. Wie ein Schwarm vergoldeter Heringe schwammen die Unendlichschleifen aufgeregt hin und her.

Das leichte Lüftchen nahm Fahrt auf, begann zu kreisen um eine nicht mehr sichtbare Lichtsäule. Die herabhängenden Seile schlingerten, hüpften, tanzten um sich selbst, entschwanden schließlich nach oben ins Nichts. Der Sturm entfaltete sich, trieb sein ungestümes Blasorchester zu wilden Dissonanzen. Hörbar. Spürbar. Laut. Mit einem tiefen Raunen versuchte sich der Gesang der Don Kosaken durchzusetzen:

„Hast du dort oben vergessen auch mich…“

Die blassen Lichtbahnen wurden durcheinander gewirbelt. Purpurviolett und Schwefelgelb mischten sich ins Pastellorange. Auf der rechten Seite sog das lichte Blau das schwere Perlrubinrot und das sanfte Maigrün auf, mutierte zu einem dunklen Graublau in dem das ewige Lichtlein tapfer in der schwankenden Sturmlaterne flackerte.

Auch das Pendel begann zu schlingern, wodurch das gleichmäßige Klackgeräusch der Uhr aus dem Takt kam. Chaos. Die astronomische Zeitmaschine erbrach fiebrige Geräusche, die sich mehr und mehr steigerten. Vom Klopfen zum immer schnelleren Schlagen, vom Rasseln zum kreischenden Dröhnen. Metall auf Metall. Ohrenbetäubend.

Die Achterschleifchen der Unendlichkeit stoben durch den Raum, verschwanden, die Falten tanzten weiter.

Der Aufruhr der Elemente taumelte seinem Höhepunkt entgegen. Sog der Sturm das übrig gebliebene Licht auf - oder gewann das Licht die Herrschaft über den Sturm? Der Sturm wirbelte, fraß Gegenstände - das Licht blieb unbeeindruckt, wurde heller und gleißender, schluckte seinerseits den Mosaikboden.

Steht am Ende eine Frage? Ein letztes Wort? Wer oder was hinter allem entfesselte das Inferno? Diesen Höllenrausch, in dem Licht und Sturm alle Materie verschlangen, um schließlich im entstandenen Nichts beider Energiefelder in sich selbst zusammen zu fallen.

Stille.

Raum ohne Räumlichkeit. Nicht ganz. Allein die Brokatwand stand. Stand im Nichts. Eine unbewegte Faltenwand, dunkles Purpurrot teilte den scheinbar nicht mehr vorhandenen Raum in ein Davor und Dahinter. Oder doch nur uralte Wandmalerei? Ein Trompe-l'œil?

Plötzlich erschallte ein merkwürdiges Gelächter, Getöse, wie aus einem Grammophontrichter, absonderlich und bizarr, das jedoch sofort wieder abbrach. Kam es etwa von dort - hinter dem Vorhang? Als hätte jemand eine Tür, eine Pforte zugeschlagen, war es urplötzlich verstummt.

Leise, ganz andere Geräusche und Laute begannen sich ringsum bemerkbar zu machen. Stimmen von Bäumen und Gräsern im Wind, Geräusche von schmatzendem Moor, von gluckerndem Wasser und prasselndem Feuer. Urlaute der Welt in munterem Gemenge.

Im Zentrum der Wand züngelten Flammen. Gleißend hell fraßen sie ein Loch in den Vorhang, größer und größer.

Darin erschien das Bild einer Landschaft. Ein weites Feld, eben frisch beackert, die neue Saat in die Erde gelegt und mit einer Egge sorgfältig darüber gestrichen.

Unter einem strahlend hellen Licht begann sich die Saat bereits zu regen, verwandelte das Feld in eine Blumenwiese. Lichtblumen mit geometrischen Formen wuchsen aus der Erde, glasklar, andere in blassem Hellblau. Ein transzendentes Blumenmeer bedeckte die sanften Hügelwellen, ansteigend bis an einen nicht mehr definierbaren Übergang zwischen Erde und Himmel.

- - - - -

Nachtrag

Jule bekam Post. Aus dem Umschlag ohne Absender, aber mit einer aufgeklebten Sonnenblume, zog sie eine Tarotkarte: ‚Die Sonne', mit dem Hinweis: ‚schau selber nach'. Ein zweiter Brief enthielt ein Sterbekärtchen mit dem Bild des verstorbenen Juniorchefs und dem Spruch: „Und wenn die Erde deinen Körper zu sich holt, dann erst wirst du wahrhaft tanzen".

Kommissarin Hilda brachte ihre hellblau blühende aufrechte Himmelsblume, Thunbergia erecta, gut durch den Winter.

Fridolin hängte sein karminrotes Microfaserhemd in den Schrank und den kirchlichen Kalender wieder an die Wand. Das Tagesblatt vom 29. Februar benutzte er noch einige Zeit als Lesezeichen. Friedlinde begann einen neuen Achthundert-Seiten-Roman.

Gregor Wacker setzte seiner sechseckigen, goldbraunen Keramik-Küchenwanduhr aus den siebziger Jahren, mit orangefarbener Umrandung, quarzgesteuertem Standarduhrwerk, Hemdentaschengröße, eine neue Batterie ein.

Frau Ruhl meldete sich zu einem Kurs für meditatives Tanzen an.

Aikam Abadis Abschiebeverfahren wurde eingestellt. Er durfte mit seiner Frau, auf Fürsprache von Katrin Ruhl, Gregor Wacker und Benjamin Seborn zurück in die Zweizimmerwohnung, Wohnheim, Holzbauweise. In Syrien herrscht noch immer Krieg.

Antonia und Benjamin nahmen ihr Familienleben mit neuer Motivation auf. Zusammen mit den Kindern kauften sie bald darauf einen jungen Labrador Retriever.

Johannes Berger schrieb an Opa Gori:
„Es ist ganz anders als mein erster Eindruck mir vermittelte – die Botschaft dieses Tibetanischen Totenbuches. Man muss es zu Ende lesen! Man darf sich nicht ängstigen und sich nicht abschrecken lassen. Setzt man ein gutes religiöses Fundament voraus, dann birgt es auch Freude und Hoffnung. Es ist anders! Und wenn ich es noch einmal lese, wird es wieder anders sein."

In sein Notiztagebuch schrieb er einen Gedanken der Lao Tse zugeschrieben wurde:

Ende und Anfang, wer kann das schon sagen?
Ist das Ende ein Anfang
oder ist der Anfang
das beginnende
Ende?

Dank

Mein Dank gilt besonders meiner Frau Angelika, für alle Geduld und Entbehrungen.
Lieben Dank meinen Töchtern Iris und Katja für viele fruchtbare Diskussionen über Religion, Gesellschaft und den ganz normalen Alltag, sowie für alle Mithilfe an diesem Buch.
Dank auch an alle, die mich seit vielen Jahren positiv begleiten und in irgendeiner Weise zum Gelingen dieses Buches beigetragen haben.

Werke, die mir den Weg zu diesem Buch bereitet haben:

- Verschiedene Ausgaben der Bibel und des Neuen Testaments sowie die Apokryphen
- die umfangreiche Ausgabe „Buddha“ zur Ausstellung ‚Buddhistischer Meisterwerke in der Völklinger Hütte‘.
- Das Tibetanische Totenbuch
- Buddha, Marx und Gott von Trevor Ling
- Sokrates Jesus Buddha, von Frédéric Lenoir
- Schriften von Thich Nhat Hanh, Willigis Jäger, Mahatma Gandhi, von griechischen Philosophen, von Rumi und Meister Eckhart.
- Informationen über Hinduismus, Judentum, Zoroastrismus, Islam und alte Religionen aus verschiedenen Quellen.
- Der Totentanz in der Beinhauskapelle zu Bleibach

Weitere Bücher von Karl Schönweiler

Unterwegs mit dem Sonnengesang – zum Thema Franziskus und der Sonnengesang. (3. Auflage 2018)

Es war wie eine Wand – Auswirkungen der Reformation im Ottenbacher Tal (2018)

Signatur Stauferheimat – Lyrikband (2016)

Schlotzer für a Zehnerle – Erzählungen (2016)

Orte wo Heimat – Gedichte und Erzählungen von Heimatvertriebenen nach dem 2. Weltkrieg um Verlust, Erinnerung und Neubeginn. (2014)

Dezemberlicht – Gedichte und Betrachtungen zur Winter-und Weihnachtszeit (2012)

Herr Pfarrer, der Haussegen hängt schief – Reiseerzählung Slowenien (1996)

Ende der Dorfzeit – Lyrikband (1991)

Im Schatten des Birnbaumes – Gedichte. (1986)